丰子恺集

第五卷　艺术评论

人民文学出版社

作者像

1921年末从日本归来

约1934年在缘缘堂楼下西书房欣赏印章

约1935年全家七人在乌镇

目 录

/ 西洋名画巡礼

序言___3
第一讲　贫乏的大画家___4
第二讲　说诳的画与真实的画___24
第三讲　一个铜板的画家官司___37
第四讲　富贵的美术家___48
第五讲　身边带镜子的画家___61
第六讲　发明油画的兄弟画家___75
第七讲　五年画成的笑颜___88
第八讲　文艺复兴三杰的争雄___102
第九讲　万人嘲骂的大画家___117
第十讲　模糊的名画___127
第十一讲　自己割了耳朵的画家___139
第十二讲　新兴艺术鉴赏___156

/ 绘画与文学

序言___173
文学中的远近法___174
文学的写生___188
绘画与文学___209

中国画与远近法___220

中国美术的优胜（附录）___238

/ 艺术趣味

付印记___273

对于全国美展的希望___274

从梅花说到美___278

从梅花说到艺术___287

艺术鉴赏的态度___294

新艺术___297

为什么学图画___301

美与同情___305

绘画之用___309

谈像___312

儿童画___316

我的学画___318

写生世界（上）___323

写生世界（下）___326

野外写生___331

谈中国画___339

读画史___342

月的大小___345

音乐之用___349

儿童与音乐___ 354

女性与音乐___ 357

/ 绘画概说

序言___ 369

第一章　绘画艺术的性状___ 370

第二章　绘画的种类___ 376

第三章　绘画的技法___ 382

第四章　绘画的理论___ 393

第五章　中国绘画的完成___ 402

第六章　中国绘画的繁荣___ 411

第七章　文艺复兴期的西洋绘画___ 419

第八章　十九世纪以来的西洋绘画___ 428

/ 西洋建筑讲话

卷首言___ 443

第一讲　从坟到店___ 445

第二讲　坟的艺术___ 456

第三讲　殿的艺术___ 468

第四讲　寺的艺术___ 485

第五讲　宫的艺术___ 503

第六讲　店的艺术___ 510

西洋名画巡礼 [1]

（〔上海〕开明书店一九三一年六月初版）

---

[1] 本书后来有修改版（未见出版年月），并曾改名《西洋名画十二讲》。现据修改版排印。序言仍据初版。本书各讲曾分别发表于1930年1月—12月《教育杂志》第22卷1号—12号。

子愷

序　言

本书内载西洋名画二十四幅[1]，及讲话十二篇。名画为四百年来的西洋大画家的代表作；以米叶〔米勒〕为中心而选起，上溯至文艺复兴三杰，下降至今日的马谛斯〔马蒂斯〕。讲话则从此等名画的鉴赏法及其作者的事略说起，附带述及图画的学习法，绘画的理论，以及关于美术的知识；论旨浅近，可供少年学生作为图画科的课外读物。

此等名画及讲话，曾连载在民国十九年的《教育杂志》的儿童艺术讲话栏中，现在结集出版。

丰子恺记

民国二十〔1931〕年三月十三日于嘉兴

---

[1] 再版时有改动。

第一讲　贫乏的大画家 [1]

请看这两幅画，这是近代法国一位大画家米勒所画的。这位大画家的画卖得很贵，然而他家里非常贫乏，有的时候两三天没得吃饭。待我先把这奇怪的大画家的故事讲给你们听了，然后再来看画。

距今大约一百年前，正是中国清朝的嘉庆年间，法国乡下一个农夫家里出了一个大画家，他姓米勒，他的名字叫做佛朗索亚〔弗朗索瓦〕（Jean François Millet，1814—1875）。米勒的父亲虽然是农夫，却很欢喜音乐，又欢喜美术。他会唱歌，种田空了的时候，他便要集村上的农夫来，教他们合唱。有时自己到田里去捞一块泥，拿来做泥人，做各种的动物，有时拿一块木头来雕刻，也会雕出各种各样的形状，都非常巧妙。幼小的米勒看了父亲的巧妙的手工，非常高兴。父亲又常常领他到田野中去散步，把好的风景指点他看，又把各种花草的名字教他。所以米勒幼年的时候，受父亲不少的教导。

然而教导他更多的，要算他的祖母。他的祖母真是一位高尚的老太太！米勒幼时伴了祖母睡觉。每天天亮的时候，祖母

---

[1] 本篇原载1930年1月《教育杂志》第22卷第1号。

就叫他醒来：

"醒了！佛朗索亚！小鸟已在唱歌了！"

米勒醒觉来，祖母就把圣书中的善事讲给他听，又告诉他今天应该做什么事，读什么书。

米勒年纪十多岁了，每天上午就跟了父亲和姐妹们一同到田里去做工。下午回家，跟祖母念书。然而他更欢喜描画，常常拾一段炭条，藏在袋里，种田休息的时候，就拿出炭条来，在石头上描写农夫做工的样子和牛马的形状。吃过午饭，家里的人大家午睡的时候，他独自拿了一册小的簿子，到野外去描风景。没有人教他描画，但他的画自会描得一天好一天了。

有一天，他在田野中看见一个老人，样子很是好看。可惜他身边没有携带炭条和纸张，不能描写做一幅画。他仔细看了一会，把那老人的样子牢牢地记在心中了。回家之后，就拿炭条把心中的老人的样子画了出来。画得很好，一点也没有不对的地方。他自己非常欢喜，就拿这幅画给他父亲看。父亲一看，这画描得真好。便问他：

"你是看着了那老人而画的么？"

"不，我今天上午在田里看见这老人，就把他的样子牢记在心中，下午回家，才画出来，幸而没有忘记。"

父亲说不出一句话来。只管抱住了米勒，吻他的额。后来他说道：

"好孩子，从明天起，你不要种田了，用功描画吧！我将带你到城里去请教先生。"

米勒听了这话，心中十分欢喜。从此停止了种田，一天到晚在家里用功描画。

过了几天,米勒果然画好了两幅"创作"的画。什么叫做创作?就是不看见真的东西或人物,而想出一种样子来描成一幅画。学校里上图画课时,东西摆在眼前,一面看,一面描,学生们还描不像。要想出一种眼前不见的样子来描一幅画,你想难不难?米勒这时候只是一个十多岁的孩子,但他的两幅创作画得非常好!一幅,画的是两个牧羊人和许多羊。都像田野中所看见的真物一样。还有一幅画得更好,画的是冬天的半夜里,许多贫苦的人正在冻饿,有一个人拿了热的面包来分给他们吃的样子。看了这幅画的人,心中都感动。冬夜里冻饿,你想多少苦!把热的面包分给这些苦人,你想多少慈悲!这是悲哀而又快美的光景。看了这种光景,大家都要叹息而感动。米勒把这两幅画给他父亲看了。父亲就为他整备行李,又借了一点钱,送他到城里去从先生学画。

希尔堡〔瑟堡〕(Cherbourg)城里有一个名望最大的画家,名叫莫希尔(Mouchel)。父亲就同了米勒去拜访莫希尔先生,请他教画,又拿他新近描的那两幅创作请先生看。

先生看了这两幅画,又向米勒看。父亲便开口请问先生:

"先生!我的儿子一向在乡下种田,没有学过图画,不过自己描描。不知道可以学画否?请先生指教!"

先生听了这话,向父亲一看。叹了一口气。父亲以为是儿子的画不好,不配来学画,所以先生叹气。他连忙拉着米勒,正想向先生赔罪,忽听见先生对他这样说:

"你把这样聪明的儿子长久关闭在乡下,单叫他种田,你的罪过不小！"

父亲又惭愧，又欢喜，就送上学费，拜托先生教导。从此，米勒在莫先生的门下专心学画，真有一日千里的进步！

米勒在莫先生门下用功不多时，画得比先生更好，先生已经教不下去了。县官知道他聪明，送他每年二百块钱，叫他到法国最繁盛的巴黎地方去求学。米勒欢喜得很，就回家禀告祖母，预备动身。这时候，他的父亲已经患脑病死了，祖母临别吩咐他说：

"佛朗索亚！你要做画家，先要做一个善良的人。你要为永远而描画！切勿忘记这句话！要我看见你做恶人，我宁可看见你死。"

诸君听听看，祖母的话真是何等有力的教训！米勒能成为大画家，全是祖母赐给他的！不错，描画一定要有好美的心。好美的人一定善良。所以要做画家，先要做一个善良的人。不但学画是这样，一切学问都是这样的。诸君将来要做美术家、哲学家、科学家、实业家……现在先要用功读书，做个善良的学生。切勿忘记这句话！

米勒一生，听信祖母的教训。他在巴黎，日里学画，夜里读圣书。圣书就是耶稣教训人们怎样做善良人的书。米勒读一句，记牢一句。他依照了圣书而做人，所以他在巴黎研究多年，他的画当然非常进步。

但后来不好的运气来了。他的祖母死去，法国又起了革命，巴黎地方大乱。米勒不能研究，只得回家。这时候他已娶妻，生了子女。然而家中没有钱，不能生活。当时法国的画家，大都画裸体女子或王侯贵人。因为深刻的画，人们看不懂，都不要买。只有裸体女子和王侯贵人的画倒是人人欢喜而要买的，这实在是一种不好的习惯。但倘画家不画裸体女子和王侯贵人，他的画就没有人要买，他就不得吃饭，所以只得画了。米勒家里很穷，生活过不下去，也只好描裸体画，靠卖画度日。然而他决不描王侯贵人，因为他心中很不欢喜这种无价值的画。他所欢喜描的，是冬夜分面包一类的画，是没有人要买的，叫他一家怎样有钱买饭吃呢？所以他的画裸体画，是不得已的。

有一天，米勒走过一所印刷店，看见玻璃窗中挂着印刷的样子，恰好是他所描的一幅裸体画。他就停步观看一下。这时候有两个路人立在他旁边，也在看这幅画。

"这是谁描的画？"其中一个人问。

"这是除了裸体女子以外不描别的东西的米勒的画呢！"另一个人答。

这两个人只晓得米勒的名字，却不认得米勒的人，不想到在他们身边的就是米勒。米勒听了这话，自然不同他们说什么话，但他心中非常不快活。因为那个人的话，是笑他别的东西都不会画，或者是说裸体女子不好，不可以画。这本来不是米勒自己所欢喜画的。因为要钱来买饭吃，不得不画，但他心中常常不快活。这一天听见了那人的话，心中更加不快了。他记起已死的祖母的教训来了：

"为永远而描画！"

"永远"就是千年万古。"为永远而描画"，就是说，描的画要使世界上千年万古的人看了都感动，不可描几年之间的人所欢喜的画。现在米勒所描的裸体女子不是千年万古的人所感动的，不过是几年之间的人所欢喜的！他不是为永远而描画！不过是为金钱而描画！所以他已经不照着祖母的教训了！想到这里，他心中非常难过。回到家里，把身体躺在床上，他的眼中流出眼泪来了。

他的夫人看见他这般模样，走近床来，问他为什么伤心。他把这不快的心事告诉了她，又问她："我想从此不再描裸体女子而描永远的画了。但从此我们一定很贫苦，不知你肯同我一同贫苦否？"

"我很情愿！只要这几个小孩子不冻饿，我自己不怕吃苦。你为永远而描画，神明一定保佑我们一家。请你放心决定吧。"

诸位听听，这夫人多么善良！她只要丈夫为永远而描画，小孩子不冻饿，自己就情愿吃苦。不善良的夫人总是想穿好的衣服，想吃好的东西，哪里知道"永远"两个字。米勒的夫人倘是不善良的，一定不许他不画裸体女子，米勒一定不能做大画家。因为米勒全靠这时候停止了裸体画，为永远而描画，所以后来能做大画家。这样说来，我们大家要感谢这位善良的米勒夫人呢！

米勒听到了夫人的话，心中很欢喜。从此家用节省起来，每天吃两餐粥和几块粗面包。柴也不买，米勒夫人自己去采柴。菜也不买，米勒夫人自己种菜。米勒就开始为永远而描画。油画用的颜料和布，价钱太贵，米勒少画油画，而多画木炭画。木炭条自己可用柳枝烧成，而且不要画布，只要画在纸上,纸比布价钱便宜得多。

像《冬夜分送面包》的那张画,真是永远可以感动人的。米勒本来欢喜描这种画,现在就专门画这种画了。

有一次,他画好一幅最好的画。画中所描的是:一片秋天的田野中,三个贫苦的人弯着腰,用心地在地上拾那农夫们遗落的稻穗。这三个人衣服都很破旧,大概是没有钱买米,所以来拾遗落的稻穗,拿去煮粥吃的。他们家里一定还有别的人,老年的父母,或幼小的孩子,都在等他们拾穗去煮粥吃!这是多么可以感动人的一种样子!这真是永远可以感动人的画!这张画,原来很大,但现在已经印刷缩小,在各处发卖。世界上没有一个地方没有。有的印在书中,有的印在明信片上,诸君或者已经见过。这画的题目叫做《拾穗》(*The Gleaners*)。

米勒:《拾穗》

然而米勒不画裸体画,钱没有了,家里非常穷苦。有时竟连一个铜板也没有!起初向隔壁的面包店里买两只面包,钱可以欠一欠。后来面包店里的人看见他们这样穷,钱也不肯欠了。米店里的人来讨钱,米勒没有钱还他。第二次,他就到衙门里叫了官兵来讨。官兵凶得很,说不还钱就要捉人。米勒夫人和孩子们都吓得哭了,米勒就请求他们,说现在真是没有钱,过三天一定还清。官兵说,过三天倘再不还,一定要捉人。然后他们出去了。

这三天内哪里来钱呢?米勒想要自杀了。但是他是善良的人,他想,自杀了,他的夫人和孩子们一定受苦。他决定不自杀,而想法卖画。但是他所画的,不是裸体画,也不是王侯贵人的画,都是田野、农夫和贫苦的工人,所以没有一个人要买他的画。他去托朋友想法子,朋友都摇头。后来有一个人看他可怜,就出几个法郎买了这《拾穗》去。米勒实在不舍得卖《拾穗》,但要还米店的钱,不得不卖。只好让他拿了这幅画去。

诸君!这是一百年前的事。那时候世界上的人都不懂画的好坏。但是后来渐渐懂得了。他们渐渐知道裸体画和王侯贵人的画是没有道理的。他们渐渐看出米勒的画的好处,渐渐懂得"永远"的意思了。米勒死后三十年,世界上的人才知道米勒是一个大画家,欢喜画的人,大家想买米勒的画了。买《拾穗》的人本来不是欢喜画的,不过看了米勒可怜,所以就出几个法郎买了,放在家里。他死后,他的儿子也不欢喜画,但知道米勒的画价钱很贵,就想把这《拾穗》卖去。美国有一个欢喜画而钱很多的人，来法国游玩，看见了这幅《拾穗》，感动得流下眼泪来。他一定要问那个人买。问他多少价钱，他说要卖十万法郎。那美国人立刻给他十万法郎，拿了《拾穗》回美国去了。所以这画现在藏在美国。

但这是米勒死后的话了。米勒活着的时候，到底没有人要买他的画。可见世界上的人多么愚笨！天也多么忍心，使这大画家这样受苦！讲起米勒的贫苦，恐怕诸君听了都要难过，但我要讲一点给你们听听：

后来米勒又作了一幅最好的画，比《拾穗》更好。画的是：傍晚的田野中，一个贫苦的男子和一个贫苦的女子低了头站着，合着两手，正在做祷告。祷告就是谢谢天上的神明，保佑他们没有灾难地过了一天。在中国没有这种事，但西洋人大都是每天要祷告的。傍晚的时候教堂里就敲钟，远近的人听见了钟声，大家祷告。这农家的夫妻二人做了一天苦工，幸而没有灾难。现在做工已经完了，教堂里的钟正在敲响，他们就把小车子、菜篮子和锄头，放在地上，恭恭敬敬地合着掌祷告。啊，这两人多么辛苦，多么善良，这样子使人人看了都要感动。

但这时候米勒穷得很。他自己在日记上这样写着："我们只有两天的柴米了，用完了叫我怎样办呢？我的妻下个月要生产了。我只得空手等待着。"

诸君读到这里，一定为米勒着急，叫他怎样过这些日子呢？但天心到底是顾念善良人的。到了第二天晚上，米勒家里柴米都用完了，剩些面包屑，给小孩们吃了两日，他自己只得饿。到了第四天晚上，灯油也用完了，米勒只有一双空手，暗中坐在一只破箱上，想他明天怎样过去。忽然听见外面有人敲门，敲得很急，米勒吓了一跳，他想一定是米店里的人同了官兵来讨钱了。心中很怕，但是敲门的声音愈加急了，只得去开门。

开了门，走进来的果然是两个衙门里的人。但他说话很和善：

"米勒先生在这里么？"

"是的，我就是米勒。两位先生有什么贵干？"

"我们是官府里来的。官府知道你先生的画描得很好，而家里很穷，特地叫我们送一点钱来，作为奖赏。"

他们就拿出一包洋钱来，递给米勒。

米勒如同做梦一般，接了这包钱，手中觉得很重，但口中讲不出话来。停了一会，他方才说道：

"谢谢你们！你们来得正好。我们已经两天不得吃了。第一是小孩子饿不得，他们这两天只吃一些面包屑。现在可以买给他们吃了。我真要谢谢你们！"

等这两个人去后，米勒打开钱包一看，里面包着一百个法郎！好像是从天上飞来的。正在饥饿的时候，会有人送钱来，这不是天的保佑善良人么？米勒立刻去买柴，买油，买米，买菜，烧饭给孩子们和将要生产的夫人吃。

官府送了奖赏之后，米勒的名誉好起来，渐渐有人要买他的画了。但并不是人们忽然聪明而懂得他的"永远"的画了。只因他们看见官府送奖金给米勒，想来他的画总是好的。所以渐渐有人要买。后来就有人出一千法郎买了这幅《晚钟》。一千法郎,这在米勒是从来未有的大富了。他就带了孩子们,乘火车去旅行。米勒真是一个慈爱的父亲!他时时记念着孩子们,只要孩子们不苦!他自己就饿也不要紧。他的夫人也是这样。这两个人真是慈爱的父母。他们真是善良的家庭。

这幅《晚钟》,后来(米勒死后)又为美国人买了去。美国人出多少钱呢?五十五万三千法郎!

法国官府知道了这事,可惜得很。他们想,米勒是我们法国的大画家,《晚钟》是米勒的最好的作品。岂可让美国人拿去?况且《拾穗》已经被他们买去,现在这《晚钟》一定要买它回来!

法国官府派人到美国去交涉,一定要买回《晚钟》。美国

米勒:《晚钟》

人想，《拾穗》已经在我们手中，再要《晚钟》，太难为情，就还了他们吧。但美国人欢喜金钱，他们要法国人多出点钱，方肯还画。法国人出了七十五万法郎，把《晚钟》买了回来。所以《晚钟》现今藏在法国。世界上这画的复印品在各处都有发卖。诸君倘不曾见过，也可请先生借一张看看。

诸君！以上是"贫乏的大画家"米勒的故事。他的画一张要卖几十万法郎，而他的家里穷得两三天不得吃饭。这不是奇怪的画家么？这全是时候不同的原故。米勒活的时候，世界上的人还不懂他的画，没有人要买，所以他家里穷得两三天不得吃饭。米勒死后三十年，世界上的人都懂得了，大家争买他的画，不讲价钱，所以七十五万法郎也有人肯出。可见大画家比别的人聪明，比别人知道得早。这叫做"时代的先驱"。别的人都跟着时代走，米勒独自走在时代的前面。

做"时代的先驱"原是光荣的。但想起他在世时的贫苦，实在使人心中难过得很。《晚钟》卖七十五万法郎，只要把七十五万的零头五万法郎，在三十年之前给了描这画的人，就可使他少吃许多苦，而多描许多画。世界上冤枉的事，实在很多！不知是哪个在做这种恶事！真是疑问。

《拾穗》和《晚钟》是米勒的大作品。这两幅画的复印品，各处都可看见。恐怕诸君中看见过的人多，所以现在不用这两幅，而另选两幅给诸君看看。

*　　　　*　　　　*

现在大家来看画：这两幅画中，所画的都是贫苦的人。第一张画的是一个农家的妇人，在把水倒到两个瓶里去。前面有房屋、门，门外有梯、树。又有一群鸡鸭在向门外走。都是田家的风景。第二张是农家的屋里的样子。窗下坐着一个女人和一个女孩，她们大约是姐妹。姐姐正在把着妹妹的手，教她结绒线。第一幅是用色粉笔画的，有彩色；第二幅是用木炭条画的，只有黑色。所画的人和景物大约是米勒在村中看见的，或者是他想出来的。——但我们看画，不是"知道"了这等事就算了。画的是什么人，什么地方，什么东西，用什么笔画的，这等事其实都不要紧。因为看画不是要"知道"什么事实，而是要"觉得"什么滋味。一粒糖吃在口中，我们用舌头辨它的滋味。这时候我们口中"觉得"很甜，很舒服。看画犹之吃糖。吃糖的时候，"知道"了这是什么糖，几个铜板一块，哪里买来的，都没有用。一定要用舌头来尝，方才"觉得"甜。看画的时候，"知道"了画的是什么东西，什么地方，用什么笔画的，也没有用。一定要用眼睛来尝，方才"觉得"美。

请诸君用这个法子来看第一张画。诸君对着画张开眼睛，就看见画中描着的许多东西。倘然我问诸君："你首先看见的是什么？"诸君一定回答："打水的那个

米勒：《打水的女人》

女人。"不错，这女人在许多东西中是顶要紧的。所以看画的人的眼睛，总是先看见这女人，然后渐渐看到旁边的屋、后面的门、鸡、鸭、梯、树等。故在这画中，这女人叫做"主题"，就是主要的题目。其余的东西叫做"背景"，就是添描在主题的背后的景物。所以这幅画中所描的东西虽然很多，其实只有一种是主要的，其余的都是它的陪伴。好比一桌酒席上，只有一个主人，其余的都是客人。又好比一个教室中，只有一人是先生，其余的都是学生。凡是一幅画，必定要有一个"主题"。主题只有一个，不可以有两个。主题要放在画中最好的地方。放在中央觉得太呆板，放在角上觉得太偏僻。放在不中不偏的地方，像这幅画中的女人的地方，算最好看。诸君描画的时候，最要留心这一点。一把茶壶放在茶几上，茶壶就是主题。要放在不中不偏的地方。茶几和后面的墙壁等，都是背景。

请再看第二幅画。这里的主题是什么？自然是两个人。其余的窗、桌子、墙壁、地板等，都是背景。人虽然有两个，但抱拢在一块，看去好像

米勒：《针织课》

是一个。诸君倘画两只苹果，诸君的先生一定不把两只分开摆在左右。一定把两只摆拢在一块，使前面一只遮住后面一只的部分，然后叫你们看着了描画。因为两只摆拢在一块，就好像一件东西，就可作主题。倘两只分开，一左一右，就变成两个主题，但画是不可以有两个主题的，所以这不成为画。

图画上的主题，是很要紧的。我们要画图画，先要认定主题。有些人，往往在一张大纸上并排地画许多东西，而各不相关。这画中就没有主题，就不成为画。无论画得怎样精细，也是无用。诸君只要记着，好的画，画中必有一种东西特别显明，顶容易牵引我们的眼睛，而且只有一种。反之，不好的画，画了许多东西，而个个分散，没有一个牵引我们的眼睛。米勒这两幅画，你看主题多么显明！所以这是大画家的名作。

主题不限定一种东西。有的时候含有许多东西，但内中必有一个中心。譬如一个教室中，这许多人同是一个主题，但其中的先生是主题中心。又如开运动会，许多来宾环着许多运动者，这些人同是一个主题，但其中的运动者是主题中心，主题中的东西和背景，必须向着主题中心，受主题中心吸引。例如上课，学生必向着先生，教室中一切用具亦必以先生为中心而摆布。例如开运动会，观者必向着运动者，场上一切布置亦皆以运动者为中心。倘运动者不止一人，则其中又有一个中心的中心了。诸君上图画课的时候，有时先生拿了许多东西来放在桌子上教你们画。譬如苹果、香蕉、茶壶、茶杯……先生一定不把这许多东西像小孩子排排坐一样地并排在桌上。先生一定很用心地给你们布置，布置得很好，使它们有一个中心，使其余的东西都向着这中心,方才教你们描画。

请诸君记着:"描画要有一个主题。主题只有一个。主题要放在画中最容易看见的地方。主题要有一个中心,画中一切东西都要向着这主题中心。"

请再看第一幅画,打水的女人后面有墙,墙的中央开一扇门,门内有三四个鸭子正在走出去。我们试在图画上比一比它们的大小看:墙只有女人半个身体的高,门的高还不到半个身体,叫这女人怎样走出去呢?鸭子比女人的手还小,天下哪有这种鸭子呢?再看第二幅画:窗的框子,这一边高,那一面低,地板也每块大小不一样,越远越小,这屋子怎样可以居人呢?诸君大概都懂得这道理,东西越远,看来越小。但我要告诉你们,这在图画上叫做"远近法"。远的门比近的人低,这是诸君都容易看出的。然而有许多东西,不容易看出,画的时候往往要把远近法弄错。譬如画一册书放在桌上,往往有人把书的面子画得很方而大,把面子上的字照样写在画中的书面子上。这是大错的。我们坐在椅上看平放在桌上的书的时候,其实所见的书面很狭小,而且形状决不是方的,有时像梯形,有时像菱形。倘是一册厚的字典,则书的面子看来反比书的横头狭小。但学生们往往画错。这是因为他们不用眼来看而用心来想的原故。我在前面说过,看画不是要"知道"什么东西,是要"觉得"什么味道,故画不可用心来想,要用眼来看,像用舌头来尝糖味一样。看东西也要用这个看法。倘用心来想,"知道"这是一册书,而描一个大而长方的书面,那就描错了。倘不想起这是什么事物,当它是一件从来不曾见过的东西,而张开眼睛来静静地看,就"觉得"样子很妙,远近法就不会弄错了。原来平放在桌上的书,一头离我们近,一头离我们远,虽然相差甚少,但远的看来总比近的小,所以书的面子看来总不是方的。诸君能够用看画的方法来看东西,远近法不学也不会弄错了。

请看第一幅中,女人的裙子很暗,裙子旁边的地皮很明,所以裙子与地皮,两者都很显出,又如女人头上的头巾很明,但衬在后面的墙壁很暗,两者也很显出。墙外的梯和房屋很明,其后面的树木很暗,两者又很显出。再看第二幅中,母亲和女孩[1]都戴白头巾,穿白衣服,但她们的四周围都画得很暗,使这主题显出来。所以一幅画中,明与暗要配得巧妙。又要使画中的东西显出,又要明暗分量多少正好。明太多了,觉得太轻飘,暗太多了,觉得太气闷。明一半,暗一半,又觉得太呆板。试看这两幅画中,明暗变化很多,配得非常巧妙,所以这是名画。

我们静静地坐在画的面前,使画面上的形象照到我们的眼中,便"觉得"画的布置、远近、明暗,都非常美妙,好比吃一杯新鲜的牛奶,又肥,又鲜,又甜,又香。但倘有人问你这滋味到底怎样,你就说不出来,你只能请他自己吃一杯看。看画也是这样的。倘有人看不懂这两幅画,只能请他自己静静地坐在画的面前,用眼睛去尝它的滋味。

先用眼睛尝了画面的美味,然后再用心来想想画面以外的别的事体,这画看起来就更加美妙。犹之先尝了牛奶的美味,

---

[1] 似应作姐姐和妹妹。

然后再想这是新从牛奶棚里送来的,这里面是放砂糖的,这是母亲给我吃的……等事,就觉得这牛奶的滋味更加好了。例如第一幅画,我们既然"觉得"了画面的美,现在再想:像这打水的农妇多么勤劳,这农村的地方多么幽静。米勒能在平常的农村中看出这样美的样子,而画成这幅名画,多么聪明。原来平常的人,平常的地方,平常的东西,都有美的样子,从此我们也可以留心看出:美术这种学问,多么高深。又如第二幅画中,看姐姐教妹妹结绒线的样子,姐姐把自己的生活放在窗上,弯着身体,把持了妹妹的两手,教她结法,这姐姐多么亲爱,这妹妹多么用心。这房子虽然不很好,但很清静,姐妹二人坐在窗下做生活,这人家多么勤俭,又多么幸福。可见美不是富贵之家所独有的,贫贱的人家中,也尽有很多的美。大画家米勒能用前面所说的看画的方法来看世间,故能看出这种美,而描成名画。诸君倘能学得这看法,也可在随便什么地方看见很多的美,诸君的生活可更加幸福。倘再回想前面所说的米勒的故事,看到这两幅画就更加可爱了。

　　再想下去,我们就要想到米勒描画的时候的事。这两幅画是用什么东西描的?前面我说过,米勒很穷,没有钱买油画颜料,只得用木炭条来描画。后来稍有钱了,也画几幅油画及色粉笔画。但他的画中,木炭画最多。今天所说的两幅,第一幅是色粉笔画,第二幅便是木炭画。现在我们再来谈谈色粉笔画和木炭画的话。

　　色粉笔是各种颜色的粉笔,价钱很便宜,还有一种色粉笔画纸,是一种青灰色或焦黄色的厚纸,纸面很糙,粉笔容易擦上，文具店内都可买到。画法同用白粉在黑板上写字一样，画时又可常常用手指擦一擦匀净。画好之后，用一种胶水吹在画面上，粉屑就不落脱。这胶水叫做"定止液"，大的文具店内也有得买。如买不到，用后面所说的木炭画的定止液也可。吹过定止液，就可放在画框中，挂在壁上观赏了。

色粉笔画近来世界上用的很多，因为它用具很简便，又画的颜色很鲜明，很柔和，非常可爱，所以近代的画家都欢喜用它。学生上图画课，用色粉笔最好。因为它价钱便宜，携带便利，又颜色很多，可以描出很复杂而美观的画，比铅笔画兴味好得多。

木炭画，画法与色粉笔一样，也是用木炭条画在纸上，也可用手指擦匀，画好后也要吹定止液。木炭画用具，现在各处文具店也都有发卖，价钱也很便宜。木炭画纸是一种上面有条纹的白纸，定止液可以自己做：买一瓶火酒，几两松香，和一只衣匠用的喷水筒。把松香敲碎，放在火酒瓶里，后来松香溶化在火酒里，这就是定止液。用的时候，把液倒入喷水筒中，吹在画面上，木炭屑就不会脱落了。

人家家里，常常有装在玻璃框中的肖像，挂在壁上，好像大的半身照相。不晓得的人，以为这就是木炭画，其实不对。那种叫做擦笔画，是用锅子底上的煤，或煤做成的墨条描成的。描的时候先在一张小照片上打了格子，然后再在纸上放大来。这种画很没有兴味，又没有道理。这是商人为卖钱而画的，诸君大家切不可学。现在我所说的木炭画，是图画练习上最重要的一种画法。诸君将来长大了，倘要做美术家，而入美术学校，必定要先画两三年木炭画。木炭画只用黑的木炭条画在白纸上，不用别的颜色。但木炭画画得好了，别的油画、水彩画、色粉笔画等自然会好起来。所以木炭画叫做"素描"，就是说不用颜色的描画；又叫做"基本练习"，就是说这是学画的底稿，好比房屋的地基。从古以来，一切画家，没有一人不先练习了木炭画，然后再描别的水彩画，油画等。只有米勒一直欢喜描木炭画，他的名画也都用木炭画成。故木炭画向来只当作底稿，到了米勒而贵重起来，当作一种正大的画法。米勒的多描木炭画，是因为他很穷，没有钱买颜料的原故。可见伟大的人是不怕穷的。穷不能害他，反而造出了正大的木炭画法。

从古以来，世界上大画家很多，只有米勒可以永远做我们的先生。他的志气，他的见识，他的耐苦，和他的画法，他的色粉笔画，他的木炭画，我们都可以学习。所以我们鉴赏西洋的名画，从米勒开始。

第二讲　说诳的画与真实的画[1]

说诳是最坏的事；但在画里面，却可以说诳。"说诳的画"与"真实的画"都是好的美术。什么叫做说诳的画与真实的画？看了这两幅画便知道。

第一幅画，题目叫做《市街战》〔即《自由领导人民》〕。所画的，是正好一百多年前（一八三〇年）法国"七月革命"时巴黎市街中打仗的样子。真的打仗是可怕的事，但这幅画中所画的打仗，并不可怕。一个赤膊的女人，右手拿一面法国的三色旗，左手拿一管枪，走在前面，许多人跟了她走来。这女人不是人，是天上的神，名叫"自由女神"。"自由"就是不受束缚。譬如游戏的时候，有人拿一条绳，把你的手和脚束缚了，使你不能拍球，不能走路，这叫做不自由。有人给你解脱了绳，你不受束缚，可以随便游戏，这叫做自由。自由女神便是给我们自由的天神。跟在她后面的许多人不是兵，有的是学生，有的是商人，有的是工人，他们为了受着束缚，不得自由，所以打仗。自由女神就从天上降下来，领导他们，给他们自由，教他们为自由而打仗。试看后面的人，有的戴铜盆

---

[1] 本篇原载 1930 年 2 月《教育杂志》第 22 卷第 2 号。

帽[1]，穿大衣，像是大学生，有的戴便帽，像商人、工人。有的拿手枪，有的拿肩枪，有的拿刀，最前面还有许多人已经被打死了，躺在地上。他们都很苦，为了受着束缚，不得自由。女神是来救他们的。

德拉克洛瓦：《自由领导人民》

但他们所受的束缚，不是一条绳，是一个不好的国王。这国王名叫查理第十，凶恶得很，常常说出没有道理的话来，叫国内的人民去做。人民大家受苦，好比身上缚了一条绳，不得自由，所以要打仗。这打仗叫做"七月革命"。待我把这事讲一点给你们听。

---

[1] 作者家乡的人称礼帽为铜盆帽。

大约中国清朝的道光年间,法国的国王查理第十,凶恶得很,他恐怕人民多读了书要聪明起来,故不许卖杂志,不许多印书,又把国内的师范学校统统关门,使法国的孩子没有先生教导。他对人民说:"国王是国里最大的人,大家要听我国王的话。"国王旁边有许多议员听见国王说这话,大家不高兴。国王知道了,把议员们都赶出去。这是一百多年之前,即一八三〇年七月二十五日的事。议员被赶走了之后,国里的办报的记者们大家动怒,就在二十七日的报纸上骂国王的不好。国王知道了,叫警察把记者捉进牢狱里,把报馆都封闭。这国王实在太凶了。人民不得读书,不得看杂志和报纸,一切都要听国王的话,实在太不自由了。所以到了七月二十八日那一天,就有无数的学生、工人、商人,在巴黎打起仗来。他们拿了石头、滚开水和刀枪,来打国王。国王派一万一千个官兵来杀他们。然而学生、工人、商人,人数很多,官兵哪里能杀他们?反而被打死了八百个,打伤了三千个。国王就被赶走。七月三十一日,他们请一个好的人来做国王,这新王名叫路易·菲力普。这一回打仗,就叫做"七月革命"。这是西洋历史上很大的一件事。

知道了这件事,然后可以看画。画的便是七月二十八日的样子。躺在地上的死人便是官兵。学生们和工人商人们并非欢喜杀人,只因要使几千万的人"自由",所以杀死国王的士兵。他们为了"自由"而打仗,好比有一个天神在那里教他们,领导他们。所以画家就画一个"自由女神"在他们的前面。这是很巧妙的画法,使人看了这画,知道他们这打仗不是坏事,是天教他们打的。但我们要晓得:并非七月二十八日那一天果真有一个天神在巴黎的市街中领导学生们和工人商人们打仗。"自由女神"是人们空想出来的,并非真可看见。

你们读到这里,心中自然要想:"自由女神既然是看不见的,那么,这画家说谎了。"不错!不看见而说看见,的确是说谎。但这不过是像说谎,并不是真的说谎。真的说谎是最坏的事,但画中的说谎却是很好的事。因为画家不看见自由女神而画一自由女神,与孩子不见先生而说看见先生,意思是不同的。画家要画"自由"这样东西,而画不出来,所以空想出一个女神来代表。法国的学生们和工人商人们的在市街中打仗,并非欢喜杀人,他们是为了要救千万人的苦恼而打仗,为了求千万人的"自由"而打仗。这好比有一个天神在那里教他们,领导他们。画家画一个天神在他们前面,使看画的人看了可以知道这个意思。所以画家不过好像说谎,并不是真个说谎。画家这说谎非但没有害处,又有好处。倘使不画出自由女神,人们看了画便不能懂得法国人为自由而打仗的意思了。所以我说,在画中却可以说谎。

画中的说谎,你们试想一想,多得很呢!大家都看见过"天使"的画。天使是一个赤身裸体的小孩,背上生一对翼膀,在天空中飞行。世界上哪有背脊上生翼膀的孩子?这不是说谎么?大家都看见过踏在白云上的观世音菩萨的画,但观世音菩萨是看不见的,且白云是不能载人的,所以这也是说谎。

不但画中有说谎,你们所读的童话和故事中,说谎更多呢!会讲话的猫,会走路的洋囝囝,人头的鱼,和人头的狮。我们不但不嫌他说谎,反而觉得这种说谎很有趣味。试看这幅画:受凶恶的国王束缚着的人民,多么可怜!多么勇敢!他们不顾自己的性命，拿了刀枪来和官兵打仗。幸而有这慈悲的自由女神，热心地领导他们，可知他们一定能够打退官兵，赶走那凶恶的国王，重新得到自由的欢喜。我们看了这光景，心中也觉得欢喜。倘然没有自由女神领导，而仅仅画一幅市街战的光景，那就使我们看了觉得非常可怕，全然没有欢喜的趣味了。

*　　　　*　　　　*

说诳的画固然很好。但一幅画，并非一定要说诳才好，不说诳的"真实的画"，也一样是很好的。试看第二幅画，便可知道。

第二幅画，题目叫做《筛麦的女子》。画的是农家的屋里的样子，三个人在屋里做工。地上铺一块毡子，中央一个女人

库尔贝：《筛麦的女子》

跪在毡子上，两手捧着筛子，用力地筛麦。她的后面另有一个女人坐着，在那里拣选麦粒。她的前面，壁脚边放一座扇麦的风车，一个小孩在那里管这风车。壁角里放着三大袋的麦子，都是他们所筛好的。地上放着许多箩、钵等家伙。他们不说话，不看别处，各人专心做工，辛苦得很，忙得很。

这幅画中也有说诳么？一点儿也没有！这完全是农家的真实的样子。秋天，农人收米麦的时候，我们走到乡下地方去，就可看见许多农家的工作，和这画中所画的样子差不多。这是很常见的样子，一点也没有稀奇的东西。女人和小孩的衣服都很旧，相貌也都是乡下人的样子。屋子里除了作工的东西以外，没有别的装饰，连桌子椅子也没有。这是一家贫苦的人家，女人必须作工，方才可有饭吃。小孩子也不得游戏，必须帮助他的母亲和姐妹做工。他的父亲大概正在田野中割麦吧。

有的人看了这幅画，心中这样想，"这种事体很常见，并不稀奇，这画有什么好呢？"但这人就是不会看画的人了。读过前回的贫乏的大画家的小朋友，一定知道这人的话是错的。贫乏的大画家米勒，从来不画稀奇的样子。例如皇帝、美人、宫殿、富家等，米勒一幅也不曾画过。他所画的，统是农夫、工人、田野、乡村。现在我们所讲的这幅《筛麦的女子》，正同米勒的画一样。原来在这世界中，美丽的东西很多，处处皆有。人们的眼睛不会看，以为只有皇帝、美人、宫殿、富家是美丽的，其余常见的东西都不稀奇。聪明的人，能不想起稀奇不稀奇，值钱不值钱，而仔细地看身边的东西，故可在随便哪个地方看见美的样子。米勒和画这幅《筛麦的女子》的画家，便是聪明的人。你们每天从家里到学校里,又从学校里回到家里,所看见的东西,好像已经看厌,并不稀奇,并不美丽。其实是不仔细地看的原故。倘仔细地看来,庭中的花多么美丽,屋角的蜘蛛网多么美丽!小弟弟们游戏的样子多么美丽!街上挑担子的人的样子,水边洗衣服的人的样子,靠在桌上写字的小朋友的样子,都是很美丽而可画的。母亲给你两只橘子,你不要立刻吃了。先放在窗下的桌上的盆子里,给它画一张画,你就可看见橘子的美丽了。不但是红红的橘子,就是一个书包,一顶帽子,一双皮鞋,仔细地看,仔细地画起来,也都是很美丽的。

有一段故事,可以讲给你们听:从前有一个很和善而聪明的人,他看见一条河上没有桥,走路的人很不便,就每天在河边摇一只小船,给人们摆渡,晚上就宿在河边的小屋里。有一个冬天的晚上,雪落得很厚,风又大得很。半夜时光,这摇船人正在河边的小屋中睡觉,听得对岸有人喊"渡船!"他想,天这样冷,风雪这样大,又是黑黑的半夜里,叫我怎样起来撑船呢?但他又想到了喊渡船的人,这样寒冷的风雪中站在河岸上,多么苦痛!他就披了衣裳起来,走出小屋,去给他撑船去了。在风雪中,他望见对岸的人穿一身白衣,缩着两肩,站在岸上。他把船撑了过去,那人下船。仔细一看,原来是一个褴褛的叫化子,他的破衣服上落满了雪,望去好像是一件白衣。摇船人心中有些不高兴,他想,这叫化子真可恶,风雪的半夜叫我起来撑船!但他又想到,叫化子也是人,而且比我更苦。他就不说什么,用力地把船撑过了河。上了岸,摇船人回到小屋中，想要关门了，那叫化子也走了进来，对他说："我没有家可以归去，你让我在这里宿一夜好么？"摇船人心中有些讨嫌，但听他说"没有家可以归去"，觉得很可怜，就答允了他，教他睡在旁边的榻上。摇船人刚才睡着，那叫化子叫了起来："我的肚子饿得很！你可给些东西我吃么？"摇船人被他叫醒，实在有些恨；但听见他说"饿得很"，心就软了。"你自己开开橱门来拿吧，但不要把我的面包吃完，我明天的早饭都在这里了。"叫化子开了橱门，不久，他把一块面包和半瓶葡萄酒统统吃完了。摇船人因为很吃力，贪睡，也不去管他。叫化子吃饱了，躺在榻上，但并不睡觉，只管翻来覆去，口中叫那摇船人："冷得很呢！我不要一人睡在这榻上，我和你一同睡，好不好？"摇船人恨极了。但他终是和善的人，故并不骂他，就让他钻进自己的被窝中，睡在脚边。哪晓得这叫化子吵得还不够，又在脚后面叫了："睡在你脚后面，还是很冷呢！最好同你睡在一头！"他就坐起身来，钻到摇船人的头边，把褴褛的衣服紧紧地贴在他的身上了。摇船人耐住了性子，一句话也不说。他想，现在总不会再有话了。谁知道这叫化子又叫起来："还是很冷呢！请你抱了我睡觉，可以暖一点！"摇船人回头对他一看，原来这叫化子生着癞疥疮，满身是脓血，气味臭得很，教他怎样抱得上呢？但叫化子一定要他抱。他想，横竖这样了，早些睡觉吧。就闭着眼睛，闷住了鼻子，伸手去抱住了这生癞疥疮的叫化子而睡觉了。他的鼻管偶然一开，忽然闻到一阵檀香的香气，觉得很奇怪！再闻一下，那香气更浓，好比到了庙中的佛殿上。他就张开眼睛来一看，原来他所抱住的不是生癞疥疮的叫化子，已经变成一位金身的佛菩萨了！

照这段故事中的道理想来，人们看惯了常见的东西，不肯去仔细看它，所以觉得常见的东西都不美丽。只要有人肯仔细地去看，无论什么东西都可以描成美丽的画。人们都以为农人和工人很丑恶，农场和工场很龌龊，农作和工作很劳苦，不肯仔细地去观看他们，所以不能知道他们的好处。画《筛麦的女子》的画家就不然，他很仔细地观看平常见惯的农人和工人的样子，到底被他看出了美丽的地方，画了许多有名的画，《筛麦的女子》便是其中的一幅。他好比那个摇船人，不怕叫化子的龌龊而抱了他睡觉，到底被他看见了佛菩萨。

* * *

稀奇的东西可以画成很好的画，像如自由女神便是。常见的东西也可画成很好的画，像筛麦的女子便是。换一句话，说诳的画也好，真实的画也好。这两幅画虽然都是好的，但看起来趣味到底不同。看了第一幅画，好比做了一个夜梦。梦中的样子很稀奇，但醒转来一想，这是假的。看了第二幅画，好比看了一出新戏。戏中的样子虽然很平常，但确是真的人在那里做的。看第一幅画时，我们眼睛要看，心又要想许多别的事体（国王的凶恶，人民的苦恼，七月革命，打仗，求自由平等）。看第二幅画时只要用眼睛看，不必再在心中想起画以外的事体。所以这两幅画趣味完全不同，这是因为画这两幅画的画家性情完全不同的原故。

画《市街战》的人名叫德拉克洛亚〔德拉克洛瓦〕（Eugène Delacroix，1798—1863）。他的性情很欢喜"新鲜"的和"稀奇"的东西。他觉得世界上只有"新奇"的东西是美的，所以描画都选用新奇的东西。打仗、神仙、跑马、猎人、打狮子等，是他所最欢喜画的。他的画，颜色画得很鲜明，所以人们称他为"色彩画家"。又有人说"他的色彩中好像有火"。试看这《市街战》，色彩多么鲜明！旗子上的红色真个像火一般。德拉克洛亚画了这幅画之后，就有许多画家大家看他的样，也画新奇的东西，用鲜明的色彩了，这一班人就叫做"浪漫派画家"。德拉克洛亚是浪漫派中顶大的画家。

画《筛麦的女子》的人名叫库尔倍〔库尔贝〕（Gustave Courbet, 1819—1877），也是法国人。他同德拉克洛亚正好相反，最不欢喜眼睛看不见的东西，或不容易看见的东西。他觉得那种都是假的，只有眼前的常见的真实的东西才是美的。他看见从前的画家所画的天使，就大骂道："哪一个看见过背上生翼膀的天使？画天使的人都是疯子！"所以他自己画的都是些平常见惯的样子。农人、工人是他所最欢喜画的。他的画很真实，画中的东西都要画得同真的东西一样，一点都不许空想出来。又很周到，无论画的角里一件小小的东西，也要用心描写，写得同真的东西一样。他比德拉克洛亚年轻二十多岁。他描画的时候，德拉克洛亚已经年老。世界上的人渐渐不再欢喜德拉克洛亚的画，而欢喜库尔倍的画了。因为人们想想看，库尔倍的话的确不错，"哪一个看见过背上生翼膀的天使？哪一个看见过自由女神呢？"世界上的画家就大家看库尔倍的样，也用功描写真实的画了。这班人就叫做"写实派画家"。库尔倍是写实派中顶大的画家。

前回所说的贫乏的大画家米勒,比德拉克洛亚年轻十六岁,比库尔倍年长五岁。他们都是法国人。米勒的画,比较德拉克洛亚是"写实的"。但他专画农村和田野,又欢喜画出静静的,悲哀的,可怜的样子,不肯像库尔倍地画得完全同真的东西一样,所以他的写实工夫不及库尔倍的深。米勒是夹在德拉克洛亚与库尔倍的中间的画家。这三个大画家的画都是好的。但不知读者欢喜看哪一个的画?

*　　　　　*　　　　　*

德拉克洛亚虽然不是"写实派"的画家,但他的画法也是很写实的。试看那幅《市街战》,自由女神的样子,好像一个真的女人。躺在地上死的人,个个都同真的一样可怕。可知"写实"的工夫,在学图画的人是很要紧的。无论学哪一派的画,先要用功"写实"。要用功"写实",就要画"写生画"。

写生画,就是把东西放在眼睛前面,仔细地看了样描写。你们在学校中上图画课,先生就教你们画写生画,先生拿一把茶壶放在桌上,教你们大家照样画出来,这时候第一要紧的,是要仔细地观看,周到地描写出。切不可因为茶壶是常见的东西,并不稀奇,就不肯仔细观看,随便地描几笔。无论一把茶壶,一个帽子,一只苹果,一只香蕉,仔细地看起来,就觉得越看越有兴味,仔细地描起来,就觉得越描越难描。这时候你的图画就会进步了。

茶壶是白色的,但你们不要想起它是白色,而用白粉涂抹,你们要用眼睛来仔细地看。仔细看时,就可看见近窗的明亮的一面多白色,但另一面却很阴暗,并不是白色,内中有青的、绿的或焦黄的各种颜色,非常美丽。又明亮的一面中,最明亮的地方也不一定是白色,有时稍微带淡蓝色。但颜色只能用眼睛来看,不能用口说出。所以我说青的、绿的、焦黄的、淡蓝的,其实都无用。因为"青"有各种各样的青,"淡蓝"也有各种各样的淡蓝,说不清楚。学校中上图画课时,有的学生常常要问先生:"先生!画桌子用什么颜色?"这是很没有道理的话。颜色只能看而不能说,所以先生一定不能回答他。假定先生回答他说"用暗黄",但暗黄有各种各样的暗黄,用哪一种才对呢?所以画写生画的时候,只要自己看,不必问先生。你们看到桌子的色彩,不必问他叫什么名称,只要自己用颜色来拼,把拼出来的颜色同眼前所见的桌子的颜色相比较,比较起来相同了,就可描在画中,这是最好的写生画法,也最有兴味。请大家记着:写生画是看和描的功课,不必开口问先生。问"画桌子用什么颜色"的人,都是呆人。他们的图画一定不会进步。

  描写生画时,还有一事要记着:不可移动所画的东西。先生把苹果、香蕉,好好地摆在桌上,教你们看了描写。要摆得好看,很不容易。有时两只苹果太离开了,有时香蕉太横倒了,都不好看。所以先生的摆法,很用心思,不是随随便便摆的。这摆得很好的苹果香蕉,或茶壶茶杯,或花瓶和花,在写生画上名叫"模特儿"。模特儿摆好之后,不可移动。因为一移动,摆的样子,就变过,已经在描写的人,就不能看见本来的样子了。不懂写生画的孩子,一走进图画教室,看见桌上的东西,就伸手去拿来看。不懂图画的大人也常常这样。这是最不好的事。移动模特儿的人，都是不懂图画的人。

写生画之外，又有一种叫做"临画"。临画就是不摆真的苹果香蕉的模特儿，而用别人已经描好的画来照样画一张。这是不好的画法，你们切不可学习。我看见有许多学生欢喜买一本画帖，照了画帖描写。这种人的图画，一定不会进步。画帖是教你们"看"的，不是教你们"临"的。画帖中有几幅色彩很好，或笔法很好，原可以用一张废纸，照它的样子练习一下。练过之后，就把废纸抛弃，但不可完全照样地描成一张画，因为这是没有意思的，这好比抄别人的作文。作文要自己做出来的才好，拿别人所做的来抄一遍，有什么意思呢？从前我看见有几个学校，先生拿出版社出版的画帖教学生临写，就把临写下来的画装在玻璃框中，挂在学校的会客室里。这是多么可笑的图画成绩！挂在会客室里，反而倒霉！

写生画是"真实的画"。熟练了写生画之后，别的画就都会描。你倘欢喜那种"说诳的画"，也可以画几张看。那也很有趣。譬如你看见你的小妹妹跳舞同蝴蝶一样好看，便可在她背上画一双蝴蝶的翼膀。你看见百合花好像在对你笑，便可在花心里画一个笑的脸孔。又如你看见月亮非常可爱，想到月亮里去玩玩，便可画一个人骑在一只大鸟的头颈上，飞到月亮里去；或者画一个月亮姐姐挂下一只篮子来，你便坐在篮子里吊上去。这都是很有趣的画。

第三讲　一个铜板的画家官司[1]

请看这两幅名画，这是英国和美国的大画家所画的。英国最大的画家叫做泰纳〔透纳〕（William Turner，1775—1851），他的最有名的画就是这幅《战舰》[2]。美国最大的画家叫做辉斯勒〔惠司勒〕（James Abbott Whistler，1834—1903），他的最有名的画就是这幅《母亲的肖像》。

透纳：《战舰》

---

[1] 本篇原载 1930 年 3 月《教育杂志》第 22 卷第 3 号。
[2] 又名《老舰》或《战舰无畏号》。

惠司勒:《母亲的肖像》

我们普通说起"西洋",例如西洋音乐,西洋史,大都先使人想起欧洲大陆诸国,后来才想到英国和美国。英国和美国的确不在西洋的中心;因为英国是三个岛子附在欧洲大陆的旁边;美国是近代才寻着的一块新大陆,和欧洲大陆隔着很远的一片大西洋,不过其人民是从欧洲移住过去的。所以西洋的文明以欧洲大陆为中心点,英美是其分枝。在美术上,情形也是如此。譬如说起西洋画,我们就首先想起法兰西的画,意大利的画。英国的画和美国的画都是从法国和意大利传授去的。研究了法意的美术,即使不看英美的美术,也可说是懂得西洋美术了。反之,只看英美的美术,而不研究法意的美术,就不能知道西洋美术的本身。所以意大利和法兰西在西洋美术上是最重要的两国。诸位将来倘要做美术家，必须先把这两国的美术仔细研究，英美的美术，即使不研究也不妨。

然而说到名画家与名画，在英美并非没有。英美正有几个天才的画家和著名于全世界的杰作，我们都非知道不可。像现在所举的两张画，就是可以代表英国画和美国画的作品。我为诸位谈西洋名画，所选的画幅，大部分是欧洲大陆的画家的作品，法国人和意大利人的画更加多。只有这两幅画，是英美的画家的作品。

说起英美的画家，我就想起一回很有趣的打官司的事件。现在先写出来，当作一个话头。

美国从来只有一个大画家，就是前述的辉斯勒。诸位都晓得，美国是新近由哥伦布寻着的新土地；寻着之后就有欧洲人迁居过去，后来出了有名的伟人林肯、华盛顿，成了一个世界有名的大国。但他们的立国只有百多年，大的学问家、美术家在美国当然不多，所以辉斯勒是美国最初的，又最大的画家。他从小在美国学画，二十一岁的时候，游学欧洲，来到了欧洲美术最兴盛的法京巴黎地方。这时候，法国美术界上正在提倡一种新的画法，名叫"印象派"。有两个法国画家，一个名叫马内〔马奈〕（Manet），一个名叫莫内〔莫奈〕（Monet），就是发明这"印象派"的画法的人。他们的画法，凡画不必仔细地描写，只要画出一片模模糊糊的光景就好了：譬如描一朵花，勿必把花瓣一张一张地描出，只要把半张开眼睛时所见的模糊的样子涂在画布上，远看时活像一朵花，就是好的画了。又如描一个人的脸孔，不必把须眉一根一根地画清楚，也只要照半开眼睛所看见的样子画出,远看活像一个人的脸孔就好了。所以他们的画大都近看只见一堆一堆的颜料,全不精细,远看时方才看得出它的好处。照这种画法,在从前的欧洲没有人用过,马内和莫内是最初提倡。所以欧洲的人大家不欢喜这种新派画,差不多没有一个人不唾骂。然而马内和莫内的新画法决不是乱涂,也是很有道理的(将来我再详说这个道理)。所以懂得画理的人并不反对,却很佩服他们,又学他们的画法。美国的大画家辉斯勒便是这样的一个人。他一到法国,看见了这种新派画,心中很感动,就学习马内的画法。他的画注重色彩,红的、黄的、蓝的用得很鲜明。又注重光线,明的、暗的配得很巧妙。他在巴黎住了好久,画法十分进步了。他的作品中,最多的是人物肖像画,色彩、明暗、布置都很巧妙。次多的是风景画,大都鲜明、清雅,使人看了心中很轻快。作品既然多了,他就离开巴黎,到英国去游历。一八七八年,辉斯勒来到英京伦敦,把自己的画陈列起来,开一个个人作品展览会。因为他是印象派的画家,他的画中肖像画最多,故他的展览就称为"印象派肖像画展览会"。印象派的绘画在今日的世界上固然大家都已懂得,但在那时候(七八十年前),法国人尚且要唾骂,英国人当然也不欢喜看。就中有一个英国很有名的学问家名叫拉斯金〔罗斯金〕(Ruskin)的,也反对辉斯勒的画。拉斯金是世界上大名鼎鼎的博学家。他通达各种学问:文学、美术、工业、政治、经济、科学,没有一样不精通,所以他的见识很高,他是世界有名的大批评家。一张画,倘拉斯金批评好,大家就相信它是好的画了。但是这位大批评家对于印象派的画，始终不欢喜。因为他所最欢喜而赞美的，是描这幅《战舰》的英国大画家泰纳的画。他曾作一册很大的书，名叫《近代画家》，评论近代西洋诸大画家。结果，他所最称赞的是泰纳。他以为近代画家中没有一人能及得泰纳。他看了辉斯勒的印象派肖像画展会，嫌他的笔法太粗草，色彩太杂乱，批评很不好。内中有一幅题名为《黑与金的夜曲》的，最使拉斯金不欢喜。他就写了一段批评文，登载在伦敦的报纸上。批评文中说：

"辉斯勒是把颜料瓶倒翻在画布上了，给大家看。"意思就是说，他的画犹之倒翻了颜料瓶，全是乱涂，没有什么意思。

辉斯勒自己努力研究新派的画法，开这个展览会，原是要宣传他的新派画法。现在被拉斯金骂了一顿，心中十分动怒。他对人说："我的画，自有新派画法的道理。拉斯金不讲道理，把我的画看作倒翻颜料瓶，明明是故意捣乱。他不是批评我的画，他是毁坏我的名誉。毁坏名誉是犯法的。我要和他打官司。"

辉斯勒就向法庭起诉，说拉斯金毁坏他的名誉，请法官查办。法官就差人去叫拉斯金来。审判之后，知道他们两人各有道理，而且两人都是当代的名人。一个是美国最大的画家，一个是英国最大的批评家。他们的打官司，不比平常人的争权夺利，他们是为了伟大的艺术上的高深的问题而争论。法官觉得非常困难，教他怎样审判这件案子呢？后来他一想，艺术是艺术，法律是法律，我是管法律的人，只要照法律判断。拉斯金的批评自有高深的理由，不过他的话骂得太凶，的确有伤于辉斯勒的名誉，应该有罪。但他究竟是当代最大的批评家，况且是为了艺术批评，说他犯罪，又似乎太严。教他怎样判定拉斯金的罪，倒是一个很难的问题。他终于想出了一个很聪明的办法。他就说道：

"拉斯金应该拿出罚金。"

拉斯金问他要罚多少洋钱，法官判断道：

"罚一个铜板。"

拉斯金就在袋中摸出一个铜板来，递给法官。大家散出法庭，这场官司就完结了。

英国的钱币中，最小的叫做"法新"[1]（"farthing"），法新是铜币，犹之中国的铜板。一个铜板，是最小的钱。比铜板再小的钱，是没有的了。但人们打官司，罚金总是几十元，几百元，或几千元，从来没有罚一个铜板的。这法官罚拉斯金一个铜板，完全是他的聪明的办法。因为倘然认真地要他出罚金，对不起这位大批评家；不要他出，又不能解决这场官司。现在要他出一个铜板，罚总算罚了；但人们都知道这是开玩笑，不是认真定拉斯金的罪。拉斯金当然懂得法官的意思，所以立刻出了一个铜板，并不当作失面子。辉斯勒心中也佩服法官的聪明的手段，就退出法庭，不再生气了。这一回打官司，好比小孩子游戏，又好比做了一出趣剧，并无得失胜负的话。伦敦的人盛传这件有趣的新闻，咖啡店内，酒店内，到处有人谈着这件趣事。后来变成了一个有名的逸话。辉斯勒和拉斯金

---

[1] 一译法寻，等于四分之一旧便士。

的名望，因了这个逸话而更加高大了。现今这两位名人都已逝世，这件趣事就变成了美术史上的珍谈，全世界的人都知道了。

辉斯勒原是一个世界著名的大画家。《母亲的肖像》，是他的一切作品中最好的一幅。这幅画陈列在展览会中，法国人看见了大加称赞。法国政府就出了很多的金钱，向他买了这幅画，运回法国，到现在还供藏在巴黎的罗森蒲尔〔卢森堡〕美术馆中。辉斯勒的画被法国政府买去，陈列在美术馆中之后，他的名望更加大起来了。他自己说：

我自己确信《母亲的肖像》在我的一切画中是最好的作品。这幅画应该有被法国政府收买的光荣。

请仔细欣赏这幅名画：虽然没有印出色彩，但看其画中各物的布置，明暗的配合，已经很安定而自然了。在不懂画的人想来，要在一张长方的纸中画一个老太太，是一件很容易的事体。只要画得面貌像，衣服不错，就是了。其实像不像，错不错，并不是难事。美术上最难而最重要的事，是纸上的"布置"。例如这幅画中，母亲的坐位倘再移向前面（母亲的面前）一些，母亲背后的一条空地就嫌太阔；反之，倘再移向后面一些，这一条空地又嫌太狭。倘移高一些，母亲的面部太近于画的边上，很不自然；反之，倘移低一些，椅子脚从画边上生出，又切去的裙子太多，更不自然。故母亲的位置的高低左右，只有这样是最安定又最美观，不能再改动一点了，母亲是这幅画中的主要的题目，其余的照相镜框、幕、搁脚凳都是背景。背景的布置，也一样地要讲究。例如母亲面前的镜框倘拿去了，这块墙壁就很冷静而无趣，所以这是不可少的。但倘壁上再多挂一些东西，又嫌太乱杂了。不但如此，就是它挂在壁上的位置的高低左右，也不可改动一点，改动了就不自然而不美观，诸位可以自己想象。还有母亲的头后面的小半张镜框，在画的布置上也极有用，决不可省去。倘然不画这小半个镜框，母亲背后的一条空地中就寂寞而全无趣味了。深色的幕，为什么要画这一大块？因为母亲的衣服是深色的，倘画中别处没有深色的地方，母亲的衣服就孤独而无照应；有了这幕，明暗的配合方才平均。还有母亲脚下的一个搁脚凳，在画面的美观上是很有价值的。就形状而说，母亲膝前一带地方，裙边、鞋、幕边，都是柔软的曲线，全靠有这搁脚凳的刚强的直线，这一带地方方才有变化而热闹起来。就明暗而说，这一带地方都是灰色的暗调子，少有变化，加了搁脚凳，明暗的变化就比较多了。又如长方形的镜框的四边有刚强的直线，恰好与其邻近的颜面、身体、幕布等柔软的线相对照。母亲背后的椅子脚细小而刚强有力，和母亲的衣服的曲线也有对照的效力。……倘再静静地仔细观赏起来，还有许多巧妙的地方是口上所说不出的。这种布置的方法，在西洋画上名叫"构图法"。图画上有许多法则，例如色彩法、远近法、构图法都是要学习的，就中构图法最为要紧。一张画可用一只风筝来比方。画的构图（就是布置），犹之风筝的骨子。春假的时候，有几位小朋友欢喜自己制风筝来放。他们都知道：制风筝，第一须把骨子扎得正确，然后糊上纸张，施上色彩，拿到田野中去放，一定放得很高。倘骨子不正确，无论纸张糊得怎样精致，色彩施得怎样美丽，这风筝一定放不起来。一张画也是这样，倘构图不好，即使色彩很丰富，远近法很正确，到底不能成为良好的作品。

诸位练习图画，先要留心画纸上的布置。凡画一件东西，不可任意画下去。必先想一想，怎样摆法才好看？想定了摆法，然后动笔描画，至于练习构图法，可以读构图法的书；但多看名画，多请先生指教，比读书更为有益。像辉斯勒的《母亲的肖像》，可以装在镜框中，挂在书房中的壁上，常常看看，很可悟通构图的道理。

*　　　　*　　　　*

描这幅《战舰》的英国大画家泰纳，前面已经说过，是拉斯金所崇拜的大画家，时代比辉斯勒早。泰纳死的时候，辉斯勒还是一个十余岁的孩子，所以泰纳的画派自然比辉斯勒老一点。但画派的新旧，不过是时势的变迁，与艺术的深浅没有关系。泰纳的画比较现今的画，虽然是旧派了，但其艺术的价值仍旧伟大。而且新派的画法，大都是从旧时代的伟大的艺术中发生的。故旧时代的大画家，往往是新时代的画家们的先生。泰纳便是这样的一个人。前面说过，英国的大批评家拉斯金崇拜泰纳，而痛骂印象派的画家辉斯勒，似乎泰纳的画法和印象派的画法是相反对的。但据许多艺术论者的考究，泰纳与印象派并不相反对，泰纳正是印象派画家的先生。所以拉斯金的批评，实在过于偏见，应该罚他一个铜板。何以知道泰纳是印象派画家的先生呢？前面所说的印象派的大将法国人马内，最初并不描注重色彩的印象派绘画，有一次他到英国来游玩，在大

英博物馆中看见了泰纳的画,心中十分惊佩。他说:

> 这样鲜明的光线,这样复杂的色彩,是我们法国人的画中所从来不曾见过的。这正是有生气的绘画,我们应该学习这种画法。

他回到法国,从此努力学习泰纳的光线与色彩,后来就创立了印象派的画派。这样看来,泰纳的确是印象派的老祖宗。试看这幅《战舰》,光线与色彩何等鲜明而复杂!一片天光接着一片水光,画面全部明亮,中间的战舰映成灿烂的复合色。印象派的画法实在早已在这幅画中用过了。

泰纳的为人,性情也很特别。他的父亲是一个剃头司务,家里本来很穷。后来泰纳做了有名的大画家,家境渐富裕起来,但他的生活仍旧非常俭朴。他同他的父亲在人家的屋顶上租了一间小房间。他就在这小房间中描画。他们每天吃的东西非常粗劣。卖画所得的钱,都储蓄起来,永不使用。开展览会的时候,每张画要装配金边的镜框。镜框的价钱很贵,泰纳不舍得出许多钱去买镜框。他的父亲就用木头亲自制造镜框,比买的便宜得多。做剃头司务的父亲又会做木匠司务,真是很难得的事!泰纳一方面这样地节俭,一方面又天天储蓄金钱,所以他死了之后,遗产很多。他的遗产,除许多金钱以外,又有油画三百六十二幅,素描等二万余幅,自来的画家,大都不欢喜积蓄金钱,大都没有遗产。泰纳的性情,真是一个很特别的画家。

泰纳最多描油画,但也欢喜水彩画。原来英国的画家大都是欢喜描水彩画的，所以讲到水彩画，全世界要推英国画家为最擅长。水彩画颜料也是英国制的最为精良。现在我们倘要置办上等的水彩画颜料和水彩画纸，可以买英国牛顿（Winstor Newton）公司的制品。法国制，德国制的水彩画具都不及英国货，价钱，英国货也贵得多。英国水彩颜料的好处，是不褪色，不变色，匀净而便于涂染。所以水彩画家用英国牛顿公司的货品居多，犹之油画家多用法国罗佛朗（Lofrance）公司的货品。原来油画是法国人的特长，水彩画是英国人的特长；故油画用具是法国的特产，水彩画用具是英国的特产。

英国所以盛行水彩画者，因为其地是岛国，天光水色，非常明亮；故其景物不宜用油画，而宜用水彩颜料在白地纸上轻描淡写。又其地多雾，其景物常常模糊而作淡色，故最宜用水彩笔涂染。所以水彩画可说是英国的天然的特产。

诸位倘要学习水彩画，不可立刻从水彩画入手，必须先画铅笔画或木炭画。能够用黑白两色把物件的形状与明暗正确地描出了之后，方可试用水彩颜料。初试的时候，不可完全废弃了铅笔而备用水彩。应该先在铅笔画上略涂淡淡的水彩画，描成一种"铅笔淡彩画"。其次，仅用铅笔描一个轮廓，而用水彩笔详细地涂上色彩。渐渐熟练起来，渐渐脱离铅笔而仅用水彩画笔。但须渐渐进步，不可贪快。这是最稳当的学法。倘不照这学法而立刻描水彩画，天才缺乏的人，往往容易失败，因为描画，轮廓最为要紧。水彩画表出轮廓，比铅笔困难得多。所以初学水彩画的人，宜先借用铅笔的轮廓，然后渐渐描写独立的水彩画。

第四讲　富贵的美术家 [1]

世间专心研究美术的人，大都不高兴凑别人的趣，不贪求荣华富贵。所以美术家中多贫乏的人，名画大都一时无人赏识。像前回所述的"贫乏的大画家"米勒和他的名画，便是一个最显明的实例。但今天所说的，正好和前回相反。今天所说的，是做官的富贵画家的作品。

做官的画家，在世间少得很。但东西洋最大的画家中，却有几位做大官的人。中国唐朝的时候，有一位大画家名叫王维，是做宰相的。又有一位大画家名叫李思训，是做将军的。人们称王维为"王右丞"，称李思训为"李将军"。王右丞所提倡的画法叫做"南派"，李将军所提倡的画法叫做"北派"。这南派和北派的画法是中国画的两大派别，所以这两位大画家是中国画的祖师。

近代西洋画的祖师，名叫大卫（Louis David，1748—1825），恰好也是一位做官的画家，人们称他为"美术总督"。他所提倡的画法，名叫"古典派"。现在，就从这位美术总督说起。

---

[1] 本篇原载 1930 年 4 月《教育杂志》第 22 卷第 4 号。

大卫是法国人，于大约二百年前生于巴黎。他本是一位专门描肖像画的画家。他最欢喜描人的相貌，描得很像，望去同真的人物一样，而且比照相精美得多。所以人们都请他画肖像，画好之后，送他些金钱或东西。但是他心中很不满足，他觉得专靠卖肖像画度日，生活太苦，没有荣华富贵的希望。他每天独自叹息，怎样可使自己的名望大起来呢？原来他是贪求荣华富贵的人，他愿意凑别人的趣，以求富贵，可惜机会只管不来。他的年纪已经四十岁了，依然做一个贫贱的肖像画家。四十岁以前的大卫，生活真是辛酸得很；但富贵的好运，不久果然来了。

这时候法国的皇帝很糊涂，国内起了革命。革命党的头儿名叫罗伯斯庇尔（Robespierre），在到处劝导人民，教他们起来革命。大卫就挟了画箱，跟了他走。他从此不描肖像画，而描革命的画了。有时他画出皇帝和政府的罪恶，给人民看；有时画出革命党的好处，劝人民大家来投革命党。人民看了他的画，都很感动，革命党果然一天一天地兴起来了。皇帝看到了他这种画，非常动怒，出令捉拿大卫。大卫就逃到别处去描画，描的比前更多。皇帝没有办法。他的名望因此更高。革命头儿罗伯斯庇尔十分信任他，封他做官。革命政府成立之后，他就做了代议士。他的平生的愿望，今天果然达到了目的！他就出命令，把巴黎的美术学校封闭，使国内的美术家必须以他自己为模范。这时候的大卫，真是得意扬扬！回想从前卖肖像画度日的时候，竟好比两个人的生活了。

幸福不能久留，正好比月亮不肯常圆。大卫刚才得势，罗伯斯庇尔竟被皇帝打倒，革命政府失败了。大卫来不及逃走，就被捉进牢狱里。他在狱中，用功描画，不过不敢再描革命的画，仍旧描他本来的肖像画了。皇帝看他到底只是一个画家，不去杀害他，后来放他出狱。大卫出狱之后，就拿自己的作品来开展览会。他的名望已经很大，人们大家买了入场券，来看他的画。这一次展览会，他收到了七万法郎的金钱，总算是不幸中之幸了。

　　罗伯斯庇尔虽然失败了，法国不会就此太平，因为皇帝的罪恶太多，人民个个怨恨，要革命的人不止罗伯斯庇尔一人。所以各处纷纷大乱，法国的社会弄得不成样子。在这大乱的时候，忽然有一位大英雄出来救世，其人就是拿破仑。拿破仑一出世，法国的乱事立刻平静，四邻的强国都被他征服，欧洲几乎全部受他的管领了。

　　这位大英雄拿破仑可巧是我们的画家大卫的老朋友。大卫年轻的时候，曾经为拿破仑画肖像。这回拿破仑统了大兵，越阿尔卑斯山去征伐外国，大卫又挟了画箱来为他画像。他画了一幅《拿破仑越岭图》，画得人马非常雄壮。拿破仑看了十分欢喜！拿破仑打了胜仗，凯旋归来，办酒庆贺的时候，拉大卫来坐在自己的身边。大卫的荣华富贵的梦，这一天又开始实现了。

　　拿破仑又出大兵，远征埃及，不久又凯旋归来。大卫要祝贺拿破仑的胜利，对拿破仑说道："我为将军描写握剑临阵之图。"

　　拿破仑回答道："我打仗用不着剑。给我描许多勇壮的军马吧！"

大卫说"是",就依照拿破仑的意思,描了一幅很大的进军图。拿破仑看了十分称心。

不久,拿破仑做了首席执政官,就封大卫做美术总督。美术总督就是掌握全国的美术的大官。这职分比从前大得多。从前他不过在罗伯斯庇尔的革命政府下做一个代议士,并没有掌握全国美术的权柄。现在法国已经归入拿破仑一人的手中,欧洲许多大国又已归附法国,故大卫差不多是全欧美术的总督。这真是荣华富贵达于极顶了。

大卫:《拿破仑越岭图》

拿破仑做了首席执政官之后,渐渐想自己即位而做法国皇帝了。大卫在以前反对皇帝,赞美共和。他的革命,便是为要打倒皇帝而建立共和国。拿破仑在以前也反对皇帝而主张共和,他的起兵,也是为了要打倒皇帝而建立共和国。但是现在拿破仑变了心思,自己想做皇帝了。大卫贪求富贵荣华,当然凑他的趣,跟了他变节。又照着拿破仑的意思,描一幅很大的画。描的是拿破仑即皇帝位时戴冠的样子,题曰《戴冠式》〔《加冕式》〕。此外又描了许多赞美皇帝拿破仑的画。拿破仑做了政治上的皇帝,大卫也骄横起来,仿佛做了美术上的皇帝。凡法国美术界上一切事体,都要由他一人作主,不许别人说话。这美术总督不是已经升为美术皇帝了么?

幸福不能久留,正好比月亮不肯常圆。大卫正在作威作福,忽然拿破仑被人赶走了。法国人迎立一个新皇帝,叫做路易十八世。这路易十八世做了法国皇帝之后,本想捉拿大卫,定他的罪,看他是一个肖像画家,就饶恕了他,不过不给他做官,教他好好地回家去描肖像画,不准再来弄权。大卫只得谢了皇帝,回到家里仍旧过他四十岁以前的生活。新皇帝待他,总算宽厚了。况且在家中研究肖像画,本来是很安乐的事。其实大卫应该满足,感谢,从此静静地过他的老年生活了。但是他总不灰心,失去了官职之后,只是闷闷不乐,勉强在家中描描肖像画,再等待发达的机会。

机会果然又来了。拿破仑被赶走之后,明年,又带了大兵来攻法国,又做了法国的皇帝。大卫的美术总督也重新出头。然而这回的荣华很短促,一年之后,拿破仑终于又被驱逐，幽囚在大西洋中的孤岛上，从此不再出世。大卫和他的画也被驱逐出境。这时候大卫已经是六十余岁的老翁，拼了老性命逃到比利时，后来终于客死在他乡。他的画被涂了白粉，或折断了，送到外国，不准陈列在国内。他死的时候，境况很是可怜，回想做美术总督时的光荣，竟好比做了一个梦。这都是他自己作孽。法国人待他总算是宽大的，不杀害他，也不烧毁他的画，因为他虽然贪富贵而失节操，但他的画法很有价值，很可为近代西洋画的先导，所以不杀害他，而驱逐他出境。大卫死后，他的弟子们纪念先生的恩德，为他向法国政府请求，将灵柩运回故国，终于不得政府的许可。大卫是近代最早的大画家，只因不守本分，竟连尸骨都不得还乡，真是太可怜了！

中国的两位画祖王维与李思训也是做官的画家；但他们并不拿画来凑别人的趣，并不贪富贵而失节操。所以后世的人，敬重他们的为人，又敬重他们的画。大卫的画也很可敬重；但他的为人没有节操，是很可惜的事。美术家大都不贪富贵，不想做官。与其像大卫的富贵，宁愿像米勒的贫乏。

大卫的作品很多。其中有许多很大的作品，是关于政治的，即如《戴冠式》（即《加冕式》）之类的东西。其余的大都是小幅的肖像画。人们都称赞他的大画；照我看来，他的小幅的肖像画，比大幅的政治画良好得多。因为他本来是一个欢喜肖像画的画家。他应该守他的本分，专心研究他的肖像画，不应该凑拿破仑的趣，依照拿破仑的吩咐而描那种大画。他的肖像画中，有庄严典雅的古典派画法，可以使我们赞美；但他的政治画中，表示着他的卑鄙的行为，只能使我们惋惜。所以我们现在不看他的政治画，而欣赏他的肖像画。

大卫：《雷卡米埃夫人》

这幅画中，描写着勒卡米亥〔雷卡米埃〕夫人的肖像。你看：衣装、器物都非常精致；夫人的相貌、姿势也非常端正。全画之中，都是工整仔细的笔法，没有一笔潦草，这就是"古典派"画法的特色。从前的画家都欢喜画天上的神明或古代的人物。大卫开始画现在眼前所看见的人物。勒卡米亥夫人便是当时的一个女人，大卫看着了描写她的肖像。就是他的政治画，例如《戴冠式》等，所描写的也是拿破仑时代的样子。这是近代西洋画的特色。所以大卫是近代西洋画的祖师。

大卫：《加冕式》（局部）

  大卫有许多学生。其中最高才的，有一个人名叫盎格尔〔安格尔〕（Dominique Ingres，1780—1867）。盎格尔也是长于肖像画的人，又欢喜描历史画。他的画法比他的先生更新，故后人称之为"新古典派"。他练习素描（即木炭画），非常用功。他的素描在法国称为古今第一。但他的着色画也很好，色彩冷静而调和，很像月光底下或电灯底下所看见的样子。他的一幅《土耳其浴场》，人体的颜色非常柔和，与背景的颜色十分融合，很像灯光之下所看见的色彩。

安格尔：《土耳其浴场》

《土耳其浴场》就是土耳其人的洗浴的场所。土耳其人的浴场，非常讲究，内部陈设很美观，洗浴之后，可以跳舞，奏音乐，或饮茶，休息，所以他们都很欢乐。盎格尔看了场内的欢乐的景象和美丽的裸体，就描成了这幅图画。这幅图画的好处，可说是"柔丽"。因为画中的色彩很柔和，裸体很美丽，加之画的外框是圆的，圆形比方形为柔丽，这幅画用了圆的外框，就格外柔丽了。

裸体是很美丽的。所以西洋的画家，大都欢喜画裸体人。美术学校的学生，天天要练习描写裸体人。他们请一个女子，每天来裸体站在教室内的台上，给学生们看着了描写。这女子就是称为"模特儿"。模特儿即 model 的译音，是"范本"的意思。美术学生都要以这裸体人为范本而描画。

有几位读者，也许要想："裸体是丑的。为什么反而说它是美的，而教学生描写呢？"

这话也很不错。我们在平常日子，要讲礼仪。上课的时候必须穿制服。吊丧贺喜，必须穿礼服，决不可以裸体见人。但这些社会上的风俗习惯是人们所造出来的，没有一定，跟了时代而变化。譬如女子的衣服，从前通行长大，现在通行短小。在从前觉得长大是美观，在现在又觉得短小是美观。这种人造的美，没有一定，跟了时代而变化。这都是一时的美，不是永远不变的美。只有裸体，才是永远不变的美。所以我们看画的时候，研究美术的时候，第一要忘记了社会上的人造的风俗习惯，而欣赏永远的美。看了裸体而觉得丑，是不能忘记社会上的人造的风俗习惯的原故。倘能不想起世间的礼仪风习，而把裸体当作一朵花看，一定觉得裸体的颜色和形状比一切花都要美丽得多。我们觉得莲花很美丽，因为它像孩子的脸孔；海棠花很美丽，因为它像孩子的下颔；兰花很美丽，因为它像小小的手；樱桃很美丽，因为它像婴孩的嘴唇；水仙花叶很美丽，因为它像幼女的手指。花只有一种美，而人体含有一切的美。不过花的形状很简单而有定规，颜色也很简单而鲜艳，所以没有研究美术的人，都能看出它的美丽。人体的形状很复杂而没有定规，颜色也很复杂而不明显，所以没有研究美术的人，初见时便看不出它的美丽，反而要想起社会上的人造的风俗习惯而觉得丑。

裸体是很美丽的，同时又是很难画的。诸君不信，请先用铅笔描描你自己的手看。上图画课时，先生教你们描一册书、一盆花，或者几只苹果，这些都是很容易描的，因为它们都有一定的形状和色彩，你们都能描得像个样子。但倘要你们描一只手，我知道描得像样的一定很少，描得可怕的一定很多。这可见人体比其他一切东西都难描。所以研究美术的学生，必须先描人体。描好了人体之后，天地间其他一切的东西，就没有一样不会描。故人体写生，是学画的基本，称为"基本练习"。

要习人体写生，可先用木炭描写石膏模型。石膏模型就是用石膏造成的头像，胸像或手足的形状。石膏颜色纯白，又不会移动，初学者可以慢慢地仔细观察而描写。活人的模特儿，颜色不一致，用木炭描写其明暗，很不容易正确；又时时要休息或变动，在初学者很感困难。所以普通学画的人，必然先学石膏模型木炭画一二年，然后开始人体写生。

学习人体写生，必先明白人体的构造和各部筋骨的形状。这种学问，名叫"艺用解剖学"。解剖，就是把人体分解开来，研究其各部的组织。医生、生理学者和画家都要研究这种学问。但医生和生理学者须得研究人体的内部的构造、作用和保护的方法，画家则不必研究内部情形，只要研究其显出在外部的形状就够了。故画家用的解剖学，特名为"艺用解剖学"，即艺术上所用的解剖学。譬如有一个人凭在桌上写字，他的右臂弯曲着。这时候下膊骨的一端突出在肘部，肘部作成一个很硬的尖角。没有学过艺用解剖学的人，这种地方往往要弄错，画得像一条弯曲的蛇，这臂膊就没有骨头了。故美术学校的学生大家都要学解剖学。人体上数十百种骨头和筋肉必须一一牢记其名称和显出的形状，仿佛学习地理时记忆山脉河流的名称和形势，非常困难。

有的人看了盎格尔的《土耳其浴场》，以为最近处（即画的最下端）的方盘中的瓶、杯、壶盆等非常精巧，比远处的人体更为难描，其实完全相反。器具家伙都有一定的形状与色彩，只要多费些工夫，不怕它描不好。人体要描得好，非学过数年的基本练习，研究过艺用解剖学不可。你看这画中的裸体女人，她们身上的轮廓线如云如水，完全没有定规。她们身上的颜色非白、非红、非黄、非青；而又有白，有红，有黄，有青，都是口上所说不出的形状和色彩。

柔丽的形状，柔丽的线，柔丽的色彩，外加一个柔丽的圆形外框，这幅画十分柔丽了。画的外框的形状与画的美有重要的关系。其方圆阔狭都合定理，不是可以随意变换伸缩的。不懂的人，擅把方形的画剪成圆形，或在画的边上剪去一条，一幅名画经过了这种人的手，立刻被糟蹋了！

普通的画框大都是长方形的。但这长方形须合一定的规则：大约长边三尺，则短边二尺。合于这个规则的长方形，最为美观。故这规则叫做"黄金律"。比黄金律阔了一些，或狭了一些，这画框就太方正或太狭长，有损害于画的美观了。

不但画框要应用黄金律，我们平日所用的东西，应用黄金律的也很多。例如明信片、信纸、信封、石板、窗洞、书桌，两边的长短都是近于黄金律的。因为黄金律的形状，最为美丽，又最为适用。

西洋画的画框，大多数应用黄金律，例如我以前所举的名画，都是黄金律的。但也有少数的画家欢喜用正方形，椭圆形或正圆形的画框。这并非画家故意欢喜奇怪，大都是因为画中所描的形状色彩特别适于正方框，椭圆框或正圆框，而不适于黄金律框的原故。例如盎格尔的《土耳其浴场》，因为其柔丽的形状与色彩特别适于正圆形的画框，故可不用黄金律而用圆框。倘用了黄金律框，一定不及圆框的调和而美观（本来是长方框的画有时也可改为圆框以供装饰之用，但须巧妙地裁取，否则就伤害了画的美观）。

第五讲　身边带镜子的画家[1]

前面我已经讲了七个西洋画家的话。这七个画家中，有五个（米勒、库尔倍〔库尔贝〕、德拉克洛亚〔德拉克洛瓦〕、大卫、益格尔〔安格尔〕）是法国人，两个（泰纳〔透纳〕、辉斯勒〔惠司勒〕）是英美人。原来近世各国的美术程度，以法国为最高。近世有名的大美术家，大半是法国人。

但是近代西洋各国的美术，都是从意大利和荷兰两个先进国学得来的。所以我们讲西洋美术，既然讲过了法国和英美的画家，自然必须讲到意大利和荷兰的画家。

现在先讲荷兰的画家吧。

荷兰国内，大画家很多。二百年前，这个国家产生一位世界最大的肖像画家。这人很特别，身边常常带一面镜子，一刻不离。现在就从他讲起。

*　　　　　*　　　　　*

请看一幅肖像画，《莎史绮雅肖像》。这幅肖像看来似乎很平常的，其实是很有名的名画，因为这幅画描得很美观，又很工致，又很像。可惜我们不能看见莎史绮雅这女子，假如看见

---

[1] 本篇原载 1930 年 5 月《教育杂志》第 22 卷第 5 号。

过真的人,一定惊讶这幅画描得太像!从来的肖像画家,大家只求画的美观与工致,而不十分讲究其像不像。这位肖像画家却不然,非常讲究面貌的像。他所画的人竟同真的人一样地生动。因为他身边常带一面镜子,时时刻刻拿出来照自己的脸孔,研究面貌的画法。所以他的肖像画有这样的特色。

伦勃朗:《莎史绮雅肖像》

这画家名叫林布兰〔伦勃朗〕(Rembrandt Harmenszoon van Rijn,1606—1669)。莎史绮雅(Saskia)就是他的夫人。

林布兰的父亲是一个磨坊司务,家中以磨粉为业。人们听了都很奇怪,磨坊司务的儿子怎么会变成世界最大的肖像画家?据我想来,这很有道理:面粉是非常纯洁而精致的东西。林布兰幼时在家中,天天接近这种纯洁而精致的面粉,他的心情和性格一定受着不少的暗示,便会变成世界最大的大画家。诸君听了这话,也许觉得荒唐而好笑。这不一定是荒唐的。你看:山乡里的人,天天看见山,性情便会同山一样忠厚;水乡里的人,天天看见水,性情也会同水一样活泼。豆腐店里的人皮肤都同豆腐一样白;肉店里的人身体都同肥猪一样胖。磨粉坊里的儿子,性格也可同面粉一样纯洁而精致了。

林布兰的性格的确很纯洁。他做了画家之后，名望很大，金钱很多。不但荷兰地方的人大家赞仰他，德国人也敬重他为伟人，全欧洲都承认他是大画家。然而他不喜欢富贵。他只管玩弄自己身边的镜子，研究肖像画，对于金钱和荣誉，他看来如同泥土一样。富贵的人请他画肖像，他很不高兴，常常逃避到他处，使富贵的人找他不着。他所最欢喜描的，第一是镜子里的自己的面貌，他所描的自画像很多。第二是他的夫人莎史绮雅的肖像，他给他的夫人描了许多肖像，这里所举的便是其中的一幅。第三是贫苦的人的肖像，他常常给乡间的农人工人或乞丐描写肖像。上回我说过一位富贵的美术家大卫，这人专画皇帝拿破仑等的肖像；今天所说的林布兰恰好和他相反，不慕富贵，而同情于世间的平民。关于这点，有一个逸话可以证明：林布兰的时代，荷兰还不是独立国，其土地受西班牙国的管领。这时候荷兰的一部分脱离了西班牙而独立。西班牙派兵来攻，把荷兰人打得死伤遍地，街路上都是受伤的兵士。林布兰看见这状态，深抱同情。他悄悄地开出门来，把伏在他门口的几个伤兵拉进自己屋中去。他请他们坐在长椅子上休息，拿牛乳面包请他们吃。一面张起画布来，热心地为他们描写肖像。兵士们饮食完毕，休息足够了，他的画也已描好。他又拿出些金钱和食物来，赠予这些兵士们，然后送他们出门。

林布兰非常爱他的夫人莎史绮雅，莎史绮雅很聪明，又很美丽，识得她的丈夫是一个大画家，常常扮演林布兰所爱看的种种姿态，给他作"模特儿"。林布兰自从和莎史绮雅结婚之后，生活十分欢乐。因为在画家，有爱看的姿态给他描画，便是无比的幸福。莎史绮雅能给林布兰作"模特儿"，姿态又很美丽，这真是林布兰一生中的大幸！他每天给莎史绮雅画肖像。他所描的莎史绮雅肖像画，一共有数十幅，打扮和姿势，各幅不同，有的作贵妇人装，有的作古装，有的坐在画家（他自己）的膝上，有的隐在花丛中，现在所揭的一幅，衣服作贵妇装，臂上和颈中都有金珠的装饰，右手持一朵小花，态度很是高尚优雅而可爱。莎史绮雅的肖像画，都画得很好。内中坐在画家膝上的一幅，和持小花的一幅，尤其有名，为世间美术家所珍贵。这两幅的印刷品，风行于全世界。

比莎史绮雅肖像更欢喜描写的，是镜子里的他自己的肖像。林布兰身上不离镜子，时时拿出来，照着了自己的脸孔，仔细看赏。看到了一个好的样子，就去坐在大镜子面前，描写自己的肖像。所以他的作品中，自画像也有不少。他的面貌，圆肥而带喜色，是一幅仁慈而幸福的相貌。他自己很喜欢自己的相貌，每逢画好一幅自画像，他就招莎史绮雅来一同欣赏。他自己的肖像画与莎史绮雅的肖像画并列了，和莎史绮雅问答：

"你看这一对人相貌如何？"

"幸福的画家，和他的幸福的夫人！"

他们俩这时候的生活，真是幸福！林布兰每画了一幅自画像或夫人像，就有许多人来欣赏、赞美，他的名望就更加盛大了。四方学美术的青年，仰慕他的大名，大家来请他教授，拜他为老师。他的门下弟子，共有一千多人！他虽然不像大卫样贪荣耀而想做官，但他这时候的生活，实在比做官的大卫荣耀得多呢！

*　　　　　*　　　　　*

然而林布兰的幸福不得久长。四十九岁以前是他的幸福时期，四十九岁以后变成了他的受难时期。起初，莎史绮雅病死。林布兰失掉了爱妻，郁郁不乐，描画也没有兴味，社会上的名望渐渐丧失，生活也一天一天地穷困起来了。后来把自己的大房子卖去，租住了一间贫民窟里的小房子，续娶一个乡下女子为后妻。这后妻是贫民家的女儿，虽然不是坏人，但比较起莎史绮雅的美丽优雅来，真有天地之差了！林布兰同这位后妻住在贫民窟里，也教她做"模特儿"，给她描肖像画，他常常对她谈从前的幸福和莎史绮雅的优雅与美丽。有时他拿出莎史绮雅所遗留的衣服来，教这乡下女子穿上，扮成莎史绮雅的样子；又教她学莎史绮雅的举动态度；林布兰就欣然地给她描写肖像。他在这假的莎史绮雅中，想象真的莎史绮雅的姿态，梦见往日的繁华，脸上显出寂寞的微笑来。诸君叹息这老头子的可怜么？他的大苦恼还在后面呢！不久，他的后妻又患病死去。林布兰独居在贫民窟里的一间萧条的破屋中，孤苦零丁，更没有人可以告诉。他的身体渐渐衰老，牙齿脱落了，眼睛坏了。孤苦无聊的时候，他还勉强振作，描一幅无齿的自画像，回顾壮年的自画像，和坐在膝上的莎史绮雅像，老泪从他的颊上流下来了。后来他的眼睛坏得很厉害，使他不能描画。到了六十三岁的时候，他就默默地死在贫民窟中。他的葬仪很简陋，只费十三块钱（florin[1]），几乎同乞丐的埋葬一样。他的遗物，除了油画五百幅，铜版画三百幅以外，只有一件破旧的外套。

林布兰的生涯，前半世与后半世竟有天堂与地狱的差别，这画家的命运何等奇怪，他常常描写镜子里照出来的自己的面貌。谁知道他的生涯也同镜子里照出来的一样，前半世的欢乐和幸福，后来消灭到影迹全无，变成一场空幻。这不是镜子里照出来的欢乐和幸福么？后人同情于他的晚年的苦恼，称他为"美的受难者"。幸而他有五百幅油画和三百幅铜版画遗留在世界上，这些画决不是空幻的，终于使他的精神千古不朽，永远受世人的纪念。到现在，他死后已经二百余年，但他的画愈加名贵，现在我们称崇他为世界最大的肖像画家了。

* * *

肖像画，在西洋美术上是很重要的一种绘画，所以西洋的肖像画专门家很多，例如上回所说的大卫、盎格尔和现在所说的林布兰，都是以肖像画著名于世的。现在乘便在这里说一说关于肖像画的话：

从来中国画以山水为主体，西洋画以人物为主体，所以西洋的肖像画特别发达。中国当然也有肖像画。旧式的家庭里，大概都有祖先的容像保存着。那些容像，用毛笔画在纸上，裱成一轴画。画中的人物大都穿满清时代的礼服，男的头戴红翎帽，身穿皮外套，脚踏方头靴，胸前有朝珠补子，女的

---

[1] 弗罗林，一译福禄令，即荷兰盾（荷兰货币单位）。

戴凤冠、穿霞帔、红裙。服装大都千篇一律，面貌则略略表示一点神气，但决不像照相地逼真。那些是中国式的肖像画。中国的画人物，大都仅仅表出一点神气，而不拘拘然讲究面貌的寸法。故其画往往描得鼻子很长，眼睛很细，决不按照真的颜面的尺寸，然而画得好的，颇能传神，使人一望而知为某祖先的容像。原来中国画注重神气而不斤斤计较实物的尺寸，所以我们不能因其不合实物的尺寸而批评它错；即我们不能凭西洋画法而指斥中国画的错误。看中国画和看西洋画，须用两副眼睛。因为两者各自依据不同的道理，各有其好处，我们不可以拿一种道理来批评他种画法。

后来西洋画法传入中国了。中国人最初应用西洋画法的，便是肖像画。一般的人，看了上文所述的那种中国式容像，觉得面貌太隐约，看了西洋传来的照相，和从照相放大起来的擦笔画容像，觉得非常逼真。所以近来的新式家庭里所挂的祖先遗像或活人的肖像，大都用擦笔画。擦笔画很像放大照相，不过是用笔蘸煤灰画成的，故黑白分明，比放大照相为清楚。

但我们必须知道：这种擦笔画，是西洋画中最下等的东西，决不是可以代表西洋的肖像画的。一般人不懂画趣，只求面貌的逼真，看见擦笔画望去同真的人一样，就大家采用它。其实擦笔画比旧式的肖像画恶俗得多。但看它的画法，就可知道其价值的低劣了。过去上海城隍庙或四马路等处那些画擦笔画容像的商店，他们在一张小的照相片上打了很细的方格子，再在一张图画纸上打了放大的方格子，然后依照了照相片上每一格子中的五官的形状和浓淡，用着毛笔或纸笔（用吸水纸卷成的）摹写在图画纸上，不必观察神气，也不必用思想，只要像牛耕田一般地依照了格子摹写。后来自然会凑成一副面貌，和照相片上的一般无二，不过放大了几倍。这种商店的招牌上，写着"西法写照"的字，不懂的人以为这就是西洋的肖像画，实在冤枉得很！这是极机械的临摹，是死的工作，在西洋画中只能说是最下等的东西，不登于大雅之堂。我们倘要用洋式的肖像画，应该用上品的、真正的、西洋画风的肖像画。与其用那种下等的东西，不如用放大照相。

上品的真正的西洋画风的肖像画是甚样的呢？《莎史绮雅肖像》，和《勒卡米亥夫人肖像》便是其例。那是真的人坐在画家面前，由画家观察神气，布置局面，调配光线色彩，运用笔法，而作美术的表现的。其画都用油画，不但求其肖似，又求其美观。即不但当作一幅肖像，又是一种极高贵的艺术品。这才是上品的真正的西洋画风的肖像画。肖似是实用的，美观是形式的。实用与形式两者并重，方可为上品的肖像画。这可用写字来比方：譬如学校门口的校额，上写"某某学校"几个字，我们一定要请名家题写。因为我们要求其字写得不错，同时又要求其字写得好看。不错是实用的，好看是形式的。倘不请名家，而由做校额的漆匠随便写写，我们一定不用。因为字虽然没有写错，但字体恶俗难看。只讲实用而不讲形式，是俗人或野蛮人的办法，决不是高雅的文明社会中所应有的。擦笔画的肖像画，只求面貌相像（实用），而全无美术的趣味（形式），犹之字没有写错而字体恶俗难看的校额。

真正的西洋的肖像画师，必须有深刻的美术修养，又必须有肖像画的专门的研究，决不是在纸上打了方格子而依样画葫芦的。林布兰身边带镜子，时时研究镜中的自己的面貌，可见他何等用功，肖像画家大都欢喜研究自己的面貌，对镜而描自画像。因为自画像，所描的人就是自己，不必请别人，非常自由，最便于研究。不过我们须注意，镜子里照出来的样子，左右反向。镜中的左边是真的人的右边，镜中的右边是真的人的左边。但他们的脸孔，普通总是左右对称的；左右一样，反向了并无不可。故自画像可以看了镜中的样子描写。但倘描衣服，或写字的姿势，吃饭的姿势，镜中照出来的就与真的样子不合。例如穿中国式衣服的人，其衣襟在左面；写字的人，左手执笔；吃饭的人，左手持筷。这虽然与实际不合，但因为自画像本是描写镜中反映的姿态的，故近代的画家大都任其反向，并不求其与实际符合。例如现代法国大画家凡·高（Vincent Willem van Gogh）的名作像，自己描写自己坐在画架前作自画像的样子，左手执油画笔而右手持调色板，与实际的情形正相反对。但这幅画描得极好，非常有名，其复制的印刷品在全世界上到处流行着。不懂画趣而拘泥于事理的人，看了这幅自画像，往往莫名其妙，反而责备他画错。其实自画像是通行如此的。况且我们看赏美术品，应该以形式（画趣）为第一，实用（事理）为第二。自画像许用镜中的反向的姿势，也是根据这个道理的。

在肖像画中，颜貌当然是最重要的一部分。人的颜貌的研究，是很有兴味的事。试看教室内，街路上，许多的人的颜貌，各人各样，永没有相同的。一张脸皮上有两眉、两眼、一鼻、一口，而其形状和排法千差万别，能作出千万种相貌来，岂不是最奇妙而最有兴味的事么？我们平日，见惯了母亲、先生等的颜貌，一看就认识，也不去仔细研究了。倘仔细研究起来，母亲的颜貌有什么特点？先生的颜貌有什么特点？各同学的颜貌各有什么特点？仔细观察辨别，再用笔在纸上描出各人的颜貌特点来，一定很有兴味。描过几次之后，我们就可发见：颜貌的特点大都由口与眼造成；故口与眼在颜貌中最为重要；画得像不像关系大都在于口与眼的形状位置。其次，脸的外形，也很重要：普通有圆形、方形、椭圆形、长方形、瓜子形、鸭蛋形、荸荠形、葫芦形等种类。然而所谓荸荠形、葫芦形等，并非人的脸形完全同荸荠或葫芦一样，也不过其轮廓线中含有荸荠或葫芦的形状的特点而已。故能看出某人的脸作荸荠形，便是肖像画上的一种可贵的发见。这人学起肖像画来，进步一定很快。

因此我们就可悟到肖像画的研究法了：原来研究人的颜貌，不可看小部分，宜从大体着眼。换言之，不可分别观察一眼或一口，宜发见其颜貌全体的神气。荸荠形的脸，倘分别注视其前额、颧骨、下颚各线，一定看不出荸荠的特点，必须一瞥收得其全体的印象，方能发见其荸荠的特点。要发见相貌的神气，也应该如此。例如凶恶的相貌，其凶恶决不在于一口或一眼，而必在于颜貌的全体。滑稽的相貌，悲哀的相貌，也都如此。我们倘观察其局部，注视其一口或一眼，决不能发见其为凶恶、滑稽或悲哀；反之，倘对他一瞥，立刻闭了眼睛，回想他的面貌的总和的印象，就容易发见其凶恶、滑稽或悲哀的神气了。神气是相貌的生命，肖像画中最重要的事，便是这神气的表出。那种打方格子的擦笔画，只知摹写局部，不知表出神气，故其画死板而全无生趣，为有识者所不取。

林布兰身边带着镜子，时时向镜中观察自己的相貌。为什么他看不厌自己的脸孔？便是因为他能发现其神气的原故。原来人的颜面中，五官的形状固定，人皆可以分明看出；惟神气没有一定，因了看者的修养工夫的深浅，而所发现的多少各异。林布兰用功研究肖像画，他的修养工夫天天在进步，对于镜中的自己的相貌的发现也就天天不同。所以他随身带镜，时时照看，而百看不厌。

要看出颜貌的神气，有一个方法：即把人的颜貌当作一个字看。每一个字，表出着一种相貌，犹似一副脸孔。例如"哭"字的相貌很可怕，"笑"字的相貌很可爱，别的字也都有相貌。我们认识字的时候，决不分别观看字的一笔一划，而必总看字的全体的相貌，所以能认识其为何字。我们要把颜貌当作字看，又要把字当作颜貌来看。这样交互练习，对于肖像画，对于画法，两面都进步起来。

在图画上，不但颜貌要表出其神气，一切风景和静物，都要当作颜面而画出其神气，画技方能进步。文学者惯把花鸟风景当作活人看，说"莺语"、"花愁"之类的话。这种看法，在图画修养上是很有补益的。"艺术能赋宇宙万物以生命"，"艺术家能在万象中发见自我"等话，便是根据这个意思的。故进一步说，不但人有相貌，万物都有相貌。不但描写人的相貌画的称为肖像画；一切绘画都可说是肖像画。

以上已经说过林布兰和肖像画的话。现在再介绍一位与林布兰大约同时的荷兰风景画大家，即霍裴马〔霍贝玛〕（Meindert Hobbema，1638—1709）。霍裴马的运命也很奇特：在世之时，默默无闻，没有一个人知道这位大风景画家。他曾在当时荷兰风景画家路易斯第尔〔鲁伊斯达尔〕（Ruysdael）的画室中学画。修业完毕以后，即独自回乡，默默地在家中作画。有一天他作了一幅得意的风景画，向美术商人求售。美术商人嫌他无名，在他的画上填上他的先生路易斯第尔的姓名，冒充他先生的作品，求售于人。人们就误认为路易斯第尔的作品，买了这幅风景画去。这风景画，便是本章所揭的《并树道》。后来霍裴马默默地死去。有眼力的人，在这画中发见了特殊的天才，知道不是路易斯第尔的作品，终于查出了作者的真姓名。这幅《并树道》终于消去假名，归属了它的真的作者。

霍贝玛：《并树道》

由此可知荷兰国内，大画家甚多。倘使没有人去发现，霍裴马的名字将永远埋没，我们今天也不会在这里谈起他了。这幅画自从被人认明其真作者以后，渐渐有人注意研究。到了现在，世人已确定这幅画为近代稀有的大作品，霍裴马的姓名也随之而传诵于全世界。最近欧美人争购这画的原作，其复制的印刷品，早已流传于全世界一切都市间了。

这幅画的好处，第一是画面的空阔，第二是色彩的丰富。

请看两行树间的道路：在画面上只占极少的一块地方；但远远地望去，这条路非常开阔而深远，似乎可以容几匹马并行二三里路。一块小画纸上，能表出这样深度的道路，真同做戏法一样！这就是"远近法"，或名"透视法"。要在平面的纸上画出远近的景物，必须用远近法。这道路两旁的线，道路中间的车辙的笔法，都是按照远近法的。不明远近法的人，画这条路，一定不能深远，往往画成垂直挂在那里的样子。他们倘能把这幅画挂在室中，时时观赏研究，即可悟得远近的画法。再看道旁的两行树木：远远望去，树的株数甚多，各树之间的距离甚广；其实在纸上只占很狭小的地位，各树之间仅留很狭的一条空地而已。这也是远近法的巧妙的效果。再看道路两边的地面，远处有房屋、田野、树木，近处有小河、丛菁、耕地。而在画面所占的地位，连中央的道路一共不过画纸下端狭狭的一条。这也是远近法的巧妙的效果。这画中除树木、道路、田野所占据的很少的画纸以外，其余的画纸都是天空。弥漫的白云，无际的苍空，笼罩着下方的大地。看了这幅画，真是"天高地迥，觉宇宙之无穷！"西洋的风景画，大都画面紧张，而有压迫之感,总不及中国的山水画的空阔。只有霍裴马这幅《并树道》,深远而辽廓,兼有东方绘画的长处。这真是西洋风景画中别开生面的杰作。

色彩的丰富而调和,也是这幅画的特色。青空的背景中,显出褐色为主调的景物。中间点缀着红的屋顶、红的衣服、红的烟囱,互相照应。下方有明蓝的水,反映天空的青色,也互相照应。色彩种类丰富,而全体浑然一气,十分调和。

描写色彩,以油画为最便利。因为油画颜色丰富,涂抹自由,又永不褪色。故色彩表现是油画的特长。霍裴马这幅《并树道》,充分发挥了油画的特长了。

诸君知道么?霍裴马的油画色彩何以描得这样丰富而调和?这是有原因的。油画是荷兰人所发明的,在霍裴马之前一百多年,荷兰国内有姓房·爱克〔凡·爱克〕(Jan Van Eyck)的兄弟二画家,发明油画颜料。欧洲的美术家用了,觉得非常便利,就定油画为西洋画中最主要的材料。油画从此风行于全世界,一直到今日。霍裴马生于油画的出产国,又是天才的风景画家,所以他的色彩技术有这样的高妙。

前面说过:荷兰是欧洲诸国的图画先生。原来荷兰国内出产大画家甚多;西洋画中最重要的油画的发明者,也产生在荷兰国内,所以它应该做欧洲诸国的图画先生了。

第六讲　发明油画的兄弟画家[1]

现今欧洲各国,美术非常发达,各地都有大画家。但在四五百年之前,全欧洲只有两处地方的美术发达,别的国里都没有大画家。这两处地方,一在南欧,就是意大利;一在北欧,就是尼德兰。后来欧洲各国派人到这两地方去留学,学会了美术,回到本国来教人。欧洲各国的美术也都发达起来。所以意大利与尼德兰,可说是欧洲各国的美术先生。各国的美术都是从这两位先生学得来的。

意大利,大家都知道;尼德兰,就是荷兰与比利时地方。在从前,荷兰与比利时合并为一,总称为尼德兰。故在今日说来,欧洲的美术先生有三位,即(一)意大利,(二)荷兰,(三)比利时。

上回已经说过荷兰的大画家,即林布兰〔伦勃朗〕与霍裴马〔霍贝玛〕。现在所说的是比利时的画家;下次再说意大利的画家。

比利时的美术,比荷兰发达更早。在五百年之前,即十四五世纪之间,早已有两位兄弟大画家出世。这两人姓

---

[1] 本篇原载 1930 年 6 月《教育杂志》第 22 卷第 6 号。

房·爱克〔凡·爱克〕。西洋人称房·爱克家兄弟二人为"北欧的画祖"。

为什么称他们为"画祖"？因为这两位兄弟画家是现今西洋最盛行的"油画"的发明者。

西洋画法有种种：铅笔画、木炭画、水彩画、色粉笔画、油画、蜡笔画、钢笔画。但其中最良好的画法，要算油画。故油画在西洋画中为最正大、最上品，又最盛行。凡学西洋画的人，差不多没有一人不学油画。除了油画之外，次等的要算木炭画、水彩画与色粉笔画。木炭画是练习用的，为油画的预备；水彩画与色粉笔画虽各有好处，但到底不及油画的便利。至于铅笔画、蜡笔画等，用途最小，画法亦最不便利，故在西洋画中只用以作画稿，或为初学者的练习品。专门研究西洋画的人，必须描油画。我们所欣赏的西洋名画，也大部分是油画。

油画是什么样的一种画法？现在先来说明一下，再说那两位发明油画的画祖。

中国画是用水彩颜料画在宣纸上的；西洋画是用油画颜料画在帆布上的。两种画所用的材料大不相同。中国画所用的宣纸，质料很柔软，很容易吸水，而且惹了水很容易破损。西洋画所用的帆布，是用麻制成的，质料很坚牢，就是浸在水里，也不容易破损。中国画所用的水彩颜料，很是淡薄，用很软的羊毛笔描写，落笔为定，不可涂改。西洋画所用的油画颜料，是同漆一样的东西，用很硬的猪毛笔蘸起一朵，像泥司粉石灰一般地堆涂在麻布上；涂得不好，不妨用刀刮去，改涂一朵。

两种画法所用材料如此不同，故画的趣味也大异。中国画大都轻快而清爽，西洋画大都浓重而热闹。总之，中国画是轻便简单，西洋画是笨重复杂。宣纸和水彩颜料，就是顶好的，买起来不过几块钱，但是西洋的画布与油画颜料，价钱都是很贵。好的画布，价钱比缎子还贵；油画颜料装在锡筒内，像牙膏一般。每筒不过手指头长，贵的要卖两三块钱一筒，倘描桌子大的一张油画，画布先费好多块钱，涂起颜料来，四五筒恐还不够，那么，桌子大的一张油画，画具要费几十块钱！西洋画不但价钱贵，手续也很麻烦。中国画只要把纸平铺在桌上，就可挥笔。西洋的油画，决没有这样简便，先要把画布张在木框子上，像张皮鼓一般。然后把这木框载在竖立的画架上，把筒里的颜料榨出在一块板上（这板名曰调色板），用许多支猪毛笔把颜料涂到画布上去。画好一张画，至少要费数天，甚至费几个月！

故我们知道，油画趣味比中国画浓重，描画手续比中国画麻烦，置备材料也比中国画费钱。西洋画为什么一定要选取这种麻烦而费钱的油画呢？这也有许多道理。请读下文：

油画的好处有三点，第一，是可以永久保存。因为油画所用的地子是麻布，所用的颜料是一种漆。质地非常坚牢，风吹，日晒，水浸，都不能损害它。五百年前的油画，现在还依旧保存在西洋的美术馆内。例如本章的《圣乐的天使》，是油画发明者房·爱克家兄弟二人在公元一千四百余年时所画的，到现今已有五百余年。但这画现在好好地保存在维也纳国立美术馆内，和初画的时候并没有什么两样。就是再过五百年，恐怕也不会褪色或破烂。因为美术馆的房间很高燥,不受风吹日晒及潮气,油画的质地又非常牢固,当然不难保存数千年。绘画能够永久保存,于美术上是很有幸的事。普通学生的练习作品,原不必保存数千年;但大画家的杰作,保存愈长久愈好。数千年后的人们都能看到数千年前的大画家的亲手的笔迹,不是很幸运的事么?中国画在这一点上,远不及西洋的油画。因为中国画所用的纸或绢,质地太脆弱,容易破损或霉烂,其颜料亦很淡薄,容易褪落或变色。诸君曾见中国的古画么。有几幅几乎全体变成一张深咖啡色的纸,并不见画着什么东西。这种画只能当作古董而保藏,早已不能当作一幅画而鉴赏了。假使中国早有油画,则宋朝、唐朝的画,一定可以很完全地保存到今日,这不是美术界的大幸么?故要保存古画,中国画不及西洋画的可以永久。而在西洋画中,也只有油画能永久保存,别的画都不耐久。例如水彩画,过于久远,纸质要霉烂,颜色要褪落,常见风日,更容易褪色。又如色粉笔画,在一切画中为最不容易保存。因为色粉笔画是用粉条擦在纸上的;画好后须吹一层胶汁,使粉屑固着在纸上;但胶质后来会失去胶力,粉屑就从纸上脱落。故色粉笔画描好后,必须立刻吹胶汁,装在玻璃框内,使画面坚贴于玻璃,这画就永远钉住在玻璃框内,静静地挂在壁上,勿使振动。虽然这样留心保管,但年代过分长久之后,色粉终于要褪色而脱落,其画就失去本来的面目,而全无意义了。故在一切西洋画中,油画最能永久保存,大画家的杰作,要永久保在世间,给千载后的人们欣赏,就非用油画不可。所以西洋的大画家几乎没有一人不作油画。

第二点好处，是油画可以大小自由。画幅的大小，与画的材料大有关系，某种材料宜乎作小画，某种材料宜乎作大画，其性状判然不同。例如油画没有发明之前，西洋的大寺院的壁上的"壁画"，都用胶汁和色粉描写，其画法名曰"富雷斯可"〔"壁画法"〕（"fresco"）。这种"富雷斯可"画法，只宜乎作大画，而不宜作小画。因为所用的颜料粗而厚，只能描在广大的壁上，不宜描在小块的纸上。又如水彩画、色粉笔画，则与富雷斯可相反，宜小而不宜大。因为水笔不便涂写大幅，色粉条也很小，更不便于涂写大幅。故水彩画与色粉笔画，普通都用以作小幅的画。像课堂里的桌子一般大的水彩画或色粉笔画，普通是最大的了。黑板一般大的水彩画或色粉笔画，世间极少看见。其实课堂桌子大小，已经觉得太大，再小一半，才是适当。这根本是宜小不宜大的画法。但油画就与上述的富雷斯可或水彩画色粉笔画不同：油画可大可小，非常自由。最大的油画，宽广不妨数丈，便是壁画。最小的油画，可以画成名片大小，名曰"密画"（"miniature"）。因为油画的颜料质地非常细致，涂法可薄可厚，只要用大小各种的笔，就可作大小各种的画。这实在是作画上很便利的一事。所以西洋的画家几乎没有一人不欢喜作油画。

第三点好处，是油画的描写便利。因为油画所用的颜料是一种漆，涂上一笔油画颜料，画布的地子就被遮盖，不会显出别的颜色来。假如画布上本来已有黑色，你用油画笔涂上一笔白色，那黑色就被遮盖，而完全变成白色了。这在描写上是很便利的。例如画一个花瓶，花瓶上常有一两点很明亮的光。即窗中的天光反映在光滑的花瓶上，使花瓶上显出几点极强的反光。这点反光，在图画上名曰"辉点"，即 high light。不但花瓶上有辉点，一切光滑的器物都有辉点。人的额上，有时也有辉点。诸君该都见过，有的人额皮紧张而光滑，在明亮的窗前，就显出几点闪亮的辉点。人们惯说："额上发光交好运。"所谓额上发光，就是额皮紧张而有辉点的话。我们描水彩画时，要描出这些辉点，很要当心。倘花瓶是深蓝色的，我们在涂深蓝色的时候，必须留出几小方块的白纸，预备作辉点。一不留心，深蓝色的笔把这小白方块涂没了，就很讨厌，只得等深蓝色干燥后，另用白粉涂上去，作出辉点来。色粉笔描写辉点，也很费事。虽然色粉也略可遮盖地子的颜色，但不甚鲜明。在深蓝色的粉上用白粉去遮盖，往往不成功，故也非预先留出小方块不可。但倘你是描油画，就没有这种麻烦了。因为油画的遮盖力很强，无论甚样深黑的颜色，都可遮盖。描这些辉点的时候，只要配定颜色（辉点不一定是白色，有时是蓝色的），看定地位，用笔点它两点，就已完成了。此外，假如你描错了一处，要改描过，也很容易。即使你已经描了一只狗，要改描成一个人，也只要涂上去，毫无困难。所以练习油画的人，因为画布很贵，要经济一点，一块布可以画好几次。例如最初练习描写一幅静物画，后来仍用这画布，来练习风景画；最后再在这画布上练习人物画，一张画布上，三次，四次，尽可改涂。这一点，在描写上实在是很便利的。试想象：用水彩画描花瓶的时候，瓶上的辉点留出空白，还是容易的事；倘白的花衬出在深色的背景中，用水彩画描时就十分困难。因为你描背景时，非把花瓣留出空地不可。这是何等麻烦而容易失败的事！这时候，你的心已一半用在这些手续上，不能用全副精神去观察花的相貌了。但倘你是描油画，就很自由，你可先描了深色的背景，留出白花的大体的地位，然后用白色的笔在这地位中自由地描出花的姿态。你的精神就可以全部用在观察和表现上，不必顾到别的方面，就没有上述的麻烦而不致于失败了。油画在描写上有这样的便利，所以西洋的画家差不多没有一人不欢喜油画。

如上所述，油画可以保存永久，又宜大宜小，又描写便利。油画有这许多好处，故在西洋画中，为最正大而最有价值的画法，学西洋画的人，先修木炭画，木炭画是油画的预习。木炭画纯熟后，就可学习油画，油画便是西洋画的本体了。旁的水彩画、色粉笔画等，都是小道，不在西洋画的正统之中。学成了油画之后，倘你喜欢描水彩画与色粉笔画，学起来非常容易；倘你不喜欢，不学也不要紧。

五百年来，西洋画家推崇油画为最正大的最有价值的画法。这最良的画法的发明者，我们不可不纪念他。前面说过，油画是十五世纪比利时画家房·爱克兄弟两人所发明的。人称他们兄弟二人为"北欧的画祖"。现在请看油画《圣乐的天使》〔《奏乐的天使》〕，并请纪念这两位画祖。

房·爱克兄弟二人，阿哥叫做赫白德·房·爱克〔胡伯特·凡·爱克〕（Hubert van Eyck），生于一三六六年[1]，死于

---

[1] 生年应为：1370 年。

凡·爱克兄弟：《根特祭坛画》

一四二六年。阿弟叫做约翰·房·爱克〔杨·凡·爱克〕（Jan van Eyck），生于一三八〇年[1]，死于一四四一年。他们是恰当中国明朝初叶时代的人。他们兄弟两人发明油画，又合作绘画。《圣乐的天使》，便是他们兄弟二人所合作的。油画在他们以前，并非完全没有。十世纪时候，欧洲早已有用油的画法，但方法非常不良，画家都不采用，而宁用水画的"富雷斯可"。到了房·爱克兄弟二人，把油画法大加改良，使成为一种非常便利而完全的画法。故虽然油画不是他们二人所始创，但油画的生命的确是他们二人所赐的。所以后人纪念他们二人，

---

[1] 生年应为：1385 年，一作 1390 年。

推定他们为"油画的发明者",又称颂他们为"北欧的画祖"。前面说过,欧洲近代的美术开始于尼德兰(即比利时与荷兰)与意大利;而尼德兰的美术,实在开始于房·爱克兄弟二人。房·爱克兄弟二人发明了油画之后,尼德兰美术方才正式成功。这油画法不久就传到意大利,意大利美术也因此发达起来,后来做了南欧美术的先进国。故房·爱克兄弟二人实在可说是近代全欧的画祖。

凡·爱克兄弟:《奏乐的天使》

老兄赫白德画法优美,老弟约翰画法严峻。试看《圣乐的天使》,兼有优美与严峻的趣味。右旁一幅中一人奏乐,四人唱歌,左旁一幅中有八人合唱,布局都很优美。至于严峻,更可显然看出。试看图中各人的颜貌,衣着及乐器,都描得非常详细而正确。下方的地毯,花纹何等工致!他们的严峻,真是"一笔不苟"。衣服的皱纹,条条清楚,眉毛、头发,几乎可以一根一根地计数,其功夫何等严密!

老兄是甚样的一个人?后人不详细知道。老弟是一位富贵的画家。他起初为巴伐利亚公爵,后来改任勃罗各尼公爵,终身荣华富贵。他们兄弟二人的画,都以善用赤色有名于世。西洋美术界上有这样的谚语:

"谛谛昂〔提香〕的金,

凡洛纳斯的银,

房爱克的赤。"

前两人是意大利画家,善用金色及银色,与房·爱克的善用赤色,并称于世。

房·爱克是北欧第一代画祖。自房·爱克发明油画之后,尼德兰地方画家辈出,美术非常发达。房·爱克死后一百余年,比利时又出了一位非凡的大画家,继续房·爱克的事业,其人名曰鲁宾斯〔鲁本斯〕,是为"北欧第二代画祖"。本章所揭的《耶稣与罪人》,是他的杰作之一。

鲁宾斯的时候,油画已在世间流行了一百多年,用法已

鲁本斯：《耶稣与罪人》

比前纯熟。试看这幅《耶稣与罪人》，比较前面的《圣乐的天使》，色彩和笔法都要自然得多。画中人物的肉体，丰肥圆满，色彩灿烂。鲁宾斯的作品很多，维也纳国立美术馆中有"鲁宾斯室"，专门陈列鲁宾斯的画。他的画都很大，这幅《耶稣与罪人》也是很大的油画。

鲁宾斯（Peter Paul Rubens）生于一五七七年，死于一六四〇年。他也是一位富贵的画家，与第一代画祖房·爱克境遇相同。鲁宾斯的祖先，世代为昂德华浦〔安特卫普〕的贵族。鲁宾斯富于画才，又长于交际。他是大画家，同时又是大交际家。后来他做西班牙公使，又历任各国公使，遍游全欧。他的天才非常丰富。对于画，他兼长肖像画、风景画、宗教画、历史画，又善于作雄大的装饰画。他的作画非常迅速，他曾在十八天之内，作大画八幅。他六十三岁死去，其遗产有大油画一千八百幅。对于语言，也十分通达，他能讲希腊语、拉丁语、英语、法语、西班牙语、意大利语，无不精通。他的生活非常讲究，每天早晨起来，进了早餐，走进住室，就有一个仆人来坐在他旁边，把拉丁的故事讲给他听，以为娱乐。约一小时之后，他就到画室中去作画。作画疲倦了，回到住室，玩弄宝贵的意大利小珍品，以为休息。午膳后，再进画室描画。到了黄昏，停止工作，仆人已给他预备好一匹白马，他就骑了白马郊外散步。他的夫人很美丽，他的邸宅很庄丽，他的子女都很伶俐而聪明，他享了六十三岁的长寿而死，一生自幼至老，完全在荣华的幸福中。

北欧第一代画祖与第二代画祖，都是荣华富贵的大官。这容易使人联想到中国唐朝的南宗与北宗的两位画祖。中国北宗画祖李思训是做将军的；南宗画祖王维是做丞相的。后人称他们为"李将军与王右丞"。比利时的房·爱克与鲁宾斯，与中国的李思训与王维很相像呢。

乘便再说一个富贵画家给你们听，鲁宾斯有弟子数百人，其中最高才的只有一人，名曰凡·戴克（van Dyck，1599—1641）。这人从小有天才，曾有一件很有名的故事。有一天黄昏，先生骑了白马出去散步了，数十个学生看见先生外出，大家私下走进先生的画室中去看画。其中有一个人不小心，把先生新作而还未干燥的油画擦坏了一部分。大家惊恐得很，想不出补救的方法。凡·戴克便偷出先生的画笔来，把擦坏的画仔细修改一下，竟改好了。大家悄悄地出了画室。后来鲁宾斯先生骑马回来了，走进画室，一看新作的画，惊奇地叫道：

"咦！我的画比以前更好了！"

人们就告诉他，说这是凡·戴克修改过的。先生就称赞凡·戴克，说他是全体学生中的最高的天才。

后来凡·戴克果然做了大画家，颇能继承鲁宾斯的画道，而且也是一位富贵的画家。他在英国王宫里做宫廷画家，英王非常敬爱他，天天到他家里来玩。有时看他作画，有时同他一同看画、谈天。凡·戴克所住的房子很华丽壮大，家中婢仆甚多，仿佛国王的宫殿。英国的百官要见英王的时候，总是先到凡·戴克家里。因为英王是没有一天不到凡·戴克家的。画家同帝王一样尊重了。

第七讲　五年画成的笑颜 [1]

请看《蒙娜丽莎》的微笑的颜貌，这是意大利大画家达·芬奇费了五年的工夫而画成的。这幅肖像画并不大，长只有三尺，阔只有二尺，其面积不过像普通书桌一般大小。描这小小的一幅画，怎么要费五年的工夫呢？让我把画家达·芬奇的故事说给你们听：

上面说过，近代欧洲各国的美术，都是从两处地方学得来的。第一处是欧洲北方的法兰德斯 [2]，就是现今的荷兰与比利时地方。第二处是欧洲南方的意大利。故法兰德斯与意大利是欧洲各国的两位美术先生。法兰德斯有大画家林布兰〔伦勃朗〕、霍裴马〔霍贝玛〕、鲁宾斯〔鲁本斯〕、房·爱克〔凡·爱克〕等。就中房·爱克是"北欧第一代画祖"。关于这四大画家，已在上两回中说过了。今天所要说的达·芬奇，是意大利画家，便是南欧画祖之一人。

达·芬奇（Leonardo da Vinci，1452—1519）生于十五世纪

---

[1] 本篇原载 1930 年 7 月《教育杂志》第 22 卷第 7 号。
[2] 法兰德斯今称佛兰德斯。但"上面说过"的是尼德兰。

末叶，就是中国明朝初年间[1]。那时候，欧洲各国的美术都不发达。只有北方的法兰德斯地方与南方的意大利地方有大美术家出世。南方的意大利，美术尤为兴盛。当时意大利国内有三位大美术家同时出世，产出许多的杰作。后人称这时候的意大利美术界为"文艺复兴期"，称这三位大美术家为"文艺复兴三杰"。三杰中最年老的，就是达·芬奇。还有两位，一位叫做米开朗基罗〔米开朗琪罗〕，一位叫做拉菲尔〔拉斐尔〕。现在先说达·芬奇的故事。

达·芬奇的出身很奇怪。他的父亲是意大利的贵族，他的母亲是一个意大利农家的女子。他是一个私生子。有人说，私生子大都是聪明的，这句话在达·芬奇确是很对。他真是非常聪明的一个人。他小的时候，百般学问都通晓。数学、物理、化学、历史、地理、博物、音乐、绘画、雕刻、建筑，没有一样不通。而且体育也很好，他的身体强壮，学得一身武艺。有一次，他拿一只很粗的铁环在手中，用力一握，那铁环竟变成椭圆形，他的朋友们都伸舌头，惊叹他的腕力。又有一次，市中来了一只野马，高大而凶恶，没有人能捉得它住。达·芬奇还是一个少年，立刻出来捉住了这匹野马，骑在它背上，那马竟驯良地被他骑去了。竞马的人都叹服他的本领。他不但聪明而有武艺，他的做人又很和平而亲切。无论哪个人请求他一点事，他都答允。看见了穷苦患难的人，他总是尽力想法救助。又不但对人亲切，其对物亦非常慈悲。他常常在郊野中散步，

---

[1] 应为：生于十五世纪中叶，相当于中国明朝中期。

遇见了捉小鸟的人，他就出钱买了那些小鸟，拿回家中，把鸟笼放在窗口，开了笼门，那些小鸟就从笼中跳出，欢喜地飞向天空中去了。达·芬奇精通各种学问，各种武艺，又待人和气，对物慈悲，所以当时的人称赞他为"完全的人"。

他的父亲见他很聪明，件件都懂得，就想教他在地方上做一个公证人，但是达·芬奇却不欢喜做公证人。他虽然对于各种学问都有兴味，但就中对于美术尤为欢喜。父亲看见他每天热心于雕刻绘画，就不教他学做公证人，而送他到一位雕刻先生那里去学习。这位先生名叫凡洛菊〔威罗乔〕（Verrocchio, 1435—1488），是很有名的一位雕刻大家，在现今的西洋美术史上，还可找到他的名字。凡洛菊先生是雕刻家，又能描画。达·芬奇欢喜雕刻与绘画，跟这位先生学习，真是再好没有的了。弟子的进步非常迅速，常常为先生所惊叹。数年之后，达·芬奇的本领竟同先生相差不远了。

有一天，凡洛菊先生描一张画，画中所描的是许多天使，这画是别人请他画的。那人因为急于要用这画，请求凡洛菊先生早日画成。凡洛菊先生答允他十天之后来取画。因为画中的天使太多，到了第十天，还有一个天使没有画好，但凡洛菊先生因有别的要事，没有工夫再画了。于是他想，学生达·芬奇近来画法很进步，不妨教他代画一个。他就嘱咐达·芬奇，教他在画中某处代描一天使。限他在这一日内画好。达·芬奇受了先生的嘱托，不慌不忙地拿起笔来，代替先生描画了。不到黄昏，他早已画好。明天早晨，那人如约来取画，凡洛菊先生就把这幅画送了他。那人把这幅画拿去，挂在一所新造的房子内，请许多美术家来观赏。这都是当时意大利很有名的画家，他们看了凡洛菊先生这幅大作，大家赞叹不已。那人就请各位大美术家批评这幅画，哪一个天使画得最好？许多美术家观察了好久，不约而同地说道："这一个天使画得最好。"他们所指着的天使，正是达·芬奇所代描的一个。后来这批评传给凡洛菊先生知道了，先生很难为情。他想："我的学生描得比我更好，我还要描什么画？不如专门研究我的雕刻吧！"凡洛菊先生就把画笔折断，从此不描画了。达·芬奇不久就离开凡洛菊先生，到意大利美术最兴盛的弗罗纶斯〔佛罗伦萨〕地方去了。

达·芬奇到了弗罗纶斯，一方面继续用功描画，一方面又研究各种各样的学问。现在我们只知道达·芬奇是意大利文艺复兴期的一个大美术家。其实他不仅是一个美术家，他精通各种学问，在当时又是有名的发明家、事业家、科学家。他在弗罗纶斯的时候曾经发明了许多的大事业。

第一件惊人的事，是达·芬奇的制造飞行机，大家都知道飞行机是最近才成功的。哪晓得达·芬奇在四百几十年前早已发明过。他曾经用心研究，制造飞行机的翼膀。他所想的法子，虽然不及现今的飞行机的巧妙而稳当，但也很有头绪，曾经试验过，也可以飞得起，不过不能高飞，又不甚稳当。因为当时没有人相帮达·芬奇研究，所以他的事业没有成功。达·芬奇生在四五百年之前，早已有了这空中旅行的理想和计划，在今日的我们，觉得真可佩服！可惜他的事业没有人继续努力，一直过了四五百年，到今日才成功。

第二件惊人的事，是达·芬奇的制造蒸汽机。大家都知道，蒸汽机是十八世纪末叶英国人瓦特所发明的，哪晓得在四五百年之前，达·芬奇早已想到。蒸汽机的发明，实在是我们人类的大幸福！现今世界上的火车、轮船，全靠有蒸汽机，所以能走得很快，使人类的交通非常便利，人类的文化非常开通。这发明实在是人类的福音！达·芬奇在四五百年之前早已想到这一点，曾经用心考虑蒸汽机的构造。也因为没有人帮他的忙，其事业不得成功。但他的"先见之明"，很可使人佩服了。

此外达·芬奇又做许多新奇的事业。这些都是现今世界上的事，为从前的人所想不到的。例如大炮，是近代才发明的一种战争的利器，达·芬奇曾经试做过。他造了大炮之后，又制造一种不受炮弹的船。这船包着铁甲，装着机关，大炮开过来的时候，船可以不受损伤，仿佛现今的铁甲军舰。战争用的器具，都很可怕，我们实在不希望世界上有这种东西。但是发明这些东西，是同发明蒸汽机和飞行机一样地困难的。所以我们对于达·芬奇的智巧，也觉得很可佩服。

达·芬奇又考虑开运河的方法，修路的方法，建筑城头的方法，造桥的方法。他是一个美术家，而对于这种工程，很有智慧与兴味，真是不可思议的事。他又发明演奏音乐的乐器，又研究塑像的方法，又研究诗歌文学。但这都不是他的重要的工作，他的重要的事业是描画，他不过用描画的空闲工夫来弄这些玩意。可见他是何等聪明而多才多艺的人！当时的人称赞他为"完全的人"，他真不愧为"完全的人"了。

他在弗罗伦斯的时候，对于美术研究怎样用功呢？说起来有许多很有趣的故事。

大家都知道，学美术的人，必须研究裸体人的画法。无论绘画或雕刻，都要用裸体。例如描写天使，必须描一个裸体的小孩，背上生一对翼膀，才觉得天真美丽而可爱。又如描写希腊神话中的天神，也都用裸体或半裸体，才可表明天神的身体的健全与美丽。况且还有个更重要的理由：人体是万物之中最难描的东西，人体描得好了，世界上一切的东西便都会描了。所以学画的人必定要研究裸体人的画法。他们的研究裸体，不仅看看人体的外部，又须知道人体内部的筋肉骨骼的构造。知道了人体的构造，画起来就可更加明白而逼真。所以美术学生须要读一种人体研究的书，其书名曰《艺用解剖学》。书中有人体各部的解剖，说明某处有某筋骨，某筋骨作何形状。学者把这些知识牢记在心，则描写人体的时候，就可描得正确而合理了。达·芬奇对于人体研究，自然很用功。他觉得仅读《艺用解剖学》与描写，还是不够，非亲自研究人体的实物不可。有一次，他得了一个机会，亲自拿了一把刀，解剖一个死人的身体，仔细地研究人体内部的筋肉骨胳的组织。解剖死人的身体，是一件很可怕的事，但达·芬奇为了求学问，竟一点也不怕，亲自动手解剖。他的热心学问，真可佩服。

达·芬奇竟敢大胆地解剖尸体，完全是为了热心研究的原故。他的研究绘画是何等热心！还有许多故事可以表明。

达·芬奇常常在弗罗伦斯的街上徘徊，仔细观看各种各样的事物的形状，或者记在心头，或者拿出速写簿来描写。有一天，他在街上散步，忽然天下雨了，雨下得很急，又是斜风斜雨，很大的雨点，在空中纷纷地下降，好像乱箭一般。达·芬奇看见这光景，觉得非常好看，就忘记了一切，兀自站在街中，出神地观看。自己的衣服被雨点打湿，全不觉得；别人当他是疯子，在旁嘲笑，他也全不听见。直到后来，他的一个学生跑过这街道，看见他的先生站在雨头里出神，便上前叩问："先生！你站在雨头里看什么？"达·芬奇被他一问，犹似从梦中惊醒，举起他的淋湿了的衣袖来放在学生的肩膀上，兴致勃勃地对他说道："你看！这样子多么好看！这真像大战的光景呢！"先生说了之后，就急急忙忙地逃回家中，去描写大战的画了。急雨的势力，在达·芬奇的眼中能看出大战的光景，全是由于他对于绘画兴味浓烈的原故。

达·芬奇对于绘画的兴味的浓烈，有时几近于发痴。他在街上走路的时候，他的眼睛不绝地注视路上的人。每逢看到一个好看的人，他就立停了脚，向那人细看，使得那人奇怪起来。有时他看见一个可以入画的人，看得不够，就跟了他走。那人上车，达·芬奇陪他上车，那人进店里买物，达·芬奇陪他买物。直到那人走进了自己的家门，把门关上，达·芬奇才向那门怅望了一下，独自回家。回到家里，他就追忆那人的样子，给他描成一幅画。有一次，他到乡间散步，看见许多农夫在田间，一边工作，一边闲谈，他们谈话的样子很是好看。他站在旁边观看，看得不够，就对农夫们说，要请他们到草地去喝酒。农夫们答允了。他就跑到附近的小店里，买了许多酒和点心来，放在草地上，请农夫们大家来吃喝。农夫们欢喜地来了，团团地坐在一块，大家喝酒。达·芬奇就对他们讲故事，讲了许多令人发笑的故事，引得农夫们个个哈哈大笑，大家宽饮一杯酒。农夫们渐渐地喝醉了。他们的谈话愈加高兴,神气愈加好看了。达·芬奇乘他们不提防的时候,身边摸出速写簿来,偷偷地描写他们的样子。等到他们喝完了酒,散回家去的时候,达·芬奇的速写簿上已经画有一厚帙的画稿。这是他所最宝贵的东西。他作大画的时候,就可从这画稿中采取材料。

达·芬奇的画,在意大利全国已经很有名誉。于是米兰的大公就来聘他,请他到米兰去做宫廷画家,每年送他很多的俸金。达·芬奇受了任命,来到米兰。此后他受官家的优待,安心地在米兰地方作画了。

达·芬奇:《最后的晚餐》

达·芬奇在米兰宫廷中所作的画,有一幅最为著名,其画名曰《最后的晚餐》。这画现在还保藏在意大利的美术馆中,且在世界各大美术馆中都有这《最后的晚餐》的复制品。小的印刷品,在世界各处的美术商店中均有发售,真是千古留名的世界大杰作。画中所描的，是耶稣被钉在十字架上的前一晚，和他的十二个学生一同晚餐的光景。一张长桌子，正中央坐着耶稣，两旁坐着十二个学生。他们都知道耶稣明天要被政府所杀了，又知道这是耶稣的一个学生把耶稣卖给政府的，但这可恶的学生是谁？却未曾知道。他们都在叹息，悲伤，又议论这件可悲的事，猜测这个可恶的学生。其实把耶稣卖给政府的人，就是坐在耶稣右手旁边的第三个人。这人名叫犹大，原是一个最坏的人。他贪用几个钱，竟肯把他的圣哲的先生卖给别人去弄杀，真是可恶已极了！达·芬奇在他的《最后的晚餐》中，画出这悲哀的集会的光景，非常动人。耶稣的神气何等慷慨，犹大的相貌何等阴险而丑恶，别的学生的态度何等惊奇而颓丧！画得个个人都非常得神，犹似许多真的人在那里演剧。所以这幅画很费工夫。自从动笔到画完，共费三年。因为描写这种神气，须要用心考虑，不是可以随便乱画的。达·芬奇并非在三年之中不绝地描写。有时他想不出画法，一连好几天不画。忽然想出了，立刻跑到画室中去，拿起笔来画了几笔，回头再想着别种东西的画法。有时已经画完一个人像，忽然想出了另一种更好的画法，就全部废弃，重新描过。遇到兴味很好而用笔顺适的时候，他就一天到晚伏在画室中描写，连饮食都忘记。有时从清早画到天晚还不肯歇，点起灯来继续描画，一直描到天亮。这样地经过了三年，这《最后的晚餐》方才完成。

在不懂画理的人想来，三年描一幅画，实在太慢了。米兰大公手下有一个官吏，就因为不懂画理，疑心达·芬奇是偷懒而故意延长时日，就在米兰大公面前说达·芬奇的坏话。米兰大公信以为真，就派这个官吏去催促达·芬奇，叫他快一些画好。达·芬奇为了这幅画，其实日夜在费心血。这官吏还嫌他画得慢，他心中气愤极了。这时候他正在苦心考虑犹大的相貌和态度应该如何画法，方可表出他是一个最恶的人。于是他就回答这无知的官吏说："你嫌我描得太慢么？倘使你肯扮作犹大，给我做模特儿，我立刻可以画好了。"那官吏知道触动了画家的怒气，一句话也不敢回答，低着头回去了。

三年之后，这幅千古不朽的大作完成了。但是达·芬奇与米兰大公的感情从此破坏。达·芬奇辞了米兰宫廷画家之职，赴各地旅行去了。旅行了好多年，方才归家。归家以后，描出一幅更宝贵的杰作来，这就是这一章所揭的《蒙娜丽莎》。

蒙娜丽莎（Mona Lisa）是达·芬奇的一个女朋友。这画便是她的肖像。这幅画并不大，只有三尺高，二尺阔，达·芬奇画成这幅画，自从开始至描完，共费了五年的光阴。当然不是教那女朋友坐了五年，达·芬奇描了五年。就是因为达·芬奇要表出这女友的美丽、端正、优雅而神秘的神气，故费了五年的心血来考虑。试看这幅图画，那女子的颜貌何等

达·芬奇：《蒙娜丽莎》

端庄，眼色何等优雅，口上的微笑何等神秘。——这微笑是世界著名的，叫做"蒙娜丽莎微笑"（"Mona Lisa smile"）。读过西洋美术史的人，一定记得，西洋还有一种有名的微笑，叫做"史芬克斯〔斯芬克司〕微笑"（"sphinx smile"）。这"史芬克斯微笑"与"蒙娜丽莎微笑"，是西洋美术上有名的两种微笑。史芬克斯，是五千年前埃及人所造的一种大雕刻。这雕刻的身体形似狮子，但比狮子高大得多，仿佛一座小山；它的头是人头，也大得可怕。脸上作一种神秘的微笑，就叫做"史芬克斯微笑"。这怪物现在还蹲踞在埃及的尼罗河畔。有许多考察美术的人，特地跑到埃及去参观这怪物的神秘的微笑，又到意大利的美术馆里去瞻仰蒙娜丽莎的神秘的微笑。

达·芬奇描出这神秘的微笑，曾费了很多的苦心。他希望模特儿（就是所描的女人）装出这种神秘的微笑来，但她总是装不出来。原来笑是从心中发出的，决不能硬装出来。心中不觉得那样的欢喜，脸上便显不出那样的笑貌。达·芬奇定要引出她这种微笑，于是办了种种的奇花、异卉、珍品名物来，供在模特儿的面前，使她看了心中发生欢喜，脸上显出那种笑貌来。但模特儿看了这些东西，到底笑不出。达·芬奇的计划终于失败，他只得再想别的办法。后来他请了许多音乐家来，教他们在模特儿面前演奏音乐，以博她的欢心。他们的音乐奏得非常好听，模特儿听了，心生欢喜，脸上果然显出神秘的微笑来。达·芬奇就把她的笑貌描写了，成为这幅名画。

这幅画的各部分的描法，都是煞费苦心的。例如眼的光彩，身体的姿势，手的位置，都同口的微笑一样仔细考虑、设计，然后描写。所以全画完成，共费了五年的光阴。这光阴决不是虚费的。达·芬奇的一切作品中，《最后的晚餐》与《蒙娜丽莎》并称为"世界之宝"，并为千古不朽的伟大的艺术品。就中《最后的晚餐》一幅，是宗教的绘画，相信耶稣教的人，看了固然很感动；但不相信耶稣教的人，看了这画，大都只觉得画法巧妙，而对于画中的人物事件只能当作一种小说故事，而心中不能发生深刻的感动。《蒙娜丽莎》就不然了。这里所描写的庄严优雅的神气，万人都要赞叹；这里所描写的神秘的微笑，万人都可感动。所以达·芬奇的两幅不朽的名作中，《蒙娜丽莎》尤为普遍，尤可宝贵。西洋人称这幅画为"世之至宝"。这画一向保藏在意大利的美术馆中。距今五十多年前，即一九一〇年，意大利与土耳其开战的时候，意大利国内秩序纷乱，这幅名画忽然被人偷去。即派人四处寻找，不久果然查到了。现在依旧供藏在美术馆中。

* * *

达·芬奇是"文艺复兴三杰"中最年长的美术家。关于其他两杰，且待下次再说。现在再举一幅与《蒙娜丽莎》相似的名画，其画名曰《花灵》〔《花神》〕（*Flora*）。这画也是意大利画家所作的，其画家名曰谛谛安诺〔提香〕（Vecellio Tiziano，1477[1]—1576）。

西洋美术，从古以来，共有三次的兴盛。第一次在四千年前的希腊，名曰"黄金时代"。第二次在十五六世纪的意大

---

[1] 一说生于1490年。

利,名曰"文艺复兴期",刚才所说的达·芬奇便是这时代的大家。第三次在十九世纪的法兰西,就是现代美术。第一回所说的贫乏的大画家米勒,便是现代美术的先锋。只要记着这三大时期,你将来研究美术史时就有头绪了。

却说第二期与第三期之间,即达·芬奇与米勒之间,是欧洲美术衰颓的时期。但在这衰颓的时期中,欧洲并非全无一个美术家出世,其间也有二三位很有功夫的巨匠。约举之,可有三人,即可来乔〔柯勒乔〕(Correggio,1494[1]—1534),谛谛安诺与丁德来托〔丁托列托〕(Tintoretto,1518—1594),就中谛谛安诺尤为著名。《花灵》便是谛谛安诺的杰作。

谛谛安诺的父亲是做将军的。但谛谛安诺从小不喜欢读书。父亲叫他入学校,他偏偏到田野中游玩。他在田野中,采了各种颜色的花,捣出花的汁水来,当作颜料而描画。父亲见他这样欢喜绘画,就叫他从师学画。不久他的画已胜过先生,全靠自己用功,成为名画家。

提香:《花神》

---

[1] 一说生于1489年。

谛谛安诺最欢喜描写女子的肖像。他所画的女子，都娇艳美丽，像是真的现世的女子。这幅《花灵》，便是他的代表作。花灵就是花的女神。这虽然是空想的女子，但画得同真的少女一样娇艳。试比较，《蒙娜丽莎》与《花灵》两幅大体相似，而前者有庄严神圣之气，虽是世间的女子，却像天上的女神；后者有娇艳妩媚之态，虽是天上的女神，反像是地上的少女。故可知古代的美术重理想而远离现世；近代美术则渐渐接近于真的世间了。现代的人，看了这两幅名画，大都觉得《花灵》比《蒙娜丽莎》更为可爱。这便是《蒙娜丽莎》远离人生，而《花灵》接近现世的原故。

第八讲　文艺复兴三杰的争雄[1]

上回已经说过《蒙娜丽莎》及其作者达·芬奇的故事。意大利"文艺复兴期"共有三位最大的美术家，后人称之为"文艺复兴三杰"。达·芬奇便是文艺复兴三杰之一人。其余二人，一人名曰米开朗基罗〔米开朗琪罗〕，一人名曰拉菲尔〔拉斐尔〕。今天所揭的《巫女》是米开朗基罗的杰作，《圣母子》是拉菲尔的杰作。

三杰之中，达·芬奇年纪最长。米开朗基罗次之，比达·芬奇小二十三岁。拉菲尔最幼，比米开朗基罗小八

拉斐尔：《圣母子》

---

[1] 本篇原载 1930 年 8 月《教育杂志》第 22 卷第 8 号。

岁，比达·芬奇小三十一岁。故达·芬奇在三人之中，是老前辈了。达·芬奇五十岁在意大利美术界上称王的时候，米开朗基罗是二十七岁的盛年，正在努力用功；拉菲尔还是十九岁的青年，在美术界上还没有露出头角来。

米开朗琪罗：《巫女》（局部）

不久，米开朗基罗打倒了达·芬奇，代替他在意大利美术界上称王；后来拉菲尔又打倒了米开朗基罗，而独步于意大利的美术界。这叫做"三杰争雄"。他们的势力都像龙虎一般勇猛。当时的意大利美术界真是何等的热闹；现在可把三杰争雄的故事讲给你们听。

达·芬奇从各地旅行归来，安居在弗罗纶斯〔佛罗伦萨〕，重新开始作画。发表了《蒙娜丽莎》的名作之后，意大利全国人士极口赞颂，称这幅画为"艺术之宝"，尊崇其人为"画家之王"。这时候达·芬奇在意大利美术界上，真好比是一位唯我独尊的帝王。恰当这时候，米开朗基罗有了一身的天才，也跑到弗罗纶斯来发展他的艺术了。两雄相遇，就开始争斗。

米开朗基罗也是一个大天才，雕刻、建筑、绘画，各种美术都会；他的作品中又有一个特色，便是"雄健"，这是达·芬奇的艺术中所没有的。于是一向尊敬达·芬奇的人，现在都觉得米开朗基罗比达·芬奇更好，大家去称赞米开朗基罗了。就有许多人批评达·芬奇的不好，他们都说："达·芬奇已经老残了！"本来在意大利美术界上称王的达·芬奇，现在只得让位给米开朗基罗。米开朗基罗的名声一天一天地高起来，渐渐没有人来理睬达·芬奇。达·芬奇无聊得很，就离开了意大利，逃到法兰西，伏处在法兰西的乡下，一直到死。他的晚年是很孤独的。那样的大天才，而结局这样冷淡，真是可惜的事！

打倒达·芬奇的米开朗基罗，对于雕刻、建筑、绘画，三者都精通。他的家住在意大利北方的卡普来村中，家境还好。但米开朗基罗幼时不在自己家里养育，而寄养在乳母的家里。这乳母的丈夫是做石匠的。米开朗基罗从小看惯石头的种种雕刻，每天在石头中间起居游戏。他的雕刻的天才，大概在这时候已经萌芽。他的艺术的"雄健"的特色，恐怕也是受石头的影响的。

年龄稍长，父亲送他到弗罗纶斯去进学校。但他与达·芬奇相反对，不肯用功读书。在学校中不欢喜上课，只是每天描画，弄黏土。父亲屡次劝诫他，总是无用。但他的绘画倒练得很好了。他有一个朋友，在当时有名的画家奇郎达约〔基朗达约〕（Ghirlandajo，1449—1494）先生那里学画。他常常向这朋友借用颜料，自己描画。有一天，这朋友拿了他的画，伴了他到奇郎达约先生家里去。先生见了，就对他说："你不要读书了，到我这里来学画吧！"米开朗基罗非常欢喜，就跑回家中，恳求父亲。父亲一想，奇郎达约先生是当今大名鼎鼎的大画家，他的称赞一定不会错的。就允许米开朗基罗从师学画。这时候米开朗基罗还只十三岁，立刻抛弃了书包，跟奇郎达约先生去学画了。

米开朗基罗自从进了奇郎达约先生的门以后，日夜用功描画。进步之快，真是一日千里！学得不到二年，各种画法已经统统学得。先生对他的朋友说："米开朗基罗的进步真快，我再没有画法可以教他了。"

这时候弗罗纶斯有一个富人，名曰洛伦作。这人非常爱好美术，家中收藏许多希腊的雕刻。米开朗基罗有一次到他家中去参观雕刻，那富人非常佩服米开朗基罗的画才，一定要留他长住在他家中作客。米开朗基罗本来喜欢他的希腊雕刻，就辞别了奇郎达约先生，来洛伦作的家中作客。洛伦作把所有的有名的美术品都借给他研究，又送他研究费，供给他的生活。米开朗基罗在他家中住了好几年，得益很多。他是米开朗基罗的恩人。

但不久这恩人死了。米开朗基罗在恩人家中研究了几年的雕刻，对于雕刻很有兴味。他就到罗马去，专门研究雕刻。这时候他正是二十四岁。他在罗马所作雕刻都很好，罗马的美术家都赞叹他。他的名誉已传布于全罗马了。有一次，他自己雕了一个希腊神像，雕得和古代希腊人的作品一样精妙。他把这神像埋在土中，故意教人去发掘出来。人们都当作是真的希腊时代的作品，没有一个人知道是假造的。后来米开朗基罗自己说穿，人们更加佩服他的本领了。

弗罗纶斯的人闻得了他的美名，就派人到罗马去请他回来。因为弗罗纶斯地方有一块百年前传下来的大理石。这大理石非常坚硬而巨大，百年来没有一个人敢动手雕刻。弗罗纶斯的人想请米开朗基罗来担任这件大工作，故请他回来。米开朗基罗很想试试这块大石看，就回答说："好的，我来了。"

他拿这块巨大的大理石来，雕一个大卫的像。大卫是希伯来圣人，就是基督教的远祖。米开朗基罗所雕的像，非常有生气而伟大，全身约有三四个真的人体那么高，重量更是非凡。雕好之后，载在车上，请四十个强健的工人搬运到弗罗纶斯的大街中，搬了四天，方始搬到。那像就建立在大街的中央，每月有千万人在他的脚下瞻仰他。

从此米开朗基罗成了有名的大雕刻家。罗马法王犹理斯〔教皇尤利〕二世就来聘他，请他到罗马去为他建造一所坟墓。米开朗基罗到罗马去见法王，知道他所欲造的坟墓规模非常宏大；确是件很有趣味的工作，就答允他。法王就请米开朗基罗先到有名的卡拉拉山中去采办最良好的大理石。采办了一年，得了许多良好的石材,运到罗马王宫的庭中来。很广大的宫廷,堆满了世界最良的大理石。这都是米开朗基罗的雕刻的材料,米开朗基罗看了,心中很是欢喜。

但是运气很不好,法王身边有一个恶人,深恐米开朗基罗造了这墓要得大功,就嫉妒他。这恶人巧妙地想出一个道理来,对法王说:"自己活着的时候先造坟墓,是很不祥的。请大王在百年之后再造吧。"法王果然听从这恶人的话,说不要造墓了。这是很没道理的话;但当时的法王专制得很,不讲道理。米开朗基罗心中愤怒,但是没有法子,只得离去罗马。许多大理石原是法王托米开朗基罗去办来的,但法王不肯付钱,这钱也要米开朗基罗代付了。

米开朗基罗白辛苦了一年,又欠了一笔债,回到弗罗纶斯。但他到底气量伟大,能容忍这苦痛,仍旧努力雕刻。他以前曾刻大卫的像;现在又雕一座摩西像,雕得更加雄大,为世界一等的大雕刻。摩西是犹太的贤人。这雕像右手抱着记录法律的板,头上生着智慧的角,神气雄大而庄严,使人望了觉得恐缩。

米开朗基罗研究雕刻之外,又用功描画。他的画和雕刻一样庄严雄大。他在罗马的时候,有一天,法王请他在西斯廷(Sistine)教堂的天花板上描画。他对法王说:"我是雕刻家,不会描画的。"法王不信,一定要他画,他也就答允了。谁知道他所描的画,竟比雕刻更加伟大。他在那教堂的大天花板上画了三百多个裸体的人。画中的故事,从旧约圣书中取来,各部分都画得非常传神而又力强。现在所揭的《巫女》,便是这天花板画中的一部分，试看那巫女的体格与神气，何等强健威烈，使人觉得可怕。她身体上的筋肉，各部都丰富圆满而有力。上端两角上的小孩，也个个肥胖强壮。

米开朗基罗的作品，无论雕刻或绘画，没有一处不坚强有力。这是米开朗基罗艺术的特色。试就这幅画看：巫女坐着的姿势，何等稳定而坚固。这虽然是大的壁画的一部分，但仅这一个巫女，也能独立为一完全的美术品。

这大壁画分好几部。就中"人类创造"一部，画得最为力强。当时有一个画家，名叫亚来谛诺的，嫉妒米开朗基罗的功绩，在人前毁谤他。米开朗基罗知道了，把这人的肖像描入壁画中，又描一条大蛇卷绕在他的身上。

米开朗基罗是大雕刻家，同时又是大画家。故自达·芬奇退隐以后，意大利美术界就让米开朗基罗一人独占了。

但米开朗基罗后来也遇到了一个青年的敌手，恰同达·芬奇的遇到米开朗基罗一样。这敌手就是拉菲尔。达·芬奇遇到米开朗基罗的时候，自己退让，逃到法兰西去隐避；米朗基罗却没有这样客气，他就同拉菲尔争斗起来。拉菲尔发表一幅画，他也发表一幅画；拉菲尔批评他的作品，他也批评拉菲尔的作品。二人竟同仇敌一样。

有一天，拉菲尔带了许多从者出门，恰好和米开朗基罗在街上对面相逢。米开朗基罗独自一人在散步，看见拉菲尔带着许多从者，气高趾昂地在街上踏大步，眼中看不下去，就当面骂道："摆什么臭架子！倒像押进牢狱去。"

拉菲尔被他骂了，也不肯干休，见他一人走路，也就骂道;"哼,很像一个被人驱逐出来的东西!"在不懂的人看来,这两个美术家同仇敌一样相骂,未免气量太小了。其实并不如此,他们的相骂,不过是开玩笑;这两位大美术家的心,其实是互相理解,互相尊敬,又互相学习的。拉菲尔学习米开朗基罗的特色的"力强",米开朗基罗学习拉菲尔的特色的"优美"。他们两人是互相得力而成功的。

米开朗基罗晚年又赴罗马。这回他研究建筑了。圣彼得洛寺〔圣彼得大教堂〕便是他所建作的。这寺现在还存在,为"文艺复兴期"建筑的最好的模范。

三杰的艺术,各有其特色。达·芬奇的特色是"神秘",米开朗基罗的特色是"力强",拉菲尔的特色是"优美"。达·芬奇的艺术像海一般深,米开朗基罗的艺术像山一般高,拉菲尔的艺术则像春日的田野一般优美。就在《蒙娜丽莎》《巫女》与《圣母子》中,也可看出这种特点。

拉菲尔生于意大利北部高原的村中。他的母亲是一个很优秀的女子,他的父亲也欢喜描画。拉菲尔从小就欢喜画,十六岁的时候,为当时有名的大画家比鲁奇诺〔彼罗基诺〕(Perugino)先生做助手,同时又跟他学画。他的研究非常用功,技术日渐进步。学了不多时,已把先生的技术尽行学得。先生对人说道:"以后要请拉菲尔教我了。"

这时候弗罗纶斯最伟大的美术家,还是达·芬奇。拉菲尔久闻其名,而没有见过他的作品。他就辞别了比鲁奇诺先生,来到弗罗纶斯。看了达·芬奇的作品,心中的确非常感动。后来又看见米开朗基罗等的作品,学得了许多长处,自己的艺术更加丰富了。

拉菲尔是一个很清秀的青年,其一举一动,也都优雅,当时的人们都敬爱他。可惜他的寿命太短,三十七岁就死去。但他在这短促的生涯中,一共描了近三百幅的绘画。在这些绘画中,有许多幅是圣母子的绘画。圣母子,就是耶稣的母亲和幼年的耶稣,西洋人称之曰"马童拿"〔"圣母像"〕("Madonna")。拉菲尔平生最欢喜描圣母子像。他所描的圣母,相貌温雅而秀丽,人们看了都欢喜赞叹。他画了各种样式的圣母子,有各种名称。就中最有名的,叫做《西斯廷的马童拿》〔《西斯廷圣母》〕,就是现在所揭的一幅。

这幅画中描着圣母抱着幼年的耶稣,立在云中。右边有一个老年的僧人,左边有一个年轻的女子,他们都是耶稣教的殉难者。下方有两个背上生翅膀的小孩,在那里等候圣母的来到。这两人叫做"安琪儿"("angel"),就是天使。关于这两个天使,有一段故事:

拉菲尔描好了圣母子和两个殉教者以后,觉得这画的下面空地太多,须得添描一点东西才好。但

拉斐尔:《西斯廷圣母》

是添描什么东西呢？他竟想不出来。他就凭在画室的窗口，一面眺望，一面想他的画材。忽然看见邻近的面包店的窗口有两个小孩子正在玩耍，一个约四五岁，一个约二三岁，大的一个把左手抱着腮，仰望着天空中的云霞，正在对那小的一个说话。那小的一个把头靠在两臂上，举眼向天，正在静听他哥哥的说话。他们的态度很自然，样子十分好看。其天真烂漫的神气，真好比天上的天使。拉菲尔立刻伸手向衣袋中摸出速写簿来，很快地把这两个孩子的样子记录在簿上了。回到画室中，再回想他们的详细的样子，把他们添描在圣母的下方。又在他们的背上加了两个翅膀，表明他们是天使。他们的翅膀左右展开，作将飞的样子，神气更加活跃了。

拉菲尔二十五岁的时候，罗马法王请他到法迪坎〔梵蒂冈〕宫殿去描壁画。拉菲尔在那宫殿中描了四幅很大的壁画，分题曰《神学》《哲学》《法律》《诗》。就中《哲学》一幅又名曰《雅典的学堂》。画中描着五十余位古来的大学问家。希腊的大哲学家柏拉图、亚理斯多德〔亚里士多德〕、苏格拉底等的肖像，都描在那里。罗马法王非常赞美他的画技，送他很多的金钱。

拉菲尔得了很多金钱，就请了许多有学问的人来，共同研究古代希腊的情形，又研究罗马市的市街的布置建筑法。他的生活很是富裕而幸福。后来他开始描写《基督升天图》。这画没有描成，他已经死了。他在世只有三十七岁。倘能长寿一点，一定还可作出许多更好的名作，真是可惜！

拉菲尔虽然短命，但他的一生，自生至死，都很幸福，不像达·芬奇与米开朗基罗的遭逢苦难。故他的艺术也很优美、调和而圆满。他死后数百年来，世人不绝地在尊敬他，称他为"画家的王子"。他的"马童拿"，后世的人尤加爱看，没有一个人不赞美。直到现今，人们还不绝地在赞美拉菲尔的马童拿。例如称赞一个女子的相貌好，就说她像"拉菲尔的马童拿"，就是"她是美人"的意思。这句话现今的英国地方，还是很通行的。

文艺复兴期，意大利地方还有很多美术家；但上面所说的三人，是三个大将，故称为"三杰"。以上已把三杰争雄的故事说完了。现在再就意大利"文艺复兴"的由来略说一下。

十三世纪的时候，意大利有一个雕刻家，名叫比萨诺的，有一天，偶然在地中掘出了一种古代的雕刻，形状非常新奇，为现世所没有。他研究下来，知道一定是希腊古代的遗物。他请许多美术家鉴赏，他们都很惊奇。都说这样自由、新鲜而美妙的样式，只有古代希腊全盛时期的人能作，现今的人决定做不出。从此以后，意大利的美术家渐渐嫌恶当时的美术的衰颓，而努力于古代希腊的研究了。就有许多人起来模仿希腊人的雕刻。

恰当这时候，土耳其人兴兵侵犯东罗马帝国。拜占庭地方大乱，其美术家都挟了他们所宝藏的美术品，到意大利来避难。意大利的美术家看见了他们的作品，又觉得非常新鲜而美妙，为本国美术所万不能及。拜占庭是希腊文化所存的地方。拜占庭画家的美，仍是从希腊得来的。意大利的美术家就更加努力研究希腊的美术了。

弗罗纶斯地方有一个爱好美术的富人，名叫美提济的，不惜重价，收买希腊、罗马的美术品，给国内的美术家研究。意大利的美术从此渐渐变出新的样式来。这便是意大利"文艺复兴"的起源。

自此以后，弗罗纶斯地方美术日盛一日。出了许多的建筑家、雕刻家和画家。他们都有很好的作品，永远留传于世间。直到十五世纪末，达·芬奇、米开朗基罗、拉菲尔三杰相继出世，而达于文艺复兴的最高点。三杰以前的美术家，通常都归入于"文艺复兴初期"。

文艺复兴初期最大的画家，共有五人。这五人虽然不及三杰的伟大，但在当时都很有名。现在可把这五人的故事讲给你们听。

十三世纪时，弗罗纶斯出了一位从来未有的大画家，名叫济马裴〔契马布埃〕（Cimabue，1240—1302），西洋人称他为"绘画之父"。因为近世西洋的绘画是从这个人开始的。在数千年以前的希腊与罗马，亦曾有过许多大画家，但他们的时代太远，他们的作品早已不传，不过世人从历史上知道他们的名字而已。现在所能见的最古的绘画，实在是济马裴的绘画，所以称他为"绘画之父"。

济马裴从小就欢喜绘画。那时候来意大利避难的拜占庭美术家，正在一个寺里描壁画。济马裴每天跑去看他们描写。被他学会了描形的方法，自己用功研究，后来就成为大画家。他的画，形状都很正确，物象都很有生气。弗罗纶斯人就推崇他为意大利最大的画家，请他描寺院的神坛的装饰画。济马裴描了好几年，方始描成。弗罗纶斯人看了，皆大欢喜。市民们就排了队，吹喇叭，敲铜鼓，来济马裴的画室中搬运这大作，送到寺院中去，同迎神赛会一样。他们看见自己的市中有人能描这样美妙的画，都欢喜得发狂了。

有一天，济马裴到郊外去散步，看见草地上有一个牧羊的童子，正在一块石头上描写什么东西。他走近去一看，见这童子的相貌十分古怪，但他在石头上所描的羊，倒描得很好。济马裴可惜他的天才，就对他说："你不要牧羊了，跟我去学画吧！"那童子不胜欢喜。当夜归家，请求父亲的许可，明天就做了济马裴先生的弟子。他的画技日进一日，不久已比先生描得更好了。这童子名叫乔图〔乔托〕（Giotto，1267—1337），便是文艺复兴初期的第一个大画家。

济马裴先生已经不能再教乔图了。乔图就拜别了先生，赴各地旅行。他在旅行中研究考察，画技更加进步。意大利大诗人但丁仰慕乔图的画，认他为朋友，常常互相谈论艺术，乔图也很敬爱但丁，他曾经描一幅大壁画，题曰《乐园》，画中描着但丁的肖像。后来这幅画被无知的人涂去。八九十年以前，忽然又在弗罗纶斯的壁上显出来。现今我们所见的但丁肖像，便是从这壁画中取出来的。

乔图的相貌非常丑陋。他生八个儿子，相貌也都丑陋。但丁曾经嘲笑他："你描的画这样美，生的儿子何以这样丑？"初见他的人，都要说"这人不像大画家"。但他的为人，爽直而有趣。曾经有这样的故事：有一个炎热的夏天，乔图努力描画，绝不休息。恰逢那不勒斯的皇帝来参观他的画室。皇帝看见他额上流着汗而不绝地描画，就对他说道："假使我做了你，这样的暑天要停止工作的。"乔图回答道："假使我是皇帝，我便停止工作了。"

有一天，罗马法王派一个使者来对乔图说："我要请弗罗纶斯的画家描一幅画，但不知哪一位画家描得最好，所以要请你描一点样子去看一看。"乔图听了这使者的话，想了一想，便去拿铅笔和画纸来。他用铅笔在纸上描了一个大圆圈，递给那使者，对他说："这就算样子吧！"使者奇怪得很；但也只得接了个大圆圈，拿去回复罗马法王。乔图虽然只描一个大圆圈，但是罗马法王终觉得乔图描得最好，不久就来请他去描画了。

乔图以后的意大利大画家是安琪理柯〔安吉利科〕（Fra Angelico，1387—1455），他是一个和尚。"安琪理柯"是"天使的兄弟"的意思，并不是他的真姓名。但世人都呼他为安琪理柯，没有人知道他的真姓名[1]。

安琪理柯为人，敬虔而清廉。他描画的时候，必先向神祈祷。有一次，罗马法王请他做寺院的管长，他回答道："我只会描画，不会做管长而管理僧众。"可见他是一个清廉而真实的人。他小的时候欢喜花鸟。二十岁时，入寺院为僧。这时候的僧人，除了礼拜之外，又须兼做一种职务。有的兼做农夫，有的兼做教师。安琪理柯则兼做画家。他所描的画，以天使为最多。有一天，他在梦中看见许多天使出现，醒来就描了一幅大画，题曰《天使的幻想》。又有一个传说：他正在描一幅天使的

---

[1] 俗名为：古依多·第·彼埃特罗（Guido di Pietro）。

画，描得疲倦了，就放下画笔，坐在椅中睡着了。在他睡着的时间，真的天使出来帮他描画。等他醒来，其画已经描成了。

安琪理柯之后，又有两画家，即马萨爵〔马萨丘〕（Masaccio，1401—1428）与波谛几理〔波堤切利〕（Botticelli，1445—1510）。马萨爵善描世间的真实的景象，与专描天使的安琪理柯相反。后来达·芬奇称赞马萨爵的画，说乔图以后，马萨爵是最大的画家了。波谛几理善描希腊神话中的故事，曾经描写美的女神微拿斯〔维纳斯〕立在贝壳之上，神气非常生动。他描了许多女神的画。但时代已入十六世纪，文艺复兴三杰的第一个明星达·芬奇已经出现，波谛几理的画就失却光彩了。

上述的五人，是"文艺复兴初期"的画家。此后三杰出世，就成为"文艺复兴盛期"。三杰之后，也有许多美术家出世，称为"文艺复兴后期"。上回所说的描《花灵》的谛谛安诺〔提香〕，便是文艺复兴后期中最著名的一人。

西洋绘画正式流传于世间，是从文艺复兴期开始的。故初期的先锋济马襄，被称为"绘画之父"。现今研究西洋美术的人，必须研究文艺复兴期诸大家的作品，我所选的名画，也从三杰选起。

第九讲　万人嘲骂的大画家[1]

自第一讲至第八讲,我们从十九世纪中叶的米勒出发而倒说上去,已经说到了十六世纪的文艺复兴的三杰。以后要从米勒顺说下来,一直说到现代。今天先说十九世纪末叶的两位大画家。

距今五十余年前,即一八七四年的八月十五日,法国那达尔[2]地方忽有一个新派的绘图展览会开幕了。人们走进去参观,但见会场中所陈列的油画,都是一条一条的五色的颜料的乱涂,而看不出所描的是什么东西。于是参观者大失其望,没有一个人不唾骂而退出会场去。因为那时候,一般人所能鉴赏的绘画,是米勒一派的作品,或米勒以前的更旧派的作品。那种作品,大都分明地表出着物象的形状,又其物象大都含有高尚深刻的意义——例如圣母的姿态,田园的美景等——这才可使一般人理解,欣赏,又赞美。现在这新派展览会中的绘画,不易看出物象,又没有意义,而全是一条一条的五色的颜料的乱

---

[1] 本篇原载 1930 年 9 月《教育杂志》第 22 卷第 9 号。
[2] 那达尔(Nadar)为住在巴黎卡普辛大街上的一位摄影师。展览会就在他的工作室中举办。

涂，当然要惹起他们的唾骂了。所以这展览会开过之后，社会上的批评非常不好。尤其是这新派中的首领画家莫内〔莫奈〕（Claude Monet，1840—1926），受万人的嘲骂。八月二十五日的报纸上，就登出了一篇嘲骂莫内的新派绘画的文章，其题目是：《印象派作家展览会》。印象，就是我们看了物体后心中所感到的大体的模样。因为这新派展览会中的绘画，只描写物体的模糊的大体印象，其画题也大都是"某物的印象"。例如莫内有一幅画，是描写太阳初出时的天空中的五彩绚烂的大体的模样的，题曰《日出的印象》。所以这篇批评文章就袭用他们的画题中的"印象"二字，称他们为"印象派"。这原是嘲笑他们的意思。

莫奈：《日出印象》

这篇文章登在报纸上，人们看了，大家认为不错。莫内等一班新派画家就受万人的嘲骂。法国政府也反对他们的画法，说他们是邪道，不是正当的画派。他们的作品送到国家的美术展览会（Salon）里去，总是不取的。有一个欢喜这种新派画的富人，愿意把他家中所收藏的珍贵的古代美术品捐赠给国立美术馆，但须与他所保藏的新派绘画一并捐赠。国家倘愿接收他的珍贵的古代美术品，同时必须接受他的新派绘画，且把它们陈列在国立的美术馆内。政府派人去看他的捐赠品，觉得那些古代美术品的确珍贵，但附带的条件——接受而陈列新派绘画——难于答允。他们不肯放弃那些古代的珍品，就答允了那富人的要求，同时接收了他的古代美术品和新派绘画。但他们想出了一个巧妙的方法来虐待那些新派绘画，即把它们陈列在一间极狭小而阴暗的室内，使观者走进此室，只见种种颜色的条子，而不能望见画中所表出的物体的印象，大家就不要看。那富人的意思，本来是想借此以宣传新派画法的；但他上了政府的当，白白地牺牲了许多珍贵的古代美术品，而新派绘画依然受万人的嘲骂。

然而这种新派绘画，其实是最有价值的近代艺术。当时被万人嘲骂的新派画家莫内，其实是近代最大画家中的一个；最近五十年来，世间的画家大都学习他的画法，现今的西洋画界，还是受着他的影响呢。他当时不管万人的嘲骂，只管努力研究自己所发明的画法。别人骂他为"印象派"，他逆来顺受，就承认自己的画法为印象派。但有价值的艺术，结果总是成功的。故不久印象派艺术受全世界的理解，莫内亦被尊崇为现代的大画家了。

但最初创造印象派画法的人,不是莫内而是马内〔马奈〕(Edward Manet,1832—1883)。在姓名上看来,这二人好像是兄弟。他们实际不是弟兄,但他们的绘画真同兄弟一样。马内最初发见光与色的价值,他的描写渐渐注重光与色的表现;但外形不甚新奇。故马内可说是印象派的先驱者。莫内赞同他的主张,且把他的研究推进一步,不注重于物的形状,而竭力注重光与色的表现,结果就变成一条一条的灿烂的色彩,而不易辨别物体的形状,便建立了"印象派"的艺术。试看前面所揭的两幅画:马内的《一杯麦酒》〔《一杯啤酒》〕,比较米勒等的作品,更有生气而近于实际的人物。米勒的画虽然也是写实的,但看去总觉得是描出来的画;马内所画的喝酒吸烟的男子,望去竟像一个真的活人。这正是因为马内注重眼前的真相(光线色彩)的表现,故其画更有生气。再看莫内的《寺》〔教堂〕,就觉得眼前气象一新。这

莫奈:《教堂》

幅风景画乃由各种的色彩的条、块和点，凑合而成。作者的意思，并不要表出这地方的风景，而是要表出这眼前的光线与色彩的效果。故房屋树木的形状都模糊，船里的人物更是不易辨认；而对于水中的倒影，却描写得十分华丽热闹。但这确是作者对风景所感到的真实的印象。画家的目的，是要表出光与色的美，并不要记录实地的情形，故模糊并无伤害。据莫内的主张，以为从前的清楚而详细的绘画，都是不合理的。因为在画家观察物象的时候，总是一眼看见物象的全体，不是一部一部地分别观察的。看画的人，也总是同时总看画面的全体，不是一部一部地分看的。一眼看见全体，所见的当然是模糊的大体的印象。倘就物象而一部一部地分别观察，则所见的便不是同一时候的样子，不能凑成一幅画。故以前的详细描写的绘画，都是不合理的。只有把一瞬间所见的模糊的印象表出在画上，方为表示自然的真相的艺术。——这印象派的主张，的确含有真理。故世人最初虽然不能理解他们，但后来自然欢迎他们了。

　　印象派是西洋画大革命。数十年来的西洋画界，到这时候一扫从前的旧法，而创行新的画法了。从前的画家，作画大都是在室内想象出来的。例如米勒，常常在野外散步，看到可描画的材料，就记忆在心中，回到家里的小画室里来作画。又如米勒以前的画家，所描写的是复杂的群众，古代的状况，或神鬼的世界，更非凭想象不可。自印象派起，画家始舍弃了想象而对实物写生，走出了画室而到野外的天光下面来描写风景。现在我们学习图画，都背了画箱到野外来对着实际的风景而写生，这便是我们从印象派所得的影响。印象派用这样的方法而作画，故其画与旧派的画完全不同。

旧派画与新派画的异点，简单地说：旧派画注重"描什么东西"，新派画注重画"怎样描"。试看前述的文艺复兴期的绘画，所描的大都是耶稣、圣母、圣婴、天使，近世初叶的德拉克洛亚〔德拉克洛瓦〕等，所描的也大都是战争的光景，贵人的肖像；十九世纪初的米勒与库尔倍〔库尔贝〕，也专选农民、劳动者，田园生活等为题材，而在绘画中宣传自己的一种思想。数千年来，画家大都注重"描什么东西"，而不甚注意于"怎样描"。印象派猛然地觉悟到这一点，张开明净的眼，吸收自然界的刹那的印象，把这印象直接描出在画布上；而不问其为什么东西。从艺术的特性上想来，绘画既是空间美的表现，当然应该注重"怎样描"，即应该以"画法"为主而"题材"为副。故印象派不是故意反对旧法，而是绘画艺术的进步而归于正途。莫内为模范的印象派画家。他曾经把几个稻草堆连描了十五幅大油画。他所要描写的不是稻草堆，而是稻草上所有的光与色。他又对着一片水面而连写许多油画，其画题就叫做《水的效果》。这等作品中，有几幅全画是一片水，并不见岸，只是水中点缀着几朵睡莲。这在从前的画家看来，枯燥无味，但莫内非常热心。有一时期，他曾长居在船中，以船为画室，而专描水的效果。

因为追求光与色，故印象派画家最欢喜到光与色最丰富的野外去描写风景。风景画是中国画所专长的。中国自唐代以来，千余年间一向以山水画为最正当的绘画。西洋则一百年以前，只有以人物为主的绘画，直到了印象派而始有独立的风景画。试看文艺复兴期的绘画，米开朗基罗〔米开朗琪罗〕的大壁画《最后的审判》，达·芬奇的《最后的晚餐》等，差不多满幅是人物的堆积。拉菲尔〔拉斐尔〕的《圣母子》都是肖像画的格式；有的即使在圣母的背后配一二株树，或几间房屋，然都是人物的背景，且都不是看了实物而写生的，不过是凭空想出来的一种装饰或点缀。文艺复兴以后的西洋画家的作品，也大都是人物画。这几千年来被忽略的风景画，一旦被印象派画家所发见，而立刻赋以生命，使之独立。这确是印象派对于西洋画界的大贡献。

印象派中最有名的画家，除先驱者马内，首领画家莫内以外，尚有四大画家，即比沙洛〔毕沙罗〕，西斯雷〔西斯莱〕，特加斯〔德加〕，罗诺亚〔雷诺阿〕。现在就这六大家略为介绍如下：

（一）马内是巴黎人，他的父亲是个法官。马内从小欢喜学画，十六岁时航海赴南美洲，看见了热带上的天光水色，就发生创造新绘画的志愿。他每天到罗佛尔〔卢佛尔〕美术馆里去研究古代大画家的作品。但他对于西班牙画家的作品，特别赞仰，因为西班牙画家的作品中，有特殊的色调，这正是马内心中所盼望的新派画的特点。后来他看见坐在日光下面的草地上吃中饭的人们，觉得其光线与色的对照非常强烈，就描了一幅画，题曰《草地上的午餐》。他把这幅画送到国家的展览会中去出品，展览会里的审查员看了都要笑，把它陈列在落选的室内。参观的人看到了这幅画，大家非笑他的画法的荒唐。但马内并不丧气，只管努力研究这种画法。到了一八六七年，他便大胆地开一个个人作品展览会，会内所陈列的统是这一类新派画。大众仍然非笑他；但就中有少数的先觉的青年们，理解他的艺术，大家敬慕他，同来研究这种画法。莫内就是其中的一人。

马奈：《草地上的午餐》

（二）莫内是印象派的成功者。他的父亲是个商人。莫内从小欢喜绘画，跟了父亲旅行外国，参观各国的美术，觉得都不满意，曾对人言："我想要同唱歌一般地描画。"其意思就是说，绘画的美，不可靠题材，应该全在于画面的光线色彩上，犹如音乐的美全在于曲的音符上一般。普法战争的时候，莫内偕马内等避难于荷兰。荷兰与东洋交通最早，其地的美术馆中保藏着许多中国画和日本画。莫内看见了东方绘画的鲜明强烈的色彩，惊叹不置，觉得这里含有他所渴望的新绘画的条件。他就和马内二人厉行新派画法的研究，但他的研究比马内更为彻底。他专描野外的强烈的光线，故又有"外光派"之称。他是西洋风景画家的第一人。

（三）比沙洛（Camile Pissarro，1830—1903）是印象派的田园画家，故有"印象派的米勒"的称号。他是米勒的同乡人，生于诺曼地〔诺曼底〕，他的性情朴素也与米勒相似。不过他没有米勒的宗教的态度，而富于近代的现实主义的思想。最初他的父亲命他学商，后来他自己发心研究美术，三十三岁以后，努力作画。那时候政府和大众对于印象派绘画已渐渐理解，故比沙洛的画每年在国家的绘画展览会中入选。他的绘画，初期描写农妇，中期描写风景，后期描写市街。

（四）西斯雷（Alfred Sisley，1839—1899）也是风景画家，生于巴黎。他的父母是意大利人，家境颇好。西斯雷青年时就非常欢喜绘画，二十三岁时，与莫内相识，赞仰他的画法，就与他协力研究印象派绘画。他的作品，产生于三十一岁以后，注重光的表现，题材都取温和的自然风景。

（五）特加斯（Hillaire Germain Edgar Degas，1834—1917）是有名的舞女画家，生于巴黎，他最初信仰旧派绘画，曾入巴黎美术学校，与一般美术学生一样地练习模写；后来旅行意大利和美洲，归而作色粉笔画，出品于美术展览会。一八六八年，他描写剧中的一个舞女的肖像，出品于展览会，此后便继续描写舞女,成了舞女画的专家。他所描的舞女,姿态千变万化,色调柔嫩,笔法纯熟。虽不对着实际的舞女而写生,但姿态非常生动。

(六)罗诺亚(Auguste Renoir,1841—1919)为描写贵族人物的画家。他的肖像画和裸女画,为巴黎人所最爱好。当时有名的德国大歌剧家华葛纳尔〔瓦格纳〕(Wagner),曾做半小时的模特儿,而请他描一幅肖像。他幼时家境不好,他的父亲是裁缝司务,他幼时在亲戚家做手艺,后来以画陶瓷器为业。十八岁以后,为天才所驱,来巴黎从师研究美术,与莫内、西斯雷等相识。后来他也研究外光,而做了印象派画家。

第十讲　模糊的名画[1]

以前讲过"说谎的画",现在又要讲"模糊的画"了。

"说谎"是不好的事,但如前所讲,在绘画中,说谎并非不好,反而别有好处(参看第二讲)。"模糊",照普通见识看来也是不好的事:譬如写字,总要笔划清楚;做算学,总要演草清楚。但是在图画,却和别的功课情形不同。描画的时候,有时要描得清楚;有时要描得模糊。有的画家欢喜描得清楚,有的画家欢喜描得模糊,而两人的画各有好处,都能成为名画。

譬如我们到西湖上去作风景写生,看见近处有一个亭子,远处有山和宝塔,则亭子必须描得清楚,山和宝塔必须描得模糊,方才合于画理。倘削尖了铅笔,把远处山上的宝塔也描得清清楚楚,连层层窗户都可辨,这就不近事实,不合画法了。所以我说:"描画的时候,有时要描得清楚,有时要描得模糊。"

又如前回所揭示的许多名画:德拉克洛亚〔德拉克洛瓦〕的画,库尔倍〔库尔贝〕的画,达·芬奇的《蒙娜丽莎》,拉菲尔〔拉斐尔〕的《圣母子》等,画中的事物形状,大都描得很

---

[1] 本篇原载 1930 年 10 月《教育杂志》第 22 卷第 10 号。

清楚，衣服、面貌、器物、背景，件件都清楚可辨。这班画家都是喜欢描得清楚的。但如第一回所说的米勒的画，和上面所揭的莫内〔莫奈〕的画，其画中就有许多不清楚的部分。米勒的《打水的女子》和素描《教编物的女子》，眉眼不甚清楚，背景更加模糊；莫内的风景，难于辨别房屋人物的形状及界线，但见一片融和美丽的景色而已。但像这次所揭的一幅画——西涅克的《船》，——就比米勒和莫内的画更加模糊难辨了。这是以"模糊"有名的两位西洋画家。他们的画，大都是描得这样模糊的。所以我说："有的画家欢喜描得清楚；有的画家欢喜描得模糊。"清楚的画，有清楚的好处；模糊的画，也有模糊的好处。两方都能成为名画。

模糊到底有什么好处呢？我可以用浅近的比方来说明：诸君家中的窗上，也曾挂着帘子么？如其不挂帘子，诸君一定曾在别处看见过窗上的帘子，窗帘是很有意思的东西。窗上一挂帘子，隔帘眺望窗外的景色，就有一种特别的趣味。花树、草木、飞鸟、行人，一切都呈模糊隐约的光景，活像一幅图画。所以中国古时的诗人词客，大都欢喜这帘子。他们在诗词中歌咏风景，屡屡说起这帘子。试翻开一册诗集或词集来，总可找到几十个"帘"字。例如"水晶帘""珠帘""湘帘""绿帘""卷帘""隔帘"……都是诗词中惯见的字眼。我们试仔细眺望隔帘的景色，因为帘子是用一根一根的细竹编成的，所以帘外的事物，都被切碎，成了许多细碎的条子或点子，而映入我们的眼中。一朵红花，隔着帘子看去，好像是由许多红的条子编成的。一张绿叶，隔着帘子看去，好像是由许多绿的条子编成的。帘外一切的景色，都被帘子切碎，仿佛五色纸条编成的组纸手工。虽然物体的形状模糊了些，但另有一种美丽可爱的光景。由此可知美的东西，不一定清楚，有时模糊的反比清楚的更美。

西涅克：《圣特罗佩港的出航》

这个比喻虽然浅近，但很可用以说明这次所揭的名画。试看西涅克的《船》，近看起来，画面全部由五色的点子编成，活像组纸手工或地毡壁衣上织出来的花纹，而不辨景物的形状。但离开画面二三尺，把两眼微微合拢而眺望起来，就隐隐约约地看见各种景物，正像隔帘所见的光景。画的正中央有一个建筑物，它的白色的墙壁，高高地矗立着。近处两旁都是船只，中央留出一片水面。左方的船,近看只见黄色、橙色、蓝色的点子,杂乱无章地堆积着;但远看就可看出船身,上方还有桅樯。右方的船,近看也只见红色和紫色的点子,远看起来也是船身。它们的后面,又露出着一角的城堡,城堡上竖立着一面旗子,也都由红紫的点子集成。天空之中,左方有一道断虹,五色灿烂的弓形,弯弯地挂在天空的一角。右方的天空全由蓝色的点子集成。下方的水,反映天空和各种景物,色彩的点子更加复杂。这幅画中的一切景物,都被画家切成小小的碎片,而像组纸手工一般地编排着。虽然物体的形状模糊不分,但全部画面鲜丽而明亮,使我们觉得特别可爱。这和隔帘所见的隐约的光景,同一道理。不过这些景物的色彩,经过画家西涅克的分析与组合,当然更加鲜丽而有画意了。

卡利安尔的《亲爱》,这也是一幅以模糊著名的名画。但它的模糊,与上述的《船》的模糊不同。《船》的模糊,非但物体的形状不分,连物体的色彩都被切碎为小粒。《亲爱》的模糊,不在色彩而在光线。画中所描的人物,似乎住在一处极暗的地方,望去只看见

卡利安尔:《亲爱》

白色的脸和手，其他的形状都埋没在黑暗中，连界线都不能辨别，试看这幅画中，全部共有五个白块——母亲的脸孔，小孩的脸孔，跪在地上和小孩接吻的姐姐的脸孔，小孩的衣，姐姐的手——除此以外，一切都埋没在幽暗的光线中，仔细辨别起来，方才看见母亲和姐姐的衣服的轮廓，母亲背后的画额。母亲身旁的桌子，和桌子上的碟和碗。但都是隐约难于认辨的。这样模糊的画，究竟有什么好处呢？我们也可举一个浅近的比喻来说明：诸君都曾见过冬晨的雾景么？冬日晨起，推窗一望，往往见有薄雾弥漫于地上，把一切景物笼罩得模糊不分。然而这些平常见惯的景物，忽然变成一幅明亮柔和的画图，非常美观。又如隔着一层薄纱，眺望别人的颜貌，就觉得其人的相貌比平时美丽一些；眺望景色，其景色也要柔和而雅致一些。我又常感到，每逢天色薄暮而人家尚未上灯的时候，无论室内室外，光景都特别可爱。倘有人问我"一日之中何时的景色最为可爱"？我一定回答他这个时候。可惜这个时间很短促，至多不过二十分钟。我每每借取这短促而可贵的时间，在这二十分钟尽量地欣赏窗外室内的美景。但不久人家上灯，这美景便消失了。诸君不信，今天就可实验一下看。那时候窗外的建筑物，都融合而成团体，不复辨识张家与李宅；树木都合并为丛林，不复辨识松树与柏树。建筑物又与树木相融合而为一体，这一体又与天地相融合而成为一幅画图。凭在窗际的人，只见一个黑的姿势，而不辨其为谁人。等到天色浓黑，人家上灯的时候，窗外的景色就消失在黑暗中，窗际的人也现出颜貌与肢体，而变为现实的人了，由此可知模糊的景色虽然界线不明，物形难辨，但其迷离隐约，如梦如影的光景，自有一种可爱的趣味。卡利安尔的绘画的美，就是雾的美，纱的美，暮景的美的结晶。

不懂美术的人，看到这两张画，一定要批评道："这种画，糊里糊涂，描的什么东西都看不出，怎么说是名画？小孩描的还要清楚一些呢！"我们便可回答他说："这是绘画，不是地图，不是记账。请你带了看画的眼睛来欣赏，不要带了查账的眼睛来探索。"

*　　　　　*　　　　　*

描《船》的西涅克（Paul Signac, 1863—1935）壮年的时候，看见莫内等提倡印象派的画法，心中很是赞美，自己也来研究印象派的绘画。但他的研究比莫内等更为深刻。莫内等用五色灿烂的笔来描写景物；到了西涅克，竟不顾景物，而专门描写色彩，所以他的画中，只见五色的点子，而全不注重所描的景物了。他的笔法自成一派，名曰"新印象派"，或名为"点彩派"，因为他描的画总是用五彩的点子的。和他一同研究点彩派绘画的，还有一位画家，名曰修拉（Georges Seurat, 1859—1891），也是法国人。但修拉的画，过于死板，没有生气。他用色彩的点子，仔细地缀成人物风景的形状，他的画真同地毡壁衣等织物一样，故机械而没有活气。西涅克的画比他自然得多。他能观察实物，探取实物的色彩而描绘出来，其画就有生趣了。

点彩派的画法，我们不可轻易学习，因为学得不正，就变成乱涂，或变成"莫萨伊克"〔"马赛克"〕（"mosaic"）。"莫萨伊克"是西洋古代的一种工艺美术，或译作"剪嵌细工"〔镶嵌工艺〕。其法，用小小的五色的三角形或方形的石片或玻璃片，或大理石片，或木片，排列出各种花纹来，用胶汁固着，作为壁上装饰，或地上装饰。中国各处公园里或游戏场里的地上，往往用小石子嵌成图案，其法与西洋的"莫萨伊克"很相类似，但"莫萨伊克"更为精致而贵重。西洋古昔，希腊、罗马、埃及的时代，"莫萨伊克"盛行，华美的建筑都不用地板而用"莫萨伊克"，关于这"莫萨伊克"的地板，西洋古代有一段很有趣的故事：希腊有一位大画家，名曰乔琪内斯的，有一天去访友人。他的友人的住宅很精美，地上都用"莫萨伊克"嵌出诸天神的图像，使人不敢践踏。乔琪内斯和友人谈了一会，要唾痰了，他就唾在友人的脸上。友人大怒，责问他，他回答说："你的地上都是天神，教我没处唾痰。我只得唾在你脸上了。"

故"莫萨伊克"是很精致的一种工艺。但我们作画，贵乎感兴，却不在乎精致。什么叫做感兴？例如我们在春日的田野中，或秋夜的月下，眼看了大自然的美，心中自然地感动，这便是感兴。有了感兴，然后可以作诗作画，而成为艺术品。倘没有感兴，而只知费了工夫去刻划、描摹、编排、堆积，就变成工艺的摹仿，全无艺术的价值了。

*　　　*　　　*

描《亲爱》的卡利安尔（Eugène Carrière, 1849—1906）也是法国人。他是现代法国画坛上最奇特的一位画家，他的画最易感动人心。因为现代法国的画家，大约可分为两派。其一派注重色彩，他们的画，颜色都很灿烂。这班画家名曰"印象派"。还有一派，注重线条，他们的画中都有很粗的线条。这班画家名曰"后期印象派"。现代法国的画家，大都逃不出这两大派别。只有卡利安尔，不追随任何一派，而自己独倡一种奇特的画法。他的画法有两个特点：第一特点，他的画没有一幅不阴暗而模糊难辨，《亲爱》便可代表他这个特点。他的一切作品，都像《亲爱》一样幽暗而模糊，都是全体黑暗而仅留几处白块的。他的色彩，几乎只用黑白两色。虽有几处用着别的颜色，但也非常淡薄，好像已经褪色了。他的画有这个特点，故最容易认识。看过他的《亲爱》的人，见了他的别的作品，立刻可以知道这是卡利安尔的画；第二个特点，他的画大都是描写母亲与子女的爱情的。他的名画，除了这幅《亲爱》之外，还有《母性爱》《爱抚》《家族》等杰作，都是描写家庭间的亲子之爱的。母亲热烈地吻孩子的颊，孩子密切地拥抱母亲的颈，是卡利安尔的画中所常见的光景。加之他的画法隐约迷离，如真如梦，怎么不使人看了心生感动呢？母子的爱情，在人类一切爱情中，可算是最深刻而最真挚的了。身体载着我的灵魂，我的灵魂在这茫茫的天地间，所寄托的只有这种几尺长的身体，而这身体是从母亲得来的。所以描写母子之爱的画，最容易感动人心。在专门的画家，看了《船》一类的印象派绘画，研究其色彩，赏鉴其笔法，固然津津有味；但在大多数的普通人，总喜欢看卡利安尔的《亲爱》，因为它能深刻地感动他们的心。所以卡利安尔是现代最有特色的一位画家。

卡利安尔为什么专用模糊的画法来描写世间母子的爱情

呢？这与他的生涯大有关系。他是一个从小孤苦而一生多患难的人。他的家庭不幸，父亲一早背弃他，他从小在母亲家中养育起来。他的爱情全在母亲，母亲的爱情也全在他身上。母子二人，相依为命。但母亲的家庭很贫乏，卡利安尔年纪稍长，就不得不找求职业。他从小欢喜绘画，抱着丰富的美术的天才。为欲求每天的面包，童年的卡利安尔就在一个装饰画家的门下为学徒，但所得的工资，非常微薄，只能供给母亲的衣食。这种商贾的装饰画，又是他所不欢喜的，他的志望，想发挥他胸中的感兴，以创作艺术的绘画。因为饥寒所迫，不得不勉强做那枯燥无味的装饰画的工作。学习了数年，他离开了先生的门，想自己卖画度日，但当时没有人要买他的画。他只得为人描石印的画，从此就做了石版画工。一八七〇年，卡利安尔二十一岁的时候，德国和法国打仗了。这时候卡利安尔的母亲已经死去。卡利安尔痛失慈母，觉得一身零丁孤苦，无所归宿，他就做了兵，去和德国打仗，法国被德国打败了，卡利安尔也被德国人掳去，幸而后来放还法国。卡利安尔经过了从军和被掳之后，思想渐渐变化。他觉得世间都是冷酷无情的人，一切事业都是虚伪的、可悲的、幻灭的。只有家庭中的母子的爱是真实的，是永远的。但他的慈母现已不在人间了。他的周围都是些冷酷无情的路人，与他绝不相关。他好比独处在一片的荒凉的沙漠中，或无人的孤岛上。悲哀之情填塞了他的胸中，儿时的梦盘旋在他的脑际了。他就把这些儿时的梦描写出来，成为真挚热烈而动人的绘画。后来他看见了别人的母子，也能假想为他自己的母子，而热心地描写他们。他能在这无情世界中发见情深的母子之爱，世界就被他幻化了。现在这幅《亲爱》，便是他的第一个儿时的梦。这画作于一八九二年，此后络续描写许多亲子之爱的绘画，但《亲爱》是他的代表作品。

卡利安尔有一个极亲爱的朋友，这朋友是全世界闻名的大美术家，说出他的姓名来，恐怕没有一个人不知道：其人名叫罗丹（Auguste Rodin，1840—1917），是近代最大的大雕刻家。现在可以乘便为诸君介绍一下：罗丹有一个绰号，叫做"近代的米开朗基罗〔米开朗琪罗〕"。米开朗基罗，诸君想可记得，是意大利文艺复兴期三杰中之一人，他是大雕刻家、画家、建筑家。我曾经揭示他的壁画《巫女》，并说过他的生涯，他是文艺复兴期最力强而伟大的一位美术家。现在的罗丹，其艺术和米开朗基罗一样力强而伟大，所以人们称他为"近代的米开朗基罗"。罗丹的一生，非常辛苦，大部分是奋斗的生活。他从小爱好美术，尤其欢喜雕刻。年轻的时候，努力研究，每日工作十四小时。除了草草的眠食以外，不绝地工作，全无休息的时候。他的家庭很贫乏，雕刻一时不能换钱，不得已，他就到一个陶器工厂里去做工。他的工作是描写瓷瓶瓷壶上的花纹模样，这是很辛苦而枯燥乏味的工作。但罗丹做事非常勤恳，他在工场里做工，同在自己家里研究雕刻一样地努力，一天到晚，埋头在瓶瓮中间，绝不休息。午膳的钟声打出了，他也不听见，还是埋头工作。直到他的同事们呼他，方才像梦醒一般地立起身来，擦一擦眼睛，奔到膳堂里去吃饭。饭后他到附近的公园中去跑一个圈子，立刻回到厂里，继续工作，一直到晚。这样辛苦的生活，继续了很久的年月。有一次，他拿自己所雕刻的一个裸体人像，送到巴黎的展览会中做出品。他的雕工非常逼真而有力，筋、肉、骨胳，都同真的人体一样，而且姿势非常自然。一班美术家看见了，觉得从来没有这样写实的雕刻品；罗丹做不出这作品，他一定是用生的人打了模型而印出来的。其实冤枉得很！罗丹并不拿生的人取模型，他只是空手雕出来的。但是众口一致地冤枉他，他也无法申辩。后来有一个当时有名的美术家，来访问罗丹，看见他正在雕刻，的确不用模型，而空手创造出来，他起初还不相信，就住在他家里督看了好几天。看见罗丹始终空手雕刻，而雕出来个个逼真而有神气。这美术家方才佩服罗丹的写实的手腕，就去报告美术展览会的评判员，为罗丹剖白。于是巴黎的美术家大家赞叹罗丹的技术，称崇他为大雕刻家。罗丹从此著名于世间了。他继续作出许多杰作，例如《黄铜时代》〔《青铜时代》〕，《接吻》等，是世间到处赏识的名作。罗丹是写实派的大雕刻家。写实派的美术家，都爱好自然。罗丹晚年性情愈加温和而谦虚，对于自然

罗丹：《青铜时代》

的爱好愈加深切。他觉得自然界一草一木都是神明所造的最美的作品，人类的手腕决定造不出这样美的东西。故美术家必须忠实地取法自然，以自然为师。他曾经这样说：

"自然界一切都美丽而圆满了。倘神明问我，'自然界要修改什么呢？'我准定回答他：'神！请勿修改，这样恰到好处！'"

现在学校中练习写生画的人，往往不肯仔细观察自然而作忠实的写生。听了罗丹的话，应该有所觉悟。你们须用很谦虚的态度，很明净的眼睛，忠实地描写自然的姿态。假如描两只苹果，倘因这是平常见惯的水果，而看轻它，不肯仔细观察描写，便是态度不谦虚。倘心生杂念，联想苹果的价钱和滋味等，因而看不出眼前的苹果的真相，便是眼睛不明净。学习写生的人，应该勉励这两件事。

第十一讲　自己割了耳朵的画家 [1]

今天要讲一位很希奇的画家。他曾经用剃头刀割去自己的耳朵。人们知道他发痴了，送他进神经病院。但他描起画来并不发痴，他在神经病院里画了一幅更好的画，便是本章所揭的名画《神经病院》〔《精神病院》〕。这是西洋近来很有名的一幅名画。现在的西洋画家大都以他的画法为模范。哪知道这位模范的画家，是一个自己割了耳朵的痴子！现在我先把他的故事讲给你们听：

距今约一百年前，荷兰乡下地方有一位虔诚的牧师，生

凡·高：《精神病院》

---

[1]　本篇原载 1930 年 11 月《教育杂志》第 22 卷第 11 号。

下一个儿子，名叫凡·高（Vincent van Gogh，1853—1890），这便是我们现在所说的大画家。凡·高小时候很像父亲，对于基督教的信仰十分虔诚。他年纪长大了，看见乡下一班劳动者的工作，心中哀怜他们辛苦，就向他们说教，使他们知道天能保佑辛苦的人，以安慰他们的心。他为了说教，东奔西走，甚至废寝忘餐。有时他亲自走进危险的矿山之中，去向开矿的工人说教；有时半夜里起身，走到做夜工的工场中，去安慰那些劳动者的心。为了劝慰众生，他经常自己描了各种的画，用为说教时的帮助。所以他的对于绘画的爱好心，是从对于神的信仰心而来的。

凡·高：《精神病院》

但是他的家境并不好,凡·高年纪既长,非到社会谋职业不可。父亲见他欢喜绘画,就托人荐他到巴黎的一所美术商店中去当伙计。但是他的性情是那样热烈的,捧了算盘而计较利息,实在不是他所能做的事。不久,他竟被店主回报了。凡·高失了业,就离开巴黎,到英国去做教师。每天教书,又不是凡·高所欢喜做的事,所以不久也就辞职,转到比利时去做牧师。但这时候,凡·高对于绘画的爱好心已经很深,他便想拿从前对工人说教的热心来描画,就辞去牧师之职,回到故乡,向父亲说明了自己的志愿,恳求父亲的允诺。父亲原是一个慈爱的老牧师,又懂得美术,知道儿子是有绘画的天才的,就答允他在家里专心描画。

凡·高家中房子很小,没有地方可以做他的画室。他就向附近一个和尚寺里借一间房子,当作画室。这时候,他的作画真真热心!兴致一到,他便拚命地描写,一口气工夫要描七八幅油画!出外写生的时候,只要景色好,他便不计路程的远近。有时跑到几十里路以外去写生,日落方然动身回家,回到家中已将夜半了。有了得意的题目,他便出神地描写,饭也不要吃,对他说话也不答应,犹如失了知觉一般。家人知道他在出神了,把午饭送到他手中。他不知不觉地接了盘和叉,眼睛看着画,随手把盘子里的食物送进口中去。不辨滋味的咸淡,也不问所吃的是什么东西,只顾塞进去,吞下去,吞完便放下盘子,立刻继续描画。这样的热心过度,已经有些近于发痴了。

但凡·高向和尚借用的画室,现在和尚因有用处,要请他交还了。凡·高只得让出,把画具迁回家中。家中非常狭小,原来没有房间可给他做画室。但现在没有办法,只得把那间洗濯的房间取消,改作凡·高的画室。洗濯间里原是很潮湿的,容易损坏他的油画。但这却不是凡·高所忧虑的事,因为他的兴味只在于作画的瞬间,画成以后,便不再过问。但凡·高的大忧患终于来了:他的慈爱的父亲忽然患病死去,使凡·高失却了保护的人。这时候他的画还没有成名;他的画风很奇特,当时的人都不识他的天才,永没有人要买他的画;兼之他的脾气又是这样古怪。所以没有了保护人,他的生活都难保,何况作画?平日全不关心家事而只管埋头作画的凡·高,到这时候也痛感身世的不幸,常到父亲的墓地上去恸哭。

幸而凡·高有一个兄弟,性情非常和蔼。他是一个商人,但很有美术知识,也能理解老兄的画家的天才。看见老兄哭得十分悲恸,就尽力劝慰,说他能代替父亲保护老兄的研究生活。凡·高心中虽然安慰了些,但丧父的哀思搅乱了他的心绪,使他许久不能作画。

老弟照顾这老兄,比父亲更为周到而亲切。这真是世间难得的好兄弟!凡·高是完全不懂世故而不知生产作业的人。倘使没有这个好兄弟,凡·高一定从此流落;而世间爱好美术的人,一定不得梦见那种生气勃勃的名画了。老弟虽然不会描写,但其美术鉴赏的眼识很高,颇能理解老兄的奇特的画风,供给他的生活,同时又勉励他的研究。他们二人,真可谓"弟知兄行"了。

老弟在巴黎开了一所美术商店。巴黎是世界美术最繁盛的地方，欧洲的美术家都聚居着。且凡·高在荷兰的乡下研究，兄弟二人相隔太远，照顾亦很不便。老弟就劝他到巴黎来研究。凡·高一向自己研究绘画，没有经过先生的指教，知道巴黎是美术之都，想来有补益于他的研究，就欣然上道，来到巴黎。兄弟二人从此得朝夕相见，自是欢喜。凡·高一到巴黎，首先找到了一位教画的先生，每天到这先生那里去学画。这先生原来是一个庸庸碌碌的画师，他哪里识得凡·高的天才？他教凡·高学一种时髦的画，并且说他的笔势太粗暴，要他改过。凡·高心中十分不快。但既然已经进了他的画室，姑且在那里用一下功吧。他就不照先生所指定的画法，而只管用自己的画法，来描写画室里的石膏模型。他自己的画法原是很粗率而奇特的（试看这一章的插画，便可知道）。同学们看见了，十分惊诧，大家说他是疯子。每当凡·高出神地描写石膏模型的时候，就有一群同学躲在他的背后偷看，又掩着口窃笑；凡·高却全然不知，只管描他自己的画。这样地描了几个月，他终于不耐烦起来，就辞去先生，仍旧回复独自的研究。这回的从师，在他虽然没有得到什么益处，但巴黎的美术界的庸弱与陈腐，却都被他看出，从此他就愈加勉励自己的画风，而他的天才愈加发挥了。

巴黎地在荷兰之南，太阳的光比北方的荷兰强烈得多。凡·高对于太阳的光，忽然发生了无上的爱慕，就热心地描写太阳的光了。他每天背了很大的画布，到阳光如火的郊野中去写生。遇着了得意的题材，便整天坐在阳光下面，对着风景描写，晒得浑身出汗，自己全不觉得。他一到阳光下面，便像鱼得着了水一般快活，只管对着阳光中的风景出神，把一切都忘却了。人们就称他为"太阳的恋人"。有时他背了画布出门,到了郊外的阳光之下,一笔也不画,只是看了一天而回家。有时看饱了阳光,竟把画布遗忘在田野中而空手归家。他的衣袋中常藏着青色黄色的粉笔,画兴到时,不管墙壁上,桌子上,就摸出粉笔来画。他的朋友都害怕,见他来了,连忙用布遮住桌子。他的笔法比前更加进步,同时他的脾气也比前更加奇怪了。

凡·高对于太阳的爱慕之心,一天一天地热烈起来了。他的画中所描的,全都是烈火一般的强烈而鲜明的色彩。比如前面的一幅插画,色彩原是十分强烈鲜明的!但这并不是他的最强的色彩,他另有一幅名作《向日葵》,色彩比这幅《神经病院》更加强烈,画面上竟是一团一团的火。因此人们就称他为

凡·高:《向日葵》

"火焰的画家"。这位火焰的画家，对于巴黎的阳光渐渐觉得不满足起来。他想，倘再到南方去，太阳的光一定还要强烈而充足，他的画技一定更可发挥。从此他就天天做南国的梦了。

他的弟弟知道他爱慕南方，就代他想法。结果选定了阿尔卑斯山附近的一个地方，请他到那地方去亲近太阳。那地方名叫阿尔，地点在欧洲的南端，离开热带很近，太阳的光自然比巴黎丰富得多。他的弟弟为他准备行李，亲自送他到阿尔。给他在那地方租定了一所房子，安排了一切生活用品，然后告别了老兄，自己回到巴黎去经商，并约定每月寄钱来供给他生活。凡·高同小孩子一般无知，全靠他的弟弟照料，今天居然达到了他所爱慕的南国，心中自是欢喜。但想起了弟弟的深情，又感激得流下眼泪来。

他出门看看阿尔地方的景色，几乎惊喊起来。那强烈的太阳光，把四野的景物都照成金色。阿尔卑斯山在太阳下面发出五色的光彩！这都是凡·高所最欢喜的画材。对于太阳的赞美词，不知不觉地从他的唇间流出来了："啊！美丽的太阳王！"他一面散步，一面不绝地赞美"太阳王"的功德。路旁的农人们看见了这模样，都很惊诧，他们互相说道："新来的画家好像一个疯子呢。"凡·高的疯相渐渐被阿尔地方的人看出了。正当夏天的烈日之下，农夫们都戴了草帽工作，或躲在树荫下乘凉的时候，凡·高独自秃着头，坐在田野中描画，全不怕热，好像是铜皮铁骨的人。他的面孔被太阳晒得同咖啡一般焦黄，他颊上的胡须永远不剃，他的衣服从来不上纽扣，永远像刚刚起床一般。当他背了画具，肩了一大束向日葵花，从野外写生归家的时候，这般模样真是奇怪，活像一个可怕的魔鬼，或未开化国里的野人，路旁的人都停止了步，对他注目。原来凡·高最欢喜向日葵花。因为向日葵花形状又大，颜色又强烈鲜明，最配做他的画材。而"向日葵"这个名词，更是他所最爱的。因为他自己这样爱慕太阳，实在是向日葵的同志。所以他的房子里，满满地装饰着向日葵花。他描静物画的时候，也最欢喜描写向日葵的肖像。所以人们就都称他为"向日葵画家"。

阿尔地方的粗野的农夫，也是凡·高所最欢喜描写的材料。凡·高在野外不一定写生；有时他走到田间去和作工的农夫谈话。他的话很粗率，完全不像是从巴黎来的人的口吻，却和农夫们说话腔调相同，因此农夫们也很欢喜和他谈话。谈得高兴的时候，凡·高便拿出画具来，为他们画像。有时他请一个农夫到家里去，叫他做模特儿，给他描画。农夫们的脸孔已经很粗野，他的画法又非常奇特，所以描出来的脸孔总是十分可怕的。农夫们看见自己的像描得这样可怕，心中都不欢喜，以后便没有人肯给凡·高做模特儿了。他们都批评他的画不好，说他是故意把人的脸孔描得可怕，就称凡·高的画为"戏画"，其实他们都是不懂画的人。凡·高自有一种新奇的画法：凡画一物，必须看出它的特点，画出它的神气，却不必画得同照相一般地详细而逼真。要画得详细和逼真，只要多费些工夫，其实是很容易的事；但要画出物象的神气，却是极难的事，非有明敏的眼光不可。不懂画的人，以为肖像总要画得工致而美貌，方才称心。其实那都是庸俗的见解。人的脸孔，无论光的、粗的、白的、黑的，各有其特点与神气。能看出其特点，而画出其神气，便是最美的肖像画，并不一定要眉清目秀，才算美貌。试看凡·高的自画像，画得粗厉可怕，犹似一个野人。但这是世间最宝贵的肖像画，因为不但画出着凡·高的神气，竟表出着凡·高的性格。

原来凡·高对于人的脸孔，另有一种特别的看法，所以他所描的肖像画中，有各种奇怪的相貌。他描肖像的时候，把人不当作人看，而看作一种动物。他曾经写信给他的弟弟，说道："我近来最欢喜描写那种二足动物……"他把人看作二足动物，所以能描成各种奇怪的相貌。但凡·高并非看轻阿尔地方的农夫而称他为二足动物，只因画兴浓烈的时候，眼中所看见的万物都是同等的画材，一律平等，而无阶级的分别，动物都同人一样有表情，人也就无异于动物，不过生两足而直立罢了。不但人与动物无异；在画家看来，就是向日葵，也朵朵有表情，无异于一个个的人。就是一把茶壶或一个花瓶，画家也要看出它们的生命来呢。所以这原是绘画上的话，决不是凡·高的傲慢。

凡·高为人不但不傲慢，实在是很富于情感的。对于他的弟弟，尤为感激而抱歉。他自到阿尔以来，太阳的光固然很丰富，对于他的研究固然很有利益；但是想起了弟弟的担负，心中常常不安。倘多买些画具，他的画可以多描几幅；但弟弟的担负要加重些。倘少买些画具，弟弟的担负可以减轻些，但他的画要少描了。这真是左右两难。要彼此兼顾，实在是不可能的事，因此他心中常常烦恼。有时糜费了一些，觉得对不起老弟，心中便烦恼；有时节俭了一些，放弃了许多好题材，心中也便烦恼。加之他对于实际生活全无能力，出门写生的时候，常常忘记关门，家中的衣服便遭贼偷。弟弟每月寄来的钱，他藏在衣袋里，有时摸了个空，便翻落在路上，被人拾去。有时换了一件衣服，找不到藏钱的袋，便几天没有钱用。后来在原来的衣袋中发见了，还当做是天赐。他的生活这样地不安定，心中又那样地多烦恼，他的神经不绝地受着刺激。因此凡·高在阿尔住了一二年之后，竟变成了一个狂人，于一八八八年（凡·高三十五岁）的耶稣圣诞节上，演出了一幕可怕的悲剧。

凡·高有一个志同道合的画友，名叫哥庚〔高更〕（Paul Gauguin，1848—1903）。哥庚也是一个奇怪的人。他的父亲是巴黎的一个水手，他的母亲是秘鲁人。他三岁的时候，跟了父亲母亲航海到秘鲁去，父亲在途中患病死去。哥庚只得跟了母亲到秘鲁，依靠母亲的兄弟——他的母舅——过活。过了四年，又跟了母亲回到巴黎。这幼年的生活，当然很苦。母亲辛苦地抚育他，到了十七岁的时候，就命他承继父亲的职业，也到船上去当水手。过了四年水上的生活，哥庚想改业，就到巴黎一所商店里去做伙计。他很会经商，店主十分信任他，后来竟升做了商店的经理先生，自己收入的金钱也多起来了。他就结婚，在巴黎组织了一个很体面的家庭。然而他的性格忽然变化起来：他渐渐嫌恶经商而欢喜美术研究；又渐渐嫌恶巴黎的文明而欢喜野蛮的生活了。后来他的母亲也死去了。哥庚在三十五岁的时候，就脱离了他的夫人和子女，放弃他的财产，而独自去作飘浪的生活了。他欢喜描画，但他的画法也很奇怪，与凡·高的画法相似。因此哥庚很敬爱凡·高，两人在巴黎相识，彼此志同道合，就变成了一对知己的画友。凡·高迁居到南方的阿尔之后，与哥庚离居，两人互相挂念，时时通信。凡·高写信给哥庚极口称赞阿尔地方的阳光的丰富与风景的美丽，邀哥庚来同他共同研究。哥庚被他诱惑了，欣然地从巴黎动身，来到阿尔。凡·高一见哥庚，立刻上前和他拥抱。在他乡遇到知己，他们的欢乐可想而知。凡·高就要哥庚和他同居。两人日里一同出门写生，晚上谈论美术上的研究，真是一对志同道合的画友，谁也不相信后来这两人曾演出了可怕的悲剧而绝交的！

原来两人的性情，根本上有一点不同：凡·高是热烈的，哥庚是冷静的。所以谈话之间，有时意见发生冲突。但二人的画道究竟是相同的，所以晚间冲突之后，明天朝晨便大家忘记，依旧同去写生。他们的生活完全同小孩子一样。惟凡·高性情热烈，心中又多烦恼，精神渐渐变成发狂的状态，而哥庚却没有知道他抱着这种心病。这正是一八八八年的耶稣圣诞节的晚上，二人因为一句话起冲突，哥庚独自出门，在门外的空地上徘徊，想等凡·高的怒气平一平，再走进去。忽然听见背后有急烈的步声，回头一看，只见凡·高满面凶相，手持一把很锋利的剃头刀，直向哥庚杀过来。哥庚吓了一跳，大叫一声"凡·高，你干什么？"凡·高被他一喊，倒退了几步；哥庚便乘机逃脱，一直奔向街中，到一所旅馆中去投宿。凡·高一霎眼不见了哥庚，拿着剃刀乱舞了一会，把自己的耳朵割脱了。

凡·高拿了新鲜割下来的耳朵，回到家里，放下剃刀，向抽斗里找出一张纸来，把耳朵包好，放在衣袋里，便又出门去了。他跑到街中，看见一家人家的窗子里有灯光，便去敲门。那家里的女人出来开门，问他有什么事干。凡·高并不回答，但伸手向衣袋中摸出那纸包来，递给那女人。那女人以为是圣诞节的礼物，接了纸包便道谢，她正想请问这送礼物的人的姓名，凡·高早已一缕烟跑走了。那女人便关上了门，到灯下去开发那礼物。打开纸包，只见红白模糊的一团，不辨为何物；仔细一看，原来是一只鲜血淋漓的人的耳朵！那女人便吓倒椅子里了。家里的人们大家来察看，推想这送礼物的人一定是个疯子，但不知道耳朵是从哪里割来的。他们把这耳朵拿去送交警察。警察盘问他们送礼物的人的模样，猜想是那奇怪的画家，便赶到凡·高的家里，看见没有关门，进内一看，果然看见凡·高用纱布缠着耳朵的伤痕，人事不省地躺在床上，枕上有一大堆血迹。警察呼他不醒，家中又没有同居的人可问，他究竟为了什么而割去耳朵！没有人能知道。只得略

凡·高：《割掉耳朵后的自画像》

略给他医治一下，让他熟睡，且待明天朝晨再调查。

哥庚自被凡·高的剃头刀吓走以后，当晚独自在一个旅馆里避难，但回想老友凡·高的无端的暴动，不知结局如何，心中很是担忧。明天一早他就起身，悄悄地走回去探寻消息。将要走到门口，就望见门前拥挤着许多人，内中又有警察，似乎在排解什么事件。他心中知道不好，就挨到人丛中去探听。突然后面有人拍他的肩膀，叫道："先生，你犯罪了呢！"他猛回头一看，是一个警察。原来警察知道哥庚也住在这屋中，现在屋中的人少了一只耳朵而又不省人事，同居者应有犯罪的嫌疑，所以责问他。哥庚得知了凡·高割耳的消息，心中非常悲恸，就进去察看。幸而这时候凡·高已经渐渐苏醒，他紧紧地握住了哥庚的手，沉吟地说道："我亲爱的朋友，昨晚我不知甚样了……"大点的眼泪从他的脸上滚到割去耳朵的创痕边。哥庚也流下泪来。人们问明了这事的原由，就劝哥庚送他进医院去。哥庚一面打电报到巴黎去通知他的弟弟，一面将凡·高送入圣勒米地方的神经病医院中。等到他的弟弟赶到医院，哥庚就辞别了他的老朋友而飘泊于四方，两人从此诀别了。

凡·高在神经病医院中休养了几个月，精神渐渐复元；身体也健康起来了。医生便不拘禁他，允许他自由出入。他重新热心描画。这一章的插图《神经病院》，便是这时候的杰作。他的热心描画，脾气依然和从前一样：千遍不厌地描写向日葵花；又整天秃了头坐在田野的炎阳下面写生，脑天门上的头发，都被太阳晒焦而脱落，样子便好像一个光头和尚。医生劝诫他，但他的画兴正在勃发，哪里肯听医生的话！医生就写信把这情形告诉他的弟弟。老弟得知了这消息,深恐老兄的狂病复发,就来请老兄回巴黎去。他在离开巴黎约七里路的一个小村中租定一所房屋,又请一位做医生而爱好美术的朋友,伴着凡·高住在那里养病。这弟弟的顾念老兄,真是周到之极了。凡·高这时候神思已很清楚,他知道自己曾经吓走老友哥庚,又连累他的弟弟,心中悔恨无极。为欲弥补这悔恨,现在他一心希望自己的病早日痊愈,又希望自己的研究成功,作品有人要买,因此可以减轻弟弟的担负。这几种希望,日夜在他的心中纠缠不已。所以他在那小村中,虽然风景很好,生活很舒泰,又有美术爱好者兼医生的人作伴;但是他心中的烦闷只管一天一天地深重起来,厌世之念在他心中萌动了。

住了两个月之后,有一天朝晨,凡·高出门写生,午膳过后还不回家。医生很不放心,向附近去寻找,也找不到。直到下午三点钟,方见凡·高跛了一足,跷跷拐拐地回家来。原来他私下办得一支手枪,这一天想在旷野中自杀;但终于没有勇气,枪弹误中了腿部,他只得跷跷拐拐回来。医生连忙给他取出枪弹,又用种种说话劝慰他。但厌世的心早已克制了他的全身,两天之后,这渴慕阳光的画家就烧尽了他自己的生命。

见事太迟的世间,这时候还不能理解凡·高的艺术,没有人来哀悼这大天才的去世。他的葬仪寂寥得可怜。埋葬既毕,他的弟弟和医生拿了向日葵花子种在他的墓地上。

* * *

哥庚也是一个生活与画风一样奇怪的画家。他自从诀别了凡·高飘泊了四五年之后,对于文明社会愈加嫌恶,对于野蛮生活愈加渴慕。结果他就离去欧洲，到大西洋南方的一个荒岛上去做土人了。他和土人一样地养发，生须，赤身裸体，腰间仅缠一块布，又学会了土人的说话，娶一个土人为妻，从前的巴黎子，现在竟完全变成了一个土人。但他不绝地研究绘画。他所画的都是这荒岛上的土人的生活，画法简朴、粗野而奇怪，和凡·高相似。当世的人都不懂他的绘画的好处，没有人知道他的天才，任他默默地死在这荒岛上。

*　　　　　*　　　　　*

这种简朴、粗野而奇怪的画法，在西洋是从来未有的。创始这画法的人，名叫赛尚〔塞尚〕（Paul Cézanne, 1839—1906）。这人比凡·高与哥庚早生而迟死，享了六十七岁的长寿，他的主张，以为从前的画只知依照了东西的样子而描写，不过是一张照相，决不能成为有生气的绘画。绘画必须描写独立的形体和独立的色彩。例如苹果，要当作圆球而描写；花瓶，要当作圆柱而描写。圆球与圆柱，不是附属于苹果和花瓶的性质，而是自身独立的形体。又如黄的向日葵花，黄并不附属于向日葵花，而是自身独立的色彩的块。在他看来，世间并无事物，而只见各种各样的形体和色彩。所以他的描画，就努力于表出这些独立的形体和色彩的特性。试看前面的插画《静物》〔即《苹果与橘子》〕，盘中的果物，桌上的布和瓶，都用粗大有力的线条，以表出这些形体的特性。实物上原来并无这种粗大的线，实物的形体原来并不如此简单。可知他所描的不是实物，全是独立的形体。这种画法，实有最高贵的艺术的价值；但在西洋是从来所未有的。所以当时的人，都视赛尚为邪道，不理睬他。故赛尚在六十岁以前，世间没有人知道他。他的画也没有人要买，即使卖去，价也极廉。幸有凡·高和哥庚等理解他的主张，对他表示同情，而共同努力研究这种新奇的画法，于是世间渐渐认识他们的艺术的真价。赛尚六十岁以后，即二十世纪开始，世人竞出重价，收买赛尚的作品，其价格比前增高了数百倍。并且推崇赛尚为"新兴艺术之父"，又称赛尚、凡·高、哥庚三人为"二十世纪绘画的引导者"。批评家便称他们的画法为"后期印象派"或"表现派"。

塞尚：《苹果与橘子》

赛尚生于法国的南方，他的父亲是一个银行家，家境很好。赛尚幼时学习法律，到了二十四岁的时候，改习绘画。起初他也照普通的画法，后来忽然觉悟了上述的妙理，就在家闭门研究了二十年，终于建设了他的画派，而在数千年来的西洋画界中开辟一新纪元。他的脾气也很古怪：他不欢喜狗，看见了狗连忙回身逃避。他作画的时候，不欢喜被人看见，又不欢喜听见声音，常常关闭在一间静僻的屋中；但邻家的升降机〔电梯〕的声音，仍能达到他的耳中，他便不能作画，设法迁改他的画室。他最欢喜阴天，逢到阴天，便整日在野外写生。这一点和凡·高的欢喜太阳恰好相反。对于画材，他最欢喜描写静物。苹果、布片、瓶、罐，都是他的最好的画材。他的杰作中，也以这类的静物画为最多。他供设了一盘苹果，便可对它发生无穷的画兴，他从上下左右前后种种方面观察这盘苹果的姿态，而研究他的画法。有时供了一盘苹果，要描写一两个月，直到盘中的苹果都腐烂了。但他在这一两个月中，并非专描一幅画；观察的时候多，动手描写的时候少。他静坐在苹果的前面，对它凝视；画兴到了，立刻拿起笔来描写。描写时落笔为定，不再涂改。有一笔不合意，便将画撕去，塞入火炉里。但被撕去的画中，有许多是宝贵佳作，塞入火炉里，实在是很可惜的。他家里的人知道他这脾气，常伏在画室门外偷窥他。看见他要把画塞入火炉里了，就闯进去拦夺，给他保存。现在世间所欣赏的赛尚名作中，有许多幅是从火炉口上拦夺下来的。

第十二讲　新兴艺术鉴赏 [1]

十二节的艺术讲话，今天是告终了。诸君应该记得，第一节的两幅名画，是米勒一人的作品；现在第十二节的两幅名画，也是一人的作品，其人名叫马谛斯〔马蒂斯〕（Henri Matisse，1869—〔1954〕）。为什么别的画家每人只选一幅，而对于这两位画家各选两幅？因这两人在最近的一百年中，恰好是一居首，一居尾。在他们的中间的，包含着写实派、印象派、新印象派、后期印象派等近代画家。故米勒是近代绘画的起点，马谛斯是近代绘画的结束。故二人的作品最可注意。米勒以前的绘画（例如第三、四、五、六、七、八六章所说的绘画），因为时代和我们相去太远，只能当作美术史的材料而研究，而不能引起我们多大的兴味。马谛斯以后的绘画（即最近几十年来的新派绘画），因为变化太奇，还没有确立他们的根基，也不能引起我们的兴味。惟有自米勒至马谛斯的百年间的绘画，才是近代西洋画的中坚。就中赛尚〔塞尚〕有"新兴艺术之父"的称号（见上回讲话），故赛尚以后的绘画，总称为"新兴艺术"。而马谛斯便是新兴艺术中最新的画家。

---

[1] 本篇原载 1930 年 12 月《教育杂志》第 22 卷第 12 号。

如上回所述，赛尚提倡"形体独立"的画法，凡·高与哥庚〔高更〕赞成他的主张，共同研究他所提倡的画法，就建设后期印象派，而在数千年来的西洋画界中开辟一新纪元。马谛斯对于赛尚的主张，尤抱同感，他对于这种画法研究更深。所以他的画比上述三人的作品更加简朴、粗野，而奇怪。人们就称他的一派为"野兽派"。除马谛斯以外，野兽派画家中最知名者尚有下列数人：

特郎（André Derain〔1880—1954〕）

符拉芒克（Maurice de Vlamink〔1876—1958〕）

勒奥尔〔路奥〕（George Rouault〔1871—1958〕）

弗利斯〔弗里兹〕（Otto Friez〔1879—1949〕）

裘绯〔杜飞〕（Raoul Dufy〔1877—1953〕）

童根〔凡·童根〕（Kees Van Dongen〔1877—1968〕）

洛郎赏（Marie Lourencin〔1885—？〕）

他们大都是法国人。他们的画，有的非常粗率，有的非常简单，有的奇怪可笑，好比小孩子的图画，这种小孩子气的绘画，究竟根据着什么道理？有什么好处？今天我们就来谈谈这个问题。

* * *

我们观看世间的物件，可有两种看法：或者依照物件的实际的样子而观看，或者依照我们心中对它所起的感情而观看。用这两种看法观看同一物件，所见的样子完全不同。例如一个人的脸孔，倘依照脸孔的实际的样子而观看，脸孔的轮廓都是很复杂的曲线。但倘依照我们心中对这脸孔所起的感情而观看，我们就觉得这是"圆面孔""长面孔"，或"瓜子脸""鹅蛋脸"。又如脸孔的颜色，实际也很复杂，但照我们的感情看来，只觉得这是"红面孔""黄面孔"，或"白面孔""黑面孔"。又如脸孔的神气，实际上并没有表示喜怒哀乐，但照我们的感情看来，可以看出这是"笑形脸孔"，那是"哭形面孔"，或这是"凶相"，那是"善相"。再举几个证例，如桃花，实际上不过花瓣作尖形，颜色作粉红；但照我们的感情看来，似乎觉得桃花带着笑容。又如新月，实际不过形似眉弯，在静寂的夜间的天空中移行罢了；但照我们的感情看来，似乎觉得新月在那里偷窥我们。故可知我们对于同一物件，依照实际而观看和依照感情而观看，所见的样子完全不同。

实际就是"客观"，感情就是"主观"。故依照实际的样子而观看物件，叫做"客观的看法"，依照心中对它所起的感情而观看物件，叫做"主观的看法"。我们对于世间万象，都可用这两种看法来观察。

用客观的看法所见的样子，和用主观的看法所见的样子，有什么差别？就上述的几个实例一想，我们便可知道其差别有两点：第一点，用客观的看法，所见的完全就是物件的实际的样子；用主观的看法，则每把实际样子过分夸大。例如脸孔，实际的样子不过稍带圆味，主观就夸大它的圆味，直把它看作"圆面孔"；实际的颜色不过稍带红气，主观就夸大它的红气，直把它看作"红面孔"。第二点，用客观的看法，所见的完全是外界的物件的样子；用主观的看法，则每把自己内部的心加入外界的物件中。例如别人的面貌，其实他并不对你表示喜怒哀乐，你的主观就把自己的心移入他的面貌中，换言之，就是用自己的脸孔来试装一装他的样子看，便认定这面貌是"凶相"，那面貌是"善相"。又如桃花并不会笑，我们的心移入桃花中，自己来装一装桃花的样子看，就认定它是在笑。新月并不会偷窥，我们的心移入新月中，自己来装一装新月的样子看，就认定它是在偷窥。

要之，(1)客观所见的是物件的实形，主观则把实形夸大；(2)客观所见的纯是外物，主观则把内心加入外物中，而改造外物的样子。

既明白了这两种看法，然后可说到绘画的鉴赏。画家观看世间的物件，所用的看法不同，因此他们所描的画就有种种派别。自来西洋的绘画，大体可分为两派：赛尚以前的绘画可称为"客观派"，赛尚以后的绘画可称为"主观派"。即赛尚以前的画家，其观看物件，偏重客观的看法；赛尚以后的画家，则偏重主观的看法。诸君试回想以上几章我所揭的西洋名画，便可实证这情形。试看赛尚以前的画家的作品，例如马内〔马奈〕的《一杯麦酒》〔《一杯啤酒》〕，米勒的《打水的女子》，库尔倍〔库尔贝〕的《筛麦的女子》〔《筛谷的妇女》〕，辉斯勒〔惠司勒〕的《母亲的肖像》，林布兰〔伦勃朗〕的《莎史绮雅像》，鲁宾斯〔鲁本斯〕的《耶稣与罪人》，达·芬奇的《蒙娜丽莎》，拉菲尔〔拉斐尔〕的《圣母子》等，画中所描的人像或景色，大都依照实物的样子，并不夸大，他们的表现以客观为主，并不显出自己的心的活动。说得过分一点，他们的画都近于照相（照相是完全依照实物的样子而纯粹表示客观的状态

马蒂斯:《玛格丽特肖像》

马蒂斯:《风景》

的)。这等都可说是"客观派"的绘画。再看赛尚以后的绘画,例如凡·高的《神经病院》,以及今天所揭的马谛斯的《马格丽德肖像》〔《玛格丽特肖像》〕和《风景》,画中所描各物的形状和色彩,就不依照实际的样子,而处处夸大;又不肯仅描客观的样子,而处处显出了画家自己的心的活动了。试看《神经病院》中的树,周围都用粗大的线,以表出其弯曲的复杂。其中的花，颜色都描得同火一般明亮，以表出其地的阳光的充足。实际中的树，决不会有这样的线，其花也决不会这样明亮。只因凡·高看了这些树和花，便把自己的心移入于其中，而亲自来实验它们的弯曲和明亮。树的弯曲中加了凡·高的心的活动，花的明亮中也加了凡·高的心的活动，便成为这夸大的表现。马谛斯的作品中，主观的分子更多。例如马格丽德的脸孔，实际决不围着这样粗大的圆线，她的眼睛决不致如此其大，她的两颊决不致如此其红，她的颞颥上决不致有绿色。这都是夸大的，这不是马格丽德的实际的样子，而是照了马谛斯的心而改造过的样子。又如他的《风景》，实际的景色决不致如此简单，也是经过了夸大与改造的样子。这类的画，我们可称之为"主观派"的绘画。

　　读者中或有人要疑问：描画既然可以不照实物的样子，而由自己的心去改造又夸大，那么我们何必辛辛苦苦地练习石膏模型的写生？只要各人自由描写，就都是新艺术了。又无论何人乱涂一幅，只要说是照他的心而改造过的，也便可算新艺术么？答曰：所谓改造，是"根据了实物的样子而改造"的意思；所谓夸大，是"根据了实物的样子而夸大"的意思，决不是凭空乱造。画家描画的时候，先要观察物象的实在的样子，看出像的"特点"，然后根据这特点夸大起来，描入画中，则物象的"神气"就格外显扬；先要把自己的心移入的物象的实在的样子中，亲自来尝一尝它的生活，然后按照这经验而改造物象的样子，则其画的"神气"就格外生动。故对于物象的"实在的样子"的观察，无论在客观派或主观派，在旧艺术或新艺术，都是极重要的研究工夫。而木炭石膏模型写生，无论在旧派画家或新派画家，都是极重要的"基本练习"。专门学习绘画的人，无论学什么画派，最初必须在石膏模型的画室中经过二三年的刻苦基本练习，然后可以作画。故东西洋的美术学校的课程，都是这样办法的。现今有一班青年的画学生，不耐烦于刻苦的基本练习，而亟亟于发表作品；他们看见新派的绘画不必描写实在的样子，以为这是做画家的捷径，就大家想抱着好高骛远的心情而做新派画家了。他们便是误解新艺术的人。他们的画，从事表面的模仿，其内容是虚空的。

故所谓主观的看法，是从客观的看法出发的，所谓主观派的绘画，是以客观派的绘画为根据的。今天所要说的"新兴艺术"，便是指这种主观派的绘画。先要明白了上述的"主观派"的真义，然后可与谈新兴艺术的鉴赏。

因为新兴艺术根据着上述的主观的看法，故新派绘画中就有四个特点：即（1）形状奇怪，（2）色彩强烈，（3）笔致简单，（4）线条明显。今分述之于下：

（1）形状奇怪——看了《蒙娜丽莎》和《花灵》〔《花神》〕之后，来看马谛斯的《马格丽德》，就觉马格丽德的形状太奇怪了。眼睛好像两只洞窟，头好像一个西瓜，手的样子更加可怕，好像怪物的脚爪。这人各部的位置、尺寸及形状，和"艺用解剖学"的规则显然是不合的。若用旧派画法眼光来批评，这画犯着画法上的错误，决不能称之为名画。但懂得了上述的主观的看法，便可知道这形状的奇怪，正是前述的"夸大"与"改造"的必然的结果。所谓"艺用解剖学"，原是客观的世界中的法则，在主观的世界中，用不着解剖学、远近法一类的规则。主观的世界中，不合实际的事甚多，小孩子的肩膀上能生出翼膀来，白云能载了人而飞行。形状变得奇怪一些，全不成为问题。诸君试闭目回想自己所认识的人的样子：你想到一个人的时候，这人的某一部分一定首先浮出在你的脑际，然后别的部分继续浮现。假如这人有一个特别触目的大鼻头，这个大鼻头一定首先浮出在你的脑际！马格丽德有一双特别触目的大眼睛，这双大眼睛也便首先浮出在马谛斯的脑际。这特别触目的一部分，便是其人的"特点"。因为特点最触目而首先浮现，故在主观的世界中，往往把这特点夸大。实际的大鼻头或大眼睛，比普通的鼻头或眼睛所大者原不过一些些而已；但在我们脑际的印象上，可把它们特别放大，以显出这人的特相。把这主观的印象描在画布上，便成为奇怪的形状。所谓形状的奇怪，便是不合于客观的实形的意思。但画家既用主观的看法，则其所见必须异于客观的实形，即形状必须奇怪。人的身体各部，形状伸缩一点便看得出，故新派的人物画，形状更觉奇怪。试看马谛斯的《风景》，其形体的奇怪似乎不及人物画之甚。但仔细察看，这幅风景中所描的物象，也是很奇怪的。实际的树林，决不致这样整齐而像图案。实际的道路和墙壁，决不致这样光洁而像贴纸手工。这里所描写的不是实际的风景，而是画家的主观中的一个印象。用主观的看法把物件化作奇怪的形状，原是艺术上一向通行的办法，不过西洋画中向来未曾用过罢了。试看我们中国的绘画，所描写的物象都同实物相去很远。山水画中的房屋桥亭，都不合于远近法之理；仕女画中的美人，都不合于解剖学的规则。文学中的形状描写，尤加奇怪。他们说眼睛像秋天的水。故曰"秋波"；口像一颗樱桃，故曰"樱唇"；腰像杨柳条，故曰"柳腰"；手臂像笋，故曰"春笋"；手指像葱，故曰"玉葱"。如果照他们所说的样子描成一幅画，这正是《马格丽德》一类的画了。我们看了中国画，读了文学不觉得奇怪，则看了新派的西洋画当然也不奇怪。

（2）色彩强烈——试看《马格丽德》的背景，上半部浓绿，下半部大红；马格丽德的脸上深红，鬓边碧绿。这是何等强烈而不近于实际的色彩！凡·高的《神经病院》和马谛斯的《风景》，色彩也都强烈，但不及《马格丽德》的显著而已。新派画中的色彩的强烈，也是因为用主观的看法来改造了夸大了的原故，我们看了一种颜色，要表出它的特点，就必须把它夸大。譬如我们要区别茶的颜色，就把它们的颜色的特点夸大，而称之为"红茶"与"绿茶"。其实茶的颜色岂真是红的绿的？都不过微微带红或带绿而已。马格丽德背后的墙壁，大概上部是绿茶色的，下部是红茶色的。但在马谛斯的主观中，这是浓绿与大红，所以描成这个样子。马格丽德的脸上微微带红，鬓边微微带绿。但在马谛斯的主观中也看见其为深红与碧绿。我们能承认"红茶"与"绿茶"的名称，当然也能承认马谛斯的描法。原来色彩的强烈的描写，也是中国画中及文学中一向通行的办法，不过西洋画不曾用过而已。试看中国画中的色彩，何等鲜明！非红即绿，非绿即黄，差不多不大用复杂的混合色。又如中国诗词中的色彩描写，最欢喜用红和绿的最强烈的对照色彩。例如描写春景，则曰"红桃绿柳"，"绿暗红稀"，"绿肥红瘦"。酒色微微带绿，灯光微微带红，他们更夸大地描写，说道"酒绿灯红"。颜貌微微带红，头发在强光中微微带青，他们也夸大地描写，说道"红颜青丝"。夸大便是为了要它强烈的原故。马格丽德的脸上和鬓边，正是诗词中所谓"红颜绿鬓"。

（3）笔致简单——新派的绘画中，用笔大都简单。《蒙娜丽莎》的脸孔上，眉眼口鼻都非常细致，看不出笔迹。但《马格丽德》的脸孔就只有几笔，犹似乡下孩子用炭条描在墙壁上的人头。霍裴马〔霍贝玛〕的《并树道》（见第五讲插画）中树的枝干都描得很清楚。但马谛斯的《风景》中的树林就只有单纯的一片，犹如剪纸手工。新派画中笔致的简单，也是从主观的看法而来的结果。因为我们看到一物的时候，这物的最触目的部分必定首先被我们看见。这最触目的部分名为"特点"。捉住了这些特点而删去其他不触目的部分，这物的形状就很单纯；把这单纯的形状描成绘画，画中的笔致当然很简单了。这也是中国画中及文学中所一向通行的办法。试看八大山人等的名作，大都只有寥寥数笔，然而其画非常名贵；山水画中的房屋亭桥，及人物，笔致都是很简单的。他们所描写的只是最触目的几个特点，一切不重要的部分都被删去。这些特点所构成的便叫做"印象"。中国画所描写的都只是物的印象。诗文中的描写，也只写物的印象。文学中称女人为"红颜"，称老人为"白发"，因为女人最触目的是红的脸孔，老人最触目的是白的头发，这两点已可表出女人及老人为特相，别的点都不重要，都可以删去了。在从前，正式的绘画笔致都要详细；只有速写的画稿，方用简单的笔致记录大体的印象，以为正式作画时的参考。例如画家出门时，袋中必置速写簿一册，途中看见了可画的景色或人物，立刻拿出速写簿来，在数分钟或数秒钟内速写它们的大体的样子。归家作画的时候，便可根据速写簿上的简单的记录，而把各种景物配入正式的绘画中。这速写簿上的简笔的画稿，称为sketch〔速写〕，译音曰"史侃契"。史侃契笔致虽然简单，但姿态往往非常活跃，比正式的绘画有生气得多。近代的画家觉悟了这一点，渐渐注重史侃契，把它们当作正式的绘画而列入展览会中了。新派画家尤其注重史侃契的简洁而强明的描写法，就采用为正式的画法。故新派绘画可说是"史侃契化"的绘画。

（4）线条显明——新派画与旧派画的最显著的差别，是线的有无。试看《花灵》或《蒙娜丽莎》的颜面，其周围与背景相接的地方只有一个界，并没有显著的线。手足衣服等与背景相接的地方也只有不同的色彩或明暗的交界，而并没有线。但《马格丽德》就不然，脸孔的周围用粗大的线描一个圆圈，手和衣服的四周也围绕着很粗的线。前述的凡·高的《神经病院》，用线尤多，树枝的周围，建筑物的周围，都是很粗的线。故线条是新派画的最显著的一特色。这也是从主观的看法而来的一种结果。因为要描出我们脑际的印象，必须用迅速的描法；若用笔迟缓，脑际的印象便容易逃走。能最迅速最敏捷，又最强明地把印象捉住在画中的，只有线条。故线条是主观派的绘画中最有用的一种工具。但这种工具，也是从我们的中国画中借去的。中国的绘画，一向以线条为骨子。无论山水画、人物画、花卉画，都有显明的线条，这是无论哪个都能看出的事。这种线条，在实际的物象上原是没有的，但在绘画表现上，是最得力的一种方法。西洋画向来没有这个方法，从二十世纪以来，受了东方艺术的影响，线条就被借用在西洋画中了。从前的图画临本中，有"没骨水彩画"的一种名称。其意思就是说不用线条的水彩画。不懂绘画的人，以为"有骨水彩画"程度浅而容易描，"没骨水彩画"程度高深而难学。其实这是可笑的浅见。从前的西洋画，统是"没骨"的。"没骨"是客观派的绘画的一个特点。因为客观派的画家，注重实际的形象，实际的形象的周围，当然没有线条而只有界限；故其画中也不许用显明的线条，而只能用不同的色彩或调子来表出两物的界限。这不过手续上麻烦一点罢了，有什么高深而难学呢？浅见的人，不解美术表现的真义，以为手续的繁简便是绘画的难易与深浅的标准，就误认所谓"没骨水彩画"为程度甚高的画法。又有迷信客观的人，也不解美术表现的真义，以为绘画只要描得肖似真物，便是佳作。他们看见中国画中描写人物的鼻头，作颠倒7字的形状，以为这是不近事实，鼻头的周围岂有这样的线？必须用浓淡的调子染出鼻的凹凸的形状，方才肖似真物。其实他们的画都不过是照相的模仿，而缺乏艺术的价值。艺术上的人物描写，贵能表现人物的"神气"，用主观的看法而描写"印象"，最能表出人物的"神气"；而线条是"印象"描写上最有效力的利器。

如上所述，新兴艺术的四特色，形状奇怪，色彩强烈，笔致简单，线条显明，都是东洋画所固有的性状。故新派的绘画，可说是"东洋画化的西洋画"。

*　　　　　*　　　　　*

如前所述，马谛斯以后的绘画，即最近几十年来的绘画，因为变化太奇，还没有确立他们的根基，只有少数人的研究，还没有得到世间大众的理解与承认，故我现在不选他们的作品。但马谛斯以后的西洋画界近况如何，我们也应该约略谈一谈。马谛斯一派的画家称为"野兽派"。野兽派以后，最近几十年间西洋又发起种种新奇的画派，其最著者约有五派，即立体派、未来派、抽象派、表现派及达达派。在这艺术讲话的最后，我想再费一二页的地位，把它们略叙一下：

立体派是西班牙人所倡行的艺术。以前所说的画派，其画家都是法国人，但二十世纪的新艺术，各国都有同行，不限于法国，立体派的提倡者名曰毕卡索〔毕加索〕（Picasso〔1881—1973〕）。他的主张，以为自然界的万物，都由种种形体凑成，犹如颜色的配合。描画应该把这些凑合的形体解散来，使回复其原来的形体。万物的原来的形体，不外乎几何形体。无论何等复杂的物象，总不过是由许多的四方形、三角形、圆形、锥形等的凑合而成的。故描画须从物象中分解出这等原形，把它们重新组织起来，组成一幅绘画。所以他的画中，不见物件的形状，而只见种种的几何形体。人们看了都不懂。

未来派的提倡者是意大利人。名曰马利内谛〔马里内蒂〕（Philip Marinetti〔1876—1944〕）。他的画中，马有二十几只脚，弹琴的人有四五只手。他的主张，以为凡物动的时候，其形状常常变动。绘画必表出物的动力的感觉，即绘画中必须表出

"时间"经过的感觉。先后看见的东西，不妨同时表出在一张画里。故未来派的画家描一所房子，便描出房间里面的状况，描一个穿衣服的女人，便描出乳房，仿佛墙壁和衣服都是玻璃做的。人们看了都觉得奇怪。

抽象派又称为构图派，是俄国人康定斯基（Wassily Kandinsky〔1866—1944〕）所提倡的。他的画中也看不见事物的形状，而只有线条和色彩。他的主张，以为绘画不可描写物象的外形，须使物象还原为抽象的线与色彩。这意义与立体派大致相近，不过他的画中不用几何形体而用线与色彩。但人们看了也是莫名其妙的。

表现派是二十世纪初以来德国最流行的一种新画派，其提倡者名曰彼希斯坦（Max Pechstein〔1881—1955〕），他们的画注重内容意力的表现，其画与后期印象派及野兽派有相似之处，但奇怪的程度比他们更高。有时为欲表出意力，也不顾物象的形式而描出莫名其妙的绘画，则又与立体派，未来派相似。德国现在各种装饰图案，都用表现派的画法。

达达派是最近又最新奇的画派。其画派提倡于四十年前，即一九二〇年。其提倡者名曰札拉〔查拉〕（Tristan Tzara〔1896—1963〕）。又有大画家名曰彼卡皮亚〔皮卡比亚〕（Francis Picabia〔1879—1953〕）。他们的画都像图表一般。例如一条直线，几个圆圈，几条曲线，旁边注许多文字，即成为一幅达达派的绘画，其画题曰"某君肖像"。他们同派的人看了啧啧称赏，但外人看了都觉得荒唐。这全是一种记号，其实不能称为绘画艺术了。

绘画与文学

（〔上海〕开明书店一九三四年五月初版）

子愷

序　言

各种艺术都有通似性。而绘画与文学的通似状态尤为微妙，探究时颇多兴味。我曾以此类题材为《中学生》杂志作美术讲话。现在把它们收集起来（其中有一篇是曾载《文学》的），于各篇加以增删修改，编成此册，当作《开明青年丛书》之一。最后一篇是关于中国美术的，因与上文略有关联，故附录之。

一九三四年二月五日记

文学中的远近法[1]

远近法，或称透视法，英名 perspective。这原是绘画上关于形状描写的一种法则。故学写生画的人必须学习远近法，写实派的画家尤其要讲究远近法。

但我读古人的写景诗词，常常发现其中也有远近法存在，不过是无形的。因此想见画家与诗人，对于自然景色作同样的观照。不过画家用形状色彩描写，诗人用言语描写，表现的工技不同而已。

故绘画中有远近法，文学中也有远近法。在讲文学中的远近法之前，我先得把绘画中的远近法简要地说明一番。

简言之："远近法是把眼前的立体形的景物看作平面形的方法。"我眼前的各种景物，对于我的距离远近不等。一枝花离开我数尺，一间屋离开我数丈，一个山离开我数里。但我要把这些景物描在画纸上时，必须撤去它们的距离，把它们看作没有远近之差的同一平面上的景象，方才可写成绘画。"远近"法这个名称，就是从这意义上出来的。要把远近不同的许多事物拉到同一平面上来，使它们没有远近之差，只要假定你眼前

---

[1] 本篇原载 1930 年 9 月 1 日《中学生》第 8 号。

竖立着一块很大的玻璃板（犹似站在大商店的样子窗前），隔着玻璃板而眺望景物，许多景物透过玻璃而映入你的眼中时，便在玻璃上显出绘画的状态，"透视"法这个名称，就是从这意义上出来的。

物体的大小高低等形状，实际的与透视的（绘画的）完全不同。实际上同样的，在绘画上有种种变化：距离远近一变，大的东西会变成很小，方的东西会变成很扁；位置上下一变，高的东西会变成很低，低的东西会变成很高。例如第一图，假定有同样大小的许多树，许多鸟，和许多立方体，平方板。各物由近渐远，成了纵列而布置在你的面前。要观察各物的透视状态，可假定自己面前竖立着一块很大的玻璃板，如ABCD所示。试看各物透过玻璃板时所显出的形状：实际上同样大的树木，因了距离的渐远而渐小起来。实际上同样高的鸟，因了距离的渐远而渐低起来。其下面的平方板，则又因了距离的渐远而渐高起来。右面的两排立方体，上排见底而渐远渐低，下排见面而渐远渐高。可知把实际的立体物当作平面形看，有这样复杂的变化。

研究这种变化的规则的，就是远近法。远近法的要点，是"视线"与"视点"。在玻璃板上画一条与观察者的眼睛等高的水平线，这就是"视线"。再从观察者所站立的地方向上引一垂线，二线在玻璃上相交，这交点就是"视点"。请参看第一图，一切物体的形状的变化，皆受视线与视点的规律：凡在视线上面的（在实际上，就是比观察者的眼睛位置高的东西，例如飞鸟、电线、屋檐等），近者高而远者低；反之，在视线下面的

（在实际上，就是比观察者的眼睛位置低的东西，例如凳、桌、铺石、地板、铁路等），则近者低而远者高。在画中，视线就是地平线，视点就是观察者所向的地平线上的一点。上下左右四方一切物体，皆由视点的放射线规定其大小的变化，如图中点线所示。倘在这图的右边添画两个立方体如 E 和 F，便犯远近法的错误。E 的错误是视点不统一，F 的错误是不得视点。因为 E 两旁的线延长起来，不能集中于同一视点而将在他处相交，但一幅画中不能有两个视点（中国画除外。详见后面《中国画与远近法》）。又 F 两旁的线延长起来，不能相交，求不到视点。故两者都是误例。初学图画的人最易犯这种错误。

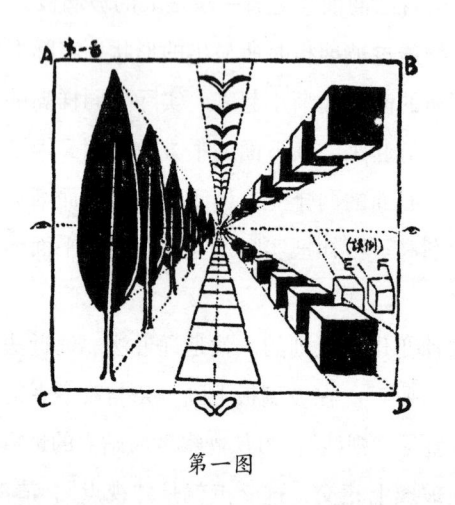

第一图

绘画上的远近法的规则，大致如上述。要之，物体的透视的状态，与实际状态完全不同。大的东西有时很小，高的东西有时很低。对风景时要作透视的看法，只要不想起实际的东西，而把眼前远近各物照当时所显出的形状移到所假定的玻璃板上，便可看见一幅合于远近法的天然图画。例如你站在河岸上，看见最近处水面上有一只帆船。稍远，对岸有一座桥。更远，桥后面有一个山。最远，山顶上有一支塔。这时候你可想象面前竖立着一块大玻璃板，而把远近不同的船、桥、山、塔，一齐照当时所显现的形状而拉到玻璃板的平面上来，便见一幅风景画如第二图。但当你拉过来的时候，必须照其当时所显现的形状，切不可想到实物。倘然当它们是实物而思索起来，就看不见天然的图画了。因为当作实物时，一定要想起"桥比船大，塔比桅粗，山比帆高"等实际的情形。但在透视的形象中，完全与你所想的相反：桥比船小得多，塔比桅细得多，帆比山高得多。试看那帆船头上坐着的小孩，其身体比那桥上走着的人大到数十倍呢。倘把桥上的人画成同船头上的小孩一样大，这便不成为绘画。故风景必合了远近法方才变成绘画。即现实必经过远近法的改造，方才变成艺术。

第二图

如篇首所说，画家与诗人，对于自然的观照态度，是根本地相同的。不过画家用形状色彩描写，诗人用言语描写，表现的工技不同而已。故在一片自然景色之前，未曾着墨的画家，与未曾拈句的诗人，是同样的艺术家。风景画与写景诗，在内容上是同样的艺术品。故绘画中有远近法，文学中也有远近法。

现在把我所见到的远近法的写景诗句、词句，举例说明如下：

照远近法之理，"凡物距离愈远，其形愈小。"故如前第二图所示，远处桥上的人比近处船头上的孩子小至数十倍。这种看法诗人也在应用。例如岑参的诗中，有这样的句子：

> 旷野看人小，长空共鸟齐。
> 槛外低秦岭，窗中小渭川。

旷野中的人，及窗中望见的渭川，皆因对诗人的距离甚远，故形状甚小。"旷野看人小"一句，仿佛是远近法理论中的说明文句。但写景的妙处，就在乎这远近法境地。"窗中小渭川"一句更奇。以实物而论，渭川比较窗，其大岂止数千百倍？但照远近法的规律，窗虽小而距离近，渭川虽大而距离远，渭川便可以纳入窗中而犹见其小。这观察的要点，是撤去渭川与窗之间的距离。即把渭川照当时所见的大小拉近来，使贴在窗上。这样一来，窗框便像画框，而所见的渭川便是这幅天然画图中的川流了。

岑参的诗中，远近法描写的例最多。上例的一句"槛外低秦岭"，也是远近法的写景诗句。照前述的远近法之理："凡比观察者的眼睛高的景物，距离愈远，其在画面的位置愈低。"如第一图中的飞鸟便是其例。岑参这句诗，是五律《登总持阁》中的第五句。其开始两句云："高阁逼诸天，登临近日边。"但"槛外低秦岭"决不是为了阁高的原故，是为了秦岭距阁远的原故。秦岭是很高的山，假如生在阁旁，一定比阁高得多，只因远了，望去好像很低。试看第一图的飞鸟，渐远渐低，充其极致，最远的一只落在视点中，即与地平线一样高，秦岭无论何等高，在最远的距离上也非落在地平线上不可。现在从阁中望去觉得其低，可见其距离已是很远了。隔着远距离眺望秦岭，不一定要登高阁始见其低；就是在普通的楼中眺望，照远近法之理说来，秦岭也是低的。故这诗中的"低"字，不仅是"写阁之高"。当作诗人对于槛外景物的远近法的描写，更富趣味。

"凡在视线之上的（即比观察者的眼睛高的）景物，距离愈远，其在画面的位置愈低。"合于这远近法规律的诗句很多：

野旷天低树，江清月近人。（孟浩然）
山月临窗近，天河入户低。（沈佺期）

在实际上，天当然比树高得多。但天愈远位置愈低，最远处竟与地平线（即视线）相接。故在无遮蔽的旷野中，可以看见树叶底下衬着远天。把这景物当作一幅直立的画图看时,不是天低于树么?天河渐远渐低,好像在那里挂下来,一直挂到地,将钻进人家的门户。这种话在实际上都不合理,但在诗中是合乎画理的佳句。更举数例:

真珠帘卷玉楼空,天淡银河垂地。(范仲淹)
波连春渚暮天垂。(苏养直)
碧松梢外挂青天。(杜牧)

自近而远地覆着的天,用远近法的"平面的"观照法看来,是自上而下地"垂"着的,"挂"着的。

反之,"凡在视线之下的(即比观者的眼睛低的)景物,距离愈远,其在画面的位置愈高"。合于这远近法之理的诗词句,亦复不少:

黄河远上白云间。(王之涣《凉州词》)
黄河之水天上来。(李白《将进酒》)
回看天际下中流。(柳宗元《渔翁》)
惟见长江天际流。(李白《送孟浩然》)
平沙莽莽黄入天。(岑参《古从军行》)

这里前四句都写河流,后一句写沙漠。凡河流与沙漠,总是比人眼睛低的东西,即距离愈远则位置愈高的。故王之涣立在黄河上流眺望下流,而用远近法的观照,即见其不在地上平流,而从下面流向上面，一直流到白云之间。反之，李白立在黄河的下流眺望上流，就看见它从天上流下来，好像瀑布。两人易地则皆然——皆是用远近法的观照而眺望黄河的。岑参看见沙上天去，说话更是奇妙。

上例都是以视线下的东西（水或沙）为主眼而观看的。若兼看视线上下（天与地）两方，即见其相"接"，相"连"。

　　　　接天莲叶无穷碧。（苏轼《西湖》[1]）
　　　　百尺楼高水接天。（李商隐《霜月》）
　　　　洞庭秋水远连天。（刘长卿《夕望岳阳》）

"视线上的景物愈远愈低"，"视线下的景物愈远愈高"，则视线上下都有辽远的景物（天与地）时，两种景物当然在视线上相连接。此理看第一图的立方体便可知道。在实际上，上天对于下方的莲叶或水，无论远到什么地方，始终隔着同样的距离。但用绘画的看法看来，它们分明是在远处相连接的。且诗人所见不止连接而已，连接的状态又有种种，或浸，或粘，或拍。例如：

　　　　水浸碧天何处断。（张升《离亭燕》）
　　　　晚云藏寺水粘天。（刘一止《和宋希仲》）
　　　　无数青山水拍天。（苏轼《慈湖峡阻风》）

---

[1] 应为，杨万里《晓出净慈寺送林子方》。

由以上诸例,可知诗人所见的景物,其大小高低与实际的世间完全不同。这不同的来由,全在于"平面化"。即如前所述,对风景时假定自己眼前竖立着一块大玻璃板,而观察景物透过玻璃板时所成之状态。换言之,就是撤去距离,把远近一切物体拉到同一平面上来观看。这样,看实景便像看一幅天然的画图,于此就有写景的妙句出来了。王之涣看见"黄河远上白云间"之后,再用同样的眼光看城及山,便道:"一片孤城万仞山。"城原是立体物,城与山之间原有距离;但他把城看作平面形,故曰"一片"。又撤去城与山之间的距离,仿佛看见一片城墙上载着万仞的高山,故在"一片孤城"之后接上"万仞山"三字。这便是风景平面化的一个适例。此种例子,在诗词中不胜枚举:

> 山中一夜雨,树杪百重泉。(王维)
> 江上晴楼翠霭开,满帘春水满窗山。(李群玉)
> 秋景墙头数点山。(刘禹锡)
> 树里南湖一片明。(张说)
> 马首山无数。(龚翔麟)
> 山从人面起,云傍马头生。(李白)
> 树杪有双鬟,春风小画栏。(龚翔麟)
> 游春人在画中行,万花飞舞春人下。(李叔同)

请把这数例加以吟味:第一例,山中落了一夜雨之后,泉水重重而出。山脚上有树木，隔着树木看泉水，用平面的看法时，即见泉水在树杪流着，故曰"树杪百重泉"。这诗句的妙处，便是取消树与泉中间的距离，拿泉水接在树杪上，好像泉水都在对着树顶而浇下来。

第二例："江上晴楼翠霭开，满帘春水满窗山。"是李群玉登汉阳太白楼的诗。第二句是在楼中所见的光景。实际，帘与窗是直立的，春水是横铺在地上的。但取消其间的距离，不管横直的方向，当它们是粘住在一起的东西而观看，便见"满帘春水"，好像太白楼是沉浸在水里似的。这与前述的"窗中小渭川"看法相同，但其"平面化"尤为彻底。前者仅见"渭川"形状缩小而已，现在竟把"春水"扶起来立在地上，又拉近来贴在太白楼的窗上。

第三例："秋景墙头数点山"，推想实际，是墙外稍远处有几个山。但这般说就像探子侦察地势的报告，毫无趣味了。诗人要把山移过来，堆在他家的矮墙头上，然后可以吟出"秋景墙头数点山"来。我何以知道刘家的墙是矮墙，又墙外的山在于稍远处呢？照远近法之理推想，能看见墙头上露出山的光景的，只有两种情形。第一种，诗人的家靠近山旁，四周有高墙，即可看见墙头露出山尖。第二种，诗人的家离山稍远，则四周必是矮墙，也可在矮墙上看见远山的尖。除此两种情形以外，靠近山旁而用矮墙，则墙上露出大半个山，不能称为"数点"；离山稍远而四周筑了高墙，则在屋里看见墙比山高，一点山也不能看见了。故照远近法之理推测，只有上面这两种情形可拟。但照诗人的生活推想，似宜取第二种，即离山稍远而四周用矮墙的。因为山太近不配称"数点",而高墙中似乎不是诗人所居之处。

第四例:"树里南湖一片明",树是直立的,南湖是横卧的。树很近,南湖稍远。但平面地观看,不论横直,不分远近,并作一体,即见树叶中间衬着"一片"明亮的南湖。

第五例:试想象自己骑在马背上,行入万山之中。眼前最近的东西是一个马头。马头之外都是山。再想象在马颈上竖立起一块大玻璃板来,即见玻璃板上显出一个马头,头上堆着无数的山。诗人便吟"马首山无数"之句。这种情状必须亲历其境而直观地感得,不是伏在室中的书案上可以造作出来的。故这可说是诗中的写生画。

第六例:上句"山从人面起",与第五例同一情形,不过马头换了人面。下句也是同样的写法,不过山换了云。但这是写远处的云,并非写人走到了白云深处,而真个有云缭绕于马头之旁。从马首或人面生出来的山,一定是远山。因为远山形状缩小,与近处的马首或人面差不多大。故撤去了其间的距离,便可看作"马首山无数",或"山从人面起"。若是近山,则形状必比马或人大得多。用平面的看法时,也只能看作衬在人马后面的屏障,例如所谓"山屏雾障",却不能看见"山从人面起"、"马首山无数"的光景。由此可知"云傍马头生"的云一定是远云。云与山,在实际上前者是气体,后者是固体;前者是轻清而变化无定的,后者是笨重而固定不移的。但在惯用"平面化"看法的画家与诗人的眼中,二者仿佛是同一种东西,故曰"夏云多奇峰",又曰:"青山断处借云连"。

第七例,"树杪有双鬟",与第一例的"树杪百重泉"同一情形,不过距离更近。树杪离开泉水,大约至少总有数十丈吧。但离开双鬟想来至多不过数丈。想象那光景,大约是一个高楼的画栏内坐着一个梳着双鬟的女子,画栏外有树木,树木大约是杨柳,杨柳的杪比栏稍高,比女子的面孔稍低,诗人从树木外的远处用绘画的平面化的眼光眺望此景,便看见青青的树杪上载着一个盈盈的双鬟女子的胸像,树杪旁边露出大约是朱色的画栏,便吟道:"树杪有双鬟,春风小画栏。"上面一句倘不是用撤销距离的远近法的看法来解说,而照字面讲,就变成很可怕的局面:一个纤纤弱女爬到了树的杪上,非常危险!若不赶快用飞机去救,她将难免为绿珠[1]第二了。

第八例:"万花飞舞春人下",就这一句看,末脚一个"下"字很奇怪,除非人用催眠术腾空行走,花怎会在人下面飞舞呢?但看了上句,"游春人在画中行",便知道作者早已点明用着看画一般的"平面化"的看法了。把春郊的风景当作一幅画看时,便见远处的人在画面上的位置高,近处的飞花在画面上的位置低。可见这"下"字非常巧妙,决不是凑韵而用的。照实际上想,游人与飞花皆在地上,应说万花飞舞春人"旁"才对。但这样说便减杀诗趣与画意了。这是李叔同先生所作《春游曲》的歌词中的句子。李先生原是画家,他是用画家的眼睛观察春游之景而自己作歌谱曲的(原曲载在开明书店出版的《中文名歌五十曲中》)。

---

[1] 绿珠是西晋时石崇的爱妾,后石崇被逮,她坠楼自杀。

要撤销二物间的距离,而作平面观,距离愈远愈容易,距离愈近愈困难。譬如山与云,离人马极远,便像天然的背景或屏障,容易拉它们过来贴在人马上。但如室内的桌与椅,案上的壶与杯,距离极近,除了作写生画的时候以外,普通总看作一远一近地作纵队排列,不易把它们拉拢来作平面观。上列的数例中,"树杪百重泉","树杪有双鬓","万花飞舞春人下"三者都是近距离的平面观,可谓最接近于写生画。

风景平面化的描写,在诗词中例句很多。以上数例大都是关于地上景物的,此外,关于天上的日月星辰,平面化描写的例更多。这是因为天象距离最远,望去好像不是立体的物件而是天然的背景,故最易平面化。今再举关于这类的数例如下:

> 月上柳梢头,人约黄昏后。(朱淑贞)
> 明月松间照,清泉石上流。(王维)
> 斜月低于树,远山高过天。(陈翼叔)
> 缺月挂疏桐,漏断人初定。(阙名[1])
> 落日在帘钩,溪边春事幽。(杜甫)
> 柳梢残日带归鸦。(袁揆)
> 天回北斗挂西楼。(李白)
> 云间东岭千重出。(张说)
> 云际客帆高挂。(张升)
> 落霞与孤鹜齐飞。(王勃)

---

[1] 为苏轼之诗句。

据天文学者说,月亮与地球中间相距三万九千启罗迈当[1]。但艺术家能撤销这距离,而把月亮拉到柳梢头,松间,树下,又挂在梧桐树上。不但如此,又能把太阳拉过来搭在帘钩上,把北斗星拉过来挂在西楼。云与岭和帆,实际上也隔着距离,但在诗人看来,东岭出在云间,客帆挂在云际。鹜假使能飞到同落霞一样高了,其形一定细不可观,王勃却说它们齐飞。《滕王阁序》便因了这一句而全篇增色。

最后,我还记得一句最奇特的远近法写景的诗句:记不起谁作的一篇四言赞颂中,描写从高山顶上下望走上山来的人的形状,说道"首下尻高"。我起初不解他的意思。后来有一天登西湖的宝石山,坐在塔旁的石上向下眺望,看见直对着我的山麓上,有人正向着我拾级而登山。因为石级很峭,那人拼命向前俯,我在眼前假设了一块玻璃板而望下去,正看见首在下端而尻高耸在上端——玻璃板的上端,便恍然悟解了那诗句的意味。但那正是十余年前我热心习画而学远近法的时候,不然,恐怕直到现在还没有懂得这诗句的意味呢。

一九三〇年初作,曾载《中学生》,今改作

---

[1] 启罗迈当即英文 kilometre,意即公里。地球与月亮相距,应为三十九万公里不到一点。

文学的写生[1]

记得从前,热中于写生画的时候,有一回向学校请了假,寄居在住在西湖边上的友人那里,等到黄昏月上,背了写生箱到湖上来写月夜的风景。月光底下的景色观察不真:天用什么颜料?水用什么颜料?山用什么颜料,都配不适当。连作了好几张 sketch〔速写〕,都失败,废然而返。友人并不弄画,却喜吟诗,看了我带回来的月夜湖景,不管它失败不失败,对着画信口便吟:"月光如水水如天!"接着又感伤地吟下去:"同来玩月人何在?风景依稀似去年!"吟罢倒身在床里,悠然地沉思起来。我却被他最初那句诗提醒,恍悟刚才配色的失败,是天、水、山的分别太清楚之故。原来月光与水与天,颜色是很相类似的,古诗人早已看出而说出了。回味写生时的所见,觉得一点不错;月夜景色"统调"最强,差不多全体浑成一色。倘多用类似色,我这晚的写生画不会失败。第二晚如法再试,果然带了较满意的画而归来。从此我知道习描须先习看,练手须先练眼。又觉得诗人的眼力可佩,习画应该读诗。

---

[1] 本篇原连载于 1931 年 1 月 20 日和 2 月 1 日《中学生》第 11 号、第 12 号,题为《文学中的写生》。

后来在词中读到"花吹影笙，满地淡黄月"之句，又知道月夜风景中可添用暖色的"黄"。试一下看，果然有效：那画面减少了阳涩之气，而顿觉温暖可亲了。我益信文学者的锐敏的观察的报告，是习画者的最良的参考。便在习画之暇浏览诗词。觉得自然景物的特点，画笔所不能表达出的，诗词往往能强明地说出。我冒雨跑到苏堤，写了一幅垂柳图归来。偶然翻开诗集，看到白居易的《杨柳枝》词："可怜雨歇东风定，万树千条各自垂。"刚才所见的景色的特点，被这十四个字强明地写出了。我辛辛苦苦地跑到苏堤去写这幅画，远不如读这一首诗的快意！从此我更留心于诗词的写景。平日读到这类的佳句，用纸抄写出来，贴在座右，随时吟味。有时觉得画可以不必描，读读诗词尽够领略艺术的美了。故我从诗词所受的铭感，比从画所受的更深。现在回忆从前的铭感，略写些出来，就称之为文学的写生。

文人对于自然的观察，不外取两种态度，即有情化的观察与印象的观察。有情化的观察，就是迁移自己的感情于自然之中，而把自然看作有生命的活物，或同类的人。印象的观察，就是看出对象的特点，而捉住其大体的印象。这与画家的观察态度完全相同。今分述于下：

一　有情化的描写

自然有情化，是艺术的观照上很重要的一事。画家与诗人的观察自然，都取有情化的态度。"画家能与自然对话"，就是说画家能把宇宙间的物象看作有生命的活物或有意识的人，故能深解自然的情趣，仿佛和自然谈晤了。中国画法上注重"气韵生动"，一草一木，必求表现其神韵。如邓椿的《画继》中说：

"世徒知人之有神，而不知物之有神。"

张彦远的《历代名画记》中也说：

"生物有可状，须神韵而后全。"

《芥舟学画编》中又有这样的话：

"天下之物，本气韵所积成。即如山水，自重冈复岭以至一木一石，皆有生气，而其间无不贯。"

可知在中国画家的眼中看来，世界全是活物，自然都有灵气。这是一种泛神论的自然观。西洋画界虽无这样深奥的画论，但在近代画家的言行与作品中，亦可看出同样的倾向。谷诃〔凡·高〕（〔van〕Gogh）曾经对一朵小花这样地说：

"小小的花，你也能唤起我一种用眼泪都不可测知的深刻的思想！"

谷诃在炎夏中,整日坐在田野的烈日之下,凝视自然,却没有幅画带回来。可知他对于自然的理解的深刻,已达于"对话"的程度。不然,怎会使他这样地留连?米叶〔米勒〕(Millet)常在罢皮仲〔巴比松〕的田野中留连忘返。如传记所说:"他常穿了赤色的旧外套,戴了焦黄色的旧草帽,脚踏一双木靴,彷徨于森林原野之中。有时破晓就起身,径奔田野中,犹似日出而作的农夫。但他既不牧羊放牛,手中也不拿锄头,只是携一支手杖,踯躅于田野间,或默坐在大地上,注视四周的景物。他的武器,只有观察的能力和诗的意向。"他们都能发现自然的生命,而与自然神晤默契。所以他们的画,笔致灵动,生趣充溢,而近于东洋风的艺术。

不必求证于东西洋的大画家,即普通学生的练习写生画,其观察静物也必用有情化的态度。三只苹果陈设在眼前,作画的人须能见其为三个有生命的人,相向相依,在那里聚首谈笑,演成一幕剧景。然后能写出浑然统一的艺术品来。若不如此,而一味忠于局部的模写,虽周详如照相,毕肖似真物,也毫无艺术的意味,仅为一幅博物标本图而已。一把茶壶与二三只茶杯,在作画者看来,犹似一个母亲与环绕膝前的二三个孩子,演成家庭融怡的一幕。展开的书犹似仰卧的人,墨水瓶犹似趺坐的老僧,花瓶犹似亭亭玉立的少女。一切器物,在作画者看来都是有生命有性格的活物。故西人称静物曰 still life。

绘画的自然有情化,只是抽象地表示神气,却不许具体地表示其化物。故墨水瓶上不能添描一个和尚头而表明其像老僧,只能取老僧趺坐似的"镇静稳定"的特点,用之于描写墨水瓶的笔法中而已。把太阳看作巨人的脸孔而描写；但不能在太阳中具体地画出眉目口鼻来。果真具体地画出了，便成为一种游戏画或漫画，而非正式的绘画了。故绘画的自然有情化，限于抽象的。文学则不然，可以具体地用言语说出，切实地指示读者，教他联想活物而鉴赏自然。例如"楼上花枝笑独眠"（皇甫冉），教人把花当作会笑的人看；"似曾相识燕归来"（晏殊），教人把燕子当作相识的人看；"明月窥人人未寝"，教人把月当作会窥人的看。花、鸟与月，文学者最常把它们比拟作人，因为它们对人最亲近的原故。诗文中关于这三者的拟人的实例，谁都能随手举出几个来。现在把我所能举的分别写几个在下面。

（一）花树的拟人化——花树是植物的精英，表情最为丰富，故最易看作各种人物的表象。如前人云："含雨花如抱恨人，向日花如暴富人，新绿树如少年人"，这还是大体观察的话，细看起来，还像种种状态的人。举数例于下：

帘卷西风，人比黄花瘦。（李清照）
衰桃一树近前池，似惜容颜镜中老。（温庭筠）
依旧依旧，人与绿杨俱瘦。（秦观）
有玉梅几树，背立怨东风。（姜夔）
篱角黄昏，无言自倚修竹。（同上《咏梅》）
微有风来低翠盖，断无人处脱衣红。（陈崿《咏荷》）

花树是有知的人，故环境改变，花树的态度也改变了。

例如：

一去姑苏不复返，岸旁桃李为谁春？（楼颖）
江头宫殿锁千门，细柳新蒲为谁绿？（杜甫）
炀帝行宫汴水滨，数枝杨柳不胜春。（刘禹锡）
无情最是台城柳，依旧烟笼十里堤。（韦庄）

花树是有情的人，故能哭能笑，有愁有恨。例如：

有情芍药含春泪。（元好问）
感时花溅泪。（杜甫）
桃花依旧笑春风。（崔护）
丁香千结雨中愁。（李中主）
红衣落尽渚莲愁。（赵嘏）
燕子不归花有恨。（谢懋）
晓桃凝露妒啼妆。（和凝）
颠狂柳絮随风舞，轻薄桃花逐水流。（杜甫）

欧阳修更加认真地把花拟人，他说："泪眼问花花不语，乱红飞过秋千去。"欧阳修称张子野为"桃杏嫁东风郎中"，因为子野有句云："沉思细恨，不如桃杏，犹解嫁东风。"

（二）鸟的有情化——鸟的有情化有关于声音的与关于形态的两方面，前者是绘画所不可能的，惟文学中有之。例如：

> 兴阑啼鸟缓,坐久落花多。(阙名[1])
> 晓莺啼送满宫愁。(阙名[2])
> 鹦鹉嫌寒骂玉笼。(吴绮)
> 隔花啼鸟唤行人。(欧阳修)

这是把鸟的鸣声听作唤声,骂声;或把鸟当作理解人情之物,人愁苦时鸟声亦愁,人兴阑时鸟声便缓。关于形态的拟人化,例如:

> 沙上凫雏傍母眠。(杜甫)
> 鹦鹉无言理翠衿。(贺铸)
> 蝶衣晒粉花枝舞。(张文潜)
> 孔雀自怜金翠尾。(欧阳炯)
> 燕子不知愁,衔花故绕楼。(汤传楹)
> 眠沙鸥鹭不回头,似也恨人归早。(李清照)

这都是以自己的心来推测鸟或蝶的心而说的。或者是想象自己变了鸟蝶而说的。孔雀"自怜",燕子"不知愁",鸥鹭"恨人",非孔雀,非燕子,非鸥鹭的人何由知道呢?

(三)月的拟人化——月在夜间出现,其形状色彩又都优美沉静,故诗人对月特别亲近,常引为慰安的伴侣。例如:

---

[1] 为王维的诗句。
[2] 为司马礼的诗句。

多情只有春庭月，犹为离人照落花。（张泌）

惆怅归来有月知。（姜夔）

暮从碧山下，山月随人归。（李白）

来时浦口花迎入，采罢江头月送归。（王昌龄）

蝶来风有致，人去月无聊。（赵仁叔）

与谁同坐，明月清风我。（苏轼）

举杯邀明月，对影成三人。（李白）

月是夜景中的女王，且有嫦娥奔月等传说，故月被视为嫦娥，缺月就被视为女人的眉。例如：

新弯画眉未稳，似含羞低度墙头。（吴文英）

宛如待嫁闺中女，知有团圆在后头。（方子云）

一二初三四，蛾眉影尚单，待奴年十五，正面与君看。（阙名）

（四）**其他景物的拟人化**——除了上三种外，太阳，山水，也被当作人看，举例如下：

寒日无言自西下。（张昇）

水光山色与人亲。（李清照）

惟有长江流水，无语东流。（柳永）

数峰清苦，商略黄昏雨。（姜夔）

人造的各种器物，也被当作人看。举例如下：

　　蜡烛有心还惜别，替人垂泪到天明。（杜牧）
　　春蚕到死丝方尽，蜡炬成灰泪始干。（李商隐）
　　野渡无人舟自横。（韦应物）
　　人去秋千闲挂月。（吴文英）

眼所看不见的抽象的东西，也可当作人看。举例如下：

　　把酒送春春不语。（朱淑贞）
　　千钟尚欲偕春醉。（同上）
　　若有人知春去处，唤取归来同住。（黄庭坚）
　　若到江南赶上春，千万和春住。（尤侗[1]）
　　欲骂东风误向西。（陈玉瑛）

　　用自然有情化的态度，从宇宙泛神论的立场观察万物，就在对象中发见生命，而觉得眼前一切都是活物。这不外乎把自己的心移入于万物中，而体验它们的生活。西洋美学者称这样艺术创作心理为"感情移入"（Einfühlungtheorie），中国画论中称之为"迁想"。

---

[1] 尤侗，应为王观。

二　印象的描写

文学者描写自然的时候，因为没有线条和色彩而只有一双锐敏的眼和一只利巧的嘴，故惯于捉取自然的特点而扩张之，而描写其大体的印象。例如看见美人的眉有一点类似柳叶，就夸张而描写之曰"柳眉"；看见美人的口有一点类似樱桃，就夸张而描写之曰"樱唇"。在实际的世间，决定找不到柳叶一般的眉和樱桃一般的口；这里所写的都是一个大体印象，故可名之曰"印象的描写"。东洋画家的描写自然，也就取这种观察态度。试看旧时的仕女画中，清秀下垂的眉，竟是一瓣柳叶；小而圆而鲜红的口，竟是一粒樱桃。这画虽然不近于实际，但旧式美人的神气被他活跃地写出了。故东洋画创造了一个畸形的新天地。西洋的赛尚痕〔塞尚〕（Cézanne）、马谛斯〔马蒂斯〕（Matisse）等画家，苦于向来的西洋画的写实描法的沉闷，而惊羡东洋画的清新，便也在油画布上飞舞线条，变化形状，就造成了后期印象派的画风，而为数百年来的西洋画界开辟一新纪元。故东洋画与近代西洋画，皆与文学有缘。由此可知文学的自然观，富有艺术的意味。中国的文学与绘画，一向根基于同样的自然观。中国古代画家之所以多文人士夫者，其原因亦在于此。

文学中关于自然的形态与色彩，都作印象的描写。现在分别地说。

（一）形态的印象描写——在繁复的物象中，删去不重要的"琐屑点"（details），而摘取其可以代表这物象性格的"特点"，夸张地描写出来，名曰"印象的描写"。

文学者要描写物体的形态，必先就这物体的繁复的形象中看出其特点，然后描写这特点，或巧妙地想出一种东西来比方它，这东西在实形上并不肖似那物体，但因其具有那物体的特点，故在印象上非常逼真。例如梁武帝咏莲叶云：

江南可采莲，莲叶何田田。

莲叶与田字，在实形上相去很远：莲叶的外形很不规则，内纹很复杂；田字外形近于正方，内面只有一个十字纹，二者繁简相差很远。但闭了眼回想从莲池所得的大体印象，正是一个个的田字。写炉烟曰"篆烟"，"篆缕"；写阑干曰"卍字"，"亞字"，写竹曰"个字"；他如"柳絮"，"榆钱"，"雨丝"，"云罗"，"山屏"，"雾幛"等，都是由印象的观察捉住其物的特点，而想出一种具有同样特点的别物来比拟的。下面三个例是最有画意的形态描写：

兽形云不一，弓势月初三。（李白）
夏云多奇峰。（陶潜）
不知春色早，疑是弄珠人。（王适）

古代诗文中咏美人费词很多。故形态的印象描写，关于女子的例也特别多。其中可分全身描写与部分描写。全身描写中，最普通的是用花来比拟女子。例如：

梨花一枝春带雨。(白居易)
落花犹似坠楼人。(杜牧)
一自西施采莲后,越中生女尽如花。(朱彝尊)
劝我早还家,绿窗人似花。(韦庄)
帘卷西风,人比黄花瘦。(李清照)

自来女子取名,多用梅、兰、杏、菊、芬、芳、英、秀等关于花的字眼。故以花比女子是最普通的例。此外又有以玉、月、鸟、云等物来描写美人的,例如:

玉人何处教吹箫?(杜牧)
夫婿轻薄儿,新人美如玉。(杜甫)
炉边人似月,皓腕凝霜雪。(韦庄)
画船人似月,细雨落杨花。(纳兰性德)
翩若惊鸿难定。(史达祖)
袅袅婷婷,何样似一缕轻云。(李清照)

如玉,是描写美人的颜色。如月,是描写美人的丰采。如鸿如云,是描写美人的举动姿势了。

次就部分的描写而论,诗文中最多见的是关于女子的眉与眼,其次是脸、口、发、腰。

关于眼,老是用秋水来比拟,故"秋波"两字已成了美人眼的别名。关于眉,却有种种比方,有的比之于山,有的比之于蛾眉，有的又比之于柳叶。例如：

水是眼波横，山是眉峰聚。（苏轼）
眉黛敛秋波，尽湖南山明水秀。（黄庭坚）
淡扫蛾眉朝至尊。（张祜）
芙蓉如面柳如眉。（白居易）

以水比眼，是为了明丽与流动的特点相类似。以山比眉，是为了清淡的特点相类似。以蛾眉比美人眉，是为了倒垂的特点相类似。以柳叶比眉，是为了形状与色彩的特点相类似。关于眉的这三种比拟，蛾眉是仅比其形状的，山与柳叶则兼比其形状与色彩。就色彩而论，比柳叶是印象的，比远山则稍近于写实的。就形状而论，比山的是平眉，如朱彝尊所谓"两峰依旧青青，但不比眉梢平远"；比柳叶的是倒垂眉，中国仕女画中，美人的眉毛下垂到四五十度，形状完全像柳叶。可见绘画的印象描写与文学的印象描写相通似。

关于美人的脸的描写，大都用芙蓉的瓣为比喻，如上举的"芙蓉如面"即是其例。这是为了形状、色彩与质地均相类似之故。关于美人的口，用樱桃或花蕊来比方，也是为了形状、色彩、质地相类似之故，例如：

一曲清歌，暂引樱桃破。（李后主）
唇一点小于朱蕊。（张先）

五官中只有眉、眼、口受文学的描写。此外的鼻与耳，从未经过文人之笔。这是因为眉、眼、口，在颜面表情上的职务很重要，而鼻与耳无关表情的原故。西洋的速写（sketch）或漫画中的人，只在一丛头发下面描两条并行线当作眉眼，下方再画一点或一圈当作口，即能活跃地写出某种表情的人面的印象，看者亦不求其加详了。若加详描写，添描一个鼻子和两个耳朵，反足以减弱印象而妨碍特点的显著。可知文人与画家对于人面完全取同样的看法，都只看见口、眼、眉而不见鼻与耳。

脸孔上面的发，也是惹目的一部分，故也受文学的描写。发的形状，用云、雾、烟为比拟。发的色彩，用青。有的说青就是黑。但黑色有光泽的东西，回想的印象迹近于青，故亦可说是色彩的印象的描写。举例如下：

> 晚云如髻，湖上山横翠。（苏过）
> 云鬟乱，晚妆残。（李后主）
> 雾鬟烟鬓乘翠浪，（朱景文）

文学上描写美人的腰，用柳条来比拟。例如：

> 腰如细柳脸如莲（顾敻）
> 樱桃樊素口，杨柳小蛮腰。（白居易）

用柳条比腰身，若说是比腰身两旁的柔软的轮廓线，较为近理。若说是用腰身的粗细来比柳条的粗细，正如古人诗"楚王江畔无端种，饿损纤腰学不成"，因为相去太远，夸张过甚了。中国的仕女画中，腰画得极细，不顾人体解剖学的实际，也是夸张过甚的描写。

（二）色彩的印象描写——印象派以后的西洋画的色彩，有二特点，即夸大与强烈。这也是所受于东洋画的影响。而东洋画的色彩的夸大与强烈，则与文学的色彩观察同一根基。

文学上要描色彩，只能用言语当作颜料。用言语当作颜料，只能描色彩的人体印象，即非夸大不可。普通言语，关于色彩也都用夸大的形容。例如"红茶"与"绿茶"，其实不过微微带红或绿。用图画的颜料调配起来，或用科学方法分析起来，其所含别的色彩的成分其实很多。亚洲人的肤色略近于黄，便称为"黄人"；牛的皮色略带黄色，也便称之为"黄牛"，也都是夸大的。日间称为"白昼"，晚上称为"黄昏"，所谓白与黄也都是印象的。因为在夜间回想天光下的世界，其印象原是白的；在日间回想灯火的世界，其印象原是黄的。但描写灯火本身，用"黄"嫌其太写实而不夸大，故必用"红"。例如：

分曹射覆蜡灯红。（李商隐）
归去休放烛花红。（李后主）

在"红灯"的筵上欲求一强烈的对比色，便有"绿酒"。

色彩描写夸大更甚的，是关于女子的描写。女子的脸曰"红颜"，好像古代的女子脸孔都同关云长一样的。女子的梳妆就称为"红妆"。例如：

红颜未老恩先断。（白居易）
故烧高烛照红妆。（苏轼）
人面桃花相映红。（崔护）

"红颜"上面的头发就与之作成强烈的对照，而成为"青鬓"或"绿云"。连其下的眉毛也变了绿色。例如：

梳绿鬓，整青鬟，斗将蟋蟀凭栏杆。（吴棠桢）
眉黛远山绿。（温庭筠）
垂杨学画蛾眉绿。（王沂孙）

倘真有红面孔、绿头发、绿眉毛的人，岂不可怕？但绘画中竟在那里实施这样的色彩。印象派绘画中的人物的眉与发，用多量的 cobalt〔翠蓝〕。日本的浮世绘[1]中的人物，男子的两鬓也用明翠的花青。可知文学与绘画，观察相同。或曰，"苍"与"青"又有黑字之义，故"青衣"即黑衣，"苍生"就是黎民。所以"青鬓"也就是黑鬓。这话固然近理，但不用这说法而求证于绘画，更饶兴味。

---

[1] 浮世绘是日本的一种用工笔描写风俗人情的民众艺术。

景物的色彩描写，亦多夸大。例如枇杷的颜色，实际是橙或黄的，杨柳的颜色，实际是柠檬黄或明绿的，但夸大了都变成金。例如：

摘尽枇杷一树金。（戴复古）
握手河桥柳如金。（薛昭蕴）
记共西楼雅集，想垂杨还袅万丝金。（姜夔）

楼台的色彩，实际上都很复杂，但其大体印象也只是红（朱）或绿（青、翠）。例如：

红楼隔雨相望冷。（李商隐）
青楼临大路。（曹植）
春日凝妆上翠楼。（王昌龄）
朱楼矫首临八荒。（陆游）
垂杨外，何处红亭翠馆？（张耒）

夸大之极，与实际全无关系的色彩也有，如"红尘"与"红泪"便是。红尘就是世间。向实际的世间去找寻红色，其实不多。也许红字另有意义。或者在过敏的感觉上，人世的大体的印象是红的。至于"红泪"，恐是从"杨妃泪红如血"的古典传说上来的。眼睛里哭出血来，其事极少有。但孝子"泣血稽颡"；诗中说"血泪染成红杜鹃"（高菊磵）。韦庄的词中有句云："泪界莲腮两线红。"若照字面讲，竟是眼睛里流出两条血水来了。

文学中的色彩描写，除夸大之外，又最常用红与绿的强烈的对比。像前例中的"酒绿灯红"，"青鬓红颜"，"红亭翠馆"等便是。这种例极多，再写几条在下面：

红了樱桃，绿了芭蕉。（蒋捷）
知否知否，应是绿肥红瘦。（李清照）
红乍笑，绿长颦，与谁同度可怜春？（姜夔）
接天莲叶无穷碧，映日荷花别样红。（苏轼）[1]
眉黛夺将萱草色，红裙妒杀石榴花。（万楚）
绿杨城外见红裙。（汪蛟门）
绿酒一卮红上面。（李珣）
飘然快拂花梢，翠尾分开红影。（史达祖）
可忆红泥亭子外，纤腰舞困因谁？（纳兰性德）

最后两例，对照更为巧妙。前者描写燕子从花梢上飞起，他的尾巴的翠色（夸大的）与花梢的红色相对照。后者描写舞困纤腰的柳，偏要拉一个红泥亭子来放在一块，使作成强烈的对比。

文学的色彩描写，因为没有颜料而只有几个字，故往往把同类的色彩字眼混用。对于blue〔蓝〕与green〔绿〕两种色彩，中国文学上没有定称。普通言语中亦然，例如"青

---

[1] 苏轼，应为杨万里。

天白日"与"青草地",其实前者是 blue,后者是 green。因为春草一般颜色的天,与晴空一般颜色的草,是不会有的。但我们说话时统称之为"青"。在文学上,混同更甚,"绿""青""翠""苍""碧""蓝"等字都无分别。例如草、苔、柳、荷叶,其色彩实际都属于 green,即中国颜料的花青与藤黄的配合,或西洋水彩颜料的 Prussian blue〔普蓝〕与 lemon yellow〔柠檬黄〕的配合,但在文学中,描写草色时,绿、青、翠、碧四字皆用;描写苔色时,翠、苍、绿、青四字皆用。举例如下:

草 { 春草明年绿。(王维)
青青河畔草。(古诗)
晴翠接荒城。(白居易)
燕草如碧丝。(李白)

苔 { 莫遣纷纷点翠苔。(朱淑贞)
应嫌屐齿印苍苔。(叶靖逸)
石上题诗扫绿苔。(白居易)
拂花弄琴坐青苔。(李白)

柳 { 客舍青青柳色新。(王维)
绿杨陌上都离别。(温庭筠)

荷 { 微有风来低翠盖。(陈崿)
接天莲叶无穷碧。(苏轼[1])

---

[1] 应为杨万里。

水的色彩，普通是 blue，文学中则用绿、碧、蓝，又用白。天的色彩也是 bltte，文学中则用青、苍，又用碧。举例如下：

水
- 春水绿波。（江淹）
- 蜀江水碧蜀山青。（白居易）
- 千里潇湘接蓝浦。（秦观）
- 开门白水，侧近桥梁。（古乐府）

天
- 一行白鹭上青天。（杜甫）
- 悠悠苍天。（《诗》）
- 碧天无路信难通。（韦庄）

某一种色彩分布于画面各处，成为色彩的主调而统御全画面，在绘画技法上称为色彩的"统调"。文学的色彩描写上也用这技法，写出各物的色调互相影响而融合一气的光景。前述的"月光如水水如天"即其一例。添举数条如下：

手弄生绡白纨扇，扇子一时如玉。（苏轼）
芭蕉分绿上窗纱。（杨诚斋）
红楼隔雨相望冷。（李商隐）
月光如水水如天。（赵嘏）
平山栏槛倚晴空，楼阁有无中。（欧阳修）
江流天地外，山色有无中。（王维）

扇色与手色互相照映，在瞬间只见一片白色，不分扇手。芭蕉的绿影响于其旁的窗纱，使之也成绿色。红楼为雨所蒙而全体变成冷调。月夜的水天及景物融成一色，远望楼阁或山，全体一片模糊，若有若无。这种情景，使人联想印象派的绘画。

某唐人诗云："山远始为容。"于此更见文学的写景与绘画的写生取同样的方法。绘画的写生，画者对于景物的距离不宜太近，必隔相当的远距离而后可。普通静物写生的法则，这距离以五尺为最少；风景则以视线的六十度角的范围内为限。即假定从画者的眼向上下发射两根视线，使成六十度角。凡收入在这角度内的景物，其距离必相当地远，宜于写生。凡超越这角度之外的景物，其距离太近，仰视上端不见下端，俯视下端不见上端；只能顺次观察局部，而不能同时看见景物的全体的姿态，便不宜写生。因为写生画的要点，是描写自然的容貌；要看见自然的容貌，非隔远距离而观察其全体的姿态不可。为山写生，若在山麓观察，只见草、木、泉、石等局部状态，不见山的全体的容貌。隔远距离，则一望全景在目，而山的容貌始见。"山远始为容"，好像是画论中的文句。

一九三〇年初作，曾载《中学生》，今改作

绘画与文学 [1]

回想过去的所见的绘画，给我印象最深而使我不能忘怀的，是一种小小的毛笔画。记得二十余岁的时候，我在东京的旧书摊上碰到一册《梦二画集·春之卷》。随手拿起来，从尾至首倒翻过去，看见里面都是寥寥数笔的毛笔 sketch〔速写〕。书页的边上没有切齐，翻到题曰《Classmate》的一页上自然地停止了。我看见页的主位里画着一辆人力车的一部分和一个人力车夫的背部，车中坐着一个女子，她的头上梳着丸髷（marumage，已嫁女子的髻式），身上穿着贵妇人的服装，肩上架着一把当时日本流行的贵重的障日伞，手里拿着一大包装潢精美的物品。虽然各部都只寥寥数笔，但笔笔都能强明地表现出她是一个已嫁的贵族的少妇。她所坐的人力车，在这表现中也是有机的一分子：在东京，人力车不像我们中国上海的黄包车一般多而价廉，拉一拉要几块钱，至少也要大洋五角。街道上最廉价而最多的，是用机械力的汽车与电车，人力车难得看见。坐人力车的人，不是病人便是富人。这页的主位中所绘的，显然是一个外出中的贵妇人——她大约是从邸宅坐

---

[1] 本篇原载 1934 年 1 月 1 日《文学》月刊第 2 卷第 1 号。

人力车到三越吴服店里去购了化妆品回来，或者是应了某伯爵夫人的招待，而受了贵重的赠物回来？但她现在正向站在路旁的另一个妇人点头招呼。这妇人画在人力车夫的背与贵妇人的膝之间的空隙中，蓬首垢面，背上负着一个光头的婴孩，一件笨重的大领口的叉襟衣服包裹了这母子二人。她显然是一个贫人之妻，背了孩子在街上走，与这人力车打个照面，脸上现出局促不安之色而向车中的女人招呼。从画题上知道她们两人是classmate（同级生）。

我当时便在旧书摊上出神。因为这页上寥寥数笔的画，使我痛切地感到社会的怪相与人世的悲哀。她们两人曾在同一女学校的同一教室的窗下共数长年的晨夕，亲近地、平等地做过长年的"同级友"。但出校而各自嫁人之后，就因了社会上的所谓贫富贵贱的阶级，而变成像这幅画里所示的不平等与疏远了！人类的运命，尤其是女人的运命，真是可悲哀的！人类社会的组织，真是可诅咒的！这寥寥数笔的一幅小画，不仅以造形的美感动我的眼，又以诗的意味感动我的心。后来我模仿他，曾作一幅同题异材的画。

我不再翻看别的画，就出数角钱买了这一册旧书，带回寓中去仔细阅读。因为爱读这种画，便留意调查作者的情形。后来知道作者竹久梦二是一位专写这种趣味深长的毛笔画的画家，他的作品曾在明治末叶蜚声于日本的画坛，但在我看见的时候已渐岑寂了。他的著作主要者有《春》《夏》《秋》《冬》四册画集，但都已绝版，不易购得，只能向旧书摊上去搜求。我自从买得了《春》之卷以后，到旧书摊时便随时留心，但没有搜得第二册我就归国了。友人黄涵秋兄尚居留东京，我便把这件事托他。他也是爱画又爱跑旧书摊的人，亏他办齐了《夏》《秋》《冬》三册，又额外地添加了《京人形》《梦二画手本》各一册，从东京寄到寓居上海的我的手中。我接到时的欢喜与感谢，到现在还有余情。

这是十年前的事。到现在，这宗书早已散失。但是其中有许多画，还留下深刻的印象在我的脑中，使我至今不曾忘怀。倘得梦二的书尚在我的手头，而我得与我的读者促膝晤谈，我准拟把我所曾经感动而不能忘怀的画一幅一幅地翻出来同他共赏。把画的简洁的表现法，坚劲流利的笔致，变化而又稳妥的构图，以及立意新奇，笔画雅秀的题字，一一指出来给他看，并把我自己看后的感想说给他听。但这都是不可能的事。看画既不可能，现在我就把我所不能忘怀的画追忆出几幅来讲吧。古人有"读画"之说，我且来"讲画"吧。

记得有一幅，画着一片广漠荒凉的旷野，中有一条小径迤逦地通到远处。画的主位里描着一个中年以上的男子的背影，他穿着一身工人的衣服，肩头上打着一个大补丁，手里提一个包，伛偻着身体，急急忙忙地在路上向远处走去。路的远处有一间小小的茅屋，其下半部已沉没在地平线底下，只有屋顶露出。屋旁有一株被野风吹得半仆了的树，屋与树一共只费数笔。这辛苦的行人，辽阔的旷野，长长的路，高高的地平线，以及地平线上寥寥数笔的远景，一齐力强地表现出一种寂寥冷酷的气象。画的下面用毛笔题着一行英文：To His Sweet Home〔回可爱的家〕，笔致朴雅有如北魏体，成了画面有机的一部分而融合于画中。由这画题可以想见那寥寥数笔的茅屋是这行人的家，家中有他的妻、子、女，也许还有父、母，在那里等候他的归家。他手中提着的一包，大约是用他的劳力换来的食物或用品，是他的家人所盼待的东西，是造成 sweet home〔可爱的家〕的一种要素。现在他正提着这种要素，怀着满腔的希望而奔向那寥寥数笔的茅屋里去。这种温暖的盼待与希望，得了这寂寥冷酷的环境的衬托，即愈加显示其温暖，使人看了感动。

又记得一幅画：主位里画着两个衣衫褴褛的孩子的背影。一个孩子大约十来岁，手中提着一包东西。另一个孩子是他的弟弟，比他矮一个头。兄弟两人挽着手臂，正在向前走去。前方画一个大圆圈，圆圈里面画着一带工场的房屋，大烟囱巍然矗立着，正在喷出浓浓的黑烟，想见这里面有许多机械正在开动着，许多工人正在劳动着。又从黑烟的方向知道工场外面的路上风很大。那条路上别无行人，蜿蜒地通达圆圈的外面，直到两个孩子的脚边。孩子的脚边写着一行日本字：Tōsan no obentō（爸爸的中饭），由画题知道那孩子是送中饭去给在工场里劳作的父亲吃的。他们正在鼓着勇气，冒着寒风，想用那弱小的脚步来消灭这条长路的距离，得到父亲的面前，而用手中这个粗米的饭团去营养他那劳作的身体。又可想见这景象的背后还有一个母亲，在那里辛苦地料理父亲的劳力所倡办着的小家庭。这两个孩子衣服上的补丁是她所手缝的，孩子手中这个饭团也是出于她的手制的。人间的爱充塞了这小小的一页。

又记得一幅画，描着一个兵士，俯卧在战地的蔓草中。他的背上装着露宿所必需的简单的被包，腰里缠着预备钻进同类的肉体中去的枪弹，两腿向上翘起，腿上裹着便于追杀或逃命的绑腿布，正在草地中休息。草地里开着一丛野花，最大的一朵被他采在手中，端在眼前，正在受他的欣赏。他脸上现着微笑，对花出神地凝视，似已暂时忘却行役的辛苦与战争的残酷；他的感觉已被这自然之美所陶醉，他的心已被这"爱的表象"所占据了。这画的题目叫做《战争与花》。岑参的《九日》诗云："强欲登高去。无人送酒来。遥怜故园菊，应傍战场开。"战场与菊，已堪触目伤心。但这幅画中的二物，战场上的兵士与花，对比的效果更加强烈。

又记得一幅画，是在于某册的卷首的，画中描着一片广大的雪地，雪地上描着一道行人的脚迹，自大而小，由近渐远，迤逦地通到彼方的海岸边。远处的海作深黑色，中有许多帆船，参差地点缀在远方的地平线上。页的下端的左角上，纯白的雪地里，写着画题。画题没有文字，只是写着两个并列的记号"！？"，用笔非常使劲，有如晋人的章草的笔致，力强地牵惹观者的心目。看了这两个记号之后，再看雪地上长短大小形状各异的种种脚迹，我心中便起一种无名的悲哀。这些是谁人的脚迹？他们又各为了甚事而走这片雪地？在茫茫的人世间，这是久远不可知的事！讲到这里我又想起一首古人诗："小院无人夜，烟斜月转明。清宵易惆怅，不必有离情。"这画中的雪地上的足迹所引起的慨感，是与这诗中的清宵的"惆怅"同一性质的，都是人生的无名的悲哀。这种景象都能使人想起人生的根本与世间的究竟诸大问题，而兴"空幻"之悲。这画与诗的感人之深也就在乎此。若说在雪地里认得恋人的足迹，在清宵为离情而惆怅，则观者与读者的感动就浅一层了。

我所记得的画还有不少，但在这里不宜再噜苏地叙述了。我看了这种画所以不能忘怀者，是为了它们给我的感动深切的原故。它们的所以能给我以深切的感动者，据我想来，是因为这种画兼有形象的美与意义的美的原故。换言之，便是兼有绘画的效果与文学的效果的原故。这种画不仅描写美的形象，又必在形象中表出一种美的意义。也可说是用形象来代替了文字而作诗。所以这种画的画题非常重要，画的效果大半为着有了画题而发生。例如最初所说的一幅，试想象之：若仅画一个乘车的"贵"妇人与一个走路的"贱"妇人相遇之状，而除去了画题 Classmate 一字，这画便乏味，全无可以动人的力了。故看这种画的人，不仅用感觉鉴赏其形色的美；看了画题，又可用思想鉴赏其意义的美，觉得滋味更加复杂。

这原是我一人的私好。但因此想起了自来绘画对于题材的关系，有种种状态，颇可为美术爱好者一谈。古今东西各流派的绘画，常在题材或题字上对文学发生关系，不过其关系的深浅有种种程度。像上述的小画，可说是绘画与文学关系最深的一例。一切绘画之中，有一种专求形状色彩的感觉美，而不注重题材的意义，则与文学没交涉，现在可暂称之为"纯粹的绘画"。又有一种，求形式的美之外，又兼重题材的意义与思想，则涉及文学的领域，可暂称之为"文学的绘画"。前者在近代西洋画中最多，后者则古来大多数的中国画皆是其例。现在可分别检点一下：

先就西洋画看，与文学全无关系的纯粹的绘画，在近代非常流行。极端的例，首推十余年前兴起的所谓"立体派"（"cubists"）、"构图派"（"compositionists"）等作品，那种画里只有几何形体的组织，或无名的线条与色彩的构成，全然不见物体的形状。这真可谓"绝对的绘画"了。然而他们的活动不广，寿命也不长，暂时在欧洲出现，现在已将绝灭了。除此以外，最接近纯粹绘画的，要算图案画。然而图案的取材也得稍加选择，坟墓上的图案不好用到住宅上去，便是稍稍顾及题材的意义了。再除了这两种以外，正式的西洋画小，最近于纯粹绘画的，要算"印象派"（"impressionists"）的绘画。"印象派"者，只描眼睛所感受的瞬间的印象，字面上已表示出其画的纯粹了。他们主张描画必须看着了实物而写生，专用形状色彩来描表造形的美。至于题材，则不甚选择，风景也好，静物也好。这派的大画家Monet〔莫奈〕曾经为同一的稻草堆连作了十五幅写生画，但取其朝夕晦明的光线色彩的不同，题材重复至十五次也不妨。西洋的风景画与静物画，是从这时候开始流行的。裸体画也在这时候成为独立的作品，而盛行于全世界。裸女原是西洋画的基本练习的题材，相当于中国画中的石，然比石更为注重形式。石的画上还有题诗，裸女的画只有人体，甚至人体的一部分。例如只胸部腹部而没有头，或只描背部臀部而没有手足的，在西洋画上称为torso[1]，也是可以独立的一种绘画。这是专重形状、色彩、光线笔法的造型美术，

---

[1] 意大利文，意即：裸体躯干雕像。此处指这类绘画。

其实与前述的立体派绘画或图案画很相近了。此风到现在还流行，入展览会，但觉满目如肉，好像走进了屠场或浴室。同样的题材千遍万遍地反复描写，而皆能成为独立的新作品，可知其为尊重造型而不讲题材意义的绘画。其次的后期印象派，在画法上显著地革新，不务光线色彩的写实，而用东洋画风的奔放活泼的线条，使自然变成畸形。如本书中《文学的写生》一文中所说，这种绘画仿东洋画风，在自然观照的态度上对文学有缘。但这是关于创作心理上的话。在表现上，后期印象派的绘画也是注重技法而不讲题材的。故Cézanne〔塞尚〕的杰作中有不少是仅写几只苹果，几个罐头，几块布片的静物画。Gogh〔凡·高〕的杰作中，"向日葵"的题材反复了不知几次；而且意义错误的题材也有：例如他的杰作的自画像中，有一幅所描的自己正在作这自画像时的姿态。他是左手持调色板，右手执画笔，坐在画架前面望着了对方的大镜子里的反映的现象而写生的。但镜子里反映的现象，左右与实例相反。他的画上也便左右相反，变成右手持调色板而左手执笔的错误状态。各种传记上并没有说及Gogh有左手执笔的习惯，故知这是镜中的反映的姿态。仅看这幅画的形状、色彩、笔法，固然是深造的技术；但一想它的题材的意义，总觉得错误；然而这错误不能妨害它的杰作的地位。如美术史家所说，"西洋画到了印象派而走入纯正绘画之途"，纯正绘画是注重造型美而不讲意义美的。但在印象派以前，西洋绘画也曾与文学结缘：希腊时代的绘画不传，但看其留传的雕刻，都以神话中的人物为题材，则当时的绘画与神话的关系也可想而知。文艺复兴的绘画，皆以圣书中的事迹为题材，如 Leonardo da Vinci〔列奥纳多·达·芬奇〕的《最后的晚餐》，Michelangelo〔米开朗琪罗〕的《最后的审判》，Raphael〔拉斐尔〕的 Madonna〔圣母像，圣母子图〕是最显著的例。自此至十八世纪之间的绘画，仿佛都是圣书的插画。到了十九世纪，也有牛津会（Oxford Circle）的一班画家盛倡以空想的浪漫的恋爱故事为题材的绘画，风行一时，他们的团体名曰"拉费尔〔拉斐尔〕前派"（"Pre-Raphaelists"），直到自然主义（印象派）时代而熄灭。这是因为牛津会的首领画家是有名的诗人 Rossetti〔罗赛蒂〕，故"拉费尔前派"的作品，为两洋画中文学与绘画关系最密切的例。但这等都是远在过去的艺术。近代的西洋画，大都倾向于"纯粹的绘画"。

再就中国画看，画石，画竹，是绘画本领内的艺术，可说是造型美的独立的表现。但中国的画石、画竹，也不能说与文学全无关系，石与竹的画上都题诗，以赞美石的灵秀，竹的清节。则题材的取石与竹，也不无含有意义的美。梅、兰、竹、菊在中国画中称为"四君子"。可知这种自然美的描写，虽是专讲笔墨的造型美术，但在其取材上也含着文学的分子，不过分量稀少而已。石与四君子，似属中国画的基本练习。除了这种基本练习而外，中国画大都多量地含着文学的分子。最通俗的画，例如《岁寒三友图》（松竹梅），《富贵图》（牡丹），《三星图》（福禄寿），《天官图》，《八骏图》，《八仙图》都是意义与技术并重的绘画。山水似为纯属自然风景的描写，但中国的山水画也常与文学相关联。例如《兰亭修禊图》，《归去来图》，好像在那里为王羲之、陶渊明的文章作插图。最古的中国画，如顾恺之的《女史箴图》，也是张华的文章的插图。宋朝有画院，以画取士，指定一句诗句为画题，令天下的画家为这诗句作画。例如题曰《深山埋古寺》，其当选的杰作，描的是一个和尚在山涧中挑水，以挑水暗示埋没在深山里的古寺。又如题曰《踏花归去马蹄香》，则描的是一双蝴蝶傍马蹄而飞，以蝴蝶的追随暗示马蹄的曾经踏花而留着香气。这种画完全以诗句为主而画为宾，画全靠有诗句为题而增色，与前述的那种小画相类似，不过形式大了些。故中国古代的画家，大都是文人，士大夫。其画称为"文人画"。中国绘画与文学的关系之深，于此可见。所以前文说，大多数的中国画皆是"文学的绘画"的例。

在美术的专家，对于技术有深造的人，大概喜看"纯粹的绘画"。但在普通人，所谓 amateur〔业余者〕或美术爱好者（dilettante），即对于诸般艺术皆有兴味而皆不深造的人，看"文学的绘画"较有兴味。在一切艺术中，文学是最易大众化的艺术。因为文学所用的表现工具是言语，言语是人人天天用惯的东西，无须另行从头学习，入门的初步是现成的。绘画与音乐都没有这么便当。要能描一个正确的形，至少须经一番写生的练习，要能唱一个乐曲，起码须学会五线谱。写生与五线谱，不是像言语一般的日常用具，学的人往往因为一曝十寒而难于成就。因此世间爱好音乐绘画者较少，而爱好文学者较多。纯粹由音表现的"纯音乐"（"puremusic", "absolute music"），能懂的人很少；在音乐中混入文词的"歌曲"，能懂的人就较多。同理，纯粹由形状，色彩表现的所谓"纯粹的绘画"，能懂的人也很少；而在形状色彩中混入文学的意味的所谓

"文学的绘画"，能懂的人也较多。故为大众艺术计，在艺术中羼入文学的加味，亦是利于普遍的一种方法。我之所以不能忘怀于那种小画，也是为了自己是 amateur 或 dilettante 的原故。

现代的大众艺术，为欲"强化"宣传的效果，力求"纯化"艺术的形式，故各国都在那里盛行黑白对比强烈的木版画。又因机械发达，印刷术昌明，绘画亦"大量生产化"，不重画家手腕底下的唯一的原作，而有卷筒机上所产生的百万的复制品了。前面所述的那种小画，题材虽有一部分是过去社会里的流行物，但其画的方式，在用黑白两色与作印刷品这两点上，与"纯化"与"大量生产化"的现代绘画相符，也可为大众艺术提倡的一种参考。

一九三三年十二月作，曾载《文学》，今改作

中国画与远近法[1]

前回的讲话，大旨是说中国的文学合着绘画的远近法。这回的讲话，要说的是中国的绘画反而不合于远近法。

中国的艺术真有些儿奇妙：用言语来作诗文时，很会应用绘画的远近法，而把眼前的景物平面化；但真当到了平面的纸上去作画时，反而不肯把景物看作平面形，而描出远近法错误的绘画来。"远近法错误"是学校的图画课中的大禁物，是图画先生改画的大注意点。然而我们中国自古以来的绘画，讲到远近法差不多没有一幅不错。中国大画家的传世的名作中，远近法也明明地错误着。读者如不信，现在就举几个实例出来大家看看（但先得声明：现在不是攻击古人而贬斥中国画。这意思读完了本文自然会知道）。

向文华美术图书公司去买一册新出的《仇文合制西厢记图册》来一翻，就可看见许多显著的远近法错误的实例。这图册是我国明朝的大画家仇英所绘，而同代的大画家文徵明所写的。真迹向为收藏家所秘藏，不易得见。近来由文华公司制大幅铜版精印发售，以公同好。图册有四分之一张报纸大小，册

---

[1] 本篇原载1934年1月《中学生》第41号。

首题着"绝代风流，超群翰藻"八个大字，本文，一页画与一页字相对照，左页是文徵明的小楷《西厢记》文词，右页便是仇英绘的远近法错误的名画。全书共有数十页，印刷装订均极精美，实价大洋六元。省得教读者专为了我这篇讲话而破费大洋六元去买这图册来对看，让我破费点工夫，描出这画的大意来揭在这里吧。开卷第一幅是《佛殿奇逢》。这幅里面有很多的远近法错误。现在摹写其大体轮廓如下面第一图。

这图中所绘的，是张生在佛寺中初见莺莺时的情景。地点是佛殿的右旁与崔相国寓所相邻之处。占据画的主位的是一条很长而曲折的石板路，这条路一端通佛殿，一端通崔相府，在路的中央站着张生与法聪，这边莺莺带着红娘正要回进府门中去，却在回顾张生。这里所描写的大约是"临去秋波那一转"的瞬间的光景。——但我们现在不管这些勾当，只讲这幅画的形象。首先，我们要探究：人站在什么地方才可看见这般光景？换言之，就是我们要知道画家站在什么地方望见这般光景而描这幅画的。探究之法，可把画中各物体的形状及线条的方向依照远近法之理归纳起来，找求眺望的中心点。找到了眺望的中心点，便可知道画者所站的地方了。什么叫做眺望的中心点？请先看第二图所示的远近法规则的大要。

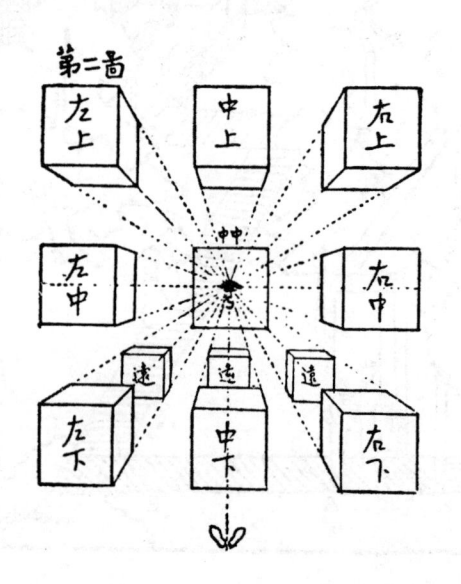

假定现在有许多正立方体，陈列在我的眼前，各立方体的位置、高低、斜正、远近，各不相同。或在上方，或在下方；或在右方，或在左方；或在近处，或在远处。这样，我的眺望的视线直射之处，恰好在各形体的中间。这视线直射的一点，在远近法上名曰"消点"，以 S 表示之。这 S 便是前面所谓眺望的中心点。S 所在的水平线，叫做"地平线"。各立方体的形状与线，皆以这 S 为中心点而定，细看第二图便知。

第二图中（除了远的三个以外）共有九个立方体，而作九种不同的形式。我们日常所见的一切物体的形态都逃不出这九种形式。下方的三种形式是最常见的，例如桌子、凳子、箱子，小至桌上的砚子、洋火匣子、香烟壳子、书，都作这种状态而映入我们的眼中。因为这种东西，通常的位置总比我的眼睛低。凡位置比眺望者的眼睛低的东西，都逃不出"中下""右下""左下"的三种形式。图的下端画两只脚印的地方，便是我所立的地方。若物体位在我的正前方，则其映入我眼中的状态便成"中下"式；位在我的右方，便成"右下"式，位在我的左方，便成"左下"式。其次，上方的三种形式比较的少见，但也不乏其例，凡位置比眺望者的眼睛高的东西，例如悬挂在空中的灯，建筑上的装饰，搁在高处的箱笼等物，都逃不出"中上""右上""左上"这三种形式。位在眺望者的正前的上方的成"中上"式，位在右上方的成"右上"式，位在左上方的成"左上"式。这三种所异于前三种者，便是前三种露出物体的面子，而这三种露出物体的底子，前三种角上的线都向上斜，后三种角上的线都向下斜。又其次，中央的三种形

式，较为复杂，上端比眺望者的眼睛高，而下端比眺望者的眼睛低。故上角的线向下斜，下角的线向上斜；面子也不见，底子也不见。要看这种形式的实例很容易，拿起一只香烟壳子来擎在眼的正前方与眼等高之处，即看见"中中"式，四边一点都不见，只看见一块直立的平面形。把手移向右面，即见"右中"式，移向左面，即见"左中"式。然而不须用手移物，现成的实例很多，不过其物庞大，如一切建筑物皆是。不上高楼，不坐飞机，而站在平地上眺望，房子的墙脚必比眼睛低，屋檐必比眼睛高。故通常所见的房子，必定屋檐线愈远愈向下斜，墙脚线愈远愈向上斜。这二线延长起来，必定相交于眺望者的正前方同他的眼睛等高的一点——即消点 S——中。倘然眺望者坐升降机到了高层建筑的高处，则下望普通的房子，都变成"中下""右下""左下"诸式，因为屋檐与墙脚都比眼睛低了。反之，倘走进沟里，隧道里，或坐在船里，而仰望地上的房子，便都成"中上""右上""左上"式，因为屋檐与墙脚都比眼睛高了。

因为有这样的规律，所以我们看到一幅画，可由画中的物体的形状与线条的方向推知作画者所站的地位。其法只须把画中的方形物体的边线延长起来，使相交于一点，这一点便是 S，便是画者的眼的高度，由此向下作垂线，便得画者所站的地位。倘画中画着房屋，找求画者的地位更为便利，只要把屋檐的线与墙脚的线延长起来，使相交于一点，通过这一点作一地平线，倘地平线适贯穿在于房屋的窗门中，便可知画者的眼睛之高适在窗门中，即画者是站在平地上眺望的。若相交一点地位很高，地平线贯穿画中的房屋的楼窗，则知画者的眼与楼窗等高，即画者是住在楼上眺望的。若这一点非常高，位在画纸的上端，或竟相交于画纸的外面，则画者所写的一定是登在山上，住在摩天楼中，或者坐在飞机里所见的光景。以上把第二图所示的远近法规则的大要说完了，现在请回看第一图，探究画者所站的地点。

就第一图的大体观看，这是站在高处所见的光景。因为云中露出来的那佛殿的屋檐与墙脚取一致方向，愈远愈高。我们把这佛殿看作一大块立方体时，这正是第二图中"右下"的形式。可知佛殿的屋檐线与墙脚线延长起来，照理应该在上方相交于一点。佛殿下面的栏杆延长起来，也应该集中于同一点。但它们都近于并行线，延长起来，其交点 S 位置甚高，约在于画纸外面的左上方。也许这左方有一个很高的山，画者是登在山岭眺望的。

再看左边崔相府的门：照画中的"之"字形的石板路观察，这门在实际上应与佛殿的旁边相并行，形式方为整齐，现在崔相府的门作第二图中的"左下"式。佛殿与门既相并行，而成"右下"与"左下"的关系，则如第二图所示，两者的边线应该向中央集合于一点。但请看图中的门，上下两线延长起来，其交点 S 约在于画纸外面的右上方，与前者左右相反。照并行透视的规则，一幅画中不许有两个 S 点。这里明显地犯了这规则。照这般光景看来，这殿的左方与右方各有一个很高的山，画者先到左方的山上去观察佛殿，再到右方的山上去观察相府的门，而把二次所见的光景描在一幅画中，用一条"之"

字形的石板路来硬把两物连通了。

仔细观察,这画中还不止两个S。试看那人物,四个人都是平视形,即画者站在与被画者同等的平地上所见的形态。若从高处下望行人,所见的人物形态一定奇特,头发看见得很多,脸孔看见得很少,而且身体极矮,头缩在身体中。但现在全不如此。可知画者描人物时,又从山上走下来,站在平地上看。若把这等人物想象作立方体,正是第二图中的"右中","中中","左中"的形式。然而四人位置相距很远,势不能共一S,必然分作两起,张生与法聪共一S,莺莺与红娘共一S。可知画者对于四个人也是分作两次观察的。还有佛殿柱脚下的石鼓,也不是从高处下望所见的形态。若从高处下望,圆形还要肥,即圆线的弯度还要深。现在石鼓上的线微微向上弯,几近于直线,可知眺者的眼睛比石鼓高得不多,这里又有一个S了。这画犯着并行透视法上"多S"的错误。

就画中的石板路看,这画又犯着"无S"的错误。这条石板路看样子很长,其透视形式属于第二图的"右下"。"右下"两边的线向左上方延长,距离渐狭,相交于S。这条路两边的线却完全并行,无论如何延长,永远不得相交,即"无S"。故路的两端始终同一阔狭,没有远近的区别。这似是从飞机中下望的鸟瞰图中的路,然而站在路上的人又明明是平视形。把平地上所见的人描在飞机中所见的路上,便成这般奇态。

"无S"即"无远近",无远近即"无大小",很远的东西与很近的东西一样大。这画正是如此。试看这两群人,照路上的石板块数推算起来,相隔的距离很远,至少也有三四丈。实际地眺望，近处的莺莺与红娘一定大得多，离她们三四丈外的张生与法聪一定小得多。参看第二图下方三个远的立方体便知。然而这画中的四人身体同样大小；莺莺与红娘反而较小些（大概是因为女体的原故）。这是在远近不同的位置上依照四人并立时所见的大小而描写的。照这画的状态，张生与法聪若依远近法的规则而走近来与莺莺、红娘并立，其身体之人当为殿内的金刚。反之，莺莺与红娘若依远近法的规则而走远去与张生等并立，其身体之小当如婴儿。佛殿上的三根柱子，照理近者宜粗，远者宜细，但现在不分远近，粗细一律；连殿后走廊上更远的柱子也同样粗细。

上面的探究结论，是这幅画多 S，无 S；无远近，无大小，不合远近法的规则，故找不出眺望的中心点。画者是对于各物分别作局部观察而凑成这幅画的。

分别作局部观察而凑成一幅画，在凑合的交点上必有显著的错误的痕迹。这画中的石板路，是硬把不同 S 的佛殿与府门连通，以凑成这幅画的。硬把系统不同的两种线连接起来，连接之处必发生问题，如下端写着 DE 处之尖角便是。莺莺与红娘所走着的路，各块石板皆取第二图"左下"的形式，与门并行，一直到 DE。若再并行地画下去，画到转角的尖上，最后一块石板势必成三角形，如点线所示。画者在这点上觉得难于交代，便画一株树木，教树木的叶子把路的尖角隐藏了。倘把树叶揭开，这部分当是点线所示的形状。石工岂会铺成这样的路？这路共有两个转角，都用树遮。但远处的一个揭开树叶来没有毛病。因为这一段与张生所站着的一段，在远近法上同属于佛殿的系统中，同是"右下"式；莺莺等所走着的一段，在远近法上属于崔相府门的系统中，另取"左下"式。硬把不同S的"右下"与"左下"连接起来，连接之处便有显著的错误的痕迹。

这条路实际上分明是作"之"字形连成一气的；但如今在画上石板的铺法不能连贯。怎样一改，可使它合于远近法而连成一气？这是图画学习上很有兴味的一种练习。《中学生》的读者不妨先就第一图自行设法画一下看，然后再看下面的答案。

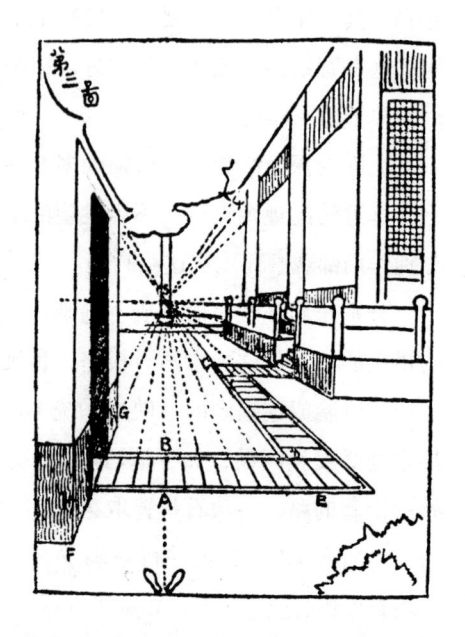

要改正这条路的形的错误，只有照远近法的规则，先决定眺望的中心点，使画中的S点集中于一，方有办法。但S点应设在什么地方？换言之，即认定画者站在什么地方眺望这光景？是一个问题。照画的布局着想，这里所描写的是"临去秋波那一转"的瞬间的光景。

"神仙"快将"归洞天"了。故布局的主要点，是必须表出佛殿与崔相府交界之处，既见"上方佛殿"与"下方僧院"，又见崔相府"洞天"。画者设想自己站在佛殿僧院与崔相府的中间，而旁观他们的传送"临去秋波"。佛殿取第一图"右下"式，崔相府门取与之相反的"左下"式，便是表示殿在画者之右，门在画者之左的意思。故 S 当设在殿与门的中间。但这中间斜横着一条张生所站着的路，也取"右下"式，则 S 当设在路与门之间。现在就假定画者站在这里的平地上，他的眼睛直射之处恰好是殿后的廊柱，便在柱的相当地位（大约适当立在柱旁的人的眼睛的高度的地方）设定一 S。以此为中心而作图，画面的光景大约当如第三图。

第三图中已把那条"之"字形的石板路的铺法改正了。对看第一图中的与第三图中的，所异者只是石板的线条的方向。AB 正对画者，其线应该垂直。AB 两旁的线，应以此为中心而取左右对称的排列，左边到 FG 为止，右边到 ED 而与张生所站的路的旁线 CD 连成一直线，即 CDE 成一直线。石工铺路时，实际是如此的，远近法上也应如此。第一图中 AB、FG、DE 皆并行，而 CDE 成一钝角，错误的根源即在于此。

上文已把《佛殿奇逢》一幅中的远近法错误指出了。这幅中错误的要点，幸有树叶子隐藏尚未露骨。册中还有

更露骨的误例，今举其尤者如第四图的《斋坛闹会》便是。

这里所描的，是普救寺佛殿上做道场，崔氏阖府及张生都来拈香时的光景。这完全是室内景，但我们现在不看人——因为前面已经论过，这种画中的人总是不分远近，一般大小的平视形——只看佛殿内的布置。就佛身及莲花座下的长方坛而看，这是佛殿的正眺形，即画者是在殿外的大庭的正中而眺望殿内的。因为莲花座下的长方坛的面子作梯形，两边对称的两斜线延长起来，是相交于莲花座的正中的。但紧贴在坛前的供桌，忽作斜眺形，取第二图的"右下"式，即画者站在庭中西边（佛殿是向南的）眺望所见的形状。供桌前面地上的拜垫也是如此，下面的石阶也是如此，把它们的边线延长起来，其S当在于鼓架一角的画纸外面。再看佛像两旁的钟鼓，拜垫两旁的两只长桌，又是正眺形，各作"右下"与"左下"的状态。但钟鼓与长桌又不同S。钟的架子，完全与第二图中的"右下"相同，面子都可望见，则其S点必比钟架高得多，当在佛的头顶的画纸外面。鼓架面子不见，姑且假定它与钟架同一S。但下面两只长桌别开生面，其两旁的线延长起来，不相交于上端，反而相交于下端。前图中的石板路，两旁的线始终并行，永不相交，曾称主力"无S"，则现在这图中的长桌，可称之为"倒S"。统计起来，这幅画中至少有四个S：第一个是看佛坛时用的，约在于莲花座的正中。第二个是看钟鼓用的，约在于佛像的头顶的纸外。第三个是看供桌、拜垫与石阶用的，约在于鼓架一角的纸外。第四个是长桌的反远近法的倒S。可知画者所站的地点也变了四次，看佛坛时站在大庭的正中的地上。

看钟鼓时在大庭中设一高梯,爬在梯子上;但佛殿前的廊檐恐怕须得拆掉些,否则遮碍了,看不见殿内的钟鼓。要看供桌、拜垫、石阶时,又走下来,把梯子移到大庭的西角里,再爬上去看。至于长桌,则是跑进殿里,爬到佛头顶去眺望的,用西洋的写生画的看法来观察中国画,有这般稀奇的现象。倘真果要这般地写生,中国画家太辛苦了!

现在以原画的佛坛为标准,把唯一的 S 设在莲花座的正中,而改作一幅符合远近法规则的画如第五图。

上面举出了两幅远近法错误的画。仇英作的《西厢记》画册中,远近法错误的例不止这两幅,差不多每幅中都有错误。

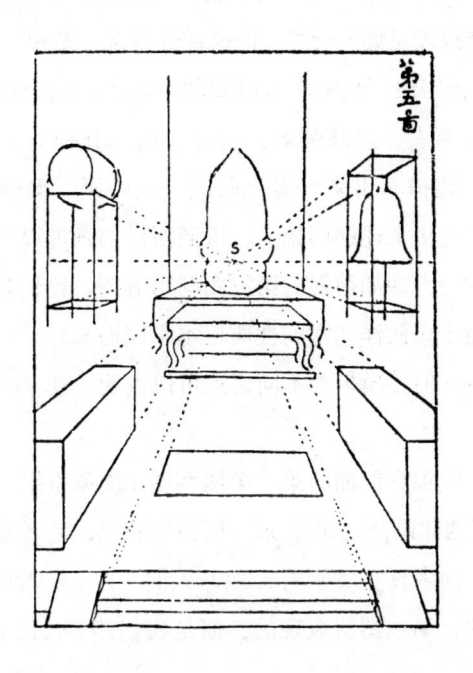

又不独仇英的画如此，一切中国画，用远近法的眼光看来大都是多S的，无S的，或倒S的。我最初翻开这画册的第一页时，在左方的文徵明所写的文词中读到"日午当庭塔影圆"一句，叹佩文学中的写景真是历历如绘。正午的塔影作圆形，是投影画法上的好题材。不期被文学者所注意，而写成这般的妙句。但转过头来再看右方的仇英的画（就是第一图《佛殿奇逢》），却在形体上发现很大的错误，一时惊诧得很！中国的艺术真太奇妙：文学中含有画理，绘画反而不合画法，犯到很大的错误。这种错误究竟是许可的，还是不应该的？这种画究竟是好的还是坏的？这等疑问便来向我要求解答。于是我再仔细检视这等画，考察其错误的种类与原因，希望由此解决上列的疑问。结果发现如上所述，即这种画犯着"多S""无S""倒S"等种种错误，画中没有眺望的中心点，画家没有一定的立场，忽左忽右，忽高忽低，忽近忽远，分别地观察各物的形状，局部地描写出来，凑合而成一幅绘画。得到了这结论之后，我又选出上述的两幅来，依照西洋的画理而另拟两幅远近法正确的图，即如前揭的第三图与第五图。比较观察，始知这差异乃由于东西洋艺术的性质根本不同而来。孰好孰坏，不易一口评定，但性质根本不同之点可以说明。现在就把我的所见说明于下。

试比较观察前面的第一第四两图（仇英原作）与第三第五两图（依西洋画法改作），最初所得的感觉，后者就是现世常见的景象，前者便似"别有天地非人间"。后者是事实的，前者是虚构的。第一图所表现的，似是我们读了《西厢记·惊艳》

一出后闭目想象所见的普救寺的光景。第三图中所表现的,却是我们身入灵隐寺等处时实际看到的光景了。西洋美术自古注重写实。希腊时代的神像雕刻,都依照人体解剖学。文艺复兴期的画家都讲究远近法。十九世纪的自然主义的绘画,像写实派、印象派,不但形状讲究写实,光线与色彩亦力求其逼真自然。当面看着实物而作画的写生画法,便从此盛行。东洋艺术的态度则不然,一向注重空想。古来的佛像、神像,面貌身材都不似真的人,都是想象的世界——西方、天堂、地府——中的姿态。绘画当然也不务写实,而描表想象中的情景。想象的世界中,行动非常自由;眺望景物时自己的立场要高就高,要低就低,要左就左,要右就右。这犹似做梦,昔人云:"重门不锁相思梦,随意绕天涯。"伏在斗室中描山水图的中国画家,正同这相思家一样。做梦一般地飞绕天涯而眺望景物,把不同的所见的光景收入同一幅画中,上下重叠地描写的便是山水"立轴",左右连绵地描写的便是山水"图卷"。立轴是像两个黄金律长方形相连接一般狭长的一条纸,山水可以重重叠叠地画上去,仿佛飞机中望下来所见的鸟瞰图,而各种景物又都可作平眺形。图卷有横长数丈者,一丘,一壑,一桥,一亭,连绵不断地画过去,比回旋照相镜头所摄的大团体摄影收罗更广,而各部又都可作正眺形。西洋画不一定站在固定的地点而对实景写生,伏在画室中凭记忆或想象而创作的也很多;然而当其创作的时候,首先必固定自己的立场,而规定画的中心点,务求其肖似实景,与我刚才第三图与第五图时同样态度。这可说是实景的背摹或仿造,与中国画的想象性质完全不同。现在从表面上拿西洋的画法来规律中国画，当然可指摘其远近法的错误，而见其为局部凑成的不统一的绘画。但就根本一想，这远近法的错误与画面的不统一，正是中国画的特质的所在。

看到中国画的山水立轴或图卷时，容易使人联想"关山万叠""云树千重"等诗文中语。中国画所描写的想象的世界，换言之，就是诗的境地。以前我在《文学中的远近法》一讲中，曾说"中国诗人作诗时喜用绘画的看法"。现在讲到这里，又知道"中国画家作画时喜用诗的看法"。成了"诗画交流"的状态。在艺术的本质上着想，文学的工具言语，是时间性的，立体的。绘画的工具形色，是空间性的，平面的。"作诗时用画的看法"，便是用时间性的工具来表现空间性的境地，用立体的工具来表现平面的境地，像前讲所述王维的"山中一夜雨，树杪百重泉"，李白的"山从人面起，云傍马头生"等合远近法的诗句，便是其实例。反之，"作画时用诗的看法"，便是用空间性的工具来表现时间性的境地，用平面的工具来表现立体的境地，像本讲所述的立场无定而画面不统一的中国画山水立轴与图卷，便是其实例。这等都可说是诗画交流的艺术。

从诗画交流的见地，回看前举的画例，便知其远近法错误更属中国画的必然性：在空间的艺术中加以时间的分子，其空间必缺乏现实性。在平面的艺术中加以立体的分子，其平面亦必缺乏统一性。非现实又不统一的绘画，当然不能绳之以远近法的规则。但在他方面，这种绘画比较起写实的西洋画来，富有诗趣。像前揭的《佛殿奇逢》，试先看了第三图的西洋风改作而再看第一图时，似觉气象一新，天地空阔，人物悠闲，好比从现世走进了桃源洞。张生"将一座梵王宫疑是武陵源"，看画的人也有这般的感觉。

中国画中一切不近事实的畸形的表现，都是由于作画时用诗的看法而来的。诗中的美人，眉如柳，鬓如云，口如樱桃，脸如莲花，画中的美人也这般描写，不管人体解剖学上的事实。诗中的屋宇"曲径通幽"，"庭院深深"，画中的屋宇也这般描写，不管远近法中的规则。诗中的山有"群山万壑"，"蓬山万重"，水有"黄河九曲"，"长江万里"，画中的山水也这般描写，不管世间有否这等风景。中国画与诗的关系还不止如此，自来的中国名画，取文学为题材者极多。如《归去来图》《兰亭修禊图》《赤壁泛舟图》《寒江独钓图》等，便是取陶渊明、王羲之、苏东坡、柳宗元的文学作品为画题的。最古的名画，顾恺之的《女史箴图》，完全是张华的文章的插图。本文所举的仇英的名作，也是《西厢记》的插图。绘画与文学关系如此其深，故二者相交流，泾渭不分。文学中有画趣，画中有诗趣。这是综合式的东洋艺术的特性，为分业式的西洋艺术中所没有的。故中国画的不讲解剖学，不合远近法，不近事实等种种畸形怪状的表现，乃其根本的特性所使然，不是偶然的错误。

如上所述，中国艺术中有诗画交流，中国画是综合艺术。然而远近法的错误，总归是错误了，这等美名不能庇护它。我们只能说中国画不讲究远近法，但到底不能说这种错误是应该的或合理的。像第四图中的佛坛与供桌，任凭你怎样看法，究竟是幼稚的，不合理的。第一图虽然也有错误，但不曾露骨，还可"马虎"过去。因为这一图是室外的光景,空间较为广大,布置较为疏散,且有自然的云与树从中调节局面的紧张,远近法的错误尚可掩迹。至于第四图,是室内景,除人以外,差不多全是人造的角形的器物,而且布置密集。角形物的密集的布置,是远近法作图上的难题,在未经科学的训练的中国古代画家,当然易犯形象的错误。在这里我想起了《平等阁笔记》里的话,不记何卷,但忆其大意是:中国画仅写远景,西洋画则连近景也写。这话我读了一直不忘,现在更觉有理。由此可知中国画宜写远景,而不宜写近景,西洋画则写远景近景皆宜。中国画以山水为正格,因为山水皆远景,是中国画之所长。室内景在西洋画中一向占有重要的位置,自远近法极精确的《最后的晚餐》(Leonardo da Vinci〔列奥纳多·达·芬奇〕作)开始,西洋名画中写室内光景的不计其数。反之,在中国画中,室内景极少,即有之(如前第四图),亦最劣。因为室内景都是近景,是中国画所短拙的。第四图所以不如第一图者,也是为此。

中国画的善写远景而不善写近景,是中国艺术崇尚自然的原故。远景自成平面形,要移写于纸上,甚为便当,且甚自然。近景显然是有深度的立体物,要把它描成画,必须利用眼的错觉,在平面的纸上假造出立体形来,此事甚麻烦,且不自然,为中国画家所不喜又不会。中国画家只会写自成平面形的景象,即"天然的画图",而不会在纸上玩弄错觉。故一切中国画,都没有深度,都好像平面的图案。勉强画室内景,便成前第四图的可笑的模样。这样说来,中国画家所能写的景象,就只是诗人所能写的部分，即望去自成平面形的景象，例如前讲中所举的"墙头数点山"，"树杪百重泉"，"月上柳梢头"，"黄河天际流"等天然的画图。中国的画家与诗人，在观照的一点上是同一种人。中国的画与诗关系密切地综合着。利用错觉而在平面的纸上假造立体形的远近法，原是分业式的西洋艺术上的事。这在图画教科及实用美术上固然是很重要的法则，但不能拿来规律崇尚自然而取综合式的中国古代艺术。我今指摘仇英画中的远近法错误，其本意也不过是要使学习写生画的青年知道东西绘画的差异及看法罢了。

一九三三年十二月作

中国美术的优胜（附录）[1]

东西洋文化自古有不可越的差别。如评家所论，西洋文化的特色是"构成的"，东洋文化的特色是"融合的"；西洋是"关系的"，"方法的"，东洋是"非关系的"，"非方法的"。故西洋的安琪儿要生了一对翼膀而飞翔，东洋的仙子只要驾一朵云。

这传统照样地出现于美术上，故西洋美术与东洋美术也一向有这不可越的差别。然而最近半世纪以来，美术上忽然发生了奇怪的现象，即近代西洋美术显著地蒙了东洋美术的影响，而千余年来偏安于亚东的中国美术忽一跃而雄飞于欧洲的艺术界，为近代艺术的导师了。这有确凿的证据，即印象派与后期印象派绘画的中国画化，欧洲近代美学与中国上代画论的相通，俄罗斯新兴美术家康定斯奇〔康定斯基〕（Kandinsky）的艺术论与中国画论的一致。今分两节申说：（上）近代西洋画的东洋画化，即东洋画技法的西渐，（下）"感情移入"与"气韵生动"，即东洋画理论的西渐。

---

[1] 本篇原载 1930 年 10 月《东方杂志》第 27 卷第 1 号，题为《中国美术在现代艺术上的胜利》，署名：婴行。

上　近代西洋画的东洋画化

西洋画与中国画向来在趣味上有不可越的区别。用浅显的譬喻来说：中国画的表现如"梦"，西洋画的表现如"真"。即中国画中所描表的都是这世间所没有的物或做不到的事，例如横飞空中的兰叶，一望五六重的山水，皆如梦中所见，为现实世间所见不到的。反之，西洋画则（在写实派以前）形状、远近、比例、解剖、明暗、色彩，大都如实描写，望去有如同实物一样之感。又中国画的表现像旧剧，西洋画的表现像新剧。即中国画中所描的大都是"非人情"的状态，犹之旧剧中的穿古装，用对唱，开门与骑马都只空手装腔。反之，西洋画中所描的大都逼近现世的实景，犹之新剧中的穿日常服装，用日常对话，用逼真的布置。因为有这不可越的区别，故画在宣纸上的中国画不宜装入金边的画框内，画在图画纸或帆布上的西洋画也不宜裱成立轴或横幅。

讲到二者的优劣，从好的方面说，中国画好在"清新"，西洋画好在"切实"；从坏的方面说，中国画不免"虚幻"，西洋画过于"重浊"。这也犹之"梦"与"旧剧"有超现实的长处，同时又有虚空的短处；"真"与"新剧"有确实的长处，同时又有沉闷的短处。然而在人的心灵的最微妙的活动的"艺术"上，清新当然比切实可贵，虚幻比重浊可恕。在"艺术"的根本的意义上，西洋画毕竟让中国画一筹。所以印象派画家见了东洋画不得不惊叹了。

甲　印象派受东洋画的影响

一八七〇年普法战争的时候，印象派的首领画家莫南〔莫奈〕（Claude Monet）去巴黎，避乱于荷兰。荷兰是早与东洋交通的国家，其美术馆中收罗着许多东洋画。莫南在彼地避难，常在美术馆里消磨日月。偶然看见了日本的广重的版画，北斋的富士百景（日本画为中国画之一种，详后文），受了一种强烈的刺激。因为东洋画中的大胆而奇拔的色的对照，有一种特殊的强烈的谐调，在看惯不痛不痒的西洋画色彩法的法兰西人看来，真是一种灭法[1]的唐突的对照（contrast）！然而一种异常的轻快、清新、力强的感觉，又为从来的西洋画上所未见。于是莫南深深地受了感动，再三地玩赏，终于从这等画的特色上得到了暗示，开始用最明快最灿烂的色调来作画，这画风就叫做印象派。然而西洋人一向看惯灰色调子的画，一旦见了像印象派那样的鲜明热烈的色调，当然要惊讶。他们指斥印象派为异端，群起而攻击之。然而莫南一班同志画家不顾众人的反对，只管深究自己东洋风的画法，努力实行自己的主张。他们在诽谤声中开自作展览会，会中的作品大都用"印象"二字的画题，例如《日出印象》《春郊印象》等。于是报纸上就有嘲骂的评文，题曰：《所谓印象派展览会》。莫南等本来只有主张，没有派名，就承认了这嘲笑的名称，从此西洋绘画界始有"印象派"的名词。于此可见印象派是欧洲画界的空前的大

---

[1] 作者借用了日文"灭法"，意为"非常"。

革命。而这点革命的精神，全从东洋美术上得来。

这不仅是我们东洋人的话，欧洲人自己也曾这样自白。近代美术史家谟推尔（Richard Muther，生于一八六〇年，欧战前数年逝世[1]）在其名著《十九世纪法国绘画史》中这样说："日本美术对于欧洲美术有深大的影响，是无可疑议的事。欧洲的版画，从日本的色刷上所得不少。配列色彩的斑点而生的快感，或用色彩为装饰，作成自由的全局的谐调等技巧，都是从日本画家习得的。""然印象主义在色彩观照的点上所蒙东洋影响并不甚深。马南〔马奈〕（Manet）所屡试的奔放的构图，可说是西班牙画家谷雅〔戈雅〕（Goya）得来的。谷雅的作品中，例如描着幽灵地飞来的可怕的犬的头的画，已经可说是从日本画的构图法上得到要领的了。""至于布局开放的大家，到了窦加〔德加〕（Degas），完全是一个日本画家了。从来支配欧洲艺术的美的标准，被他完全颠倒。马南注重集中的布局，至于窦加的作品，则是规则的建筑的组织的正反对。他用奇特的远近法，行大胆的割离，施意想不到的省略，竟使人不信其为绘画，而但觉一片的对象。这种大胆的手法，假使他没有后援于欧洲以外的异域，恐怕不会试行的。"谟推尔又赞美日本的浮世绘，谓西洋近代绘画蒙浮世绘的影响甚多。

在这里须得加叙一段插话，即日本画与中国画的关系。如上所述，近代西洋画都是蒙日本画的影响的，却并未说起中国画。这是因为日本画完全出于中国画。日本画实在就是中国画

---

[1] 1909年逝世。

的一种。这也不仅是中国人的话，日本人自己都这样承认。现代日本老大家中村不折在他的《支那绘画史》的序文中说："支那绘画是日本绘画的父母。不懂支那绘画而欲研究日本绘画，是无理的要求。"又现今有名的中国画研究者伊势专一郎也曾经这样说："日本一切文化，皆从中国舶来；其绘画也由中国分支而成长。恰好比支流的小川的对于本流的江河。在中国美术中加一种地方色，即成为日本美术。"故日本绘画史在内幕中几乎就是中国绘画史。其推古时代的佛教画，是我国元魏、后齐的文化的余映；飞鸟时代的绘画全是初唐（高祖）时代的影响；奈良时代的绘画全是盛唐（玄宗）时代的影响。且自推古天皇至此，二百年来，不绝地与中国修好；每年遣唐使，派留学生，到中国来参仿文化美术，恰与现在中国派出东洋留学生一样。故其国的文化美术，一如中国。此后的王朝时代，藤原时代，也无非是晚唐、五代的影响；镰仓时代，足利时代，都是宋元的画风。至德川时代，受明清的画风的刺激，绘画大为发达，艺苑繁盛，诸派蜂起，有名的所谓土佐派，光琳派，浮世绘派，长崎派，南宗派，都不外乎明清美术的反映。此等画派渐渐发达展进，就成为华丽闹热的近代日本画坛，而远传其影响于西洋的印象派。这样看来，中国画与日本画的确有像"父母"对于子女的关系；然而现在的中国画坛似乎远不及日本画坛的闹热。岂"父母"已经衰老了么？

现在请回到本论。这样说来，印象派绘画的确是受中国画的感化的。即使不讲这等事实与论据，仅就其绘画的表现上观察，也可显然地看出其东洋画化的痕迹，即第一是技法上的感化，第二是题材上的感化，请分别略述之：

第一，在印象派绘画的技法上，如前所述，色彩的鲜明，构图的奇特，全是模仿中国画的风格的。原来中国画只描阳面，不描阴影，西洋画则向来兼描两面。利玛窦最初把擦笔照相画法传入中国的时候，对中国人说："你们的画只画阳面，故平板；我们的画兼画阴阳两面，故生动如真。"（注意：这生动不是后述的气韵生动的意思，乃是低级的绘画鉴赏上的用语。）中国画确是只画阳面的，惟其如此，故中国画比西洋画明快得多。印象派画家不欢喜在画室中的人工的光线下面作画，而欢喜到野外去描"光"，故又名"外光派"。外光派就是专描阳面的画派，就是取东洋画的态度。试看其鲜明的原色，大红大绿的单纯的对比，为西洋画上从来所未见，是东洋画中惯用的色彩法。又在构图上，向来西洋画画面大都是填塞得非常紧张的，东洋画则画面大都清淡疏朗，如梦如影，来去无迹。这点手法，也被印象派画家模仿去。莫南在一片水上疏朗地点缀几朵睡莲，使我看了立刻联想到友人家里挂着的描两枝白菜的立轴。

第二，印象派绘画在题材上所蒙东洋画的感化，即风景画的勃兴。这与前项有因果的关系，即不欢喜室内的人工的光线而欢喜描外光，势必走出画室而到野外来描风景。研究东西洋绘画的题材的差异，是颇有兴味的事：即中国画自唐宋以来以"自然"为主要题材，"人物"为点景；西洋画则自古以"人物"为主要题材，"自然"为点景；两者适处于正反对的地位。例如唐宋以后的中国画，最正格的为山水画，山水画中所描的大都纯属广大的自然风景，间或在窗中或桥上描一人物作为点缀而已。西洋画则自希腊时代经文艺复兴期，直至印象派的诞生，所有的绘画，没有一幅不以人物为主题，间或在人物的背后的空隙处描一点树木景物，作为点缀而已。这差异的根本的原因在于何处？我想来一定是人类文化思想研究上很重大而富有趣味的一个题目，但现在不暇探究这种问题。现在我所要说的，是西洋画一向以人物为主题，到了印象派而风景忽然创生，渐渐流行，发达，占重起来，竟达到了与中国画同样的"自然本位"的状态。试看现今的洋画展览会，全不描一人物的纯粹的风景画多得很。在看惯山水画的中国人觉得平常；但在西洋这是近半世纪以来——印象派以来——新近发生的现状。他们一向视风景为人物的"背景"，到了印象派而风景画方才独立。中国画在汉代以前也以人物为主题，例如麒麟阁功臣图像，凌烟阁功臣图像，《女史箴》图卷等皆是；但到了唐朝的玄宗皇帝的时代，即一千三百年前，山水画就独立。西洋风景画的独立，却近在五十年以来。在这点上，中国画不愧为西洋画的千余年前的先觉者。

如上所述，可知印象派艺术从中国画所受得的暗示与影响的深大，足证中国画在现代艺术上的胜利。然中国画所及于现代西洋艺术上的影响，不止这一点；对于后来的后期印象派与野兽派的影响还要深大明显得多。

乙　后期印象派受东洋画的影响

开头说中国画与西洋画的区别的时候，曾经提出"梦"与

"真","旧剧"与"新剧"的比喻,现在仍旧要援用一下:即梦中的情状,旧剧的表现,都是现实的世间所没有的或不能有的,换言之,即"非人情的","超现实的"。譬如头长一尺身长二尺的寿星图,口小如豆而没有肩胛的美人像,在这世间决计找不到模型,都是地球以外的别的世界中的人物。看这种中国画,实在觉得与做梦一样荒唐,与观剧一样脱空。这是因为中国人的作画,不是依照现实而模写的,乃是深深地观察自然,删除其一切不必要的废物,抉取其神气表现上最必要的精英,加以扩张放大,而描出之。例如伛偻是老人的表现上最必要的条件,窈窕是美人的表现上最必要的条件,掴[1]住这一点,把它扩张,放大,就会达到寿星图或美人像的表现的境地。

向来的西洋画则在这点上比中国画接近现实得多。虽然凡艺术都不是自然的完全照样的模写,西洋画的表现当然也经过选择配置与画化,但在其选择配置后的范围内,比起中国画来,客观模写的分子多得多。试看印象派以前的西洋画,在描法上一向恪守客观世界的规则,例如远近法(perspective)、明暗法、色彩法、比例法(proportion),甚至"艺用解剖学"("anatomy for art student"),画家要同几何学者一样地实际地研究角度,同生理学者或医生一样地实际地研究筋肉,实在是东洋艺术家所梦想不到的事!所以以前的西洋画,一见大都可使人发生"同照相一样"的感觉,再说得不好一点,都有想"冒充真物"的意思。尤其是十九世纪初叶的写实派,在题材

---

[1] 掴,疑为"抲",抲为浙江方言,意即抓。

上,在技法上,都趋于现实的极点。

然而这现实主义的思想,在艺术上终于又被厌弃。因为现实主义教人抑止情热,放弃主观,闲却自我,而从事于冷冰冰的客观(例如写实派的对于自然物的形,印象派的对于自然物的色)的摹仿。故西洋艺术界就有反现实的运动。这反现实运动的宗旨如何?无他,反以前的"实证主义"为"理想主义",反以前的"服从自然"为"征服自然",反以前的"客观模写"为"主观表现",反以前的"自我抹杀"为"自我高扬"。而世间理想主义的,自然征服的,主观表现的,自我高扬的艺术的最高的范型,非推中国美术不可。

这反现实运动名曰"后期印象派"("post-impressionism"),后期印象派是西洋画的东洋画化。这也不仅是我们中国人说的话,西洋的后期印象派以后的画家,都有东洋美术赞美的表示。且在他们的思想上,技法上,分明表示着中国画化的痕迹。可分别略述之。

第一,后期印象派画家的思想,分明是中国上代画论的流亚。这在后面的"感情移入与气韵生动"一节中当详细解释,现在先就后期印象派大家的艺术主义说一说。后期印象派有三大首领画家,即赛尚痕〔塞尚〕(Cézanne),谷诃〔凡·高〕(Gogh),果冈〔高更〕(Gauguin)。踵印象派之后的有"野兽派"("Fauvists"),其大家有马谛斯〔马蒂斯〕(Matisse),房童根〔凡·童根〕(Van Dongen),特郎(Derain)等。然其艺术主义大抵祖述赛尚痕,故赛尚痕可说是他们的代表者。

赛尚痕说:"万物因我的诞生而存在。我是我自己,同时又是万物的本元。自己就是万物，倘我不存在，神也不存在了。"他的艺术主义的根就埋在这几句话里。所以他的艺术主张表现精神的"动"，"力"。他说印象派是"精神的休息"，是死的。他说艺术是自然的主观的变形，不可模写自然，以自己为"自然的反响"。谷诃也极端主张想象，在他的信札中说："能使我们从现实的一瞥有所会得，而创造灵气的世界的，只有想象。"对于创造这灵感的世界的想象，谷诃非常尊重。他要用如火一般的想象力来烧尽天地一切。他所描的一切有情非有情，都是力的表现，都是象征。他认定万物是流转的。他能在这生命的流中看见永远的姿态，在无限的创造中看见十全的光景。他的奔放热烈的线条、色彩，都是这等艺术观的表现。果冈反对现代文明，逃出巴黎，到 Tahiti[1] 的蛮人岛上去度原始的生活。他的《更生的回想》的纪录中这样说着："我内部的古来的文明已经消灭。秋更生了。我另变了一个清纯强健的人而再生了。这可怕的灭落，是逃出文化的恶害的最后的别离。……我已经变了一个真的蛮人……"他赞美野生，他常对人说："你所谓文明，无非是包着绮罗的邪恶！""对于以人为机械，拿物质来掉换心灵的'文明'，你们为什么这样尊敬？"

总之，这等画家是极端尊重心灵的活动的。他们在世间一切自然中看见灵的姿态，他们所描的一切自然都是有心灵的活动。他们对于风景，当作为风景自己的目的而存在的一种活

---

[1] 即塔希提岛，位于太平洋中部。

物，就是一个花瓶，也当作为花瓶自己的目的而存在的一物。所以赛尚痕的杰作，所描的只是几只苹果，一块布，一个罐头。然而这苹果不是供人吃的果物，这是为苹果自己的苹果，苹果的独立的存在，纯粹的苹果。

这等完全是中国画鉴赏上的用语！中国画论中所谓"迁想妙得"，即迁其想于万物之中，与万物共感共鸣的意思。这与赛尚痕的"万物因我的诞生而存在"全然一致。王维的山水画中（如某评家所说），屋不是供人住的，是一种独立的存在；路不是供人行的，是田园的静脉管；其点景的人物，不是有意识的人，而是与山水云烟木石一样的一个自然物。六朝大画家顾恺之说，"画人尝数年不点睛，人问其故，答曰，四体妍蚩，无关妙处，传神写照，正在阿堵之中。"这话的意思，就是说形的美丑不是决定绘画美的价值的。图像的形美不美不成问题，只有"生动不生动"为决定绘画美的价值的唯一的标准。伊势专一郎谓在中国六朝的顾恺之的艺术中可以窥见千五百年后的荷兰的谷诃。谷诃不描美的形，所描的都是丑的形，然而谷诃艺术的真价不在形的美丑上。在什么地方呢？就在"生动"。故顾恺之可谓得一知己于千五百年之后了。

第二，退出一层，就绘画技术上说，更可分明看见后期印象派绘画与中国画的许多共通点。约举之有四：即（1）线的雄辩，（2）静物画的独立，（3）单纯化，（4）畸形化。

（1）线的雄辩——线是中国画术上所特有的利器。后期印象派以前的西洋画上差不多可说向来没有线，有之，都是"形的界限"，不是独立的线。根据科学的知识，严格的线原是世间所没有的，无论一根头发，也必有阔度，也须用面积来表出。西洋画似乎真个采取了这态度，试看印象派的画，只见块，不见线；其前的写实派，像米叶〔米勒〕的木炭画，线虽然显明，然也大半是"形的界线"，自己能表示某种效力的线很少。文艺复兴期的大壁画中也全无一点对于线的研究。但到了后期印象派，因为如前所说，赛尚痕，谷诃，果冈等都注重心灵的"动"与"力"的表现，就取线来当作表现心灵的律动（rhythm）的唯一的手段了。试看谷诃的画，野兽派的马谛斯，房童根，马尔侃〔马盖〕（Marquez）的画，都有泼辣的线条。尤其是谷诃的风景画中，由许多线条演出一种可怕的势力，似燃烧，似瀑布。看到这种风景画，使人直接想起中国的南宗山水画。至于马谛斯，则线条更为单纯而显明，有"线的诗人"的称号。房童根用东洋的线来写《东洋的初旅》，骑驴，随僮，宛如赵大年的《归去来图》。中国有书画同源论，即谓书法与绘画同出一源，写字与作画本来是用同样的线条的。故线条一物，为中国画特有的表现手段，现今却在西洋的后期印象主义的绘画上逞其雄辩了。

（2）静物画的独立——在前面曾经说过，西洋画在十九世纪以前一向以人物为主题，差不多没有一幅作品不是人物画，十九世纪初的罢皮仲派〔巴比松派〕（Babyzon School）画家可洛〔柯罗〕（Corot）、米叶等渐作人物点景的风景描写，到了十九世纪末的印象派而始有独立的风景画。至于静物画，则在印象派时代尚不甚流行，莫南等不过偶为瓶、花、鱼等写生，然而静物的杰作可说完全没有。到了后期印象派，静物画方始成立。赛尚痕杰作中,有许多幅是静物——几只苹果,一块布,一个罐头,是赛尚痕的得意的题材。其后马谛斯等都有静物的杰作。故印象派可说是风景画独立的时代,后期印象派可说是静物画独立的时代。于是西洋绘画渐由人物的题材解放,而广泛地容纳自然界一切题材了。东洋画在这点上又是先觉者。中国画在汉代也以人物为中心,但唐代山水画早已独立,这在前面已经说过。至于静物画,在中国画上也是早已独立的。花鸟画有很古的历史,在汉代已有专家。六朝花鸟画更盛,顾恺之有名作《鹅鹄图》,《笋图》,《鸷鸟图》为独立的花鸟画。自此以后,历代有花卉翎毛的名作,到了清初的恽南田而花鸟画大成。故所谓"四君子"——梅、兰、竹、菊,——向来为中国画上重要的题材,且有定为学画入门必由之路径者。一块石,一株菜,为中国画立轴的好材料。日本某漫画家曾讥讽地说:一张长条的立轴上疏朗朗地画着三粒豆,定价六十元,看画的商人惊问道:"一粒豆值二十元?"中国画取材比西洋画广泛,风景画与静物画早已独立而盛行,其原因究竟何在?探究起来,我又不得不赞美东方人的"自然观照"的眼的广大深刻!即"迁想妙得"或"感情移入",原是东西洋艺术所共通具有的情形;然而西洋人褊狭得很,在十九世纪以前只能"迁想"或"移入"于同类"人"中;东洋人博大得多,早已具有"迁想"或"移入"于"非有情界"的山水草木花果中的广大的心灵,即所谓"能以万物为一体"者也。故静物画的发达,在创作心理上论来确是艺术进步的征候。即这是在一草一木中窥全自然,在个体中感到全体,即所谓"个中见全",犹之诗人所咏的"一粒沙里看见世界，一朵野花里看见天国"。在每一幅静物画中显示着一个具足的小天地。

（3）单纯化——simplification，这与"线"互为因果。即因为要求自然形态的单纯化，故用简单的线来描写；因为用线为描写的工具，故所表现的愈加单纯。如前所述，西洋画向来重写实的技巧，致力于光与阴的表出，即立体的表出。自后期印象派以来，开始用线描写，同时就发生单纯化的现象。例如描美人的鼻子，在写实的描法上形象与明暗的调子非常复杂，但在中国画上只要像字母 L 地描一支曲尺。后期印象派画家也选用了这种表现法，删除细部的描写，省去立体的二面而仅画其一面，作图案风的表现。觉悟了艺术不是外界的物象的外面的写实之后，自然会倾向于这单纯化。因为既然不事物象的表面的忠实的描写，而以最后的情感的率直的表现为目的，则其表面上一切与特性无关系的琐碎的附属物当然可以删去，而仅将其能表示特性的点铺张，放大，用线描出，已经足以表现对于其物的内心的情感了。表现手段之最简单最便利者，莫如线。把情感的鼓动托于一根线而表出，是最爽快，自由，又最直接的表现的境地。所以在单纯化的表现上，线很重要。线不是物象说明的手段，是画家的感情的象征，是画家的感情的波动的记录。在后期印象派以后的画家中，这单纯化的艺术最高调的，莫如线的诗人马谛斯。马谛斯的人物画，颜貌的轮廓，衣裳的皱纹，都十分类似于中国画。

（4）畸形化——grotesque，也是中国画上所特有的一种状态。即如前述的头长一尺，身长二尺的寿星，横飞空中的兰叶，一望五六重的山水，种种不近实际情形的表现法，把中国画作成一个奇怪的世界，实际上所不能有的梦中的世界。这也与单纯化有连带的关系。线描法，单纯化，畸形化，都可说是根基于"特点扩张"的观照态度而来的，都是中国画所独得的特色。西洋画则向来忠于写实，不取这"特点扩张"的观照态度，所以线描法，单纯化，畸形化，根本不会鲜明地显出。二十余年前日本夏目漱石为中村不折的《俳画》作序，有这样的话："grotesque 一语虽然原是西洋语，但其趣味决不是西洋的，大抵限于日本、中国、印度的美术品上。"这句话似乎被西洋人听见了，他们想立刻收回这 grotesque 一语。于是谷词作出丑恶可怕的自画像，果冈写出如鬼的蛮人，马谛斯做了线的诗人而行极端的单纯化、畸形化的表现了。

下　感情移入与气韵生动

上文已就表面历述现代西洋画的中国画化的现象。深进一步，更可拿西洋现代的美学说与俄罗斯康定斯基的新画论来同中国上代的画论相沟通，而证明中国美术思想的先进。

近世西洋美学者黎普思〔立普斯〕（Theodor Lipps）有"感情移入"（"Einfühlungtheorie"）之说。所谓"感情移入"，又称"移感"，就是投入自己的感情于对象中，与对象融合，与对象共喜共悲，而暂入"无我"或"物我一体"的境地。这与康德所谓"无关心"（"disinterestedness"）意思大致相同。黎普思，服尔开式（Volkert）等皆竭力主张此说。这成了近代美学上很大的一种学说，而惹起世界学者的注意。

不提防在一千四百年前，中国早有南齐的画家谢赫唱"气韵生动"说，根本地把黎普思的"感情移入"说的心髓说破着。这不是我的臆说，更不是我的发见，乃日本的中国上代画论研究者金原省吾，伊势专一郎，园赖三诸君的一致的说法。

现在先把"气韵生动"的意义解释一下：

谢赫的气韵生动说为千四百年来东洋绘画鉴赏上的唯一的标准。但关于这一语的解释，自来有种种说法。谢赫自己在其《古画品录》中这样说："画虽有六法，罕能尽该。而自古及今，各善一节。六法者何？一、气韵生动是也；二、骨法用笔是也；三、应物象形是也；四、随类赋彩是也；五、经营位置是也；六、传移模写是也。唯陆探微，卫协之备该之。"他把气韵生动列在第一，而以第二以下五项为达此目的的手段。然而此外并不加何种说明。因此后之画家，各出己见，作种种的解释。郭若虚谓气韵由于人品。他说："谢赫云，画有六法（六法略）。六法之精论万古不移。然而骨法用笔以下五法可学而能；加其气韵，必在生知，固不可以巧密得之，以岁月达之。默会神会，不知然而然也。尝试论之，窃观古之奇迹，多轩冕之才贤，岩穴之上士，依仁游艺，探迹钩深，高雅之情，一寄于画也。人品既高，气韵不得不高。气韵既高，不得不生动。所谓神之又神而能精。凡画必周气韵，方号世珍。不尔，虽竭巧思，止与众工同事，虽曰画而非画。"（《图画见闻志》）他的主意是"人品高的人始能得此气韵"。后来的董其昌与他同一意见。张浦山谓气韵是生知的，他在《论画》中说："气韵有发于墨者，有发于笔者，有发于意者，有发于无意者，发于无意者为上，发于意者次之，发于笔者又次之，发于墨者为下。何谓发于墨？轮廓既就，以墨点染渲晕而成是也。何谓发于笔？干燥皴擦，力透而光自浮是也。何谓发于意？走笔回墨，我欲如是，而得如是，疏密多寡，浓淡干润，各得其当是也。何谓发于无意？当其凝神注想，流盼运腕，初不意如是，而忽然如是是也。谓之足，则实未足；谓之未足，则又无可增加。独得于笔情墨趣之外。盖天机之勃露也，惟静者能先知之。"这是一种生知论。苏东坡诗云："论画以形似，见与儿童邻。"倪云林也说："余之竹，聊以写胸中之逸气耳。岂复较其似与否，叶之繁与疏，枝之斜与直哉？或涂抹久之，他人视以为麻，以为芦。予亦不能强辩为竹。"这是生知论的更明显的解释。以上诸说，各有所发明；然解释"气韵生动"最为透彻，能得谢赫的真意的，要推清朝的方薰。方薰看中气韵生动中的"生"字，即流动于对象中的"生命"，"精神"，而彻底地阐明美的价值。他说："气韵生动，须将'生动'二字省悟。会得生动，则气韵自在。气韵以生动为第一义。然必以气为主。气盛则纵横挥洒，机无滞碍，其间气韵自生动。杜老云，元气淋漓幛犹湿，是即气韵生动。"(《山静居画论》)综以上诸说，气韵是由人品而来的，气韵是生而知之的，气韵以生动为第一义。由此推论，可知对象所有的美的价值，不是感觉的对象自己所有的价值，而是其中所表出的心的生命，人格的生命的价值。凡绘画须能表现这生命，这精神，方有为绘画的权利；而体验这生命的态度，便是美的态度。除此以外，美的经验不能成立。所谓美的态度，即在对象中发见生命的态度，即"纯观照"的态度。这就是沉潜于对象中的"主客合一"的境地，即前述的"无我"，"物我一体"的境地，亦即"感情移入"的境地。

园赖三以气韵生动为主眼而论艺术创作的心理。他说"气韵生动"是艺术的心境的最高点；须由"感情移入"更展进一步，始达"气韵生动"；他赞美恽南田的画论，谓黎普思的见解，是中国清初的恽南田所早已说破的。今介绍其大意于下。

凡写暴风，非内感树木振撼，家屋倾倒的威力，不能执笔：这是东洋画道上的古人的诫训。为什么不能执笔呢？普通人一定不相信。他们以为：只要注意写出为风所挠的树枝及乱云的姿态就是了；所谓内感风的威力等话，是空想的，不自然的，在风的景色的描写上没有必要。

只要看了在眼前摇曳的树枝及乱云，而取笔写出之。——画家的对于实景，果然是这样的么？眼是只逐视觉印象的么？手真能创造艺术的么？这时候的画家的心，能不放任于风暴之中而感到怯怕么？

我们必须考察作画的心情。立在狂风的旷野小，谁不慑伏于自然的威力的伟大！慑伏于这伟大的人，一定都胆怯了。然而如叔本华所说，对于这暴风的情景，我们一感到其为在我们日常的意志上所难以做到的大活动的时候，我们的心就移变为纯粹观照的状态。于是暴风有崇高美之感了。凡暴风至少须给我们以这种美感，方能使我们起作画的感兴。

试考察感得这美感时的我们的状态：在这时候，我们一定从对于暴风的慑伏的状态中解脱，不复有对于暴风的压迫起恐惧之感，反而感到与暴风一同驰驱的痛快了。

即美感的原因，是不处在受动的状态，而取能动的状态。同时这人自己移入暴风中，变为暴风，而与暴风共动。

为要说明这事实，黎普思唱"感情移入"说。感情移入不但是美感的原因，我们又可知其为创作的内的条件。这点征之于东洋画的精神，可得更精确的解说。

画龙点睛，非自性中有勇敢狞猛之气，不能为之。欲写树木，非亲感伸枝附叶之势不可。欲描花，非自己深感花的妍美不可。这是古人在画法上的教诫。——哀地（Eddy, A.J.）在其所著《立体派与后期印象派》中说，这是东洋艺术对于西洋艺术的特征的精髓。黎普思用以说明美感的感情移入说，倘能应用到创作活动上，就可不分东西洋的区别，而共通地被认为一切艺术的活动的根柢了。

谷诃在青年时代曾经这样叫："小小的花！这已能唤起我用眼泪都不能测知的深的思想！"那粗野可怕的谷诃，也会对一朵小花感到破裂心脏似的强人的势力！要是不然，他的画仅属乱涂，他不会叹息"生比死更苦痛"了。

映于人们眼中的谷诃的激烈，是从其对于一切势力的敏感而生的。我们所见的强烈，不是他的，乃是自然的威力的所作。谷诃在灿烂的外光中制作，他同太阳的力深深地在内部结合着。他的《回想录》中记着他的妹倪斯尼的话："他同夏天的太阳的光明一样地制作。花朵充满着威力而迫向他的画面。他描向日葵。"他如同发狂了！他感到了太阳，非自己也做太阳不可。勃莱克〔布莱克〕（Blake），彭士〔彭斯〕（Burns）也对于一朵花，一株树，一块石的存在感到无上的伟大与庄严。

中国的恽南田在其所著《瓯香馆画跋》中叙述作画的功夫，这样说着："作画须有解衣盘礴，旁若无人之意，然后化机在手，元气狼藉，不为先匠所拘，而游于法度之外，出入风雨，卷舒苍翠，模崖范壑，曲折中机，惟有成风之技，乃致冥通之奇。"

米叶，据美术史家谟推尔的传记，自己与农夫一样地常到罢皮仲〔巴比松〕（Barbyzon）的郊野中，穿着红的旧外套，戴着为风雨所敝的草帽，踏着木靴，彷徨于森林原野之中。他同务农的两亲一样地天亮就起身到田野中。但他不牧羊，也不饲牛，当然不拿锄，只是把所携带的杖衬在股下，而坐在大地之上。他的武器只是观察的能力与诗的意向。他负手而倚在墙下，注看夕阳把蔷薇色的面帕遮蒙到田野和林木上去。日暮的祈祷的钟响出，农人们祈祷之后，向家路归去——他守视到他们去了，于是自己也跟了他们回去。

米叶具有何等虔敬静谧的心情！米叶的一日的工作，比田野中的劳动者更为辛苦！倘不看到他这一点，决不能知道他那超脱的《晚钟》Angelus），《拾穗》（Gleaners）和力强的《播种》（Sower），及其他许多高超的作品如何作出。

米叶的工作不是"做"的，而是"感"的。他不但感到劳动的农夫的心情，又必投身入包围农夫的四周的大自然中，而彻悟到生活于大自然里的人类的存在的意义。然而他白天做了这重大的工作，还不足够。谟推尔又记录着他归家后晚上的工作:"晚上他在洋灯下面翻读圣书。他的妻在旁缝纫。孩子们已经睡了。四周沉静下去。于是他掩了圣书而耽入梦想。……明天早晨就起来作画。"

非"参与造化之机",不能创造艺术。

恽南田在画术上是深造的人,同时在画论上又最透彻地说破作画的真谛。他的《瓯香馆画跋》中,极明快地说出作画的心境——艺术的意识的根柢上最必要的心境,人类的最高的心境。他说:"谛视斯境,一草,一树,一丘,一壑,皆灵想所独辟,总非人间所有。其意象在六合之表,荣落在四时之外。"又说:"秋夜横坐天际,目之所见,耳之所闻,都非我有。身如枯枝之迎风萧聊,随意点墨,岂所谓'此中有真意'者非耶?"

这就是所谓"信造化之在我",所谓"吾胸中之造化,时漏于笔尖"。这是黎普思的"感情移入"说所不能充分说明的,非常高妙的境地。黎普思的所谓"移入于物中的感情",对于前者可以说明几分;所谓"精神的自己活动",对于后者可以说明几分;然而都不能充分说明。这种心境,是创作的内的条件,这可说是由感情移入的状态更进一步的。

"信造化之在我",故"吾胸中之造化时漏于笔尖"。马克斯·拉费尔(Max Raphael)谓"创作活动是内具使客观界生成的理法的,构成作用的机能",最为得当。

"造物主的神,对于艺术家是儿子"这句话与南田的"藏山于山,藏川于川,藏天下于天下,有大力者负之而趋"也是相通的。感到世界正在造化出来,而自己参与着这造化之机的意识，是艺术家的可矜的感觉。然这感觉决不是自傲与固执所可私有的。如南田所说："总非人间所有"，必须辟除功利的意欲，方为可能。董其昌也说这是脱却胸中尘俗的、极纯粹的心境。

故欲得此心境，必须费很大的苦心，积很多的努力。艺术家的一喜一忧，都系维在此一道上。宋郭熙《林泉高致》中说："凡落笔之日，必于明窗净几焚香。左右有精笔妙墨。盥手涤砚，如见大宝，必神静意定，然后为之。"《东庄论画》中说："未作画前，全在养兴。或睹云泉，或观花鸟，或散步清吟，或焚香啜茗。俟胸中有得，技痒兴发，即伸纸舒毫。兴尽斯止，至有兴时续成之。自必天机活泼，迥出生表。"董其昌也说要"读万卷书，行万里路"。这显然比"感情移入"说更展进一步。这是更积极的，自成一说的，即所谓客观地发现的。

现在还有一件要研究的事，即世界的精神化。"感情移入"既是美的观照的必要的内的条件，既是移入自己于对象中，移入感情活动于对象中的意义，则我们的美感的一原因，必然是对象的精神化。黎普思以人间精神的内的自己活动为美感的有力的原因，这活动被客观地移入于对象中，我们发见或经验到这情形，即得美感。这样说来，在对象的精神化一事中，可酿出快感；我们因了对象而受感动，因了被移入的精神而受感动，换言之，即自己受得自己所移入的。这正是从黎普思的感情移入说而来的美感。

但在创作活动中，这状态的对象的精神化还未充分。在真的艺术心看来，世界一定完全是活物，自然都是具有灵气的。

因为创作活动，非假定精神的绝对性，到底不能充分实行。

创造的冲动，其根柢也托于大的精神——绝对精神上。所以创造的冲动的根元的发动，当然非待绝对精神的命令不可。

这样看来，创作的内的条件中最不可缺的，不是"感情移入"，而必然是由感情移入展开而触发绝对精神的状态。东洋艺术上早已发现的所谓"气韵生动"，大约就是这状态了。

在画家，"气韵生动"是作画的根本义，苦心经营，都为了这点。故关于气韵生动的本质，当然有诸家不同的意见。这可说是东洋画的中心问题。

根本地检查，彻底地决定"气韵生动"说的本质，不是我们的事业。我们只是确信"气韵生动"在创作的内的条件上是必要的，故仅就这一点而解释"气韵生动"。

艺术的意识有一特征，即 antinomy（矛盾）。约言之，例如所谓"哀伤的放佚"（"luxuries of grief"），所谓"甘美的悲愁"（"sweet sorrow"），又如"悲愁的悦乐"（"Die Wonne des Leides"）是很普遍的德语，屡见于哥德〔歌德〕（Goethe）的诗中。像艺术上的多矛盾冲突，实在可谓世间无匹的了。一方面有"为艺术的艺术"，他方面又有反对的"为人生的艺术"。例如前述的"个中全感"的心境，也是 antinomy 的意识。这正是艺术的意识的神秘性。

如恽南田所悦，自然的物象总非人间之所有，而在于造化之神。这话正暗示着艺术的意识的特征的 antinomy 的意义。这意义用"感情移入"说来解释，到底不能充分说出。必须感到自然物象总非吾人所有，而其自身具有存在的意义，方才可以说自然为心的展开的标的。自然为我们的心的展开的标的，而促成我们的心的展开，于是自然与我们就发生不可分离的关系了。

"感情移入"说的意思，是说我们把移入于自然物象中的感情当作物象所有的客观的性质而感受，因而得到美感。更进一步，我们把自然当作我们的心的展开的原因而感受，就可把自然看作"绝对精神"了。何以故？因为在这时候我们必然是把自然看作我们的真的根元的。这是艺术的意识所必经的道程。倘视自然为绝对精神，为给我们以生气的，则自然就成为我们的美感的原因了。

倘更在自己中看出自然的势，于是就兴起像谷诃与米叶的感激了。"造化在我"的信念，便是这样发生的。这便是"气韵生动"的发现。

如上所述，把自然当作绝对精神观看，在自己中感到其生动——这话怎样符合于所谓"气韵生动"说？今再解释如下。

在真的艺术心看来，世界是活动，自然是具有灵气的。邓椿的《画继》中说："世徒知人之有神，而不知物之有神"，明示着艺术家的根本精神的"自然的生命观"，"世界的活物观"的意义，诚可谓明达之言！我们要对于自身抱生命观，是很容易的事。把人当作有生命的观看，比当作无生命的观看更为自然。精神是在我们自己中活动，又使我们生动的，这是人们所很容易感到的。然普通的思想，总以为精神是占座于人的身体中的，有身体才有精神，或精神发生于身体中。

但是在我们体中活动的精神,是始终于我们的体中的么?——心中呼起了这疑义之后,自然要向生动的直接经验以外或以上去找求使我们生动的存在的基础了。张彦远在《历代名画记》中说:"生物之可状,须神韵而后全",明明在说,描人物与动物的时候,可为其状的根元的,是神韵。这话可说是前述的邓椿说的根柢,是促醒对于宇宙的绝对精神的注意的。

在神韵中看出直接经验的生物的根元,其结果就是在泛神论中看出最后的基础。为世界的根元的绝对的神,是唯一而又无限的。神创造一切诸物。天地间没有一物不出自神的创造。神是唯一绝对的精神。——这样的说法是泛神论的半面。泛神论的别的半面,便是气韵生动说的最有力的支柱。即创造这等万物的唯一绝对的精神,必在个物中显现;凡存在于天地间的,不拘何物,皆可在其中看见神。所以人在自己中发见创造者,原是当然之理。

唯一绝对的精神,是创造这世界,显现世界中的一一的个物的。神在所创造的个物中普遍地存在着,神决不是超越世界而存在的。神"遍在"于世界中,但是"内在"于世界中的。

关于泛神论,有必须阐明的数事:所谓绝对精神显现于个物中,并非说个物就是绝对。并非说形体是绝对的。虽说绝对者"遍在"又"内在"于世界中,但并非无论何人都可容易地认知的。要在个物中看出其创造者,必须用功夫。在自己中感到绝对者的生动,是用功夫的最便利的方法。

"气韵生动"就是站在泛神论的立脚点上,而从个物中看出创造者的功夫。有以标榜人格主义为其功夫之一种的人,像席勒（Schiller）便是。高贵的人格是映出绝对者的最良的镜，只有在高贵的人格中可以感到气韵。郭思所谓"人品既高，气韵不得不高；气韵既高，不得不生动"（见《图画见闻志》），就是这意思。他如"脱去胸中尘俗，学气韵生动"的董其昌意见，及画论中所常见的"须脱俗气"的训诫，都是属于这人格主义的。

关于"气韵生动"的体验，"气韵必在生知"（《艺苑卮言》）的先验说，就是说气韵是属于先天性的，这是谢赫以来的根本思想。从泛神论的以神为世界的根元的立脚点看来，这正是因为气韵之源在于神的缘故。

说气韵是属于生知的，然则人们都能感到气韵的么？谁也可以全无准备而实际地得到气韵的生动么？神遍在万物中，又内在于自己中。但是并非人人都能在实际生活上经验到神的。要使潜在于内面的神生动，须要用功夫。要使气韵生动，须要用功夫。

董其昌说："气韵不可学。此在生知之，自有天授。然亦有可学处。"他又说发挥天赋的气韵的功夫，即——如前所揭——"读万卷书，行万里路，胸中脱去尘浊时，自然丘壑内营，立成鄄鄂，随手写出，皆为山水传神。"

然则气韵是什么呢？气者，指太极一元之气，即宇宙的本体。气在本体论研究上是精神或心的意思。程子所谓造化不穷之生气，也是说明这唯心论或观念论的立脚点的。

"天下之物，本气所积成。即如山水，自重冈复岭，以至一木一石，无不有生气贯其间。"（《芥舟学画编》）这以精神为形成世界的主体的思想，更进一步，至于"一草一树一丘一壑皆灵想所独辟"（《瓯香馆画跋》），与视"绝对精神"为创造世界的主力，而在一草一树中看出这绝对精神的思想（这是最自然的进径），气韵就变成艺术的活动的强的冲动力了。换言之，即入了泛神论的地步，气韵就是艺术创作的内的条件。

原来气韵生动不是简单的世界观，乃是艺术家的世界观，暗示他，刺激他，使他活动的世界观。气韵生动到了创作活动上而方才能表明其意义，发挥其生命。故气韵生动可名之为创作活动的根本的精神的动力。

"山形，树态，受天地之气而成，墨渖，笔痕，托心腕而出时，则气在是，亦即势在是矣。"（《芥舟学画编》）"能使山气欲动，青天中风雨变化，气韵藏于笔墨。笔墨都成气韵。"（《瓯香馆画跋》）这样看来，气韵是指导创作活动的根本的精神，支配作家的心，入于笔墨中，而支配笔墨。

气韵生动是艺术的活动的根元。倘不经验气韵生动，而茫然取笔，就是所谓因于形似，拘于末节，到底不能作出真的艺术。

从气韵生动的立脚点看来，形似真是琐事末节而已。但这支配艺术的活动的气韵生动，其自身有什么规律？抑全是放肆的么？

《芥舟学画编》的著者说："荆关虽有笔，不足以论气韵之佳。故作者当先究心于条理脉络之间，不使分毫扞格，务须如织者之必丝丝入扣。"又说："夫条理，是即生气之可见者。"

气韵在放肆的心决不是生动的。气韵是自律者。

"以笔直取万物之形，洒然自腕脱出而落于素，不假扭捏，无事修饰，自然形神俱得，意致流动，是谓得画源。"气韵不是由外物强制而成的，乃是自然的，自己流动的，气韵与势结合，取必然的过程而表现。即所谓"气成势，势以御气。势可见，而气不可见。故欲得势，必先培养其气。气能流畅，则势自合拍。"即其机会来到的时候，用了猛然的势而突进。这全是所谓"神机所到，不事迟回顾虑者，以其出于天也。"气韵生动因了内的必然而动。按照了其自己所立的非个人的（impersonal），即绝对的自存原理而发动。

气韵生动是依照内的必然的绝对的自存原理而动的，故可不烦形似，而支配形似。从气韵生动的观点看来，艺术的活动真是何等自由而融通无碍的事业！艺术的形式与内容的问题，也是极自然的。

我们把气韵生动解释到了这地步，自然要想起了现代俄罗斯的康定斯奇〔康定斯基〕（Kandinsky）的新画论：康定斯奇是现代新兴艺术的"构图派"（"compositionists"）的倡导者。他在绘画中所企图的，是精神的极端的颤撼。要表现这精神的颤撼的时候，外面的形式与手段都是阻碍物，故非全然拒斥不可。他的思想，以为引导联想向物体或外界的对象的联络的道，非一切截断不可。他是照这思想而计划，实行，尝试绘画的革新。

"艺术上的精神的方面"正是康定斯奇的主眼。他以为这是形成作品的精髓的，这是创作活动的指导者。这因了内的必然的道程而作成内的"纯粹绘画的构图"("Das Reiumalerische Komposition")。康定斯奇对于"内的必然"("Innere Notwendigkeit")尤为强调。他的画中,有"形的言语"("Formensprache")与"色的言语"("Farbensprache")向我们示告一种神的精神。他所见的,艺术的世界是隔着廓然的城壁而与自然对抗着的王国,有精神的"内面的响"("Innere Klang")在演奏微妙的音乐。仅就这点看来,已可惊讶康定斯奇的画论与中国上代的气韵生动说非常近似。

唐朝的张彦远对于形似与气韵的关系曾这样说:"古之画……以形似之外求其画……今之画,假令得形似,气韵不生动。以气韵求其画,则形似在其间矣。"所谓得形似就是写实的意思。故以气韵生动为主眼而看来,专事写实的画到底不是上乘。因为如荆浩《笔法记》所述,"似者,得其形而遗其气"的缘故。

《林泉高致》中关于这功夫这样说着:"学画花,以一株花置深坑之中,临其上而瞰之,则得花之四面。学画竹,取一枝竹,月夜照其影于素壁上,则竹之真形出。学画山水,何异于此?盖身即山川而取之,即见山川之意度。真山水之川谷,远望之以取其势,近看之以取其质。"功夫的主眼,端在于在自然物象中感得绝对精神。形似不为形似自己而存在,乃是为气韵而存在的。写生倘不写出气韵,便是死物。故从气韵生动的立脚点看来,作画全然是表现。表现无非是根据绝对精神的要求的。

康定斯奇的革新运动是托根于表现主义的。他的纯粹绘画是"内面的响"的表现。物的形都是其内容的表现。他在"精神的方面"看出艺术的根据，依照内的必然而表现自己。对于形式，他企求极端的革命，故其作品的题目都用"构图（composition）第几号"，或"即兴（improvisation）第几号"，竭力从外界的对象上游离，而挑发内面的纯粹精神的响。在一方面看来，他是从近代音乐得到暗示的，实在可谓近代精神的勇敢的选手；但是在他方面看来，他的画论与中国的气韵生动说有这样密切的关系，因此更可确知"气韵生动"一说，不问时之古今，洋之东西，永为艺术创作的重要的条件。

以上已将中国美术对于近代艺术的技法上的影响，及思想上的先觉陈述过了。约言之，中国画在表面的技术上的特色，是风景画与静物画的优秀；在内容的思想上的特色，是"气韵生动"说的先觉。而后者又为前者的根据，故中国美术的主要的特色，归根于"气韵生动"。日本南画家桥本雪关氏说：山水画与花鸟画是东洋人的创见，在千余年前早已发达。由此可知我们的祖先怀着何等清醇淡雅的思想！这对于肉感的泰西人的艺术实在是足矜的！对于一株树，一朵花，都能用丰富的同情来表现其所有的世界，花鸟画所表现的是花鸟的国土，山水画所表现的是山水的国土。西洋人的思想，因于唯物的观念，与理知的科学的范围，不能脱出一步；反之，东洋画的精神不关科学的实体的精微，不求形似逼真，但因有气韵的表出，而其逼真反为深刻。因此东洋画在艺术上占有特殊的地位。

最后，我要谈谈中国美术上所特有的书法与金石，并述对于现在的中国画的疑问。

（1）书法与金石——东洋所特有的书法美术，又是东洋人的可矜点。恐怕这是使东洋人觉悟"气韵生动"的至理的一助。字由各种线条组成，除古代象形文字以外，普通都是在形状上不表示什么意义的、纯粹的线的构成。鉴赏者仅据这等线的布置、势力、粗细、浓淡、曲直，而辨别书法的美术的滋味。这实在就是现代俄罗斯的康定斯奇的构成主义的"纯粹绘画"的一种！我想来，如果不懂康定斯奇的"纯粹绘画"，可由中国的书法鉴赏练习入手。凡能对于纯粹的形状（不描写自然物象的形状）感到各种不同的滋味，即得书法鉴赏的门径，即得新兴美术鉴赏的门径了。纯粹的形状，都是示人以一种意义与感情的。然而这意义与感情非常抽象、暧昧，犹如"冷暖自知"，而不可以言语形容。勉强要用言语来说，所说的也是肤浅的，不详切的。字都具有表情，同人的面孔一样，一个字有一种相貌。

然而这是就一个个的字而论的。在字的集团中，更有一种微妙的一贯之气，由各行各字各笔组成的一幅字，似乎是在演奏一曲大交响乐的管弦乐队，琴、笛、鼓、喇叭，各司其职，各尽其用，而合演融和谐调的大交响乐（symphony），缺一就不行。这就是绘画上的"多样统一"，"个中全感"，即"气韵生动"的现象，除了"气韵生动"以外，更没有方法可以说明这微妙的境地了。

书法的设备很简单，且创作与鉴赏的机会很多。写好字的人，在一张明信片，一个信壳，甚或账簿上的一笔账中，都作着灵巧的结构，表着美满的谐调。在写信、记账等寻常生活中恣行"气韵生动"的创作，时亲艺术的法悦，实在是东洋人所独享的特权。

金石，也是东洋特有的一种轻便小艺术品。在数分见方的小空间中，布置，经营，钻研，创造一个完全无缺的具足的世界，是西洋人所不能梦见的幽境。

（2）对于现在的中国画的疑问——我对于现在的中国画的人物题材，有一点怀疑。二十世纪的中国上海人，画中国画时一定要描写古代的纶巾、道袍、红袖、翠带，配以杖藜、红烛、钿车、画舫、茅庐等古代的背景，究竟是否必要？据我的感想，洋装人物、史的克〔手杖〕、电灯、汽车、轮船、洋房，照理也可为中国画题材，用淋漓的笔墨来描在宣纸上。我想古人所画的也许是那时代的时装及真的日常用品。那么我们现在的时装与日常用品为什么不许入画呢？这大概是因了现在的学中国画者欢喜临摹古本而来的结果吧？然而四君子（梅兰竹菊）与山水云烟石头树木（一切自然物）是没有时装与古装的，不妨临摹古人之作；人物与人造物，如果一味好古，似乎因袭太深了。有人说：为求画品的清逸，故洋装、汽车、洋房一概不要，而取现世所无的古装人物与古代器物。但我以为清逸在乎描写法上，而不在乎题材上。试思同是一株菜或几个莱菔，在中国的立幅上与在静物写生的油画上，趣味何等悬殊！可知中国画的表现，一定有一个诀窍。如开篇所述，中国画中的兰花不像真的兰花，山水不像真的山水，是梦中所见的兰花与山水。这里面一定有一个变化的诀窍，犹如西洋图案法上的"便化"。这诀窍的原则如何，我不能确知，推想起来，大概不外乎前述的"单纯化"（"simplification"），"畸形化"（"grotesque"）的方法。我们只要拿古人的自然描写的画来同真的自然的实物对看而研究，想来必能发见这"中国画化"之"道"。用这"道"来"点化"洋装人物、汽车、洋房，这等一定也可入中国画而有清逸之气了。如果我们为求清逸而描写古人的世界，则古人更描写谁？这道理似乎说不过去。况且生活与艺术，融合方为自然。健全伟大的艺术，必是生活的反映。今为求清逸而描写现世所无的、与生活无关的古迹，无论其作品何等幽雅清逸，总像所谓"温室中的花"，美而无生气。我没有学过中国画，然读古人画论，深信中国画亦须从"写生"着手，不可一味临摹古人。不过这写生，不像是西洋画的坐在模特儿面前一笔一笔地描写的；乃是积观察思维的经验，蕴藏于胸中，一旦发而为画的。所以说画家要"读万卷书，行万里路"。

附记：此文写于千九百二十六七年间，曾载第二十七卷第一号《东方杂志》（署名婴行）。现在稍加修改，附刊在此书卷尾，为其与前篇略有关联之处。一九三四年二月五日记。

艺术趣味 [1]

（〔上海〕开明书店一九三四年十一月初版）

---

[1] 本书根据 1942 年 6 月湘一版，并参考其他版本修正。其中《美的教育》系译文，《谈蓄音机》参考价值不大，故删去，余均收。

子愷

付 印 记

春间到上海,开明编辑部的友人问起我近年来为《中学生》所作的美术讲话的短文,可否结集出版。这些旧稿我是保留着的。但可用的共有若干篇,没有检点过。能否结集成册,一时难以决定。当时便没有确实地答复。后来我回家检点旧稿,看见美术讲话可用的篇数并不多,而在他处发表过的同类的短文倒不少,一共选得廿二篇。我就逐篇加以修改,改好了托人抄过一遍,自己又校阅一通,寄开明付印。

这里面的文章,只有曾载《新女性》的一篇《女性与音乐》,是民国十五〔1926〕年所作。其余的都是十八〔1929〕年以后作的(每篇之末,附记着写作年月及被登载之杂志)。但有许多篇已略加删改。

文字意旨浅近,不值大方家一笑。但这原是《中学生》美术讲话一类的东西,聊以作为中学艺术科的课外读物吧。

廿三〔1934〕年九月廿七日,子恺记于石门湾

对于全国美展的希望[1]

约四十年前，欧洲艺术教育运动的先驱者利希德华尔克（Alfred Lichtwark），有一天看见柏林街头的卖花人不像向来地把花朵编成死板的花束，而就把摘下来的野花照其自然状态放置在花篮中，携向街头叫卖，这位关心于民众美育的先生心中十分感动，认为这是在德意志民众趣味史上划一时期的大事件！曾经用谐谑的语调，向艺术教育界宣扬：

"这是关系重大的一事！百年之后，德国学生将在历史教科书中读到这样的课文：'一千八百九十年，为新趣味开始之年；柏林市上从此废止花束，而开始买卖自然状态的野花。'"

德国向来是"主智主义"偏重的国家，其民众只欢喜死板的规则，而不解自然美的趣味，他们对于房室中的装饰的花，也都欢喜用人工的规则的花束，向来不识野花的天然趣致。自

---

[1] 本文原载 1929 年 3 月《一般》杂志第 7 卷 3 月号及同年 4 月《美展》杂志第 1 期，题作《对于全国美术展览会的希望》。

从十九世纪末叶提倡艺术教育以后，民众的美的鉴赏眼始渐渐开明，花束的废止分明是民众趣味进步的证据。所以这事牵惹了利希德华尔克的注意，他就大书特书地记录。

利希德华尔克的记录牵惹了我的注意，借用它在这里做一个话题。前天我在上海的文具商店里，听见"木炭画纸"一个名词在学徒的唇上说得十分纯熟流畅，恍然悟到上海美术研究者的增多，与十年前情形悬殊了！十年之前，商店里还没有这种商品，商人还没有晓得这个名词。我曾经由邮局向日本文房堂购求木炭画纸和木炭。后来我就疏远画具，不曾向中国社会要求过这种用品，这天在那文具商店中看了这情形，我的感动几乎同利希德华尔克在柏林街上看见野花时一样深刻。十年来上海的美术研究者的确多了，现今中国的美术界的确比十年前大进步了！

然而在民众间，十年来没有像花束变成野花的变迁！我们少年时候所见的月份牌，现在依旧为大多数民众所欢迎。香烟中的画片仍是与从前一样的画风。工艺品的形式与模样也没有什么大变化，不过质地轻巧了一点——我近来却注意到了一种触目的变迁，便是商界酬酢中的大红对联变成了五彩的玻璃镜框，恶俗的图样与不快的彩色拥护着"信孚中外"，"则财恒足"一类的文字，在城市乡村中到处流行。几乎没有一所新开店内没有这样的壁上装饰。

由花束变成野花，是德意志民众趣味变迁的痕迹，那么由对联变成玻璃镜框也可说是中国一部分民众的趣味变迁的痕迹。不过前者是趣味的进步，后者却是趣味的堕落！他们用了什么方法使民众一旦厌弃花束而赏识野花的天然趣味？我们又将用什么方法使民众厌弃那种镜框而赏识现代的名画呢。

利希德华尔克主张 dilettantism[1] 的教育，即"艺术爱好者"的教育。他的意见，以为一国的艺术的盛衰，必以民众为基础，提倡艺术，不仅在乎养成专门家，又须从民众入手。dilettante〔艺术爱好者〕是立在美术家与民众之间的介绍人，所以养成的人才，就是沟通美术家与民众，提高民众的美术的趣味。花束变成野花大约就是他的 dilettantism 的教育效果吧？

然而我以为美术家与民众可以直接交通。美术家可以直接向民众宣传，为民众说教。美术展览会便是其最好的机会。我希望中国美术家和艺术教育家，直接利用美术展览会的手段，来提高中国一般民众的美术鉴赏力。

艺术是否必以民众为基础？艺术家有否提高民众趣味的义务？这等问题姑且不论。不过上海艺术学校林立，美术家人才济济；而听一般民众在暗中摸索，总是不调和的状态！且在美术家个人，走出画室就看见那种恶劣的形态与色彩，我想也一定是不快的事吧？为全体，为个人，我都希望美术家常常和一般民众相见，提高他们的美术鉴赏的眼识。美术展览会便是美术家与民众相见的好机会，我希望这种机会的增多。

国家主办的美术展览会，今年四月是第一次。听说法国有 Salon[2]，日本有"帝展"，都是每年开一次，或春秋各开一次。

---

[1] 指对艺术等的粗浅涉猎。

[2] 沙龙，指一年一度在巴黎举行的当代画家作品展览会。

我希望这回的全国美术展览会，从此成了中国的 Salon，以今年为纪元，以后每年继续开幕。为国家，为民众，为美术家，都是有利益的事。

四十年前利希德华尔克在柏林街上发见野花而欢喜赞叹。我也希望（愈早愈好）得在上海的民众间看见 Manet〔马奈〕, Monet〔莫奈〕, Millet〔米勒〕, Cézanne〔塞尚〕, Gogh〔凡·高〕, Matisse〔马蒂斯〕等的绘画的欢喜。为了欲早日得到这欢喜，希望中国美术展览会的幕年年向民众开放。

（全国美术展览会委员李毅士、俞剑华两先生来访，李先生为述其对于此次展览会之计划，并向我征集作品。我深佩其卓见，但无作品可以应征。嘱作文，因书当时所感，聊以塞责。）

十八〔1929〕年三月十六日于石门湾

从梅花说到美 [1]

梅花开了！我们站在梅花前面，看到冰清玉洁的花朵的时候，心中感到一种异常的快适。这快适与收到附汇票的家信时或得到 full mark〔满分〕的分数时的快适，滋味不同；与听到下课铃时的快适，星期六晚上的快适，心情也全然各异。这是一种沉静、深刻而微妙的快适。言语不能说明，而对花的时候，各人会自然感到。这就叫做"美"。

美不能说明而只能感到。但我们在梅花前面实际地感到了这种沉静深刻而微妙的美，而不求推究和说明，总不甘心。美的本身的滋味虽然不能说出，但美的外部的情状，例如原因或条件等，总可推究而谈论一下，现在我看见了梅花而感到美，感到了美而想谈美了。

关于"美是什么"的问题，自古没有一定的学说。俄罗斯的文豪托尔斯泰曾在其《艺术论》中列述近代三四十位美学研究者的学说，而各人说法不同。要深究这个问题，当读美学的专书。现在我们只能将古来最著名的几家的学说，在这里约略谈论一下。

---

[1] 本篇原载 1930 年 2 月《中学生》第 2 号。

最初，希腊的哲学家苏格拉底这样说："美的东西，就是最适合于其用途及目的的东西。"他举房屋为实例，说最美丽的房屋，就是最合于用途，最适于住居的房屋。这的确是有理由的。房子的外观无论何等美丽，而内部不适于居人，决不能说是美的建筑。不仅房屋为然，用具及衣服等亦是如此。花瓶的样子无论何等巧妙，倘内部不能盛水插花，下部不能稳坐桌子上，终不能说是美的工艺品。高跟皮鞋的曲线无论何等玲珑，倘穿了走路要跌跤，终不能说是美的装束。

"美就是适于用途与目的。"苏格拉底这句话，在建筑及工艺上固然讲得通，但按到我们的梅花，就使人难解了。我们站在梅花前面，实际地感到梅花的美，但梅花有什么用途与目的呢？梅花是天教它开的，不是人所制造的，天生出它来，或许有用途与目的，但人们不能知道，人们只能站在它前面而感到它的美。风景也是如此：西湖的风景很美，但我们决不会想起西湖的用途与目的。只有巨人可拿西湖来当镜子吧？

这样想来，苏格拉底的美学说是专指人造的实用物而说的。自然及艺术品的美，都不能用他的学说来说明。梅花与西湖都很美，而没有用途与目的；姜白石〔姜夔〕的《暗香》与《疏影》为咏梅的有名的词，但词有什么用途与目的？苏格拉底的话，很有缺陷呢！

苏格拉底的弟子柏拉图，也是思想很好的美学者。他想补足先生的缺陷，说"美是给我们快感的"。这话的确不错，我们站在梅花前面，看到梅花的名画，读到《暗香》、《疏影》，的确发生一种快感，在开篇处我早已说过了。

然而仔细一想，这话也未必尽然，有快感的东西不一定是美的。例如夏天吃冰淇淋，冬天捧热水袋，都有快感。然而吃冰淇淋与捧热水袋不能说是美的。肴馔入口时很有快感，然厨司不能说是美术家。罗马的享乐主义者们中，原有重视肴馔的人，说肴馔是比绘画音乐更美的艺术。但这是我们所不能首肯的话，或罗马的亡国奴的话。照柏拉图的话做去，我们将与罗马的亡国奴一样了。柏拉图自己蔑视肴馔，这样说来，绘画音乐雕刻等一切诉于感觉的美术，均不足取了（因为柏拉图是一个轻视肉体而贵重灵魂的哲学家，肴馔是养肉体的，所以被蔑视）。故柏拉图的学说，仍不免有很大的缺陷。

于是柏拉图的弟子亚理斯多德，再来修补先生的学说的缺陷。但他对于美没有议论，只有对于艺术的学说。他说"艺术贵乎逼真"。这也的确是卓见。诸位上图画课时，不是尽力在要求画得像么？小孩子看见梅花，画五个圈，我们看见了都赞道："画得很好。"因为很像梅花，所以很好，照亚理斯多德的话说来，艺术贵乎自然的模仿，凡肖似实物的都是美的。这叫做"自然模仿说"，在古来的艺术论中很有势力，到今日还不失为艺术论的中心。

然而仔细一想，这一说也不是健全的。倘艺术贵乎自然模仿，凡肖似实物的都是美的，那么，照相是最高的艺术，照相师是最伟大的美术家了。用照相照出来的景物，比用手画出来的景物逼真得多，则照相应该比绘画更贵了。然而照相终是照相，近来虽有进步的美术照相，但严格地说来，美术照相只能算是摄制的艺术，不能视为纯正的艺术。理由很长；简言之：

因为照相中缺乏人的心的活动，故不能成为正格的艺术。画家所画的梅花，是舍弃梅花的不美的点，而仅取其美的点，又助长其美，而表现在纸上的。换言之，画中的梅花是理想化的梅花。画中可以行理想化，而照相中不能。模仿与理想化——此二者为艺术成立的最大条件。亚理斯多德的话，偏重了模仿而疏忽了理想化，所以也不是健全的学说。

以上所说，是古代最著名的三家的美学说。近代的思想家，对于美有什么新意见呢？德国有真善美合一说及美的独立说；二说正相反对。略述如下：

近代德国美学家包姆加敦〔鲍姆加登〕（Baumgarten，1714—1762）说："圆满之物诉于我们的感觉的时候，我们感到美。"这句话道理很复杂了。所谓圆满，必定有种种的要素。例如梅花，仅乎五个圆圈，不能称为圆满。必有许多花，又有蕊，有枝，有干，或有盆。总之，不是单纯而是复杂的。但一味复杂而没有秩序，例如在纸上乱描了几百个圆圈，又不能称为圆满，不成为画。必须讲究布置，而有统一，方可称为圆满。故换言之，圆满就是"复杂的统一"。做人也是如此的：无论何等善良的人，倘过于率直或过于曲折，决不能有圆满的人格。必须有丰富的知识与感情，而又有统一的见解的人，方能具有圆满的人格。我们用意志来力求这圆满，就是"善"；用理知来认识这圆满，就是"真"；用感情来感到这圆满，就是"美"。故真、美、善，是同一物。不过或诉于意志，或诉于理知，或诉于感情而已。——这叫做真善美合一说。

反之，德国还有温克尔曼（Winckelmann，1717—1768）

和雷迅〔莱辛〕（Lessing，1729—1781）两人，完全反对包姆加敦，说美是独立的。他们说："美与真善不同。美全是美，除美以外无他物。"

但近代美学上最重要的学说，是"客观说"与"主观说"的二反对说，前者说美在于（客观的）外物的梅花上，后者说美在于（主观的）看梅花的人的心中。这种问题的探究，很有趣味，现在略述之如下：

美的客观说，始创于英国。英国画家霍格斯〔贺加斯〕（Hogarth，1697—1764）说："物的形状，由种种线造成。线有直线与曲线。曲线比直线更美。"现今研究裸体画的人，有"曲线美"之说。这话便是霍格斯所倡用的。霍格斯说："曲线所成的物，一定美观。故美全在于事物中。"倘问他："梅花为什么是美的？"他一定回答："因为它有很好的曲线。"

美的客观说的提倡者很多。就中有的学者，曾指定美的具体的五条件，说法更为有趣。今略为伸说之：

第一，形状小的——美的事物，大抵其形状是小的。女人比男人，身体大概较小。故女人大概比男人为美。英语称女性为 fair sex 即"美性"。中国文学中描写美人多用小字，例如"娇小""生小"，称女子为"小姐""小鬟"，女子的名字也多用"小红""小苹"等。因为小的大都可爱。孩子们欢喜洋团团，大人们欢喜宝石、象牙细工，大半是因其小而可爱的原故。我们看了梅花觉得美，也半是为了梅花形小的原故。假如有像伞一般大的梅花，我们见了一定只觉得可惊，不感到美。我们看见婴孩，总觉得可爱，但假如婴孩同白象一样大，我们就觉得可怕了。

第二，表面光滑的——美的事物，大概表面光滑。这也可先用美人来证明。美人的第一要件是肌肤的光泽。故诗词中有"玉体""玉肌""玉女"等语。我们所以爱玉，爱宝，爱大理石，爱水晶，也是爱它们的光滑。爱云，爱雪，爱水，也是为了洁净无瑕的原故。化妆品——雪花膏、尘发油、蜜，大都是以使肤发光滑为目的的。

第三，轮廓为曲线的——这与霍格斯所说相同。曲线大概比直线为可爱。试拿一个圆的玩具和一个方的玩具同时给小孩子看，请他选择一件，他一定取圆的。人的颜面，直线多而棱角显然，不及曲线多而带圆味的好看。矗立的东洋建筑，上端加一圆的 dome〔圆屋顶〕，比平顶的好看得多。西湖的山多曲线，故优美。云与森林的美，大半在于其周围的曲线。美人的脸必由曲线组成。下端圆肥而膨大的所谓"瓜子脸"，有丰满之感，上端膨大而下端尖削的"倒瓜子脸"，有清秀之感。孩子的脸中倘有了直线，这孩子一定不可爱。

第四，纤弱的——纤弱与小相类似，可爱的东西，大概是弱的。例如鸟、白兔、猫，大都是弱小的。在人中，女子比男子弱，小孩比大人弱。弱了反而可爱。

第五，色彩明而柔的——色彩的明，换言之，就是白的，淡的。谚云"白色隐七难"；故女子都欢喜擦粉。色的柔，就是明与暗的程度相差不可过多。由明渐渐地暗，或由暗渐渐地明，称为"柔的调子"。柔的调子大都是美的。物体受着过强的光，或过于接近光源，其明暗判然，即生刚调子。刚调子不及柔调子的美观。窗上用窗帷,电灯泡用毛玻璃,便是欲减弱光的强度,使光匀和,在室中的人物上映成柔和的调子。女子不喜立在灯的近旁或太阳光中,便是欲避去刚调子。太阳下的女子罩着薄绢的彩伞,脸上的光线异常柔美。

我们倘问这班学者:"梅花为什么是美的?"他们一定回答:"梅花形小,瓣光泽,由曲线包成,纤弱,色又明柔,故美。"这叫做"美的客观说"。这的确有充实的理由。

反之,美的主观说,始倡于德国。康德(Kant,1724—1804)便是其大将。据康德的意见,美不在于物的性质,而在于自己的心的如何感受。这话也很有道理:人们都觉得自己的子女可爱,故有语云:"癞痢头儿子自己的好。"人们都觉得自己的恋人可爱,故有语云:"情人眼里出西施。"这种话中,含有很深的真理。法兰西的诗人波独雷尔〔波德莱尔〕(Bautdelaire)有一首诗,诗中描写自己死后,死骸上生出蛆虫来,其蛆虫非常美丽。可知心之所爱,蛆虫也会美起来。我们站在梅花前面,而感到梅花的美,并非梅花的美,正是因为我们怀着欣赏的心的原故。作《暗香》、《疏影》的姜白石站在梅花前面,其所见的美一定比我们更多。计算梅花有几个瓣与几个蕊的博物学者,对梅花全不感到其美。挑了盆梅而在街上求售的卖花人,只觉得重的担负。

感到美的时候,我们的心情如何?极简要地说来,即须舍弃理智的念头而仅用感情来迎受。美是要用感情来感到的。博物先生用了理智之念而对梅花,卖花人用了功利之念而对梅花,故均不能感到其美。故美的主观说,是不许人们想起物的用途与目的的。这与前述的苏格拉底的实用说恰好相反,但这当然是比希腊的时代更进步的思想。

康德这学说,名为"无关心说"("disinterestedness")。无关心,就是说美的创作或鉴赏的时候不可想起物的实用的方面,描盆景时不可专想吃苹果,看展览会时不可专想买画,而用欣赏与感叹的态度,把自己的心没入在对象中。

以上所述的客观说与主观说,是近代美学上最重要的二反对说。每说各有其根据。禅家有"幡动,心动"的话,即看见风吹幡动的时候,一人说是幡动,又一人说是心动。又有"钟鸣,撞木鸣"的话,即敲钟的时候,或可说钟在发音,或可说是撞木在发音。究竟是幡动抑心动?钟鸣抑撞木鸣?照我们的常识想来,两者不可分离,不能偏说一边,这是与"鸡生卵,卵生鸡"一样的难问题。应该说:"幡与心共动,钟与撞木共鸣。"这就是德国的席勒尔〔席勒〕(Schiller,1759—1805)的"美的主观融合说"。

融合说的意见:梅花原是美的。但倘没有能领略这美的心,就不能感到其美。反之,颇有领略美感的心,而所对的不是梅花而是一堆鸟粪,也就不能感到美。故美不能仅用主观或仅用客观感得。二者同时共动,美感方始成立。这是最充分圆满的学说,世间赞同的人很多。席勒尔以后的德国学者,例如海格尔〔黑格尔〕(Hegel),叔本华(Schopenhauer),哈特曼(Hartmann)等,都是信从这融合说的。

以上把古来关于美的最著名的学说大约说过了。但这不过是美的外部的情状,不是美本身的滋味。美的滋味,在口上与笔上决不能说出，只得由各人自己去实地感受了。

十八〔1929〕年岁暮，《中学生》"美术讲话"

从梅花说到艺术[1]

"寻常一样窗前月,才有梅花便不同。"不同在于何处?我们只能感到而不能说出。但仅乎像吃糖一般地感到一下子甜,而无以记录站在窗前所切实地经验的这微妙的心情,我们总不甘心。于是就有聪明的人出来,煞费苦心地设法表现这般心情。这等人就是艺术家,他们所作的就是艺术。

对于窗前的梅花,在我们只能观赏一下,至多低徊感叹一下。但在宋朝的梅花画家杨无咎,处处是杰作的题材;在词人姜白石,可为《暗香》《疏影》的动机。我们看了梅花的横幅,读了《暗香》《疏影》,往往觉得比看到真的梅花更多微妙的感动,于此可见艺术的高贵!我有时会疏慢地走过篱边,而曾不注意于篱角的老梅;有时虽注意了,而并无何等浓烈的感兴。但窗间的横幅,可在百忙之中牵惹我的眼睛,使我注意到梅的清姿。可见凡物一入画中便会美起来。梅兰竹菊,实物都极平常。试看:真的梅树不过是几条枯枝;真的兰叶不过是一种大草;真的竹叶散漫不足取;真的菊花与无名的野花也没有什么大差。经过了画家的表现,方才美化而为四君子。这不是横幅

---

[1] 本篇原载1930年2月《中学生》第2号。

借光梅花的美，而是梅花借光横幅的美。梅花受世人的青眼，全靠画家的提拔。世间的庸人俗子，看见了梅兰竹菊都会啧啧称赏，其实他们何尝自能发见花卉的美！他们听见画家有四君子之作，因而另眼看待它们。另眼看待之后，自然对于它们特别注意；特别注意的结果，也会渐渐地发见其可爱了。

我自己便是一个实例。我幼年时候，看见父亲买兰花供在堂前，心中常是不解他的用意。在我看来，那不过是一种大草，种在盆里罢了，怎么值得供在堂前呢？后来年纪稍长，有一天偶然看见了兰的画图，觉得其浓淡肥瘦、交互错综的线条，十分美秀可爱，就恍然悟到了幼时在堂前见惯的"种在盆里的大草"。自此以后，我看见真的兰花，就另眼看待而特别注意，结果觉得的确不错，于是"盆里的大草"就一变而为"王者之香"了，世间恐怕不乏我的同感者呢。

有人说：人们不是为了悲哀而哭泣，乃为了哭泣而悲哀的。在艺术上也有同样的情形，人们不是感到了自然的美而表现为绘画，乃表现了绘画而感到自然的美。换言之，绘画不是模仿自然，自然是模仿绘画的。

英国诗人王尔德（Wilde，1856—1900）有"人生模仿艺术"之说。从前的人，都以为艺术是模仿人生的。例如文学描写人生，绘画描写景物。但他却深进一层，说"人生模仿艺术"。小说可以变动世间的人的生活，图画可以变动世间的人的相貌。据论者所说，这是确然的事：卢骚〔卢梭〕（J.J.Rousseau，1712—1778）作了《哀米儿》〔《爱弥儿》〕（*Emile*），法国的妇人大家退出应接室与跳舞厅而回到育儿室中去。洛西谛〔罗赛蒂〕（D.G.Rossetti，1828—1882）画了神秘而凄艳的 Beatrice〔比亚特丽丝〕（即意大利大诗人但丁的《神曲》中的女主人，是但丁的恋人）的像，英国的少女的颜貌一时都变成了 Beatrice 式。日本的竹久梦二画了大眼睛的女颜，日本现在的少女的眼睛都同银杏果一样。有一位善于趣话的朋友对我说："倘使世间的画家大家都画没有头的人，不久世间的人将统统没有头了。"读者以为这是笑话么？其实并不是笑话。世间的画家决不会画没有头的人，所以人的头决不会没有。但"人生模仿艺术"之说，决不是夸张的。理由说来很长，不是这里所可猎涉。简言之，因为艺术家常是敏感的，常是时代的先驱者。世人所未曾做到的事，艺术家有先见之明。所以艺术家创造未来的世界，众人当然跟了他实行。艺术家创造未来的自然，自然也会因了培养的关系而跟了他变形。梅花经过了杨无咎与姜白石的描写，而渐渐地美化。今日的梅花，一定比宋朝以前的梅花美丽得多了。

闲话休提，我们再来欣赏梅花。在树上的是梅花的实物，在横幅中的是梅花的画，在文学中的是梅花的词。画与词都是艺术品。艺术品是因了材料而把美具体化的。材料不同，有的用纸，有的用言语，有的用大理石，有的用音，即成为绘画、文学、雕刻、音乐等艺术。无论哪一种艺术，都是借一种物质而表现，而诉于我们的感觉的。"美是诉于感觉"，是希腊的柏拉图的名论，在前篇中早已提及了。

但我们先看梅花的画，次读《暗香》《疏影》的词，就觉得滋味完全不同。即绘画中的梅花与文学中的梅花，表现方法完全不同。绘画中描出梅花的形状,诉于我们的视觉,而在我们心中唤起一种美的感情。文学却不然:并没有梅花的形状,而只有一种话,使我们读了这话而在心中浮出梅花的姿态来。试读《暗香》:

"旧时月色,算几番照我,梅边吹笛?唤起玉人,不管清寒与攀摘。何逊而今渐老,都忘却,春风词笔。但怪得、竹外疏花,香冷入瑶席。　　江国,正寂寂。叹寄与路遥,夜雪初积。翠尊易泣,红萼无言耿相忆。长记曾携手处,千树压西湖寒碧。又片片吹尽也,几时见得?"

"旧时月色,算几番照我?梅边吹笛"数句可使人脑中浮出一片月照梅花的景象,和许多梅花以外的背景(月、笛、我)。读到"竹外疏花,香冷入瑶席",恍然思起幽静别院的雅会。读到"千树压西湖寒碧",又梦见一片香雪成海的孤山的景色。再读《疏影》:

"苔枝缀玉,有翠禽小小,枝上同宿。客里相逢,篱角黄昏,无言自倚修竹。昭君不惯胡沙远,但暗忆江南江北。想佩环、月夜归来,化作此花幽独。　　犹记深宫旧事,那人正睡里,飞近蛾绿。莫似春风,不管盈盈,早与安排金屋。还教一片随波去,又却怨玉龙哀曲。等恁时、重觅幽香,已入小窗横幅。"

"篱角黄昏，无言自倚修竹"，可使人想起岁寒三友图的一部。读到"已入小窗横幅"，方才活现地在眼前呈出一幅疏影矢娇的梅花图。然而我们在《暗香》、《疏影》中所见的梅花，都只是一种幻影，不是像看图地实际感觉到梅花的形与色的。在这里可以悟到文学与造型美术（绘画，雕刻等）的不同。绘画与雕刻确是诉于感觉的艺术，但文学并不诉于感觉。文学只是用一种符号（文字）来使我们想起梅花的印象。例如我们看见"梅"之一字，从"梅"这字的本身上并不能窥见梅花的姿态。只因为看见了"梅"字之后，我们就会想起这字所代表的那种花，因而脑中浮出关于这花的回忆来。倘用心理学上的专词来说，这是用"梅"的一种符号来使我们脑中浮出梅花的"表象"。所以文学中的梅花与绘画中的梅花全然不同，绘画是诉于"感觉"的，文学是诉于"表象"的。柏拉图的名论有些不对。但"表象"是"感觉"的影。故柏拉图的名论也可说是对的。

　　但诉于表象的文学，与专诉于感觉的其他的艺术（绘画、音乐、雕刻、建筑、舞蹈等），在性质上显然是大不相同。这可分别名之为"表象艺术"与"感觉艺术"。现在试略述这两种艺术的异点。

　　表象艺术所异于感觉艺术的，是其需要理知的要素。例如"梅花开"，是"梅花"的表象与"开"的表象的结合。必须用理智来想一想这两个表象的关系，方才能知道文学所表现的意味。且文学中不但要表象，又需概念与观念。例如说"梅"，所浮出的梅花的表象，必是从前在某处看见过的梅花。即从前的经验具象地浮出在脑际。这便是"表象"。但倘不说梅兰竹菊，而仅说一个"花"字，则脑中全然不能浮出一种具象的东西，只是一种漠然的，共通的抽象的花。这便是"概念"。又如不说梅或花，而说一抽象的"美"字，这便是"观念"。"旧时月色"的"旧时"，"不管清寒"的"清寒"，都是观念。"善恶"、"运命"、"幸福"、"和平"，……都是观念。观念决不能具象地浮出在我们的脑中，只能使我们作论理的"思考"。

至如表现人生观的文学作品，更非用敏锐的头脑来思考不可了。记得美国〔英国〕的文豪卡莱尔（Carlyle，1795—1881）说过，"我们要求思考的文学。"可知思考是文学艺术上的一种特色。

但在绘画上，就全然不同了。例如这里挂着一幅梅妻鹤子图。画中描一位林和靖先生，一只鹤和梅树。我们看这幅画时，虽然也要理智的活动，例如想起这是宋朝的处士林和靖先生，他是爱梅花和鹤的……但看画，仍以感觉为主。处士的风貌与梅鹤的样子，必诉于我们的眼。即绘画的本质，仍是诉于我们的感觉的。理智的活动，不过是暂时的，一部分的，表面的。决不像读到"只因误识林和靖，惹得诗人说到今"的诗句时的始终深入于理智的思考中。

所以看画的，要知道画的题材（意义），不是画的主体。画的主体乃在于形状、线条、色彩与气韵（形式）。换言之，画不是想的，是看的（想不过是画的附属部分）。文人往往欢喜《梅妻鹤子图》、《赤壁泛舟图》、《黛玉葬花图》；基督徒欢喜《圣母子图》、《基督升天图》，这都是欢喜画的附属物的题材（意义），而不是赏识画的本身的表现（形式），题材固然也有各人的嗜好，但表现的形式尤为主要，切不可忽视。

近世的西洋画，渐渐不重题材而注意画的表现形式（技术）了。印象派的画家，不选画题，一味讲究色彩的用法、光的表出法。寻常的野景、身边的器什，都可为印象派画家的杰作的题材。印象派大画家莫南〔莫奈〕（Monet，1840—1926）曾经把同一的稻草堆画了十五幅名画（朝、夕、晦、明，种种不同）。没有训练的眼，对着了十五幅稻草一定觉得索然无味。这显然是绘画的展进于专门的境域。至于印象派以后，这倾向更深。像未来派、立体派等绘画，画面全是形、色、线的合奏，连物件的形状都看不出了。

十八〔1929〕年岁暮，《中学生》"美术讲话"

艺术鉴赏的态度

要讲艺术鉴赏,先须明白艺术的性状。人人都知道"艺术"这个名词,他们看见了关于画一类的事,就信口称赞为"艺术的"。可是所谓"艺术"的真意义,了解的人很少。我们的眼,平时容易沉淀于尘世的下层,固着在物质的细部,不能望见高超于尘俗物质之表的艺术。必须提神于太虚而俯瞰万物,方能看见"艺术"的真面目。何谓高超于尘俗物质之表?就绘画而说,画家作画的时候,把眼前的森罗万象当作大自然的一幅幅绘图,而决不想起其各事物的对于世人的效用与关系。画家的头脑,是"全新"的头脑,毫不沾染一点世俗的陈见。画家的眼,是"纯洁"的眼,毫不蒙受一点世智的翳障。故画家作画的时候,眼前所见的是一片全不知名、全无实用而庄严灿烂的全新的世界。这就是美的世界。山是屏,川是带,不是地理上交通上的部分;树是装饰,不是果实或木材的来源;房屋是玩具,不是人类的居处;田野是大地的衣襟,不是五谷的产地;路是地的静脉管,不是供人来往的道;其间的人们的往来种作,都是演剧或游戏,全然没有目的;牛、羊、鸡、犬、鱼、鸟都是这大自然的点缀,不是生产的畜牧,——有了这样的眼光与心境,方能面见"造型美"的姿态。欢喜感激地把这"美"的姿态描写在画布上，就成为叫做"绘画"的一种艺术。所以艺术的绘画中的两只苹果，不是我们这世间的苹果，不是甜的苹果，不是几个铜板一只的苹果，而是苹果自己的苹果。绘画中的裸体模特儿，不是这世间的风俗、习惯、道德的羁绊之下的一个女人，而是一种造型的现象。

原来宇宙万物，各有其自己独立的意义，当初并不是为吾人而生的。世间一切规则、习惯，都是人为了生活的方便而造出来的。美秀的稻麦招展在阳光之下，分明自有其生的使命，何尝是供人充饥的？玲珑而洁白的山羊、白兔点缀在青草地上，分明是好生好美的神的手迹，何尝是供人杀食的？草屋的烟囱里的青烟，自己在表现他自己的轻妙的姿态，何尝是烧饭的偶然的结果？池塘里的楼台的倒影自成一种美丽的现象，何尝是反映的物理作用而已？聪明的听者悟到了这一点，即可窥见艺术的美的世界的门户了。

要之，艺术不是技巧的事业，而是心灵的事业；不是世间的事业的一部分，而是超然于世界之表的一种最高等的人类活动。故艺术不是职业，画家不是职业，画不是商品。故练习绘画不是练习手腕，而是练习眼光与心灵。故看画不仅用肉眼，又须用心眼。

用艺术鉴赏的态度来看画，先要解除画中事物对于世间的一切关系，而认识其物的本身的姿态。换言之，即暂勿想起画中事物在世间的效用、价值等关系，而仅赏其瞬间的形状色彩。我们必须首先体验造型美的滋味，然后进于情感美、意义美的鉴赏。这样才是对于绘画艺术的真的理解。见了关于画一类的事就信口称赞为"艺术的"的人,分明是误解艺术,侮辱艺术,并不是真懂得艺术的人。

十八〔1929〕年九月十日为松江女子中学高一讲述

新 艺 术[1]

世间盛传"新艺术"这个名词。浅虑的人，就在现在的新艺术与过去的旧艺术之间划了一条不可超越的界线，以为过去的都是无用的废物了。其实并不如此。艺术的分新旧，是仅就其表面而说的。艺术的表面跟了时代而逐渐变相，现在的为新，过去的为旧；但"艺术的心"是永远不变的。这犹之人的服装因了各时代的制度而改样，或为古装，或为时装；但衣服里面的肉体是永远不变的。脱去了衣服，古人与今人都是同样的人，无所谓古今，同理，不拘泥其表面，而接触其内部的精神，艺术也是永远不变，无所谓新艺术与旧艺术的。

"艺术的心"永远不变，故艺术可说是永远"常新的"。

自来的大画家，都是从自然受得深刻的灵感，因而成就其为大画家的。但受得的情形，各人不同，因而其所表现的艺术，样式也不同；于是绘画上就有种种的画派，伟大广博的自然，具有种种方面。从自然的形象方面受得灵感，而创作绘画，便成为"写实派"；从自然的色彩方面受得灵感，而创作绘画，便成为"印象派"；从自然的构成方面受得灵感，而创

---

[1] 本篇原载 1932 年 9 月 11 日《艺术旬刊》第 1 卷第 2 期。

作绘画，便成为"表现派"。各派时代不同，表现异样；但在对于自然的灵感这一点上，各画家是相同的。

现今的艺术界中，流行着表现派的画风。有一班青年的艺人，以为表现主义是二十世纪的特产，这才适合于二十世纪新青年的精神；于是大家做了 Cézanne［塞尚］与 Matisse ［马蒂斯］的崇拜者。提起笔来，就在画布上飞舞线条，夸弄主观，以为非此便不新，非新便不是二十世纪的青年艺术家了。这全是浅见。他们没有完备健全的"艺术的心"，他们所见的只是艺术的表面。他们的艺术，犹之一个服装徒尚时髦而体格不健全的人。这人无论如何讲究服装，终于妆不出好看的模样来。反之，若先有了强健美满的体格，则御无论何种服装，都有精神，正不必拘于老式与时髦了。

这所谓体格，在艺术上便是"艺术的心"。故青年欲研究艺术，必先培养其"艺术的心"。何谓"艺术的心"？简言之，就是前述的"灵感"。

艺术创作的时候，必先从某自然中受得一种灵感，然后从事表现。全无何等灵感而动手刻划描写，其工作不成为艺术，而仅为匠人之事。倘学画的人只知多描，学诗的人只知多作，而皆闲却了用心用眼的工夫，其事业便舍本而逐末，而事倍功半了。在艺术创作上，灵感为主，而表现为从；即观察为主，而描写为从；亦即眼为主而手为从。故勤描写生，不如多观自然；勤调平仄，不如多读书籍。胸襟既广，眼力既高，手笔自然会进步而超越起来。所以古人学画，有"读万卷书，行万里路"的训话。可知艺术完全是心灵的事业，不是技巧的工夫。

西洋有格言道：

"凡艺术是技术；但仅乎技术，不是艺术。"

仅乎技术不是艺术，即必须在技术上再加一种他物，然后成为艺术。这他物便是"艺术的心"。有技术而没有"艺术的心"，不能成为艺术，有"艺术的心"而没有技术，亦不能成为艺术。但两者比较起来，在"人生"的意义上，后者远胜于前者了。因为有"艺术的心"而没有技术的人，虽然未尝描画吟诗，但其人必有芬芳悱恻之怀，光明磊落之心，而为可敬可爱之人。若反之，有技术而没有艺术的心，则其人不啻一架无情的机械了。于此可知"艺术的心"的可贵。

日本已故文学者夏目漱石在其《草枕》[1]中有这样的话："诗思不落纸，而铿锵之音，起于胸中。丹青不向画架涂抹，而五彩绚烂，自映心眼。但能如是观看所处之世，而在灵台方寸之镜箱中摄取浇季涸浊之俗世之清丽之影，足矣，故无声之诗人虽无一句，无色的画家虽无尺缣；但其能如是观看人生，其能解脱烦恼，其能如是出入于清净界，以及其能建此不同不二之乾坤，其能扫荡我利私欲之羁绊，——较千金之子、万乘之君、一切俗界之宠儿为幸福也。"

这里所谓"解脱烦恼"，"出入于清净界"，"建此不同不二之乾坤"，"扫荡我利私欲"诸点，皆"艺术的心"所独到的

---

[1] 《草枕》为日文原著书名，中译名是《旅宿》。

境地。艺术的高贵的超现实性，即在于此。高尚的艺术，所以能千古不朽而"常新"者，正为其具有这高贵的超现实性的原故。

故研究艺术，宜先开拓胸境，培植这"艺术的心"。心广则眼自明净，于是尘俗的世间，在你眼中常见其为新鲜的现象；而一切大艺术，在你也能见其"常新"的不朽性，而无所谓新艺术与旧艺术的分别了。

二十一〔1932〕年八月，为不果出版之某美术刊作

为什么学图画[1]

不欢喜图画的人以为"我将来并不要靠画图吃饭,不会画图打什么紧?图画课不上也不妨。"

然而他们想错了。假如照他们所说,中学校里的图画课是为欲教学生做画家而设,将来他们长大起来,中国的四万万人全体是画家了!世间哪会有这样的事?故可知学图画决不是想做画家。

其次,假如照他们所想,学校中的功课要直接有用处才应该学习,那么中学校的课程表上的科目大半可以废止了。因为在一般人们的实际生活中,哪个每天在解方程式,烧试验管,探显微镜呢?故可知学图画不是要直接应用的。

学图画决不是想做画家,也不是要在将来直接应用,那么为什么大家要学图画呢?诸生务须先把这个根本问题想一想清楚,然后跨进图画教室去。现在让我来代替怀这个疑问的人解说一番:

假如有两个母亲,都到衣料店去购买绸布,为小孩子做衣

---

[1] 本篇曾以《为什么大家要学图画》为题载1930年1月《中学生》第1号,收入《艺术趣味》一书时有改动。

服。一个母亲很有钱，买了时髦的绫罗缎匹来；可是她不会裁缝，衣服的质料尽管贵重，而孩子们穿了姿态十分难看。还有一个母亲虽然钱很少，只买了几尺粗布，但是她对于服装样式很知道美恶，又长于裁缝，故所做的衣服虽然只是一件布衫，而孩子们穿了怪有样子，令人觉得可爱。

又假如有两处饮食店，一处烧菜用的材料都是山珍海味，可是不会调味，油盐酱醋配得不宜，盛菜的器皿和座位也粗污而不讲形式。另一处材料虽然只有蔬菜之类，但滋味调得恰好，盛菜的器皿和座位也清洁而形式美观，令人入座就觉得快适。

假如你们遇见这两个母亲和这两处饮食店，请问赞许哪一个和哪一处？我想一定赞许后者的吧。因为我知道人都欢喜美观与快适。

原来人们都是欢喜感觉的快美的。故对于物，实用之外又必要求形色的美观。试看看糖果店内的咖啡糖，用五色灿烂的锡纸包裹着，人们就欢喜购食，而且滋味似比不包裹的好得多。所以有人说，"人们吃东西不仅用口，又兼用眼。"同是一杯茶，盛的杯子的形式的美恶与茶的滋味的好坏大有关系。同是一盘菜，形色装得美观，滋味似乎也甘美。馈赠的饼饵，全靠有装潢，故能使人欢喜；送礼的两块钱，全靠有红封袋，故能表示敬意。商店的样子窗装饰华丽，可以引诱主顾；旅馆的房间布置精美，可以挽留旅客。……我们的生活中，这样的例不遑枚举。可见人们是天生成爱好快美的。

照上述的实例想来，快美之感，在人类生活上是何等重大的必要条件！为了形式的缺乏而受损失的例，事实上也很多。就如前述的例：衣服形式不良，把贵重的绫罗糟蹋了。商店装饰不美，其商业必受很大的影响。在美的要求强盛的现代，商品几乎是全靠装潢而畅销的了。

使我们起快美之感的东西，必具有美好的形状与色彩。反之，使我们起不快之感的东西，必定是其形状与色彩不美的原故。怎样的形色是美的？怎样的形色是不美的？怎样可使形色美观而催人快感？这练习便是图画的最重要的目的。

故学图画并不是想做画家，也不是要把图画直接应用。我们所以大家要学图画者，因为大家是人，凡人的生活都要求快美之感，故大家要能辨别形色的恶美，即大家要学图画。

男学生们说："我并不是女子，将来并不要做母亲而缝衣服。"女学生们说："我将来并不要开旅馆而布置房间。"这话显然是错误的了。因为既然是人，没有一个人不要求快美之感，即没有一个人可以没有辨别形色美恶的能力，没有一个人可以不学图画。你们身上的服饰，桌上的文具，起卧的寝室，用功的教室，散步的庭园，哪一种可以秽恶而不求美观？猪棚一般的屋子和整洁的屋子，你们当然欢喜后者。假如你们的社会中有美丽的公园，有清洁的道路，有壮丽的公共建筑；你们的学校里有可爱的校园，畅快的运动场，整洁的自修室，庄严的会场，雅致的画室；你们的家庭中有清静的院子，温暖的房屋，悦目的书画、盆栽和陈设。这等便是地方的当局、你们的校长父母等为你们设备着的。可知做官吏，做校长，做父母，都应该学过图画。他们没有一人不常在画图画，不过他们的图画不画在纸上，而画在地方上，学校里，家庭中罢了。他们是在地方上，学校里，家庭中，应用着他们的图画的修养。假如他们没有图画的修养，没有对于形色美恶的鉴赏力，没有美术的眼识，人民一定不得享受这般美丽的社会、学校和家庭的幸福，而在秽恶不堪的社会，牢狱式的学校，猪棚一般的家庭中受苦了。

且不说什么人生的幸福。至少，可以免除一种可笑的愚举。世间往往有出了许多力，费了许多金钱，而反受识者的讥笑的愚举。富商的家里购备着红木的家具。然不解趣味，其陈设往往恶俗不堪。好时髦的女郎盲从流行而竞尚新装，然不辨美恶，有时反而难看，其徒劳着实可怜！就如前述的母亲，出重价为孩子制了衣服，反而在这里受我们的批评，岂不冤枉！

你们将来毕业之后，无论研究何种专门学问，从事何种社会事业，无论做官，做商，做工，做先生，做兵士，切勿忘却中学时代所修得的图画的趣味。这能增加人生的幸福，故图画可说是人生的永远必修的课业。

十八〔1929〕年十一月为松江女中初中一年级讲述

美与同情[1]

有一个儿童,他走进我的房间里,便给我整理东西。他看见我的表面合覆在桌子上,给我翻转来。看见我的茶杯放在茶壶的环子后面,给我移到口子前面来。看见我床底下的鞋子一顺一倒,给我掉转来。看见我壁上的立幅的绳子拖出在前面,搬了凳子,给我藏到后面去。我谢他:

"哥儿,你这样勤勉地给我收拾!"

他回答我说:

"不是,因为我看了那种样子,心情很不安适。"是的,他曾说:"表面合覆在桌子上,看它何等气闷!""茶杯躲在它母亲的背后,教它怎样吃奶奶?""鞋子一顺一倒,教它们怎样谈话?""立幅的辫子拖在前面,像一个鸦片鬼。"我实在钦佩这哥儿的同情心的丰富。从此我也着实留意于东西的位置,体谅东西的安适了。它们的位置安适,我们看了心情也安适。于是我恍然悟到,这就是美的心境,就是文学的描写中所常用的看法,就是绘画的构图上所经营的问题。这都是同情心的发展。普通人的同情只能及于同类的人,或至多及于动物;

---

[1] 本篇原载1930年1月《中学生》第1号。

但艺术家的同情非常深广,与天地造化之心同样深广,能普及于有情非有情的一切物类。

我次日到高中艺术科上课,就对她们作这样的一番讲话:

世间的物有各种方面,各人所见的方面不同。譬如一株树,有博物家,在园丁,在木匠,在画家,所见各人不同,博物家见其性状,园丁见其生息,木匠见其材料,画家见其姿态。

但画家所见的,与前三者又根本不同:前三者都有目的,都想起树的因果关系,画家只是欣赏目前的树的本身的姿态,而别无目的。所以画家所见的方面,是形式的方面,不是实用的方面。换言之,是美的世界,不是真善的世界。美的世界中的价值标准与真善的世界中全然不同。我们仅就事物的形状色彩姿态而欣赏,更不顾问其实用方面的价值了。所以一枝枯木,一块怪石,在实用上全无价值,而在中国画家是很好的题材。无名的野花,在诗人的眼中异常美丽。故艺术家所见的世界,可说是一视同仁的世界,平等的世界。艺术家的心,对于世间一切事物都给以热诚的同情。

故普通世间的价值与阶级,入了画中便全部撤销了。画家把自己的心移入于儿童的天真的姿态中而描写儿童,又同样地把自己的心移入于乞丐的病苦的表情中而描写乞丐。画家的心,必常与所描写的对象相共鸣共感,共悲共喜,共泣共笑,倘不具备这种深广的同情心,而徒事手指的刻划,决不能成为真的画家。即使他能描画,所描的至多仅抵一幅照相。

画家须有这种深广的同情心,故同时又非有丰富而充实的精神力不可。倘其伟大不足与英雄相共鸣,便不能描写英雄,倘其柔婉不足与少女相共鸣,便不能描写少女。故大艺术家必是大人格者。

艺术家的同情心,不但及于同类的人物而已,又普遍地及于一切生物无生物,犬马花草,在美的世界中均是有灵魂而能泣能笑的活物了。诗人常常听见子规的啼血,秋虫的促织,看见桃花的笑东风,蝴蝶的送春归,用实用的头脑看来,这些都是诗人的疯话。其实我们倘能身入美的世界中,而推广其同情心,及于万物,就能切实地感到这些情景了。画家与诗人是同样的,不过画家注重其形色姿态的方面而已。没有体得龙马的泼力,不能画龙马,没有体得松柏的劲秀,不能画松柏。中国古来的画家都有这样的明训。西洋画何独不然?我们画家描一个花瓶,必其心移入于花瓶中,自己化作花瓶,体得花瓶的力,方能表现花瓶的精神。我们的心要能与朝阳的光芒一同放射,方能描写朝阳;能与海波的曲线一同跳舞,方能描写海波。这正是"物我一体"的境涯,万物皆备于艺术家的心中。

为了要有这点深广的同情心,故中国画家作画时先要焚香默坐,涵养精神,然后和墨伸纸,从事表现。其实西洋画家也需要这种修养,不过不曾明言这种形式而已。不但如此,普通的人,对于事物的形色姿态,多少必有一点共鸣共感的天性。房屋的布置装饰,器具的形状色彩,所以要求其美观者,就是为了要适应天性的缘故。眼前所见的都是美的形色,我们的心就与之共感而觉得快适;反之,眼前所见的都是丑恶的形色,我们的心也就与之共感而觉得不快。不过共感的程度有深浅高下不同而已。对于形色的世界全无共感的人,世间恐怕没有;有之,必是天资极陋的人,或理智的奴隶,那些真是所谓"无情"的人了。

在这里我们不得不赞美儿童了。因为儿童大都是最富于同情的,且其同情不但及于人类,又自然地及于猫犬,花草,鸟蝶,鱼虫,玩具等一切事物,他们认真地对猫犬说话,认真地和花接吻,认真地和人像〔玩偶,娃娃〕(doll)玩耍,其心比艺术家的心真切而自然得多!他们往往能注意大人们所不能注意的事,发见大人们所不能发见的点。所以儿童的本质是艺术的。换言之,即人类本来是艺术的,本来是富于同情的。只因长大起来受了世智的压迫,把这点心灵阻碍或销磨了。惟有聪明的人,能不屈不挠。外部即使饱受压迫,而内部仍旧保藏着这点可贵的心。这种人就是艺术家。

西洋艺术论者论艺术的心理,有"感情移入"之说。所谓感情移入,就是说我们对于美的自然或艺术品,能把自己的感情移入于其中,没入于其中,与之共鸣共感,这时候就经验到美的滋味。我们又可知这种自我没入的行为,在儿童的生活中为最多。他们往往把兴趣深深地没入在游戏中,而忘却自身的饥寒与疲劳。圣书中说:你们不像小孩子,便不得进入天国。小孩子真是人生的黄金时代!我们的黄金时代虽然已经过去,但我们可以因了艺术的修养而重新面见这幸福,仁爱,而和平的世界。

十八〔1929〕年九月廿八日为松江女中高中一年生讲述

绘画之用

从前英国的大诗人拜轮〔拜伦〕（Byron）的葬仪在伦敦举行的时候，伦敦街上的商人们望见了这大出丧的威仪，惊叹之余，私下相问："诗人到底是做什么生意的人？"

从前日本有一个名画家，画一幅立轴，定价洋六十元，画中只是疏朗朗地描三粒豆。有一个商人看见了，惊叹道："一粒豆值洋二十元！？"

这种大概是形容过分的笑话吧。诗人不是做生意的人，画中的豆与粮食店内的豆不同，这是谁也不会弄错的，不致发那种愚问吧。不过，"诗到底有什么用？""画到底有什么用？"也许是一般人心中常有的疑问。

在展览会中，如果有人问我："绘画到底有什么用？"我准拟答复他说："绘画是无用的。""无用的东西！画家何苦画？展览会何苦开？""纯正的绘画一定是无用的，有用的不是纯正的绘画。无用便是大用。容我告诉你这个道理。"

普通所见的画，种类甚多：纪念厅里的总理遗像也是画，教室里的博物挂图也是画，地理教科书中的名胜图也是画，马路里墙壁上的广告图也是画，然而这种都不是纯正的绘画。展览会里的才是纯正的美术的绘画。为什么道理呢？就为了前者是"有用"的，后者是"无用"的。

纪念厅里有总理遗像，展览会里也有人物画。但前者是保留孙中山先生的遗容，以供后人的瞻仰的；后者并无这种目的，且不必标明是何人。博物挂图中有梅花图，吴昌硕的立幅中也有梅花图。然前者是对学生说明梅花有几个瓣，几个雄蕊与雌蕊的；吴昌硕并不是博物教师。地理教科书中有西湖的风景图，油画中也有西湖的风景图。但前者是表明西湖的实景，使没有到过杭州的人可以窥见西湖风景的一斑的；后者并不是冒充西湖的照相。马路里墙上的广告画中有香烟罐，啤酒瓶，展览会里的静物画中也有香烟罐，啤酒瓶。但前者的目的是要诱人去买，后者并不想为香烟公司及酿造厂推广销路。大厦堂前的立幅，试问有什么实用？诸君手中的扇子上画了花，难道会多一点凉风？展览会里的作品，都是这类的无目的的、无用的绘画。——无用的绘画，才是真正的美术的绘画。

何以言之？因为真的美术的绘画，其本质是"美"的。美是感情的，不是知识的，是欣赏的，不是实用的。所以画家但求表现其在人生自然中所发见的美，不是教人一种知识；看画的人，也只要用感情去欣赏其美，不可用知识去探究其实用。真的绘画，除了表现与欣赏之外，没有别的实际的目的。前述四种实例，遗像、博物图、名胜图、广告画，都是实用的，或说明的。换言之，都是为了一种实际的目的而画的。所以这种都是实用图，都不是美术的绘画。但我的意思，并非说实用图都没有价值。我只是说，实用图与美术的绘画性质完全不同。看惯实用图的人，一旦走进展览会里，慎勿仍用知识探究的态度去看美的绘画。不然，就不免做出"一粒豆值洋二十元"的笑柄来。美术的绘画虽然无用（详之，非实用，或无直接的用处），但其在人生的效果，比较起有用的（详言之，实用的，或直接有用的）图画来，伟大得多。

人类倘然没有了感情，世界将变成何等机械、冷酷而荒凉的生存竞争的战场！世界倘没有了美术，人生将何等寂寥而枯燥！美术是感情的产物，是人生的慰安。它能用慰安的方式来潜移默化我们的感情。

所以说"真的绘画是无用的，有用的不是真的绘画。无用便是大用"。用慰安的方式来潜移默化我们的感情，便是绘画的大用。

十八〔1929〕年清明于石门湾，为全国美展刊作

谈 像[1]

"画得像",就是"画得好"么?思虑疏忽的人都说"然"。其实不然。画得好不好,不仅在乎像不像。"像"固然是图画上一要点,但图画上还有比"像"更重大的要点,不可以不知道。

现在先讲几个关于"像"的故事给大家听听,然后再说出我的理由来。

从前希腊有两位画家,一位名叫才乌克西斯(Zeuxis),还有一位名叫巴尔哈西乌斯(Parrhasius),都是耶稣纪元以前的人。他们的作品已经不传,只有一个故事传诵于后世:这两位画家的画,都画得很像,在雅典的画坛上齐名并立。有一天,两人各拿出自己的杰作来,在雅典的市民面前比赛技术,看是孰高孰下。全市的美术爱好者大家到场,来看两大画家的比赛。只见才乌克西斯先上台,他手中挟一幅画,外面用袱布包着。他在公众前把袱布解开,拿出画来。画中描的是一个小孩子,头上顶一篮葡萄,站在田野中。那孩子同活人一样,眼睛似乎会动的。但上面的葡萄描得更好,在阳光下望去,竟颗颗凌空,汁水都榨得出似的。公众正在拍手喝彩,忽然天空中

---

[1] 本篇原载 1930 年 5 月《中学生》第 5 期。

飞下两只鸟来，向画中的葡萄啄了几下，又惊飞去，这是因为他的葡萄描得太像，天空中的鸟竟上了他的当，以为是真的葡萄，故飞下来啄食。于是观者中又起了一阵更热烈的拍掌和喝彩的声音。才乌克西斯的画既已受了公众的激赏，他就满怀得意地走下台来，请巴尔哈西乌斯上台献画。在观者心中想来，巴尔哈西乌斯一定比不上才乌克西斯，哪有比这幅葡萄更像的画呢？他们看见巴尔哈西乌斯挟了包着的画，缓缓地踱上台来，就代他担忧。巴尔哈西乌斯却笑嘻嘻地走上台来，把画倚在壁上了，对观者闲眺。观者急于要看他的画，拍着手齐声叫道："快把袱包解开来呀！"巴尔哈西乌斯把手叉在腰际，并不去解袱包，仍是笑嘻嘻地向观者闲眺。观者不耐烦了，大家立起身来狂呼："画家！快把袱包解开，拿出你的杰作来同他比赛呀！"巴尔哈西乌斯指着他的画说道："我的画并没有袱包，早已摆在诸君的眼前了。请看！"观者仔细观察，才知道他所描的是一个袱包，他所拿上来的正是他的画，并不另有袱包。因为画得太像，观者的数千百双眼睛都受了他的骗，以为是真的袱包。于是大家叹服巴尔哈西乌斯的技术，说他比才乌克西斯更高。

中国画界中也有关于画得像的逸话，也讲一个给大家听听：我国六朝时代的顾恺之，据画史逸闻所说，人物画也画得极像。有一天，他从外归家，偶然看见邻家的女子站在门内，相貌姣好。他到了家，就走进画室，立刻画了一个追想的肖像。把画挂在墙上，用针钉住了画中人的心窝。邻家的女子忽然心痛起来，百方求医，都无效果。后来察知了是隔壁的画家的恶戏，女子的父亲就亲来顾家乞情，请他拔去了针，女子的心痛立刻止了。这是为顾恺之的画画得太像了，竟有这般神奇的影响。

读者听了这种故事，一定笑为荒诞。不错，逸话总不免有些荒诞。但这无非是要极言画家的画得像。其事实虽不可尽信，其道理却是可信的。诸君听了这些话，心中作何感想？画得像是否可贵的？画的主要目的，画的好坏的标准，只在像不像，抑另有所在？一般人都误以为画以肖似为贵，画的好坏的标准就在肖似。但我们应该晓得其另有所在。

绘画的主要的目的，绘画的好坏的标准，说起来很长，其最重要的第一点，可说是在于"悦目"。何谓悦目？就是使我们的眼睛感到快美。绘画是平面空间艺术，是视觉艺术。故作画，就是把自然界中有美丽的形与美丽的色彩的事物，巧妙地装配在平面的空间中。有美的形状与美的色彩的事物，不是在无论什么时候无论什么地方常常是美的。故必须把它巧妙地装配，才成为美的绘画。水果摊头上有许多苹果，橘子，然而我们对于水果摊头不容易发生美感。买了三四只回家，供在盆子里，放在窗下的几上的盘中，其形状色彩就显出美来了。又如市街嘈杂而又纷乱，并不足以引起我们的美感，但我们从电车的窗格子中，常常可以看见一幅配合极美好的市街风景图。由此可知使我们的眼睛感到快美的，不限定某物，无论什么东西都有美化的可能。又可知美不在乎物的性质上，而在乎物的配合的形式上。故倘用绘画的眼光看来，雕栏画栋的厅堂，往往不能使人起美感，而茅舍草屋，有时反给人以快美的印象。绘画是自然界的美形、美色的平面的表现，又不是博物挂图，不是照相。绘画是使人的眼感到快美，不是教人某种知识，不是对人说理。由此可知肖似不是绘画的主要目的，不是绘画好坏的标准。因为肖似是模仿自然物，是冒充真物，真物不一定是美的，故可知求肖似不是求美，不是求悦目，与绘画的目的全属两途。诸君大家见过那种蜡细工或火漆细工么？模仿苹果，香蕉，橄榄，杨梅，辣椒，枣子，完全与真物无异。（有一个人曾经被别人捉弄，误咀火漆橄榄。）然而这等不能说是艺术品。做这等东西的人，不能称为艺术家。庸愚的人误认这等为美术，有识者看见了，至多觉得希奇而已，却说不上美。然而绘画并非绝对不要肖似自然物。绘画既然以自然界事物为题材，自然不能不模仿自然。不过要晓得：这模仿不是绘画的主要目的，绘画中所描写出的自然物，不是真的自然物的照样的模仿，而是经过"变形"，经过"美化"后的自然物。所以要"变形"要"美化"者，就是为了要使之"悦目"。故绘画是美的形与色的创造，是主观的心的表现，故绘画是"创作"。

故在绘画上，专求肖似的写实，是低级的，因为它不能使人悦目。近代法国的写实派大家米勒（Millet，1814—1875）的画，从某部分看来，似乎逼真得同照相一样，然其形，其线，其构图（即图中的巧妙的装配）充溢着美的感情。这点就是所谓"变形"，所谓"美化"。这实在是我们练习作图的最模范的榜样。

人们赞美好的风景时，说"如画"，赞美好的绘画时，说"如生"。这两句话是矛盾的。究竟如何解释？请读者思量一下。

十八〔1929〕年九月作，为《中学生》

儿 童 画

孩子们的袋里常常私藏着炭条，黄泥块，粉笔头，这是他们的画具。当大人们不注意的时候，他们便偷偷地取出这些画具来，在雪白的墙壁上，或光洁的窗门上，发表他们的作品。大人们看见了，大发雷霆，说这是龌龊的，不公德的，不雅观的；于整洁和道德上，美感上都有害，非严禁不可。便一面设法销毁这些作品，一面喃喃咒骂它们的作者，又没收他们的画具。然而这种禁诫往往是无效的。过了几日，孩子们的袋里又有了那种画具，墙壁窗门上又有那种作品发表了。

大人们的话说得不错，任意涂抹窗门墙壁，诚然是有害于整洁，道德及美感的。但当动手销毁的时候，倘得仔细将这些作品审视一下，而稍加考虑与设法，这种家庭的罪犯一定可以不禁自止，且可由此获得教导的良机。因为你倘仔细审视这种涂抹，便可知道这是儿童的绘画本能的发现，笔笔皆从小小的美术心中流出，幅幅皆是小小的感兴所寄托，使你不忍动手毁损，却要考虑培植这美术心与涵养这感兴的方法了。

实际除了出于恶意的破坏心的乱涂之外，孩子们的壁画往往比学校里的美术科的图画成绩更富于艺术的价值。因为这是出于自动的，不勉强，不做作，始终伴着热烈的兴趣而描出。

故其画往往情景新奇，大胆活泼，为大人们所见不到，描不出。不过这种画，不幸而触犯家庭的禁条，难得保存。稍上等的人家，琼楼玉宇一般的房栊内，壁上不许着一点污秽，这种画便绝不可见。贫家的屋子内稍稍可以见到。废寺，古庙，路亭的四壁，才是村童的美术的用武之地了。曾忆旅行中，入寺庙或路亭中坐憩片时，乘闲观赏壁上龙蛇，探寻其意趣，辨识其笔画，实有无穷的兴味。我常常想，若能专心探访研究这种绘画，一定可以真切地知道一地的儿童生活的实况，真切地理解儿童的心情。据我所见，最近乡村废寺的败壁上，已有飞机的出现了。其形好似一种巨大的怪鸟，互相争斗着。最初我尚不识其为飞机。数见之后，稍稍认识。后来听了一个村婆的话："洋鬼子在那里煎出小孩子的油来造飞机，所以他有眼睛，会飞。"方始恍然，儿童把飞机画成这般的姿态，不是无因的。听了这话，看了这种画，而回忆近来常在天际飞鸣盘旋的那种东西的印象，正如那壁上的大鸟一般的怪物。校正那村婆的愚见，而用艺术的方法把飞机"活物化"为怪鸟，而设想其在天空中争斗的光景，这是何等有兴趣的儿童画题材！这样的画，在上海许多儿童画报上尚未见过，而在穷乡僻处的废寺败壁上先已发表着了。

这点画心，倘得大人们的适当的指导与培养，使他们不必私藏炭条，黄泥块与粉笔头，不必偷偷地在墙壁窗门上涂抹，而有特备的画具与公然的画权，其发展一定更有可观。同时艺术教育的前途定将有显著的进步。

一九三四年三月七日，为江苏省教育厅《小学教师》作

我的学画

前几天我接到我的族姐从石湾（我的故乡）寄来的一封信，信上写着"至急"，字旁又打着双圈。我拆开一看，是我的姐丈的死耗，信内并附着一张死者的四寸全身照片。我的族姐在信上写着："今定于月之廿七日开吊。灵前容像未备。素知吾弟擅长此道，今特寄奉遗容一尊，即请妙笔一挥，早日惠下……"

我闻耗之下，一面去信吊慰，一面把照片交送照相馆放大为二十四寸的。并拟将来配好镜框，托便人送去，以慰残生的族姐。原来我和这族姐久已疏远了。我幼时在石湾的小学校读书的时候，常常和她见面。那时我课余欢喜画照相，常常把亲戚们的照相打格子放大，用擦笔描写，因此便以善画容像闻名于故乡的老亲戚间。自从十七岁上离开故乡以后，我一直流宕在他县，至多在假期中回乡一次。我十七岁以后的生活，故乡的老亲戚们大都不知道了。这族姐便是老亲戚中之一人，在她的心目中所记到的我，还是一个善画擦笔容像的人，所以这次我的姐丈逝世，她便遥遥地把照相寄来嘱我画像。实则我此调不弹者已二十余年。心中颇想回复我的童年生活，遵从族姐之命而为已故的姐丈画像；但我早已没有擦笔画用的家伙，又没有描放大照相的腕力与目力，更没有描这种画的心情与兴味了，所以只得托照相馆去代劳。

因此我回想起了我幼时学画的经历，这原是盲从乱钻的，但不妨在豆棚纳凉时当作闲话讲讲。

我在十一二岁时就欢喜"印"《芥子园画谱》。所谓"印"，并不是开印刷厂来翻印那画谱，就是用一张薄薄的纸盖在《芥子园》上面，用毛笔依照下面的影子而描一幅画。这真是所谓"依样画葫芦"。但那时我也十分满足，虽然是印的，但画中笔笔都曾经过我的手，似乎不妨说是"我的画"了。《芥子园》是单色的画谱，我则在印下来的画上，自己着了色彩。在这工作上我颇感一些兴味，因此印得愈加起劲。我们店里的管账先生本是一个肖像画师，他极口赞叹我所印的画，对我母亲说："十来岁的孩子能描出这样的画，着实可以！"我得这画师的赞，津津自喜。看看自己印下来的成帙的画，自己也觉得"着实可以"了。

后来我在亲戚家里看到了放大尺和玻璃格子的妙用。就立刻抛弃印的故技，去采办这种新工具来试行新的描法。放大尺是两个十字形木条拼成的器械。把这器械钉住在桌子上，一端装一个竹针，他端装一支铅笔，一端的竹针依着了照片或图画原稿而移行，他端的铅笔就会在纸上描出放大的形象来。各部比例照样不差，容像的面貌可以维妙维肖。这种放大尺现在上海城隍庙里的摊头上只卖一个角子一具，但我幼时求之颇不易得，曾费了不少的周折而托人向外埠购到。又有所谓玻璃格子，比放大尺更为精确了。这是教科书大小的一个玻璃框子，玻璃上面涂一层极透明的胶质，胶质上画着极正确的细方格子，用时把照相装入框内，使玻璃上的格子线切着颜貌的各部；再在另一张纸上用铅笔打起大形的格子来。然后仔细观察玻璃上各格子中的形象，把它们移描到画纸上的大格子里去。逐格描完，画纸上就现出正确的放大的容貌了。这两种画法，比之以前的"印"复杂得多，兴味也好得多，我自以为我的画进步了，逢人就问他要照片来放大，以显示我的本领。我家的老亲戚们都寻出家里藏着的照片来叫我画，老年的人叫我画一幅像，预备百年后灵前应用。少年的人也叫我画一幅像，挂在书房间里。逢到亲戚朋友家中死了一个人，画容像的差使"舍我其谁"？于是店里管账先生引我为后进的同志，常常和我谈画法，他指导我说：描容像"用墨如用金，用金如用墨"（但他所指说的是他所擅长的中国旧式容像画，所以要多用金。我所描的是煤炭擦笔画，根本没有金，所以我不懂他的画理）。他又拿出所藏的《百面图》给我看，告诉我说，容像有七分面，八分面，以至十分面（但我是惟照相是依的，并不要自造几分面，对于这话也不感到兴味）。他看见我不甚了解他的画理，得意地说："我说的是古法，你描的是新派。新派也好，你描得着实可以了。"我受许多亲友的请托，又受这前辈画家的称赞，自己也觉得"着实可以"了。到了二十年后的今日，还有我的族姐从五百里外遥遥地寄照相来叫我画，正可证明我当时画像本领的"着实可以"了。

后来我入中等学校，没有工夫再弄这花样。又因离开了故乡，画像的生意也不来了。但在学校内我又新学到了一种画法，便是临画。我们翻开商务印书馆出版的《铅笔画临本》中某一幅来，看一笔描一笔。不许印，也不许用放大尺或格子，全凭目力来测量，腕力来摹写。这在我认为是更进步的画法，无可假借的了。描起来原要费力得多，但描成了的欢喜也比前大得多，以前印出来的尚且不妨当作自己的画；现在辛辛苦苦地临出来的，简直可说是"我的画"了。先生教我们如此描写，数百同学个个如此学习。我到此才看见画道的广大，恍然觉悟从前的印，放大尺和格子，都等于儿戏；现在所画的才是"真刀真枪"的画法了。

后来我们学写生画了。先生在教室中放置一个纯白色的石膏头像，叫我们看着了用木炭描写。除了一张纸，一根木炭，一块当橡皮用的面包以外，并无何种临本给我们看。这最初在我觉得非常困难，要把立体的形状看作平面形而移写在一片纸上，真是谈何容易的事！我往往对着石膏模型，茫茫然不知从哪一笔画起。但后来也渐渐寻出门径，渐渐能把眼睛装出恍惚的看法：想象眼前的物体为一片平面的光景，观察各部形状的大小，光线的明暗，和轮廓的刚柔，而把这般光景用木炭写出在纸上，于是又觉"今是昨非"；以前的临画在现在看来，毫无意义。我们何必临摹他人的画？他人也是观察了实物而画出来的，我们何不自己来观察实物而直接作画呢？直接作的画才是"创作"，才有艺术的价值。艺术是从自然产生的，绘画必须忠实写生自然，方能成为艺术。从此我把一切画册视同废纸，我确信学画只须"师自然"，仔细观察，仔细描写，笔笔以自然实物为根据，不许有一笔杜撰。不合自然实际的中国画，我当时曾认为是荒唐的画法而痛斥它。

我的学画至此而止，以后我便没有工夫描写，而仅看关于描画的书。我想看看书再画，但越看书越不会再画了。因为我回顾以前逐次所认为"今是昨非"的画法，统统是"非"的。我所最后确信的"师自然"的忠实写生画法，其实与我十一二岁时所热中的"印"《芥子园画谱》，相去不过五十步。前者是对于《芥子园》的依样画葫芦，后者是对于实物的依样画葫芦，我的学画，始终只是画得一个葫芦！葫芦不愿再画下去，非葫芦的画不出来，所以我只好读读书，看看别人的画罢休了。逢到手痒起来，就用写字的毛笔随便涂抹，但那不能算是正格的绘画的。

廿一〔1932〕年七月于上海法租界雷米坊，
　　为开明函授学校《学员俱乐部》作

写生世界（上）

尝过了中年的辛味而回想青年时代的生活，真是诗趣丰富的啊！我的青年时代回想中，写生的生活特别可憧憬。那时我能把全心没入在写生的世界中。现在虽也有时梦到这世界，但远不像昔日那样深入了。

记得我热中于写生画的青年时代，对于自然界的静物，风景，人物，都作别开生面的看法。我独自优游于这新世界中。

我到水果店里去选购静物写生用的模特儿，卖水果的人代我选出一件来，忠告我："这一种'有吃没看相'，价钱便宜，味道又好。"但我偏要选那带叶的橘子。他告诉我："那是不熟的，味道不好，价钱倒贵！"我在心中窃笑：你哪能知道我的选择的标准呢？我叫工人去买些野菜来写生，他拖了一捆肥胖而外叶枯焦的黄矮菜来。我嫌他买得不好，他反抗："这种菜再肥嫩没有了。"我太息了：唉！你懂什么！我自己去买吧！我选了两株苍老而瘦长的白菜来，他笑我："这种菜最没吃头了！这是没人要买的！"我想为他解说这菜的形状色彩的美，既而作罢。我以为没人知道美，所以没人要买这菜。不管旁人讪笑，我就去为我这美丽的白菜写照了。

我走进瓷器店，在柜角底下发见了一口灰尘堆积的瓦瓶，样子怪入画的，颜色怪调和的，好似得了宝贝，特捧着问价钱，好像防别人抢买去似的。店员告诉我："勿瞒你说，这瓶是漏的，所以搁着。你要花瓶买这起好。"他在架上拿了一口金边而描着人物细花的瓷瓶递给我，一面伸手来接取我手中的漏花瓶。我一瞧那瓷瓶连忙摇头："我不要那种。漏不要紧的！"满堂的店员都把眼注视我，表示惊怪的样子。我知道他们都在当我疯子看了。但我的确发见这漏瓶的美的价值，有恃无恐，这班无知商人管他们做什么！我终于买了那漏瓦瓶回家。放在窗下写了一幅。添几个橘子又写了一幅。衬了深红色的背景布，又写了更得意的一幅。

隔壁豆腐店里做喜事，借我们的屋子摆酒筵。茶担上发来的碗筷中，有一种描蓝花的直口的酒碗，牵惹了我的注意。这种碗形状朴素，花纹古雅，好一个静物模特儿。我问茶担上的人这种碗哪里买的，他回答我，这是从前的东西，现在没处买了。我想，对不起，吃过酒让我偷一只吧。但动了这念头有些儿贼胆心虚；我终于托豆腐店里的人向茶担转买一只给我。豆腐店里人笑道："这种是江北碗；最粗糙，最便宜的东西！你要，拿几只去，我们算账时多给他几个铜子好了。"我的书架上又多了一件宝贝。

我的书架上陈列了许多静物模特儿。有瓶，有甏，有碗，有盆，有盘，有钵，有玩具，有花草，在别人看来大都不值一文，在我看来个个有灵魂似的。我时时拿它们出来经营布置。左眺右望,远观近察。别人笑我,真是"时人不识予心乐"啊!

廿一〔1932〕年冬为开明函授学校《学员俱乐部》作

写生世界（下）

去年冬天我曾在这《俱乐部》中描写过我幼时所漫游的写生世界的光景。那时因为自来水笔尖冻冰，只写了静物一段就中止。现在《俱乐部》又催稿了。我凝视着我的笔尖探索去冬的感想，那墨水结成的小冰块隐约在目；而举头眺望窗际，不复是雨雪霏霏的冬景，已变成明媚鲜妍的春光了。心头闪过一阵无名的感动，这种感动和艺术的心似有同源共流的关系。我就来继续描写我青年时代的艺术的心吧。

说出来真是不恭之至：我小时在写生世界中，把人不当作人看，而当作静物或景物看。似觉这世间只有我一个是人。除了我一个人之外，眼前森罗万象一切都是供我研究的写生模型。我把我的先生，我的长辈，我的朋友，看作与花瓶，茶壶，罐头同类的东西。我的师友戚族听到这句话或将骂我无礼，我的读者看到这句话或将讥我傲慢，其实非也：这是我在写生世界里的看法。写生世界犹似梦境，梦中杀人也无罪。况且我曾把书架上的花瓶，茶壶，罐头等静物恭敬地当作人看（见上篇），现在不过是调换一个地位罢了。

我在学校里热心地描写石膏头像的木炭画，半年后归家，看见母亲觉得异样了。母亲对我说话时，我把母亲的脸孔当作石膏头像看，只管在那里研究它的形态及画法。我虽在母亲的怀里长大起来，但到这一天方才知道我的母亲的脸孔原来是这样构成的！她的两眼的上面描着整齐而有力的复线，她的鼻尖向下钩，她的下颚向前突出。我惊讶我母亲的相貌类似德国乐剧家华葛内尔〔瓦格纳〕（Wagner）的头像（这印象很深，直到现在，我在音乐书里看见华葛内尔的照片便立刻联想到我的已故的母亲）！我正在观察的时候，蓦地听见母亲提高了声音诘问："你放在什么地方的？你放在什么地方的？失掉了么？"

母亲在催我答复。但我以前没有听到她的话，茫然不知所对，支吾地问："什么东西放在什么地方的？"

母亲惊奇地凝视我，眼光里似乎在说："你这回读书回家，怎么耳朵聋了？"原来我当作华葛内尔头像而出神地观察她的脸孔的时候，她正在向我叙述前回怎样把零用钱五元和新鞋子一双托便人带送给我；那便人又为了什么原故而缓日动身，以致收到较迟；最后又诘问我换下来的旧鞋子放在什么地方的。我对于她的叙述听而不闻，因为我正在出神地观察，心不在焉。

我读 Figure Drawing〔《人体描法》〕（这是一册专讲人体各部形状描法的英文书），读到普通人的眼睛都生在头长的二等分处一原则，最初不相信，以为眼总是生在头的上半部的。后来用铅笔向人头实际测量，果然从头顶至眼之长等于从眼至下颚之长，我非常感佩！才知道从前看人头时的错觉所欺骗，眼力全不正确。错觉云者：我一向看人头时，以为眼的上面只有眉一物；而眼的下面有鼻和口二物，眉只是狭狭的二条黑线，不占地位，又没有什么作用。鼻又长又突出，会出鼻涕，又会出烟气。口构造复杂，会吃东西，又会说话，作用更大。这样，眼的上面非常寂寥，而下面非常热闹，便使我错认眼是生在头的上部的。实则眼都位在头的正中。发育未完的儿童，甚至位在下部三分之一处。我知道了这原则，欢喜之极！从此时时留意，看见了人头便目测其中的眼的位置，果然百试不爽。有一次我搭了西湖上的小船到岳坟去写生。搭船费每人只要三个铜板。搭客众多，船行迟迟。我看厌了西湖的山水，再把视线收回来看船里的搭客。我看见各种各样的活的石膏模型，摇摇摆摆地陈列在船中。我向对座的几个头像举行目测，忽然发现其中有一个老人相貌异常，眼睛生得很高。据我目测的结果，他的眼睛决不在于正中，至少眼睛下面的部分是头的全长的五分之三。*Figure Drawing* 中曾举种种不合普通原则的特例，我想我现在又发见了一个。但我仅凭目测，不敢确信这老人是特例。我便错认这船为图画教室，向制服袋里抽出一支铅笔来，用指扣住笔杆，举起手来向那老人的头部实行测量了。船舱狭小，我和老人之间的距离不过三四尺，我对着他擎起铅笔，他以为我是拾得了他所遗落的东西而送还他，脸上便表出笑颜而伸手来接。这才使我觉悟我所测量的不是石膏模型。我正在惭悚不知所云的时候，那老人笑着对我说：

"这不是我的东西，嘿嘿！"

我便顺水推船，收回了持铅笔的手。但觉得不好把铅笔藏进袋里去，又不好索性牺牲一支铅笔而持向搭船的大众招领，因为和我并坐着的人是见我从自己袋里抽出这支铅笔来的。我心中又起一阵惭悚,觉得自己的脸上发热了。

这种惭悚终于并不白费。后来我又在人体画法的书上读到:老人因为头发减薄,下颚筋肉松懈,故眼的位置不在正中而稍偏上部。我便在札记簿上记录了一条颜面画法的完全的原则:

"普通中年人的眼位在头的正中,幼儿的眼,位在下部,老人的眼稍偏上部。"

但这种惭悚不能阻止我的非人情的行为。有一次我在一个火车站上等火车,车子尽管不来,月台上的长椅子已被人坐满,我倚在柱上闲看景物。对面来了一个卖花生米的江北人。他的脸孔的形态强烈地牵惹了我的注意,那月台立刻变成了我的图画教室。

我只见眼前的雕像脸孔非常狭长,皱纹非常繁多。哪一条线是他的眼睛,竟不大找寻得出。我曾在某书上看到过"舊字面孔"一段话,说有一个人的脸孔像一个"舊"字。这回我所看见的,正是舊字面孔的实例了。我目测这脸孔的长方形的两边的长短的比例,估定它是三与一之比。其次我想目测他的眼睛的位置,但相隔太远,终于看不出眼睛的所在。远观近察,原是图画教室里通行的事,我不知不觉地向他走近去仔细端相了。并行在这长方形内的无数的皱纹线忽然动起来,变成了以眉头为中心而放射的模样,原来那江北人以为我要买花生米,故笑着擎起篮子在迎接我了。

"买几个钱?"

他的话把我的心从写生世界里拉回到月台上。我并不想吃花生米,但在这情形之下不得不买了。

"买三个铜板!"

我一面伸手探向袋里摸钱,一面在心中窃笑。我已把两句古人的诗不叶平仄地改作了:

"时人不识予心乐,将谓要吃花生米。"

廿二〔1933〕年春为开明函授学校《学员俱乐部》作

野外写生[1]

野外写生有两种办法：有一种人欢喜只带铅笔和速写簿（sketch book），在野外探得了合意的景色，即用铅笔在速写簿上记录其大体的状况。回家之后，根据了速写簿上的大体的记录而背诵出详细的景色来，作成一幅绘画。又有一种人，欢喜在野外完成一幅画，回家后不再添改一笔。他们必须携带三脚凳，画架，阳伞，颜料，笔洗，画纸等种种用具，且在景色前面逗留半天的时间。画成一幅，方始收拾画具而归家；倘一次画不了，明天，后天，再来续描。

现在一般画家，都是取第二种办法，且认为第一种办法是不良的。因为根据大体的记录而背诵全景，往往有许多不自然而失真之处，不合于"写生"的真理。这原是古代大画家所惯行的办法。初学绘画的人，经验缺乏，记忆力薄弱，当然不能根据大体而背诵全景；况且现代的画风，大非古代可比，即使有根据大体而背诵全景的人，其画法也陈腐而不合于现代的"写生"的真理。盖自"自然主义"得势，印象派画风流行以来，绘画都注重描写目前瞬间的姿态。空气，阴影，明暗，浓

---

[1] 本篇是1930年11月《中学生》第10号所载《秋景与野外写生》一文改写而成。

淡，——均须取法于目前瞬间的自然状态，不容一笔想象或杜撰。故画家欲描野外的景色，必须在野外对着景色而当场完成其工作。离开景色，便无从下笔。这是印象派画法的特点之一。印象派在现今虽渐呈过去的状态，但其影响还是很深，支配着现代的画界。试看美术学校的学生，背了画箱在野外搜索景色，个个欢喜使用鲜丽的原色，描成五色灿烂的绘画，全然是印象派的流风。这种注重感觉的画风，于观察及描写的练习上，最为切实而易于入门，且最合于"写生"的真理。故一般好画的人，及普通学校的学生，练习绘画，正宜由此着手。

照印象派的画法，欲在野外当场完成一幅作品而归家，则我们出门的时候，须带许多用具，否则不够应用。然用具的繁简没有一定，依各人的好尚而定。普通最完备的，须带画箱，画架，三脚凳，阳伞及画板。画架，阳伞及三脚凳，纳入一布袋中，用皮带束住，负在背上，画箱与画板则提在手中。这时候写生家的神气就像行商一般，担负很重。要深入山林，探索奇景，就不免疲劳。选定了一处景色之后，把背上的布袋放下来，取出画架，对着景色撑立起来，加上画板。又张起阳伞，遮住了画板上的太阳光。然后坐在三脚凳上，打开画箱来作画。倘观察之后，觉得这景色不甚合意，而欲另觅他景，则收拾家伙，一起一倒，殊甚麻烦。所以除了老练的画家以外，普通写生的人，大都不用这样繁复的用具，而取简便的方法。较简便的，不带画架及阳伞，而仅携画箱及三脚凳。画纸用小形者，即纳入于画箱之中。觅得了一处景色，只要坐在三脚凳上，而置画箱于膝上。开了画箱的盖，画纸即张在盖的内面，这便可代替画架了。比这更简单的办法，则连画箱也不带，手中仅携三脚凳一支及画纸一方（此种画纸似洋式信笺，四周用胶汁粘住，像一块木板。描完一张，即可撕去，再描下面，这种画纸名曰 sketch book〔速写簿〕，有大小各种，最为便利）。衣袋内藏着水彩画颜料一匣（笔亦在内），及水筒一只。遇到了要描的景色，即坐在三脚凳上，打开颜料匣，将匣盖衬在 sketch book 的后面，而拿在左手中。水筒即挂在颜料匣的右端。右手向匣取笔，蘸水配色，即可写生。近有一种最简便的水彩画具，水筒与颜料匣连合在一处，尤为便利。其构造，用铁匣一只，长三四寸，阔约二寸，厚约一寸。匣内依横断面的对角线隔分为二部。其下部盛水，于右端开一小口，加以密切的盖，使横置时水不致流出。匣的上部有盖，启盖，即为盛颜料之处，余地为调色板，兼为放笔之处。匣的右端，水筒开口之处，又加一套，大小与匣相同。写生之时，此套即盛水而挂在匣的边上，作为笔洗。这是野外写生最简便的用具。全体不过眼镜壳子一般大小，而颜料，水筒，笔洗，笔，一切都包罗在内。体力强健的人，能站立而描画，则不须带三脚凳，只要袋中藏了上述的那个法宝，手持一册 sketch book，即可出门写生。这野外写生担负最为轻便，真同散步一样了。

野外写生用具的繁简，固可因各人的好尚而自由取舍；但也略有分别，喜用最繁或最简的写生用具的，大概属于老练的专门画家。普通的学生及学画的人，宜取繁简适中的设备。因为老画家经验丰富，眼力正确，其取景作画，总是成功的。用具完备，则挥毫自由；用具极简，亦不感局促，而无失败之虑。若初学者，则因其对于自然的美感及对于绘画的兴味均未深切，故用具太繁则易感担负的疲倦，用具太简，则手头局促而易遭失败。一画箱及一三脚凳，为最适宜之野外写生用具。如欲再简，则三脚凳可省，而画箱则必需。因无三脚凳，可坐草地上；遇有石，可坐石上。若不用画箱而以左手持颜料匣与sketeh book，则时间过久，左腕易倦，而画面遂动摇不定，画兴因此就减杀了。

初学野外写生的人，往往有败兴而归的事。这有种种原因：有的人希望满载而归，恰逢无景可写，或虽写而一无所成，扫兴而归。有的人无意于野外写生，为别人所被动，或为团体所牵制，而勉强出门，结果冤枉费去了些纸张颜料，怅然而归。因为出门写生，不比出门经商，不可要求其满载而归。写生须当作散步看。当风清日丽之时，散步于春郊秋野之中，为自然之美所诱，而胸中发生无限的感兴。观赏不足而赞叹之，赞叹不足而描写之，写生就成为欲罢不能的乐事了。所成就的作品，不过为其自然的结果，或可说是副产物而已。野外写生的目的，岂全在于一幅图画？画兴不至，尽可漫步郊野之中，观赏自然界的微妙的形状与丰富的色彩。虽然不曾带回一张图画，但比勉强作画有意义得多。希望满载而归的人，其心必斤斤于计较画幅，勉强取景，勉强描写，其画虽多无益。为团体所牵制而附和加入野外写生的队中，更属无谓。学校的图画课中的野外写生，颇多此种情形。同级生三四十人，背了画具，排了队伍，由图画先生率领到野外去写生，是最滑稽的现状。因为图画不比别的功课，须设法诱导其美感，然后使之动笔，却不可强迫其工作。这三四十人中，不见得个个人能作风景写生，不见得个个有兴味于风景写生。图画先生将兵一般地押他们到野外，强迫个个人描写风景，就有大半的人描了牵强应酬的画，而来交卷了。在每班人数众多的学校里教图画，原是一件最困难的事。图画钟点又少，先生时间又忙，当然不能个别指导。而合班教授，难处甚多：在教室中练习静物写生，布置模型时不能使全班人个个看得到良好的位置，赴野外描写风景，则程度参差，队伍庞大，教师指导更难周到，一定有大部的人败兴而归。

但风景写生上的要事，毕竟是画法上的问题。初学风景写生，其画法上最易犯的弊害，约有下列三端。

第一种，是顾小失大的误谬。野外风景，范围广大，物类繁多，不像图画教室的布置简单而清楚。初学风景画的人，对着这繁复的自然界，茫然不暇应接，注意了一小部分，便忘却了全体，其画就会主客不分，散漫无章。我们欲写复杂的自然景色，须从大处着眼，观察全体的大调子与大轮廓，由大体而渐及于各小部。描写各小部之时，亦须时时顾到这一小部对于全体的关系，笔法之繁简，色彩之浓淡，务须与全体相称，勿使有喧宾夺主之弊。例如在画的边上或角上不可有触目的形状或色彩，否则观者的目光就被牵向外方，而画面的势力不能集中了。如果实景中确有特别触目的形状或色彩，而恰好位于画内边上或角上。我们应该加以删改，不可像摄影一般地照样写出。"删改"，是风景写生中最困难的一事。自然原是尽善尽美，不容人的手来删改的。但你坐在一处地方而眺望眼前的各自然物，各自然物的位置决不能依照你的意见而排列或增减，于是就有画家的"删改自然"的必要。例如有一座桥，两个人正在走桥。你要描人的时候，他们正好一个走在桥的东堍，一个走在桥的西堍。这时候你必须改变他们的位置，因为在一座桥的两端各描一个行人，布置很不妥当，画面的势力就散漫而不能集中，全体风景的美就破坏了。又如桥和背后的树林的笔致都很粗略，而桥上的人物描得特别细致，连眉眼衣纹都分明，这人物便与全体景物不能调和，而风景美就破坏了。故风景写生，须以全体的集中与调和为主眼，不可注意于小部分。欲求全体的集中与调和，有时得删改自然。

第二种，是杜撰画法的恶习。这弊端由于不肯忠实写生而来。其人必曾经临摹画帖，或爱好卑劣的印刷画片——例如香烟牌子，时装美女月份牌，以及德国及日本所舶来的卑俗的画片等——他在画帖及这等印刷画片中，早已学得各物的描法。山怎样描，天怎样描，桥怎样描，草怎样描，在他都有规定的描法。于是赴野外写生，看见一山，便不肯仔细观察山的姿态，不肯忠实描写自然的真相，而只知拿出自己所学得的画法来应付。他的画法便落了套，成了型。他的风景画由各物凑合而成，犹似小孩的排列花板，死板而全无生气。这人对于自然风景，太不忠实，不配称为"写生"。因为他并没有描出目前的山的姿态，而只是描了一个别的山，与现在目前的山全无关系。这可说是杜撰的画法。且其杜撰亦非自己所撰，而是从画帖画片中借来的。现今多数学习中国画的人，都犯着这个弊病，而自己都认为正当，其实可叹。他们的用功，是埋头于临摹"芥子园"，八大山人，恽南田等的画谱。学得了各物的画法之后，自己就东拉西凑，而创作（？）中国画了。东拉一株树，西凑一块石，即成为一幅立轴，题曰"一木一石"。这里借株玉兰，那里借棵牡丹，即凑成一幅中堂，题曰"玉堂富贵"。挂在展览会里，就都变成自己的作品了。中国画的展览会里，佳作固然也有，但多数的作品，画法千篇一律，不过东凑西配的方法各人不同而已。这真可谓"国画人人会描，只因配法不同"了。这配凑的方法，用在中国画中，虽无创作的意味，但形式似尚雅观；用在西洋画中，就卑俗而不堪入目了。因为西洋画一向注重写实，不像中国画的凌空。写实的绘画一不忠实，便完全失却艺术的意味，而匠气满纸了。香烟牌子及月份牌，便是其好例。这等卑俗的画，曾经在我国的一般社会中非常流行，现在还是很有势力。最近我国艺术学校林立，美术的空气渐渐浓厚。稍有知识的人，已知厌弃这种卑俗的装饰，不过在剃头店等处时有所见而已。但另有一种由德国及日本舶来的假油画，却十分流行，知识阶级的人也受其骗，却拿来装入镜框，挂在客堂书室之中。这些假油画，有的制成大幅，可装镜框，有的制成明信片，俗眼看来，实甚精美。其印刷堆凸而有光，宛似油画。画中或描一座山，一丛林木，一个山庄，或描一条瀑布，一只小舟，一对恋人。大都迎合一般人的嗜好，讨他们的欢喜；而其实在降低他们的美术趣味（这种画中所有的山水，林木，房屋，其画法都有定规，不过景物配凑不同。看过一两种画，其余的画，都千篇一律，不必再看了）。

第三种，是好新的恶习。线条横飞的后期印象派绘画，色彩鲜丽的野兽派绘画，物形不辨的立体派未来派的绘画，在好新的初学者看来，真是事半功倍的事业！何乐而不为？他们就不肯忠实描写自然，而也在自己的图画纸上横飞起线条来，堆涂起颜料来，甚至编排起几何形体来。这是最近的学校中时有所见的恶现象。新派绘画，固然大家可以学得；但学画的初步，必须从自然的写生开始，决不容门外汉躐等而为新派画家。彼马谛斯〔马蒂斯〕（Matisse）、比卡索〔毕加索〕（Picasso）等新派画家，所描的形状东歪西斜，全不正确；但他们并非不会描写正确的形，他们是经过了正确的阶段，而进于不正确的更深的境地的。且立体派以后的新兴艺术，在近世的画坛上还未获得正当的地位，现今已快没落了。倘有人对于这种画风果真发生共感共鸣，原不妨加入他们的运动；但若未曾真心理解其好处，仅因了好奇喜新而攀附他们，借以遮丑而自炫，这种行为就不值一笑了。

上述三端，是学画的人所应忌的恶习。学画的人，应该用谦虚的心，明净的眼，向"自然"中探求珍贵的启示。那么你就知道"自然"是艺术的宝库，野外是天然的画室了。

十九〔1930〕年九月，《中学生》美术讲话

谈中国画[1]

中国画真有些古怪：现代人所作的，现代家庭里所挂的，中堂，立幅，屏条，尺页，而所画的老是古代的状态，不是纶巾道服，便是红袖翠带。从来没有见过现代的衣冠器物，现代的生活状态出现在宣纸上。山水，花卉，翎毛，幸而没有古今的差别。不然，现代人所画的一定也是古装的山水，古装的花卉和古装的翎毛。

绘画既是用形状色彩为材料而发表思想感情的艺术，目前的现象，应该都可入画。为什么现代的中国画专写古代社会的现象，而不写现代社会的现象呢？例如人物，所写的老是高人，隐者，渔翁，钓叟，琴童，古代美人。为什么不写工人，职员，警察，学生，车夫，小贩呢？人物的服装，老是纶巾，道袍，草屦，芒鞋，或者云鬟，雾鬓，红袖，翠带，为什么不写瓜皮帽，铜盆帽，长衫马褂，洋装大衣，皮鞋，拖鞋，或者剪发，旗袍，高跟皮鞋，摩登服装呢？人物手里所拿的，老是筇杖，古书，七弦琴，笙，箫，团扇一类的东西，为什么不写 stick〔手杖〕，洋装书，violin〔小提琴〕，公事皮包，手携皮

---

[1] 本篇是 1934 年 4 月《人间世》第 1 期所载《文言画》一文删改而成。

篾呢？又如建筑物，所写的大都是茅庐，板桥，古寺，浮图，白云深处的独家村的光景。为什么不写洋房，高层建筑，学校，工厂，矿场，大马路的光景呢？其他如器物，所写的不外油壁香车，画船，扁舟，桅杆，酒旗，珠帘，绣屏，篆香，红烛等，也都是古代的东西。为什么不写目前的火车，电车，汽车，飞机，兵舰，邮船，升降机〔电梯〕，电风扇，收音机呢？岂毛笔和宣纸，只能描写古代现象？为什么没有描写现代生活的中国画出现呢？为什么二十世纪的中国画家，只管描写十五世纪以前的现象呢？

也有人说，中国画的题材向以自然为主，不似西洋画的以人物为主。故山水是中国画的正格。人物及器物世界的描写，本为中国画所不重。即使泥古，亦不足为中国画病。这话也有几分理由。但是，现代人要求艺术与生活的接近。中国画在现代何必一味躲在深山中赞美自然，也不妨到红尘间来高歌人生的悲欢，使艺术与人生的关系愈加密切，岂不更好？日本人曾用从中国学得的画法来描写现世，就是所谓"浮世绘"。浮世绘是以描写风俗人事为主的一种东洋画，其人物取材于一切阶级，所描写的正是浮世的现状。这种东洋画的成功如何是别论。总之，绘画题材的开放，是现代艺术所要求的，是现代人所希望的。把具有数千年的发展史和特殊的中国画限制于自然描写，是可惜的事！

我们中国的绘画技法，实在是可矜贵的。那奔放的线条，明丽的色彩，强烈的印象和清新的布局，在世界画坛上放着异彩。西洋近代大画家 Manet〔马奈〕，Monet〔莫奈〕，Cézanne

〔塞尚〕，Gogh〔凡·高〕一班人，看见了荷兰博物馆里所藏的中国画，大为惊叹，赞颂"东洋画的新天地"。他们的作品中便显著地蒙了东洋画的影响。若得这种技法发展起来，一定可以适应新时代的要求，而支配未来世界的画坛。

一九三四年三月十七日为《人间世》作

读 画 史 [1]

中国画家描人物，特别注重眼珠的描法，即所谓点睛。睛因为特别重要，画家往往迟迟不点。以不点睛著名的，有最古的两位画家：晋朝的卫协，尝画《七佛图》，不点眼睛，谓点睛即欲飞去。卫协的弟子顾恺之画人物，亦数年不点睛。人问之，答曰："四体妍蚩，无关妙处；传神写照，正在阿堵之中。"关于他的点睛，还有一段逸话，大意是这样：瓦棺寺募化，士大夫所捐无过十万钱者，恺之素贫，却认捐百万钱。人以为大言。恺之命寺僧备一壁，闭户一月余，于壁上画维摩诘像一躯。工毕，将点眸子，观者云集。户开，画像灿烂光照一寺。恺之命僧众向观者求施，得百万钱。

后来关于龙的点睛，更有神奇的记载：梁张僧繇于金陵安乐寺画四龙于壁，不点睛。每曰："点睛即飞去。"人以为诞，因点其一。须臾，雷电破壁，一龙乘云上天，不点睛者皆在。

看了这种记载，我对于中国古画真有些儿神往。可惜现在空留这几段逸话，若得卫协的《七佛图》，顾恺之的《维摩诘像》，或者张僧繇的《三龙》（一龙已乘云上天了）还存在于世

---

[1] 本篇原载 1934 年 4 月 16 日《论语》第 39 期。

上，即使遥遥地保藏在大英博物馆里，我也颇想筹措旅费，专诚往观。但这是不可能的事，现在只许我凭空想象而已。

中国画的贵重点睛，我想是为了中国画根本不求形似而重气韵的原故。据画论所说，气韵必在生知，不可学而能。又说山川草木皆有神韵。假如有人问，气韵，神韵，究竟是什么东西？照画论的说法，只能以"不可言传"，"微妙不可说"一类的话回答他。我想，山川草木的神韵固然难于言喻；若换了人物，也许容易说明些。因为人物的神韵，主在于眼睛的表情上。我们只要想象：与盲人相对，只为了他那两个眼眶里少两点黑珠，因而其人没有神气，即使同他联袂促膝，终觉得隔膜，好像不能彼此心照神会，无法畅叙衷曲似的。反之，若在那两个眼眶里点了两点黑珠，即使隔着很远的距离，一在墙内，一在墙外，恋爱者也能眉眼传情，或者"目成"。"临去秋波"更能使人难于禁受呢。正经地说，"亚圣"孟子也曾有话："存乎人者，莫良于眸子。眸子不能掩其恶。胸中正，则眸子瞭焉。胸中不正，则眸子眊焉。听其言也，观其眸子，人焉廋哉？"可知睛是传神的器官，人的心情会由睛而漏泄出来。试画同样的几个人像，面上都只画眼眶而眶内无珠。然后把各式的眸子点进去，或大或小，或全或半，或上或下，或左或右，点好之后一一观看、可见种种不同的神气。点睛的重要之理，于此可以窥见一斑。其所难者，不能任取一式，而必须与全身姿势态度相照应。换言之，某种身体的姿势态度，应取某种式样的眸子；眸子一改变，全身也须改变。画家之所以迟迟不点睛者，岂真怕他飞去？也不过在这方面煞费踌躇而已。画史有一段话，可以旁证一点：五代，蜀主王衍召画家黄筌观吴道玄画《钟馗图》。图中锺馗左手捉鬼，右手第二指抉鬼目。蜀主谓黄筌："若用拇指抉目，更当有力。"命改画之。筌请图归家，观数日，另取一缣，画拇指抉目图以进。蜀主问："何故另作？"答曰："钟馗一身气力，颜貌，皆在于第二指，故不能改。今所作虽不及古人，然一身之力在于拇指。"眸子对全身的关系，可由手指对全身的关系而想象。某一种身体姿势只适用某一种眸子。点睛的困难就在于此吧。

卫协的话"点睛即欲飞去"，幽默可喜！顾恺之毕竟是他的弟子，知师莫若弟，能把先生这句幽默的话翻译为画论，而曰："传神写照，正在阿堵之中。"张僧繇的龙果真乘云上天，幽默过甚了。中国画史上常有这类幽默过甚的话：顾恺之画人物维妙维肖。悦邻女，尝画其像悬壁间，以针刺其心，邻女即患心痛。拔去其针，心痛即愈。又杨子华为北朝写生圣手，尝画马于壁，入夜，马求水草，作鸣声。这种话的意旨，无非要极言顾恺之人物的维妙维肖，与杨子华的写生圣手。读中国画史勿必拘泥于事实，但会其意旨。正如看中国画勿必拘泥于形似，但赏其神韵可也。

一九三四年三月十五日，为《论语》著

月的大小[1]

"啊,今晚的月亮好大!"

"你看这月亮有多么大?"

"我看有饭碗大。"

"不止,我看有三号钵头大。"

"哪里?我看有脸盆大呢。"

"咦!人的眼睛怎的会这样不同?"

"听说看见月亮大的胆子大,看见月亮小的胆子小。……"

楼窗下的弄里有一班人在那里看月亮,谈话。夜静更深,一句一字都清晰地送进楼窗来。这样的话我在月夜不知听到过多少次数了。但每次听到的时候,心中总是疑怪:月亮的大小,他们怎么会说得定?据我看,可大可小,没有一定。记得有一次月夜有人问我:"你看见月亮怎样大?"我把月亮同近处的树叶子比量一下,回答说:"像铜板大。"大家都笑了,说道:"那是一颗星了!不信你看见的月亮这样小的!胡闹!"我其实并非胡闹,但也不分说了。后来又有一次被问,我想这回

---

[1] 本篇原载1933年9月《中学生》第37号。

说得大些吧，便把月亮同远处的房屋的窗子一比较，回答说："我看同七石缸大。"人家又笑煞，说道："这么大的月亮不要吓死了人？"也有人嘲笑我说："他是画家，画家的眼睛是特别的！"我心中叫冤，但是也无法辩白。

这个问题一直在我心中为悬案，我相信他们不会乱说，但我其实也不是胡闹，更不是要扮画家，其中必有一个道理。一向没有闲工夫去推究，这一晚更深人静，又有对象摆在眼前，我便决意考察它一个究竟。

我把手臂伸直，闭住一目，就用手里的香烟嘴去测量月亮，看见香烟嘴正好遮住月亮。这样看来，月亮不过像一颗围棋子大小。因为香烟嘴之阔大约等于围棋子的直径。我又从离我一二丈远的柳树梢上窥测月亮，看见一瓣柳叶正好撑住了月亮的圆周。这样看来，月亮有一块洋钱般大小（因为一张柳叶之长，大约等于洋钱的直径。以下同理）。我又用离我四五丈远的围墙上的瓦片来同月亮比较，看见瓦片的一边之长恰等于月亮的直径，这样看来，月亮有饭碗大小。我又用离我十来丈远的烟囱来同月亮比较，看见烟囱恰好装在月亮里。这样看来，月亮有脸盆来大小。我又用离我数十丈远的人家的楼窗来同月亮比较，看见楼窗之长也等于月亮的直径。这样看来，月亮就有七石缸一般大了。我想，假如很远的地方有一个宝塔，宝塔一定可以纳入在月亮里，使月亮的直径与宝塔同长。又假如，这里是一片海，海上生明月的时候，远处的兵舰也可全部纳入在月亮里，那时的月亮就比兵舰更大了。

于是我想：世人看物的大小有两种看法。第一种是绝对的大小,第二种是比较的大小。绝对的大小就是实际的尺寸。例如"一川碎石大如斗",便是说用尺去量起碎石来,都同斗大。又如说孙行者的金箍棒"碗来粗细",便是说用尺去量起金箍棒来,直径等于碗的直径。比较的大小就是远近法的大小。譬如这条弄的彼端有一个母亲和一个孩子走来,假如孩子跑得快,比母亲上前了数丈,我们望去,便见母亲和孩子一样大;孩子若比母亲上前了十余丈,我们望去便见母亲反比孩子小了。即距离的远近与物的大小成反比例。古人诗云:"秋景墙头数点山",又云:"窗含西岭千秋雪"。讲到实物,山比墙和窗大得不可言;但山距离远了,竟小得可以摆在墙头,甚至含入窗中。可知这两种看法,前者是固定的,后者则因距离而变化,没有一定。

看月亮,当然用第二种看法。因为月亮距人很远,虽然天文学者曾经测得它的直径是三千四百 km〔即 kilometre(公里)〕,但我们不能拿下月亮,用尺来量量看。况且我们这班看月亮的人,都没听到天文学者的报告,即使听到了也未必相信。故月亮是一种可望而不可接的悬空的形象,不比碎石或金箍棒地可以测量实际的尺寸。故说"一川碎石大如斗","金箍棒碗来粗细",都行;但说"月亮像脸盆大",意义很不明了,须得指定脸盆对你的距离才行。因为脸盆离你近了,形象会大起来;离你远了,形象会小起来,仅说脸盆大岂可作为尺度?故用东西来比方月亮的大小,其意思应该是:月亮像离我二三尺远的围棋子大,或离我一二丈远的洋钱大,或离我四五丈远的饭碗大,或离我十来丈远的脸盆大,或离我数十丈远的七石缸大，或离我数里以上的宝塔或兵舰大。充其极端，把距离推广到三十九万 km 的时候，月亮正是一片直径三千四百 km 的圆形，即月亮同实际的月亮大。反之，若拿一根火柴贴近在瞳孔前窥测，则火柴可以遮住月亮，即月亮只有菜子般大小。可知月亮的大小，全是与各种距离的实物比较而言，并无一定。这可证明我的话不是胡闹，更不是要装作画家。

但他们的看法毕竟也是不错的。不过没有说出东西对自己的距离，所以使我疑怪。古诗人描写月亮，说像"白玉盘"，像"宝镜"。坊间所编印的小学国语教科书里说，"像个球，像个盘"。可知人们对于月亮的大小，所见略同。即大约像饭碗，钵头，球镜，盘，脸盆等一类东西的大小。换言之，人们都是拿距离自己数丈乃至十数丈的东西来比较月亮的大小的。数丈乃至十数丈，是绘画的观察上最普通的距离。风景中最主要的前景，大都是这距离中的景物。可知人们对月，都能自然地应用绘画的观察法。

一九三三年新秋，于石湾，为《中学生》作

音乐之用[1]

学校的一切课业中，音乐似乎最没有用。即使说得它有用，例如安慰感情，陶冶精神，修养人格等，其用也似乎最空洞。所以有许多学校中，除音乐教师而外，大都看轻音乐，比图画尤其看轻。甚至连音乐教师也看轻音乐，敷衍塞责地教他的功课。

这是因为向来讲音乐的效果，总是讲它的空洞的方面，而不讲实用的方面。所以大家不肯起劲。这好比劝人念南无阿弥陀佛十遍百遍或千遍可获现世十种功德，人皆不相信。又好比只开支票，不给现洋，人皆不欢迎。

《中学生》杂志创刊以来，好像没有谈过音乐（我没有查旧账，只凭记忆，也许记错了。但即使有，一定甚少）？现在我来谈谈。一切空洞的话都不讲，从音乐的实用谈起。

听说，日本九州有一个大机械工厂，厂里雇用着大群的女工。每天夜班做工的时候，女工们必齐声唱歌。一面唱歌，一面工作，工率会增高，出产额比别厂大得多。但夜工的时间很长，齐唱的声音又大，妨碍了工厂邻近的人们的安睡，邻人们

---

[1] 本篇原载 1934 年 5 月《中学生》杂志第 45 号。

抗议无效，便提出公诉。诉讼的结果，工厂方面负了，只得取消唱歌。取消之后，女工们的工率大为减低，工厂的生产大受影响，云云。

听说，美国有一种习字用的蓄音机唱片，其音乐的旋律与节奏，恰符合着写英字时的手的运动。小学生练习书法时，一面听蓄音机，一面写字，其工作又省力，又迅速，又成绩良好。这等方法是由种田歌，采茶歌，摇船歌，纺纱歌等加以科学的改进而来的。又可说是扛抬重物的劳动者所叫的"杭育杭育"，或建筑工人打桩时的歌声的展进。我乡（恐怕我国到处皆然）有一种人，认为打桩的歌声中有鬼神。打桩的地方，经过的人必趋避，小孩尤不宜看。据说工人们打桩时，若把路过的人的名字或形容唱入歌中，桩便容易打进，同时被唱入歌中的人必然倒霉，要生大病，变成残废，甚或死去。因为那人的灵魂随了这桩木而被千钧之力的打击，必然重伤或致命。而且，归咎于看打桩的瞎子、跛子、驼子或歪嘴，亦常有所见闻。但是，我每次经过打桩的地方，定要立定了脚倾听。他们不知在唱些什么歌曲？一人提头唱出，众人齐声附和。其旋律有时像咏叹调，有时像宣叙调；其节奏有时从容浩大，有时急速短促；其歌词则除"杭育"以外都听不清楚，不知道在念些什么？据邻家的三娘娘说，是在念过路人的姓名，服装或状貌，所以这种声音很可怕。但我并不觉得可怕，只觉得很自然，很伟大，很严肃。因为我看他们的样子，不是用气力来唱歌，而是用唱歌唤出气力来作工。所以其唱歌毫不勉强，非常自然。又看他们的工作，用人力把数丈长的大木头打进地壳里去，何等伟大而严肃！所以他们的歌声，有时像哀诉，呐喊，有时像救火，救命，有时像冲锋杀敌，阴风惨惨，杀气腾腾的。这种唱歌在工作上万万不能缺少。你们几曾见过默默地打桩的工人？假如有之，其桩一定打不进，或者其人都要吐血。音乐之用，没有比这更切实的了。那机械工厂的利用唱歌，和习字蓄音片〔唱片〕的制造，显然是从这里学得的。

听说，音乐又可以作治病的良药。大哲学家尼采曾经服这药而得灵验，有他自己的信为证。千八百八十一年十一月，尼采旅居意大利，偶在一处小剧场中听到法国音乐家比才（Georges Bizet，1838—1875）的杰作歌剧《卡尔门》〔《卡门》〕（Carmen，这歌剧现在已非常普遍流行于世间，电影中已制片，各乐器都有这剧的音乐，开明书店的《口琴吹奏法》里也有《卡尔门》的口琴曲），被它的音乐所感动，热烈地爱好它。第二次开演时，尼采正在生病，扶病往听，听了之后病便霍然若失。次日写信给他的友人说："我近来患病，昨夜听了比才的杰作，病竟痊愈了，我感谢这音乐！"（事见小泉洽著《音乐美学诸相》所载。）倘有人开一所卖"音乐"药的药房，这封大哲学家的信大可以拿去登在报章杂志上，做个广告。又据日本音乐论者田边尚雄的报告，用音乐治病的例很多：十九世纪初，法国有一位名医名叫裘伯尔的，常用音乐治病。这医生会唱种种的歌，好像备有种种的药一般。病人求治，不给药，但唱歌给他听，或用 clarinet〔单簧管〕（喇叭类乐器）吹奏极锐音的乐曲给他听。每日数回，饭前饭后，或睡前，其病数日便愈。又听说，怀娥铃〔小提琴〕（violin）治病是最好的良药。

二百年前，法国每年盛行的 Carnaval（谢肉祭〔狂欢节〕）中，有人以热狂舞蹈而罹病者，用怀娥铃演奏乐曲给他听，催他入睡，醒来病便没有了。野蛮人中用音乐治病的实例更多：美洲可伦比亚河〔哥伦比亚河〕岸的野蛮人，凡遇生病，不服药，但请一老巫女来旁大声唱歌，又令十五六青年手持木板打拍子舞踊而和唱。病轻的唱一回已够，病重的唱数回便愈。又据非洲漫游者的报告，奴皮亚地方的人把病者施以美丽的服饰，拥置高台上，台下许多青年唱歌舞蹈，其病就会痊愈。又美洲印第安人的医生，都装扮得很美丽，且解歌舞，好像我们这里的优伶一般。这种话好像荒诞而属于迷信；但我看到我家的李家大妈的领孩子，确信它们并不荒诞，并非迷信。这种音乐治病法，是由李家大妈的唱歌展进而来。我家有一个小孩子，不时要吵，要哭，要跌跤，要肚痛。她娘也管她不了，只有李家大妈能克制她。其克制之法，就是唱歌。逢到她吵了，哭了，她抱着用手拍几下，唱歌给她听，她便不吵，不哭了。逢到她跌跤了，或肚痛了，蒙了不白之冤似的大声号哭，也只要李家大妈一到，抱着按摩一下，唱几支歌，孩子便会入睡，醒来时病苦霍然若失了。这并非偶然，唱歌的确可以催眠，音乐中不是有"眠儿歌"这一种乐曲的么？由此展进，也许可以有"醒睡歌"，"消食歌"，以至"镇痛歌"，"解毒歌"，"消痰止渴歌"，"养血愈风歌"等。也许那位法国的名医会唱这种歌，秘方不传，所以世间没有人知道。

听说，音乐又可以使人延年益寿。有许多长寿的音乐大家为证：法国名歌剧家奥裴尔〔奥柏〕（Daniel Auber, 1782—

1871）享年八十九岁。意大利的名歌剧家侃尔皮尼〔凯鲁比尼〕（Luigi Cherubini，1760—1842）享年八十二岁。同国还有一位歌剧家洛西尼〔罗西尼〕（Gioacchino Rossini，1792—1868）享年七十八岁。大名鼎鼎的乐圣法国人罕顿〔海顿〕（Joseph Haydn，1732—1809）享年七十七岁。德国怀娥铃作曲家史布尔〔施波尔〕（Louis Spohr，1784—1859）享年七十五岁。又一位大乐圣德国人亨代尔〔亨德尔〕（George Frederic Handel，1685—1759）享年七十四岁。有名的歌剧改革者格罗克〔格鲁克〕（Christoph Willibald Gluck，1714—1787）享年七十三岁。法国浪漫派歌剧家马伊亚裴亚〔梅耶贝尔〕（Giacomo Meyerbeer，1791—1864）也享年七十三岁。意大利作曲家比起尼（Piccini，1728—1800）享年七十二岁。意大利宗教音乐改革者巴雷史德利拿〔帕莱斯特里那〕（Palestrina，1524—1594）享年七十岁。日本平安朝的乐人尾张滨主年一百十余岁尚能在皇帝御前作"长寿舞"。我国汉文帝时盲乐人窦公，一百八十岁时元气犹壮。文帝问他长生之术，他说十三岁两目全盲，一心学琴至今，故得长生。

　　这样看来，音乐的效果不是空洞的，着实有实用之处。那么所谓"安慰感情，陶冶精神，修养人格"等等，不是一张空头支票，保存得好，将来可以兑现。

廿三〔1934〕年三月廿六日，为《中学生》作

儿童与音乐

儿童时代所唱的歌,最不容易忘记。而且长大后重理旧曲,最容易收复儿时的心。

我总算是健忘的人,但儿时所唱的歌一曲也没有忘记。我儿时所唱的歌,大部分是光绪末年商务出版的沈心工编的小学唱歌。这种书现在早已绝版,流传于世的也大不容易找求。但有不少页清楚地印刷在我的脑中,不能磨灭。我每逢听到一个主三和弦(do,mi,sol)继续响出,心中便会想起儿时所唱的《春游》歌来。

云淡风轻,微雨初晴,假期恰遇良辰。
既栉我发,既整我襟,出游以写幽情。
绿荫为盖,芳草为茵,此间空气清新。(下略)

现在我重唱这旧曲时只要把眼睛一闭,当时和我一同唱歌的许多小伴侣的姿态便会一齐显现出来:在阡陌之间,携着手踏着脚大家挺直嗓子,仰天高歌。有时我唱到某一句,鼻子里竟会闻到一阵油菜花的香气,无论是在秋天,冬天,或是在都会中的房间里。所以我无论何等寂寞,何等烦恼,何等忧惧,何等消沉的时候，只要一唱儿时的歌，便有儿时的心出来抚慰我，鼓励我，解除我的寂寞，烦恼，忧惧和消沉，使我回复儿时的健全。

又如这三个音的节奏形式一变，便会在我心中唤起另一曲《励学》歌来（因为这曲的旋律也是以主三和弦的三个音开始的）。

> 黑奴红种相继尽，唯我黄人酣未醒。
> 亚东大陆将沉没，一曲歌成君且听。
> 人生为学须及时，艳李秾桃百日姿。（下略）

我们学唱歌，正在清朝末年，四方多难，人心乱动的时候。先生费了半个小时来和我们解说歌词的意义。慷慨激昂地说，中国政治何等腐败，人民何等愚弱，你们倘不再努力用功，不久一定要同黑奴红种一样。先生讲时声色俱厉，眼睛里几乎掉下泪来。我听了十分感动，方知道自己何等不幸，生在这样危殆的祖国里。我唱到"亚东大陆将沉没"一句，惊心胆跳，觉得脚底下这块土地真个要沉下去似的。

所以我现在每逢唱到这歌，无论在何等逸乐，何等放荡，何等昏迷，何等冥顽的时候，也会警惕起来，振作起来，体验到儿时的纯正热烈的爱国的心情。

每一曲歌，都能唤起我儿时的某一种心情。记述起来，不胜其烦。诗人云："瓶花妥帖炉烟定，觅我童心二十年。"我不须瓶花炉烟，只消把儿时所唱的许多歌温习一遍，二十五年前的童心可以全部觅得回来了。

　　这恐怕不是我一人的特殊情形。因为讲起此事，每每有人真心地表示同感。儿时的同学们同感尤深，有的听我唱了某曲歌，能历历地说出当时唱歌教室里的情况来，使满座的人神往于美丽的憧憬中。这原是为了音乐感人的力至深至大的原故。回想起来，用音乐感动人心的故事，古今东西的童话传说中所见不可胜计，爱看童话的小朋友们，大概都会讲出一两个来的吧。

　　因此我惊叹音乐与儿童关系之大。大人们弄音乐，不过一时鉴赏音乐的美，好像喝一杯美酒，以求一时的陶醉。儿童的唱歌，则全心没入于其中，而终身服膺勿失。我想，安得无数优美健全的歌曲，交付与无数素养丰足的音乐教师，使他传授给普天下无数天真烂漫的童男童女？假如能够这样，次代的世间一定比现在和平幸福得多。因为音乐能永远保住人的童心。而和平之神与幸福之神，只降临于天真烂漫的童心所存在的世间。失了童心的世间，诈伪险恶的社会里，和平之神与幸福之神连影踪也不会留存的。

廿一〔1932〕年九月十三日，为《晨报》作。病中口述，陈宝笔录

女性与音乐[1]

女性与音乐，一见谁也相信是接近的。例如自来文学上"女"与"歌"何等关系密切；朱唇与檀板何等联络；soprano（女子唱的最高音部）在合唱中地位何等重要；总之，女性的优美的性格与音乐的活动的性质何等类似。照这样推想起来，世界最大的音乐作家应该让女性来当，乐坛应该教女性来支配；至少音乐作家中应该多女子；再让一步，至少音乐界中应该有女子。可是我把脑中所有的西洋音乐史默数一遍，非但少有女性的大作曲家，竟连一个 miss〔小姐〕或 mistress〔夫人〕也没有，无论作曲家或演奏家。我觉得很奇怪，总疑心我脑中所有的音乐史，不详或不正。但我记得前年编《音乐的常识》的时候，曾经考求过所有的已往的及现存的有名的音乐大家的传叙，而且因为要编述，查考得很精到，不是走马看花的。一向不注意到这问题，倒也不知不觉；现在一提起，真觉得有些奇怪了。这样与音乐有密切关系的女性，难道在音乐史上默默无闻的？我终于不敢信托我的记忆，又没有勇气和时间来搜索这个疑案的底蕴。

---

[1] 本篇原载 1927 年 3 月《一般》杂志第 2 卷 3 月号。

近来我患寒疾，卧了七八天，已经好快，医生说要避风，禁止我一礼拜不许出房。实在我的精神已经活动了，怎耐得这监禁呢？于是在床上海阔天空地回想，重番想到了女性与音乐的问题。于是把所有的音乐史拿到床里来，一本一本地，从头至尾地翻下去。自十八世纪的古典音乐的罢哈〔巴赫〕（Sebastian Bach）起，直到现在生存着，活动着的未来派音乐家欣陪尔许〔勋伯格〕（Arnold Schönberg）止，统共查考了一百八十个音乐家的传叙。结果，发见其中只有一人是女性的音乐家。这女人名叫霍尔梅斯〔霍姆斯〕（Augusta Maryann Holmes，1847—1903），是生长于巴黎的爱尔兰人，在欧洲是不甚著名的一个女流作曲家，在东洋是不会有人晓得的。其余一百七十九个都是男人。关于演奏家，留名于乐史的不但一个也没有，而且被我翻着了一件不大有趣的话柄：匈牙利有一个当时较有名的女 pianist（洋琴〔钢琴〕演奏家），有一晚在一个旅馆的 hall〔厅〕中开演奏会，曲目上冒用当时匈牙利最有名的演奏家（在音乐史上也是最有名的音乐家之一）李斯德〔李斯特〕（Liszt）女弟子的头衔以号召听众。凑巧李斯德这一晚演奏旅行到这地方，也宿在这旅馆中。他得知了有冒充他的女弟子的演奏家，就于未开会时请她到自己的房间里来，对她说："我是李斯德。"那女子又惊骇又羞惭，伏在地上哭泣。李斯德劝她起来，请她在自己房里的洋琴上弹一曲，看见她手法很高，称赞她的技术，又指教了她几句，就对她说："不妨了！现在你真是李斯德的弟子了！"教她照旧去开会。那女子感激得泣下。……这并不是我有意提出来嘲笑女性，不过事实如此；而且现在我是专门在音乐史上找女人，这件事自然惹我的注意了。

闲话休提。音乐史上没有女性的 page〔页〕，实在是值得人思量的问题，尤其是在病床中的我。我把书翻了许久，想了许久，后来好像探得了一个导向解决的线索。这就是我在音乐大家的传记中发见了许多与女性有深关系的事迹，就恍然悟到了女性与音乐的关系的状态。这等事迹是什么呢？第一惹我注意的，是自来的大音乐家幼时受母教者之多的一事。我手头所有的关于音乐家传记的书又少又不详，我没有委细考察过所有的音乐家的详细事略，只是就比较的记录得详细的世界第一流的音乐家的传记一翻，已是发现了十余个幼时受母或姐等的音乐教育的人。列举起来，如：

（1）近世古典乐派的大家亨代尔〔亨德尔〕（Handel），幼时从母亲受音乐教育。

（2）俄国近代交响乐作家史克里亚平〔斯克里亚宾〕（Scriabin）的母亲是女 pianist。

（3）披雅娜〔钢琴〕（piano）大家晓邦〔肖邦〕（Chopin）的母亲是波兰人，晓邦多承受母的气质，其音乐作品中泛溢着亡国的哀愁。

（4）歌剧改革者挪威人格里克〔格里格〕（Grieg）幼时从母亲习披雅娜。

（5）俄国现代乐派大家漠索尔斯奇〔穆索尔斯基〕（Moussorgsky）幼时从母亲习音乐，他的有名作品《少年时代的记忆》（*Reminiscences of Childhood*）就是奉献于其亡母的灵前的。

（6）俄国国民乐派〔民族乐派〕五大家之一的罢拉基莱夫〔巴拉基列夫〕（Balakireff）幼时学音乐于其母。

（7）又五大家之一的李漠斯奇·可尔萨可夫〔里姆斯基-科萨科夫〕（Rimsky-Korsakoff）幼时的音乐教育，多赖其母的留意。

（8）俄国音乐家亚伦斯奇（Arensky），其父母都长于音乐，幼时全从父母习音乐。

（9）美国音乐家却特微克〔查德威克〕（Chadwick）的母亲长于音乐。

（10）民谣作家澳洲人格林茄〔格兰杰〕（Percy Aldridge Grainger）幼时从其母学披雅娜。

（11）俄国现代乐派大家格拉左诺夫〔格拉祖诺夫〕（Glazounow）的母亲是五大家之一的罢拉基莱夫的弟子，格拉左诺夫幼时学披雅娜于母。

（12）法国交响乐诗人杜褒西〔德彪西〕（Debussy）幼时学音乐于晓邦的弟子的女音乐家。

（13）现代世界最大的乐剧家华葛内尔〔瓦格纳〕（Wagner）幼时习音乐于其姐。

以上所举，都是世界第一流的音乐家。我记得在文学家，绘画家的传叙中，母教的例决不像音乐家的多。独有音乐家都受母教，这一定是有原因的。从此可以推知女性的性质近于音乐学习，女性善于音乐感染。

第二惹我的注意的，是自来音乐大家的多恋史，及其恋人所及于其艺术的影响之大的一事。世界上最大的音乐家中，除了一生没有恋爱而以童身终其身的短命天才修倍尔德〔舒柏特〕（Schubert）及家有悍妻的罕顿〔海顿〕（Haydn）二人不与女性发生多大关系以外，其他的差不多统有奇离颠倒的恋史，而由恋的烦恼中酿出其伟大的作品。讲到举例，我就立刻想到裴德芬〔贝多芬〕的"不朽的宠人"。

裴德芬的作《月光曲》，据传说是裴德芬一晚到一个皮鞋匠家里，看见一个盲目的女子在月光下弹披雅娜，因而作出的。这事的传说，讲音乐家的故事书上常见的。但是，老实说，这种传说完全是假的。实际上，这曲是裴德芬为了对他的恋人奇理爱塔（Gaillieta）的热烈的恋情而作的。这曲的原名为 *Sonata quasi una Fantasia*，即《幻想曲风的朔拿大〔奏鸣曲〕》。而且在初版上，分明注着"此曲奉献于奇理爱塔"字样。《月光曲》的名目及那传说，全是后人臆造的，裴德芬自己全不晓得。据说这名目是出版业者为了要推广销路而杜造的，那故事当然也是他们捏造出来。不过后世所以沿用这名称，流传这故事，而明知不改者，并非全然无理。只为那曲的情趣，颇类似月明之夜的光景；伴着这奇离的故事，可以惹起习音乐者的注意，而对于小孩子，尤足以引诱其对于音乐的兴味，所以听其沿用与传诵。这是题外的话，在《音乐的常识》里已详述，兹不赘述。现在我要说的，是裴德芬一生对于恋爱的态度的猛烈。他所有的恋人很多，他称之为"不朽的宠者"，他平日劳心于少女的一笑一颦。据他的朋友理斯说，理斯租住在有三个美丽的姑娘的一家裁缝店里面时，裴德芬每天来访问他。

其次浮到我脑际的，是法国的交响乐诗人裴辽士〔柏辽兹〕（Berlioz）的"多磨恋爱"（"stormy love"，多磨两字是我戏用的。好事多磨，声音与意义都相近）。他的一生是恋的连续，我记不出详细的颠末来。择其最大者述之，就是关于他的不朽的名作《幻想交响乐》（*Symphonie Fantasie*）的故事。据说当时英国有个著名的女优名叫史密苏的，以善演莎翁剧名震剧坛。素来欢喜文学而崇敬莎翁的裴辽士，看见了史密苏扮演可怜的渥裴利亚的剧，起了热烈的恋慕。但史密苏以裴辽士当时只是一贫乏的音乐学徒，眼中全然看不上。于是裴辽士单恋的结果，产出了一幅《幻想交响乐》。其后他又与别的女子发生新恋，那女子又背了他，嫁另一男子。裴辽士曾改装作女子，怀了手枪，想去复仇，自己也拼个最后。继而在途中见了大自然风光的美丽，悟到了自己的光明的前途，就排除一切愤懑，而埋头于作曲了。研究之中，增删修改其可怀念的《幻想交响乐》，开自作演奏会，在旧恋人史密苏面前演奏她自己作女主人公的《幻想交响乐》，强烈地摇动了史密苏的心，她终于与他结婚了。结婚之后，夫妻又不睦，服毒，离婚，……不知发生了多少奇离的事件。结果，记录单恋的《幻想交响乐》就当作成绩留传于世界。据他自己说那曲所描写的是失恋的青年吞服鸦片，以量少而自杀不遂，陷于深眠时的心情状态。

世界最大的音乐家，有恋史的很多。尤其是近世浪漫乐派的人们。浪漫乐派中最有名的修芒〔舒曼〕（Schumann），有恋人克拉拉（Clara），他的名作，都产生于其与克拉拉的美丽的恋爱时代，新婚时代，这是稍关心于音乐的人们所共知的。

还有晓邦，恋爱的多不亚于裴辽士，有"模范恋人"的称呼。还有前述的遇见冒充弟子的女演奏家的李斯德，据说差不多是色情狂者。他所教的学生全是女子，不要男学生。每教毕一个成绩好的女学生，在她额上亲一个吻，教那女学生也吻他的手，习以为常。所以他父亲临终的时候，曾谆谆地嘱咐他说："留心！女性将颠覆你的生涯！"

以上所提出的音乐家的恋史，是其荦荦大者。我觉得艺术家中与女性的交涉最深者，无过于音乐家了。诗人中也有像拜轮〔拜伦〕，雪莱等有风波恋爱的人，然似不及音乐者中的多；在画家中，竟好像个个是规矩人，即有恋史，也是平易的，这一点，又使我深深地注意到音乐艺术的"与女性有特别交涉"的特性。

最后我翻到近世大乐才华葛内尔（Wagner）的女性赞美的记录，就更彻悟女性与音乐的关系了。华葛内尔也是平生多恋史的人。但他的对于女性，有一种特别的看法；他极端地崇拜女性，有"久远的女性"的赞美语。他以为女性偶有的缺点，犹之音乐中偶有的"不协和音"，统是 harmony（和谐）的源泉。（注：近代作曲上多故意用不协和音。）据说他的夫人是不懂音乐的，他欢喜蓄鹦鹉，有友人对他说："这岂不是嘈杂的伴侣么？"他回答说："不然，热闹不是有趣的么？我家的夫人不会弹披雅娜，鹦鹉是代替她唱唱的。"这句急智的话中，实在藏着深刻的暗示呢！关于"久远的女性"，他在给友人乌利许（Uhlig）的信中这样说着：

"柔性的优美的心伴着我,我的艺术常常滋荣了。世间的刚性都被卷入滔滔的俗潮里的时候,女性常是不失其优情,因为在她们的心灵中宿着柔和与湿润。所以女性是人生的音乐。她们对于无论何事都用真心来容纳,无条件地肯定,用她们的热烈的同情来使它们美化。"

"当我对于刚性早已不能感到一点欢美与炫耀的时候,对于女性还屡屡感到有迫我向炫耀恍惚的境地去的一物。"

"看到我所创的事业(华葛内尔的乐剧)渐渐结实,功果渐渐伟大起来,而能抚慰人心而使之高尚的时候,人们只知感奋欢喜而已。独不知探寻起基础来,这等都是'久远的女性'的所赐。充盛威严的光辉及人生的温暖的愉快于我的心灵中的,只有'久远的女性'。湿润地发光辉的女子的眸子,屡屡用清新的希望来使我饱和。"

"女性是人生的音乐!"不错!我悟得了,女性本身就是音乐!男性的裴德芬,华葛内尔,是为女性作音乐的;是从女性受得灵感,拿女性为材料而作出音乐的。故在音乐,男性是创造的,女性是享用的。男性是种子,女性是土壤,音乐的花从种子发出,受土壤的滋养而荣华。人们只注意于这是某种子开出的花,而不知道花是受土壤的滋养,在土壤上繁荣,而为土壤所有的。这样一想,自来音乐家的多受母教,多恋史,自来女性的性质的接近于音乐,女性的善于音乐感染,自来音乐艺术的与女性有特别关系,在这里都可推知其原由;而自来的音乐作家的都是男性而没有女性，在这里也可知道其是当然的事，而不足怪了。

久远的女性！文化生活的最上乘的艺术中的最优秀的音乐，是你们所有的！这是何等光荣的事！愿你们自爱！

民国十五〔1926〕年冬至，为《新女性》作

绘画概说 [1]

（〔上海〕中国文化服务社一九三五年八月初版）

---

[1] 本书根据 1936 年 4 月再版本，删除个别图例。

子愷

序　言

绘画艺术在东西洋均有久远的发达史。其情状之复杂，非小小的一册书所能尽述。我过去曾为这方面写了不少的书稿。如开明版的《西洋画派十二讲》《西洋名画巡礼》《西洋美术史》《艺术概论》《开明图画讲义》《艺术趣味》，以及良友版的《艺术丛话》，都是直接地或间接地谈论绘画艺术的情状的。现在受亚细亚书局嘱托，欲在这册小小的书中概说绘画的一般情状，提起笔来，觉得无从说起。姑且拟定八章，就各题作极简要的说明。这在绘画上犹之用铅笔描一 outline〔轮廓〕或 sketch〔速写〕，但不知描得像不像耳。

廿四〔1935〕年梅雨时节子恺记

第一章　绘画艺术的性状

把美的景象描写在平面上的，叫做绘画。绘画是艺术中的造形美术中的一种。何谓艺术与造形美术？须得先来解说：美的人工的表现，便是艺术。例如别离这件事不是艺术，把它用人工表现为《别离歌》，便是艺术。西湖这东西不是艺术，把它用人工表现为《西湖风景图》，便是艺术。因此艺术大体分为两种，即听觉艺术与视觉艺术。像《别离歌》，是用耳朵听赏的，便是听觉艺术；像《西湖图》，用眼睛观赏的，便是视觉艺术。此外还有一种兼用听觉与视觉的，叫做综合艺术，如演剧、跳舞、电影等是。听觉艺术又名时间艺术，视觉艺术又名空间艺术。今列表如下：

关于这个表，须稍加解说：* 或以为文学须用眼睛阅读，怎么说是听觉艺术？但书是为欲把文学流通，用文字代表言语而刊印的。文学的本质，仍是用耳听的言语。假如将来无线电发达起来，语言进步起来，也许一切文学都可用耳听，就不须有书。若说欣赏书的字体，讲究书的版本，那是与文学无关的事，是近于视觉艺术的书法方面的事了。** 书法与绘画是最亲近的姊妹艺术，这在外国不算一种正式的艺术，为中国所独有。我在以前论西洋艺术的著书中，都没有把它加入。现在说一般

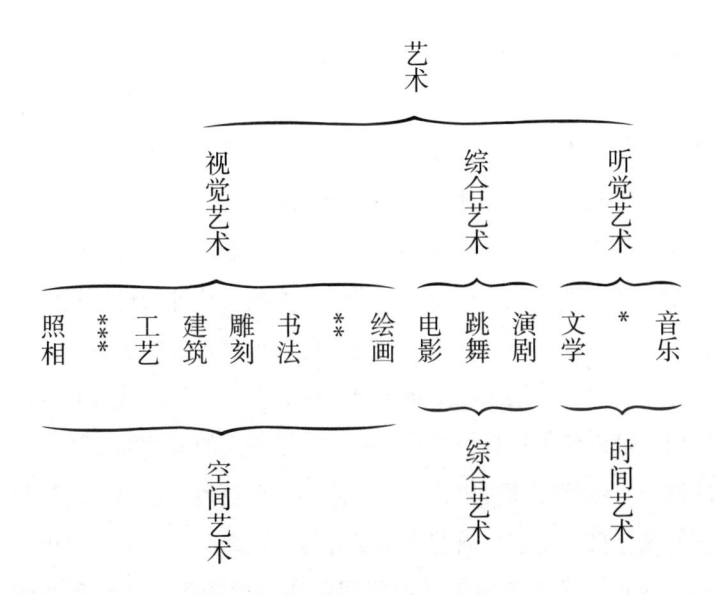

```
                        艺术
        ┌───────────────┼───────────────┐
      视觉            综合            听觉
      艺术            艺术            艺术
  ┌─┬─┬─┬─┬─┐     ┌─┬─┬─┐         │
  照 *** 工 建 雕 书 ** 绘  电 跳 演  文    * 音
  相     艺 筑 刻 法   画  影 舞 剧  学      乐
  └─────┬─────┘     └─┬─┘         │
       空间           综合         时间
       艺术           艺术         艺术
```

的艺术，觉得应该加进去，以表示东方艺术的特色。*** 照相在以前技术拙劣，不被视为艺术，至多称之为"准艺术"。但现今此道非常进步，不但求"像"，又求其"美"。照得好的，竟同绘画差不多，或另有绘画所不办的好处，故应该给它列入艺术中。

上表中左边六种，都有形体占据空间，故又称为"造型美术"，或单称之为"美术"。美术与艺术两个名词的区别，自来很不清楚，约有两种说法。或曰，艺术就是美术，音乐文学也都可称为美术。或曰，关于视觉方面的称为美术，即美术为艺术中的一部门。现在姑照后者的说法。说绘画是造型美术中的一种。

造型美术。大都是有实用性的。例如建筑，是供人住的，当然离不了实用目的，同时形式也不能自由，必须以"可住"为条件。又如工艺美术，亦必以"可用"为条件。照相，多数是代肖像用的。雕刻，亦有许多用为纪念像的。书法，也多用以记录。比较的实用性最少的，莫如绘画。大多数的绘画是只供观赏的。例如装裱的中国画，装在镜框中的西洋画，大多数是挂在厅堂上，房室中，供人看看的。这种画里所描的内容，不受拘束，非常自由。只要是可以悦目赏心的美景，都可以悬挂。因此，绘画艺术富于自由性。在一幅素纸或画布的范围内，可以任画家自由经营，构造，尽各人的天才而发挥其美的创作。建筑必须可供住居，工艺必须可供使用；绘画比较起它们来，自由得多。故艺术中又分为"羁绊艺术"与"自由艺术"两种。像建筑与工艺，可谓羁绊艺术的代表；音乐与绘画，可谓自由艺术的代表。然而这也不过是分量轻重的差别，不是判然的两种。因为建筑中的浮图，纪念碑，凯旋门，也是仅供观赏的自由艺术。而军队进行曲、肖像画、宣传画等，在某程度内也是有实用性而受羁绊的。总之，我们由此知道绘画是最富有自由性的一种造型美术。

由上述的叙述，我们已经知道绘画在一切艺术中所占的地位与所具的性质了。现在再就其本身的状态说述，以表明其所有的特长。

自从照相和电影发达以来，绘画好似被抢了生意。浅薄的鉴赏者，大家以为照相比绘画更肖似而细致，电影比绘画更复杂而多变化，世间似乎可以莫须有绘画了。其实这是他们根本没有知道绘画的特长之故。绘画有二特长，是画面美与瞬间美。画面美者,向自然界中选取美的物象,加以删改,构成一种特殊情趣的画面。譬如中国画中的兰花的立幅,是向无数的兰花中选取其堪入画的姿势,删去其无用者,修改其不美者,以最精彩的数笔,构成一个立幅的画面,这可说是兰的纯粹化、美化或绘画化。这里面不是兰的如实描写,不是兰的再现,而是经过了作者的"整理"后的兰花。照相所以不如画者,就为了没有经过这删改——即"整理"。故照相的兰,无论模型何等精选,光线何等适宜,冲晒何等高明,总不及绘画的兰的富有画意。而"笔法"的情趣,尤为绘画所特有,照相所不办。笔法者,由人的手腕的筋觉估量自然物的刚柔,轻重,粗细等种种性状,而给以相当的表现。所以一幅画上,活跃地表示着作者的心与手的活动。鉴赏者看了这画,自己的心会跟了这种笔法而与之共同活动。这就叫做艺术的共感。这是看照相时所不能有的感觉。拿文字来比方,绘画好比手写的字,照相好比排印的字。手写的字除了告诉你一件事体以外,又给你欣赏笔法的趣味,使你感到一个人的心与腕的活动。排印的字虽然也有排得很美观的,但是没有笔法的变化,没有人心与腕的活动的表示,而偏重在事实报告这方面,即实用方面。故讲到美术的趣味,照相远不及绘画的丰富。故照相无论何等发展,决不能把绘画"取而代之"。

其次,绘画还有一特长,是瞬间美——独立的瞬间美。即宇宙间一种瞬间的现象,能不靠其过去未来的变化而独自表出一种的美。例如画月景就表出一片幽静的美的独立的存在;画雪景,就表出一片清丽的美的独立的存在。与其前因后果均无关系。进一步说，绘画是把前因后果统统斩断，而使瞬间的美景自成一独立的天地。在月景中永远是幽静的天地，在雪景中永远是清丽的天地。绘画的美正在于此。若牵连了前因后果，绘画便失却其美。譬如表明了月景本是由暮色变成，将来又会变成黎明；雪景本由雪点积成，将来又会统统溶化，绘画的美便不成立。电影所异于绘画者，即在这一点上。这一点也就是时间艺术与空间艺术的差异。电影是综合艺术，原是兼有时间性与空间性的。这好比是用许多幅连续的绘画来代替言语而作小说，与绘画自异其趣。因此电影无论何等发展，也决不能把绘画"取而代之"。

由此可知照相与电影，对于绘画并无妨碍，绘画仍可向自己的路上展进。不过，自从照相与电影发展以后，绘画的路径狭窄了一些，不比以前的宽大了。在以前，绘画上有工笔的写实法。现在这种工细的写实可以让给照相和电影，勿必再辛苦了。现在的绘画只要向着画面美（即笔法美）与瞬间美的两个目标而展进，就不会违背时代的要求。在近世画风的变迁上，便可以分明看出这状态。当十九世纪以前，西洋的绘画大都取工细的笔法，远看同实物一样，缩小了看同照相一样。但到了十九世纪后半，这种画风就熄灭，却变成了一种粗笔的、简笔的画风，到了现在，又盛行了一种黑白分明的版画。粗笔、简笔，与黑白分明，正是照相所不办而绘画所擅长的。故西洋画风的变迁与照相的发达——即科学的昌明——有密切的关系。倘使世间没有照相，也许画家们到今日还在描写工致的写实派绘画，而上海城隍庙里画擦笔肖像的人都是高明的画家了。

独有中国画不受照相的影响。因为中国画自古以来,常向着绘画所独步的路上展进,为照相所不能影响。大部分的中国画只是寥寥数笔,粗枝大叶,表现着纯粹的画面美。即使有工笔的中国画,其工致亦与照相写实判然不同,显然地表明它是"工笔的画"。故近代西洋的绘画,模仿中国画的地方很多,可说是"中国画化的西洋画"。关于这事,在我所著的《艺术丛话》中详细地说着。

第二章　绘画的种类

绘画可从内容及形式两方面分类。内容又有画法与题材之别，形式又有画具与大小之别。今先列一表：

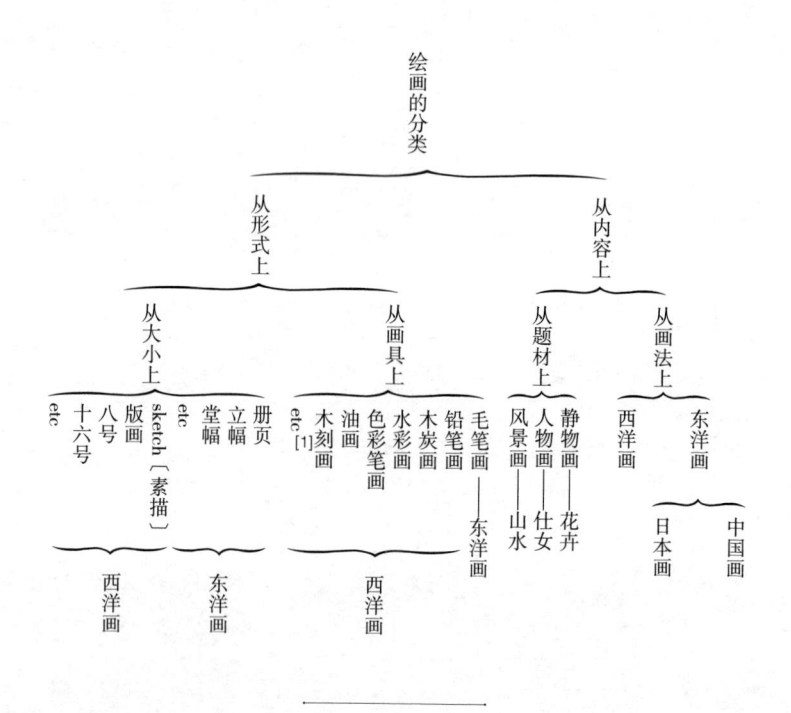

绘画的分类
- 从形式上
  - 从大小上
    - 册页 ——东洋画
    - 立幅 ——东洋画
    - 堂幅 ——东洋画
    - sketch【素描】——西洋画
    - 版画 ——西洋画
    - 八号 ——西洋画
    - 十六号 ——西洋画
    - etc[1]
  - 从画具上
    - 木刻画
    - 色彩画
    - 油画
    - 水彩画
    - 木炭画
    - 铅笔画
    - 毛笔画 ——东洋画
    - etc ——西洋画
- 从内容上
  - 从题材上
    - 风景画——山水
    - 人物画——仕女
    - 静物画——花卉
  - 从画法上
    - 西洋画
    - 东洋画——日本画、中国画

---

[1] 拉丁文 et cetera 的缩写，意即等等。

现在就上揭的表略加说明如下：从画法上分类，世间的绘画大体可分为东洋画与西洋画两种。讲到其异点，约言之，前者重写意，后者重写实。换言之，前者像绘画，后者像照相（但今日的西洋画已渐失却这特性了）。举一实例说，东洋画都用线条，凡物用线条围成。其线条有粗细浓淡刚柔等差别，不仅是物的界线，而具有独立存在的意义。故仅靠几根线条成立的画也不少。例如竹、兰都是线的独角戏，在东洋画中是最难的一种技术。反之，以前的西洋画都没有线，即所谓"没骨水彩画"等。其物象的界限用浓淡表出，却没有线条显露。现在的西洋画渐渐用线，但是其线的独立存在性，不及东洋画的完全。再举一实例说，东洋画写形都奇特而不近实际。故美人头大而身极小；山水重叠而层出不穷，皆非实际世间所有的状态，乃经画家变化删改而成。反之，以前的西洋画写物皆如实。风景远小，近大，远淡，近浓，人物肢体各部亦如真人，故画家必研究远近法与解剖学。现今的西洋画渐渐不讲究写实，形状也奇特起来。然其奇特的程度远不及东洋画之高。故东西绘画虽互相影响，现在还有一种界限存在着。东洋画中，日本画又与中国画大同小异。然而日本的文化，全部从中国输入，其画也可说是中国画的一流派。我们看西洋画，觉得英、法、德、意各家的作品大致仿佛。西洋人看中国画与日本画也是如此，可总称为东洋画。东洋画与西洋画，不是永远判然分别的。画派根据于民族生活、思想而差异。自科学昌明，交通发达后，东西洋绘画已渐渐握手。将来倘世界大同，绘画也会大同起来，不复有东西洋的分别。

以题材分类,是最通常的办法。西洋画普通把绘画大别为三种,即静物画、人物画与风景画。然而细别起来,还有种种名称。例如画禽兽的名为动物画,写史事的名为历史画,写圣书的名为宗教画,写各地状况的名曰风俗画,又有历史风俗画,寓意讽刺的名曰漫画等。然而这也太琐碎了。其实动物画不妨归入风景中,而历史、宗教、风俗、漫画等,皆不外乎人物、风景、静物的综合的表现,勿必因题意而细分。故西洋画大体只有上述的三种。中国画有花卉、翎毛、人物、仕女、山水等种类。花卉即静物,翎毛即动物,仕女即人物,山水即风景。大体也不外乎这三种。在西洋,十九世纪以前以人物画为正格,没有独立的风景画与静物画。十九世纪自然主义以后,风景画开始独立,静物画亦自成一格。现在三种并立,没有高下的区别。在中国,自古以来以山水为正格。人物花卉皆次之,翎毛被当作小品。现在还是如此。

从画具分类,是一画学生所取的分类法。在中国,画具总是一支毛笔,在西洋则有种种的笔,因而有种种的画。铅笔画是最简陋的一种。普通用以作画稿。后来注重速写,铅笔画也独具一格,可以拿到展览会去展览。木炭画比铅笔画挥写自由,且宜于作大幅,自昔被视为西洋画中一种最重要的画具。在以前,木炭画用作学画的基本练习;十九世纪时,有一位大画家叫做米叶〔米勒〕(Millet)的,因为贫苦,买不起油画具,就用木炭作画。他的许多杰作是木炭画。因此木炭画就获得了独立的资格。水彩画为西洋最古的一种彩画法。不过古代的颜料制法与今日稍异。这种画比油画设备简单，色彩的使用与效果也不及油画自由而伟大。故宜作小幅的彩画。大约最普通的水彩画，像报纸的四分之一大小。半张报纸大的水彩画已经算大的了。水彩画所用的笔就是中国画所用的毛笔。不过其制法稍异，笔头普通用貂毛或猪毛，笔杆用木和金属。英国人称之为 brush，即刷子。其实用中国制的毛笔也未尝不可。中国画着色也用水彩颜料，不过颜料的制法与西洋不同。又因中国画以线条为基础，色彩不过使画增色，故无论何等大的画面，都可用水彩。西洋画则即以色彩为基础，不过用水彩作大画，嫌其挥写不便，故水彩画的幅面有限制。铅笔画与水彩画的画面是纸，但这种纸甚坚厚，不吸水，与中国的宣纸完全不同。色粉笔画是以各种色彩的粉笔作为画具的。其画面也是纸，不过纸的制法不同，面上有毛，可以含蓄粉屑。这种画描时可用手指摩擦，故调子柔和，色彩鲜丽，宜以描写女子小孩。但粉屑易于脱落，描成后必须喷以胶水，使之固着，复装置于玻璃框中，使不受外物摩擦，保存上是很不便的。油画是西洋画中最主要一种画具。其用具非常复杂。笔似水彩画笔而长大。画面不用纸而用麻布，其布名曰 canvas，麻织而上涂胶物。用刷涂抹，如漆匠之工作。其颜料亦似漆，系用油调制而成，盛于锡管，如牙膏然。用时从锡管中挤出，并列于调色板上，以笔捞取，在板上拼调而涂于画布上。画布及颜料价甚贵。其好处有二，即描写自由，与保存便利。因为油画的颜料，都不透明，有掩覆性。在黑色上面可以用白色掩覆。因此描画时改窜非常自由。不似中国画之落笔无悔，亦不似水彩画之须将白处留出空位。然而这一点是初学者所见的便利。在老练的画家，下笔时胸有成竹，不需改窜，不贪图颜料的掩覆性。他们所感的便利，是油画颜料性似胶漆，可以多量地调制，大笔地涂抹，于画的表现上非常自由。这是一切西洋画法所不及的。二者，油画以麻布为地，胶漆为丹青，故非常坚牢，不易破损，亦不会褪色，可以久远保存。故西洋的画家，大都取油画为画具，取其挥写自由而宜于保存。要之，西洋画中素描以木炭画为主，彩画以油画为主。其他的都为辅助的画具。最后一种木刻画，则为最近流行的一种画法。其用具与以上诸种全然不同：乃用刀在木版上雕刻，以黑色印刷为复制品而供人欣赏的。其画面大都很小，至多不过像一册书大。这原是为了复制而作的，与上述诸种绘画的贵重原作自异其趣。此外西洋画还有种种用具如钢笔画、蜡笔画、烧画、铜镌等，然皆简少或褊狭，为普通所不用。

现在把西洋画中最主要的木炭画及油画举二例，第一图为十九世纪中大画家米叶（Millet）所作的木炭人物风景画。第二图为十九世纪末大画家赛尚痕〔塞尚〕（Cézanne）所作的人物肖像画。二人皆是法国人，前者为近代画圣，后者为现代一切新兴美术的始祖。前者的画风注重写实，而笔致生动，富于画趣，为西洋画中艺术价值最高的作品。后者注重形和色的力感。故画面都是大块的形状和颜料，立体感最为丰富。

从画的大小上分类，中国画与西洋画有一大异点：即中国画的画面，长阔的比例无定，或正方，或狭长。西洋画则大致都取黄金律比例。所谓黄金律者，即长边比短边等于二边之和比长边，即：

长边∶短边＝（长边＋短边）∶长边

约言之，即如明信片，及普通书籍的样子。正方形的，圆形的，或狭长形的西洋画，殊不多见。但在中国画中，册页大都正方，手卷和立幅非常狭长。这一点差异，与画法颇有关系。西洋画因为是写实的，画面景物必须依照远近法规则而集中，故其画幅长阔相差不宜太远。中国画因为是写意的，画面景物不须依照远近法规则，故不妨取狭长的画面，作出重叠曲折的布置。中国画大小以高的尺数分别。普通为四尺、五尺、六尺等。西洋画则除 sketch 及版画取特别小形外，油画以号数区别，如八号、十六号、二十号，直至数十号，其大如壁面。

第三章　绘画的技法

绘画的技法，东西洋判然不同。东洋人学画取临摹或读画的方法；作画取写意的方法。西洋人学画取写生的方法；作画取写实的方法。因此画的趣味就完全不同。

先就初学的基本练习说：中国学画的人，普通都买一部画谱，譬如《芥子园》之类，而临摹它的用笔。临摹的顺序，有的先临石谱，有的先临四君子。所谓四君子，就是梅兰竹菊。石头与梅兰竹菊，都是自然物，其形状皆简朴，用几根线条即可构成一图。学画者由临摹而体会了古人用笔的技术，便算学得了绘画的基本练习。以后的修养是读画。即选取古代大画家的作品，一一观赏，研究其用笔、布置、设色等技法。看得多了，胸中自有一丘一壑的幻象。把这些幻象写出来，便成为自己的作品。然而这种方法，很多流弊。在富有天才的人，看了古人的作品，自能翻陈出新，以自己的观感来创作绘画。但在中人以下的学画者，往往拘泥于画谱及前人之作，自己一无创意，其画便成了东拼西凑，东抄西袭的东西。譬如他在画谱或古人作品中看见一个亭子，一架桥梁，一间茅屋，一个老人，……便硬学了他们的描法，他自己作起画来，只要一件一件地凑合拢来，凭你要凑合千百幅，也很容易。于是绘画就变成拼七巧板似的东西，毫无艺术创作的香气了。所以用临摹及读画作为绘画基本练习，只适用于天才者，却不宜施之于中人以下的习画者。进一步考究：原来石头和梅兰竹菊等画中，所有的只是线条，其形状却非常简单。因此摹写这种画，只学得了线条的描法，但不能应用这等线条来构出宇宙间一切物象的形态来。天才者对于形象具有敏感，不须学习，练就了线条的描法，原可用以自由描写宇宙间一切形象。但在没有天才的人，临了画谱仿佛学写字，学得一个只是一个，学了十个只是十个，不会变化应用。中国古代的一切教育法，大都以天才为标准，不为中人以下着想。隐约地说几句大道理，让聪明者自己去妙悟，对于不聪明者不足与语。绘画的教学法，亦复如是。这教法究竟是好是坏？两方都说得通。主张这教法是好的人说，学习绘画这种艺术，全靠天才。缺乏天才的人，学习起来事倍功半，其实不必徒劳。所以绘画的教学法，不必求其浅明化，普遍化。这话也有道理。不必讲中国画，只要看了现今学校里的图画课，对于这话便可发生同感。五六十人一班学生，大家备了图画纸，颜料，一律地在图画科中学画。但是请看他们的成绩，五六十人中恐怕只有一二人可观，其余的统统是在那里乱涂，糟蹋图画纸和颜料而已。回想我自己当画图教师，而遇到这种情形时的感想，简直觉得图画科设得无理，学生都在那里浪费画具和时光，教师完全是在那里骗钱。这也许是我自己的教法不好之故。但是，遍观各处学校毕业出来的学生，倘请他画一个简单的人物，画得像人的实在没有几个人。甚至于绘画的专科学校里出来的毕业生，也有画不成一条狗子的。由此可见世间宜于学画的人，实在不多。勉强要使人人学画，原是过分的要求。反之，主张中国画这种玄妙的教法是坏的人，以为中国学术太不平均发展，学问好的太好，坏的太坏，贤愚之差太远。因此民族的精神不调和，不团结，平均的程度太低。都是由于向来的教育法太不合理的原故。欲求民族的繁荣，应该把一切学问艺术，普遍地教育民众，使民众精神生活的程度大致平等。绘画当然也是大家应该享用的一种艺术。欲求其普遍，非把教学法大大地改进不可。以上两说，前者是为艺术的，后者是为人生的。欲求折中，其实中国画的学习法不妨稍加改进。日本画便是改进的一例。他们教画学生描写人物，同西洋画一样地用写生。若写女子，令一女子严妆，或坐或立，作模特儿。习日本画者观察而写生之。其写生法不似西洋画的严格地写实，但参考实物，随时变化，描出东洋画风的写生图。中国的良画师，教授学生也有取写生法的。但是一般的习画者，多数还是拘泥于画谱。

　　西洋画的基本练习，与中国画大异，全用合理的科学的方法。何谓合理的科学的方法？他们以为要学画，先要学会宇宙间一切物象的描现法。但宇宙间物象甚多，一一练习，势不可能。就选出一种形态最复杂的东西来，作为基本练习的模范。只要把这种模范写得透熟，于是宇宙间一切物象，就一看都能描写了。因为这种模范中，具备着宇宙间一切形状、线条、色彩的变化。学会了这一端，就一通百通了。这模范是什么呢？便是人体。人的身体，形状看似简单，其实非常复杂。但看面部的表情便可知道。面部只有五官和一个脸，但世间亿万人有亿万种相貌，没有两个完全相同的。就是同一人的颜面中，喜怒哀乐，表情亦各不同。推考这不同的来源，无他，就是在于眉目口鼻的形状及方向的变化。人的身体（裸体），普通以为比颜面简单，其实比颜面更为难画。只因颜面是我们日常所见的，知道其变化之多；裸体不是日常见到的，想象中以为简单，其实反比颜面复杂。只要看自己的手，就可相信。把手反复屈伸地变化起来，可以看见种种的状态，其线条的曲折，形状的复杂，真是变化无穷。没曾学过画的人若用笔描写一手，一定不容易描得像。人们以为花卉复杂，其实教没有学过画的人描一朵花，他一定会描得像花；若教他描一只手，却决不能立刻描得像手。故古语云："画人难画手，画狗难画走。"狗走的时候，四条腿交互前后，看不清楚。在画中画了一种固定的姿势，看去总是不对，好像不是在那里走的。手的难画，亦复如是。一不小心，画成一只连指手套的样子，怪难看的。手的难画，便可证明身体的更难画。那腰际的线条，长长的，曲曲的，变化万状，毫无规则，而所包成的形状，却又是有骨有肉有皮的一个人体，真是最难描的形状。就色彩而论，人体的色彩看似单纯，其实随光线而变化，微乎其微，最难描得正确。花的红，叶的绿，是明显的。就是加了光线的变化，也总可找出一种主要色彩来。人的肤色，简直没有主要的色彩，在复杂的光线之下，各色俱备，而都是微微的。故宇宙间一切存在物中，形状色彩最复杂而最难描的，莫如人体。学画者只要学会了人体的描法，描起山水花卉等一切东西来，都不成问题。因为山水花卉中所有的形状，人体早已有过，而且比它们更复杂。山水花卉中所有的色彩，人体也早已有过，也比它们更复杂。若还不相信这句话，只要想象画一株树同画一个人，前者多描一张树叶不成什么问题，后者多描一只耳朵就成笑话。不必说多描一只耳朵，就是把右耳朵描得稍大些，看者就要说画错了。

西洋人根据了上述的理由，选定人体为绘画基本练习的模型。但是初学的人，立刻教他描一个裸体人，他一定无从着手。于是再想出一种预备的方法来，循循善诱。这预备的方法，就是令初学者写石膏模型。石膏模型，是用雪白的石膏制成的人体全部或各部的形状。这制法很困难，必须请手段高妙的雕刻家雕了模子，正确地翻印出来。务求手的形状同真的手一样，脚的形状同真的脚一样，然后可为绘画基本练习的模型。这是用以代替裸体人，给初学者以方便的。因为真的裸体人，色彩复杂，在初学者不易仔细看清其明暗。又会动，在初学者不易仔细看清其形状。如今换用了仿裸体人而造的石膏模型，全体雪白，明暗很容易看出。又一动也不动，可以任初学者从容地观察研究。普通最初写生的是石膏制的头像，耳的模型，鼻的模型，口的模型，以及手、脚的模型。其次写胸像、半身像，最后写全身像。写过了石膏模型的全身像之后，对于人体的各部画法大约已有经验，于是改写真的裸体人。这人就是所谓模特儿，即英语 model，原来是模范的意思，现在变作一种人的称呼了。这种人，在美术发达的地方，是一种正业。他们大都具有强健而发育美满的身体，专供画学生练习描写。在外国，礼教的束缚不像我国的严，女子当众人面前裸体，不以为羞，在健美的身体的所有者，反以为光荣。她们依照时间受得工资，原是一种正当的生活。这种人在中国也有，但是中国美术不发达，正式以模特儿为业的人很少。即使有，社会上误认她为不正当的营业，于是怕羞的人就不肯操此生涯。而操此生涯者，其身体不见得一定好看。大都是贫贱的女子，或因幼时养育不得法，或因长后营养不良，操作过劳等生活的缺陷，其身体的发育往往不健全，不美好，难得有宜当模特儿的。画家找不到美好的模特儿，其画也因而损色。西洋女人的身材比东方人高，其生活也比东方人讲究，故多美好的模特儿。世间最美好的女体，为意大利女子所有。故西洋的绘画学校，都喜雇请意大利女子为模特儿。其他欧洲各国的女子次之。中国女子又次之，日本女子最缺乏当模特儿的资格。因为那岛国里的人身材异常地矮小，其男子平均只及我国女子的身长，其女子比其男子更矮，而矮的地方全在两条腿上。平时穿着长袍，踏在半尺把高的木屐上，看去还不讨嫌。等到脱了衣裳，除了木屐，站在画室里的台上，望去样子真是难看，只见肥大的一段身体，四肢短小如同乌龟的脚。记得从前旅居日本时，有一位日本有名的西洋画家曾经对我叹息日本模特儿的难选。他说也有身材美好的，但都是富贵家的 musumesan（令媛），他们生活丰富，培养合理，也会把矮种的日本女子培养得苗条可爱。可是她们都不肯当模特儿。可知西洋女子的富有人体美，生活充裕也是其原因之一。而用模特儿习画这种办法，似乎也只配西洋人取用。东方人仿了这办法，不但环境里的人大家惊诧，因为模特儿姿势恶劣，画家也对她生不出好感，作不出好画。

西洋的美术学校，规定画学生须描写模特儿数年，方可应用其技术去描写风景及着衣人物等，正式作画。画的工具也有规定：描石膏模型时必用木炭，取其单色，容易表现明暗。初学人体画时，亦须暂作木炭画。后来改用油画。西洋画法，不许学生轻易描写彩色画，而必先令屏绝色彩，专写单色的木炭画数年。其故有二。一者，西洋画注重形。必须描形十分正确了，然后可以制作。因此取分工的方法，索性把色彩一件事暂时撇开，用全部精神对付形的练习。故初学必用木炭。二者，自然物的基础形态不存在于色彩，而存在于形及明暗。试看照相及电影即可相信。单色的照相及电影，只有一种黑色，不过深浅浓淡程度各异而已。但是一切物象的姿态都能维妙维肖地表观。可见物的形态，重在形状与明暗，而不重在色彩。初学者的要求，正是表现物的形态，故最初要摒绝色彩，专练形与明暗的表现法。这明暗，在绘画上称为"调子"，即英语 tone。原是音乐上的名词，被借用在绘画上的。音乐每曲有一个调子，如 G 调 F 调等。这调子统一了乐曲各音的高低，一调有一调的乐趣。绘画上的明暗也是如此。弱的光线使自然物全体蒙了一个幽暗的调子，强的光线使自然物全体蒙了一个明朗的调子，同乐曲的调子一样。初学绘画的人，入手先研究形和调子。二者研究有素，方才进而研究色彩。这种分工式的技术研究法，也只有西洋有之。在东方，决不取这样死板的学法。尤其是学做画家神而明之，存乎其人，岂可以枝枝节节地分析开来教人？东西洋画风之差异，即因此而生。

以上说了东西洋绘画基本练习法的不同。即东洋人学画取临摹或读画的方法，西洋人学画取写生的方法。其次，再讲作画，东洋人取写意的方法，西洋人取写实的方法。

写意者，只描物象的轮廓或特点，只表现物象的印象或象征。例如描一个美人，用线条包围而成脸孔，五官，其实人的脸孔上何尝有线条？这种线条都是画家意想出来的物象的轮廓。把美人的肩画得非常瘦削，成了发育不全半身不遂的样子。其实世间哪有这样的人？这是扩张美人肩的特点，过分地形容的。把美人的腰画得极细，带画得极长，都是实际上所不可能的状态。原来他所表现的是美人的"印象"或"象征"而已。这就叫做写意。因为写意，所以画时不必看见真物，只要把平时所见的现象涵养在胸中，造成一种幻象。这幻象成熟了，然后取笔伸纸，描写出来，即成为中国画。不但美人如此，一切山水花卉的中国画，大都是这样地产生的。故画家不必办模特儿，不必写生，但须多见识。董其昌论画家的修养，说要"读万卷书，行万里路"。为什么要读书？了达世情，洞察物理，非多读书不可。为什么要行万里路？奇山异水，幽境绝域，非多行路不能见其状。太史公游名山大川，归而文章有奇气。作画与作文相似，游了名山大川，胸中的幻象自然丰富，发为绘画，便成杰作。这是真正的画家的修养。然而我国画家，能具有这种修养的人极少。多看几幅古画，东临西摹，已算尽中国画家的能事了。二十世纪的中国画家只管在那里描写纶巾道袍红袖翠带的服装，足证他们自己没有创作，只是看古人的样，描写古代的现象。古代的现象未始不可以画,然而目前的现象最应该画。完全不描目前而专描古代,我不解这班画家的用意。古代人是看了他们目前的状态而作画的。我们何不也看了我们目前的状态而作画,而必舍己耘人呢?或曰,现今目前的状态,像火车,机器,都很俗气,不堪入画。这固然也是一种主张。但是我以为这事牵涉于其人的绘画观及生活意识,要辩是很费词了。略言之,若视绘画为梦一般荒唐玄妙的境地,则其画固不要求描写目前,最好是远离现实,越古越好。若视现实生活为烦琐龌龊不屑道之事,而神游于乌托邦中,则其画亦不要求描写目前,最好是远离现实,越古越好。这好比游山水,隔绝红尘,眼目清凉,原也有可乐之处。但是,游之太久,一朝身入市井,看了担米挑柴、引车卖浆的情状,觉得与人的生活密切相关,也自有一种可亲可爱的情趣。故诗情画意,不仅在于山水之间,市井之中尽有着不少。推广这一点感情,火车与机械不是与现代的我们关系更加密切的么?以之吟诗入画,自然可能。特世间少有人敢大胆地向这方面取画材耳。若有人取火车机械作画材,千年之后,人之视火车机械正与我等视纶巾道袍红袖翠带一样,将谓其大可入画了。

西洋画家的作画,取写实法。写实不一定写目前的状态,亦有写古代的状态者。但其所写古代状态,仍以目前的实形为参考表出之。例如文艺复兴时,画家皆写耶稣,圣母,及圣书中的诸圣徒,或天堂地狱的状态。然而他们作画时,大都用模特儿。例如要描一耶稣,即在众人中选择一貌似他所想象的耶稣者,使他穿了适当的衣服,扮出适当的姿势,给画家看了描写。也有不用模特儿的，则画家的技术功夫深刻，不须看见了描写，自能凭想象而描出来。其所描出的人物，毛发筋肉皆如生人，仍旧是写实风的。故虽不写生，实与写生无异。

到了印象派时代，即十九世纪中，写生之道大行。画家作画，一刻不能离开对象。倘是描静物画，则在画室中布置模型，供于光线不变的窗下，看一眼，画一笔。倘是描风景画，则背了画箱、画架、三脚凳、阳伞等物到野外去觅画。觅得了可以画的景色，即在其前撑起画架来，摆起三脚凳来，张起阳伞来，坐在那里，也是看一眼，描一笔。过了一二小时，太阳移行了，光线变更了，便不好再画。须得收拾一切，回家去。到了明天同样的时间，再背了那些家伙，到同一的地点来续画。在斗室之内的尺素上设丘作壑，呼云唤雨的中国画家看来，印象派的画法真是太笨了。他们为什么定要如此？恐怕我的读者也在那里怀疑。现在略为印象派辩解如下：原来西洋古代的画法，比较起中国画来可以说是写实的，其实并未彻底地写实。据印象派的画家说，作画应该写目前所见的状态，不可意度。譬如花与叶，以意度之，花是红的，叶是绿的。其实在各种光线之下，其所显示于吾人眼前的色彩，花不一定皆红，叶不一定皆绿。随时变化，随地变化。故描画非看一笔描一笔不可。而且看时要完全放弃陈见，全凭眼睛的感觉而描出。所谓陈见，就是花红叶绿，所谓感觉者，花不一定红，叶不一定绿，随时随地而变化。故印象派画家所描的人物的脸上，常见有翠蓝、明绿的色彩。骤见者觉得奇怪。但仔细观察实物，人在水上时脸上的阴影固作蓝色，在树下时脸上的阴影固作绿色。这样，才是彻底的写实。所以自有印象派以来，写生画之风大行。到了现代，画风虽已变易，但写生仍是西洋画的基础技法。一切画家，皆须从写生入手。

以上已把东西洋绘画技法的大概说过了。这两种技法各有长短，在上文中已经处处谈到过。总之，为艺术，宜取东洋画技法；为人生，宜取西洋画技法。现今学校里的图画，所以取西洋画法的写生者，其原因即在于此。有些爱国青年，知道先生教他西洋画法，慷慨激昂地起来反对，中国人为什么要画西洋画？中国民族自有中国的艺术，为什么要学西洋人的艺术？新从美术学校毕业出来的图画教师被他们说得无言对答，只得拼命扣他的分数。其实理由很正当明显："中国画法高深，不易着手；西洋画法浅明，易于入门。故从西洋画法学画，可得事半功倍。"

第四章　绘画的理论

关于绘画的理论，也同技术一样，东洋的是玄妙的，西洋的是切实的。东洋的是综合的，西洋的是分析的。东洋的是形而上的，西洋的是形而下的。东洋的是为艺术的，西洋的是为人生的。故西洋的画理可以印了讲义教给普通学校的学生，东洋画理讲给他们的图画先生听也不容易听得懂。

东洋画理称为"画论"。古来大画家中没有几人能写画论，所写的也只寥寥数语，深奥微妙。要闭门却扫，平心静气，焚香默坐，才可以看懂几句的。画论始于东晋的顾恺之。在他以前也有些，但无系统。到了他手里，方始把中国画理要约起来，定为六法。顾恺之以后，阐明这画六法的还有许多人。像南齐的谢赫著《画六法论》，是最有名的。然而多数的画论，只是为六法添些枝叶，没有在六法外新创出第七法来。中国文化愈古愈好，在画论也是如此。

什么叫做六法？即（一）气韵生动，（二）骨法用笔，（三）应物象形，（四）随类赋彩，（五）经营位置，（六）传移模写。仅就字面上看，这六法中第二以下，所论的是什么约略可以知道，即骨法用笔大约是讲笔法，应物象形大约是讲写生法，随类赋彩大约是讲色彩法，经营位置大约是讲构图法，传移摹写大约是讲临摹读画。只有气韵生动一法，使人难于想象。古人说过："六法中骨法以下皆可学而能，唯气韵不可学，必在生知。"气韵必须生而知之，我也无法为读者解释了。但读者中一定有着生知的人，所以现在还得引用古来各画家关于六法及气韵的几种说法在这里：

唐朝的画家张彦远说："昔谢赫云，画有六法。（中略）自古画人，罕能兼之。彦远试论之曰，古画或能移其形似，尚其骨气，于形似之外求其画，此难为俗人道也。今之画纵得形似，而气韵不生。以气韵求其画，形似即在其间矣。（中略）夫象物必在形似。形似须全其骨气。骨气，形似，皆本于立意，而归于用笔。故工于画者，多善书。（中略）至于台阁树石车舆器物，不可拟生动，不可俟气韵，但要位置背向。（中略）至于鬼神人物，其生动可状，必须神韵而后全。若气韵不周，空陈形似，笔力未遒，空善赋彩，非可谓妙。"他是把"骨气""气韵""神韵"这三个意义略同的名词来与"形似"相对立的。形似就是所画的对象的外形。骨气等三个名词，所指的就是形似所表现的意味或精神。可知张彦远的说法是二元的。他以为台阁树石等无生物都没有气韵，只有鬼神人物有气韵。这二元说法，其实很有毛病。不过归重气韵，是至当的。

宋朝的郭若虚比他说得高。他说："谢赫云，画有六法。（中略）六法之精万古不移。然而骨法用笔以下五法，可学而能，如其气韵，必在生知，固不可以巧密而得，不可以岁月而到。默会神悟，不知其然而然。尝试论之：窃观古之奇迹，多是轩冕之才贤，岩穴之上士，依仁游艺，探迹钩深，高雅之情，一寄于画。人品既高，气韵不得不高。气韵既高，不得不生动。所谓神之又神而能精。凡画必周气韵，方号世珍。不尔，虽竭巧思，止同众工之事。虽曰画，而实非画。"可知他是以气韵生动为绘画观照上的唯一标准的。但是无条件地赞许，如何才是气韵生动，他没有说。要之，他所谓气韵，是画所表现的高雅的气品。所以说："人品既高，气韵不得不高。"明朝的董其昌的说法，同他一样。二人所异于张彦远的，就是不论画的对象（台阁树石或鬼神人物）一概以气韵生动为绘画评价的标准。这一点就比张彦远高深而彻底。但郭若虚把气韵生动解说为高雅的气品，亦似乎太褊狭。因为画并不是一定要气品高雅方才有价值的。

能避免郭若虚的褊狭，而得谢赫的真意的，要推清朝的方薰。他说："气韵生动，须将生动二字省悟。能生动，气韵自在。气韵以生动为第一义。然必以气为主。气盛则纵横挥洒，机滞无碍，其间韵自生动。杜老云，元气淋漓幛犹湿，即是气韵生动。"此说与西洋美学上的"感情移入"说相通，可说是最完全的说法。所谓"感情移入"，就是把一切物象"拟人化"，在对象中看出生命。故画以生动为第一。然而究竟怎样叫做生动？这问题就同"怎样叫做甜？"一样，笔墨不能宣，全靠用自己的感觉去经验。

以上总算把东洋画论的大要说过了。次说西洋绘画的理论。

如前所说，西洋有"感情移入"说，可见西洋的美学并非浅率的。然而美学根据心理学，可说是一种关于美与艺术的科学。它所论的是一般的美的成因、美的心理等，与绘画少有直接的关系。普通所视为西洋绘画理论的，大都是与画技直接有关的理论。重要者有五种，即远近法，解剖学，构图法，色彩学，与美术史。现在逐一解说在下面：

所谓远近法者，就是把立体的物象描写在平面上的方法。这是东洋画中所不讲究，而西洋画中所最注重的画理。例如画一条九曲栏杆，中国画可凭想象，在纸上画九个曲折，好像坐在飞机中望下来所见的鸟瞰图。但是在西洋画上就不行。画家若非真个坐在飞机里或高楼上，而是站在平地上画的，其九曲栏杆就互相遮掩，不会统统看见。中国画因为不讲这远近法，所以画起山水来，重重叠叠，一幅画中可以看见好几重山，好几重水。在实际上，就是站在山巅，所望见的也不过一二重山水罢了。故西洋画中就没有这样的画面。西洋画家作画时，第一要决定画者所站立的地点。而且这地点不能变动。所以一幅画中，只有一个中心点。一切物象皆归宿这中心点。这中心点叫做"消点"，即与吾人的眼睛等高的地平线上的一点。因了有这一点为中心，画面的物形，就有这样的定规：

（一）凡物距离愈远，其形愈小。

（二）凡比画者的眼睛低的东西，所见的是其上面。

（三）凡比画者的眼睛高的东西，所见的是其底面。

（四）凡位在画者右方的景物，所见的是其左侧。

（五）凡位在画者左方的景物，所见的是其右侧。

（六）凡在地平线以上（即比自己的眼睛高）的景物，距离愈远，其在画纸上的位置愈低。

（七）凡在地平线之下（即比自己的眼睛低）的景物，距离愈远，其在画纸上位置愈高。

以上的七条，只要看了下面的插图，其理就可自然明白。吾人日常所见的桌子、凳子、铁路、地平砖等皆是属于（二）的。电灯、楼板、高架铁道等，都是属于（三）的。其余诸条实例随处可见。

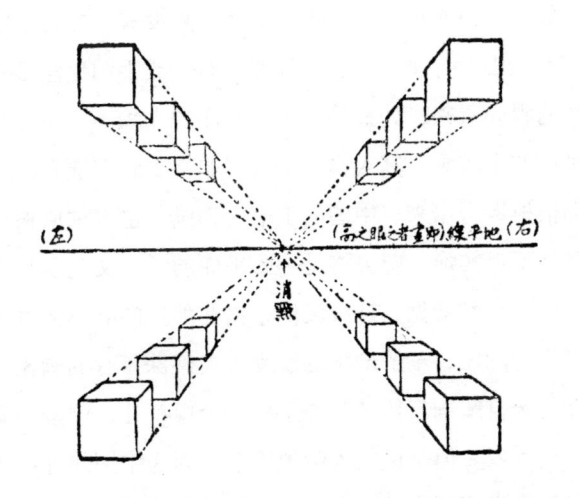

西洋画最重形似。形不正确，基础站不稳，是学西洋画的最大毛病。而描形的最大要事，是合于远近法的规则。远近法或称为透视法。大体分"并行透视法"及"成角透视法"两种。现在所揭的图，是属于并行透视的。成角透视就是不与画者的身并行放置的东西的透视法，较为复杂。

解剖学，不是医生或生理学上用的，是绘画上用的，故又称为"艺用解剖学",即"anatony for art students"。医生用或生理用的解剖学,讲到人体的内部状态及作用等。艺用解剖学则不管内部的状态及作用,而专研究人体的外形。例如骨胳,筋肉,凡表出于外部,或与外部形状有关系的,为艺用解剖学所研究的。艺用解剖学在西洋有很厚册的专书,研究亦很费时。研究的目的,无非要使人物画的表现维妙维肖,处处合于实际。这是中国画所不为而且反对的事。像苏东坡诗中所说:"论画以形似,见与儿童邻。"故中国人物画没有一幅合于解剖之理的,大都头大身短,或五官位置不对,或手的生法不对,以西洋画的眼光看来,处处是毛病。西洋的人物画,尤其是文艺复兴时代的宗教画,其人物个个写得非常工致而逼真,连头发眉毛都根根看得出来。中国的工笔人物画,也有须眉根根分清的,但是不近实形,望去终是一张平面的纸。文艺复兴期的人物画,近看毫发皆见,远看又像站出在那里的立体的真人。据说那时代的画家,于解剖学的研究工夫甚深。有的画家,为了这研究而亲自解剖尸体,甚至杀死一个模特儿。中国亦有艺用解剖学出版者。但是读的人听说不多,因为中国研究西洋画的人,多数不肯用写实的功夫,而欢喜用粗大的线条,鲜丽的颜色,作后期印象派风的油画。其实这是不对的。西洋的后期印象派画家,开始都研究写实。基础稳固了,自己变化画风,故意作那种强烈的表现。若没有修得写实的基础功夫,提起来就飞舞线条,其结果一定失败。

构图法,英名 composition,即构成之意。这一种理论,比较上两种要深些。它所讲究的,是画面的布置法。画面的布置，如何是美，如何是恶，实在没有定规，难以用科学的方法来说明。又这种美恶，实在只有用眼睛来鉴赏，却难于说出其所以美及所以恶的道理来。所以构图法不是一种机械的方法，其性质接近于美学。其最可以笔述的原则，只有"多样统一"一条。所谓"多样统一"，英名"unity in variety"，即画面变化多样，同时又浑然统一。若一味多样而散漫无主，不美；若一味统一则呆板无趣，也不美。例如作静物画，许多橘子描在画中，倘同体操一样排队并列，即统一而不多样。反之，倘同种田插秧一样均匀撒布，即多样而不统一。必须许多橘子有一个中心，而巧妙地向四面发展，使一切橘子都倾向于中心，方才是美好的构图。又如画一个人，也是如此，人不可立在画的正中，同时又不可挤在画的边上，必须位在画的不正不偏之处，——大约三分之一之处，方才落位。又如画风景，也是如此。风景太散漫也不好，太规则也不好。必须看似复杂而其中有一中心，方为美满。还有一个原则，叫做"对比"，也是构图上所常常应用的。例如一群树木，统是柔软的曲线，其画觉得单调。倘树叶中间露出建筑物的一角来，建筑物的直线就与树木的曲线相对比，作成美满的效果。又如市街的风景，处处都是强硬的直线，看去也觉单调。倘墙头露出一丛树叶来，或者路上有着一个戴箬笠的人，张伞的人，则建筑物的直线也就与这些曲线相对比，作成美满的效果。构图法也有专书，然而因为美的条件没有一定，故构图法所说也不能包涵一切，不过指点读者鉴赏画面美的门径而已。外国有许多书，把古来大画家的名作一一分析研究，在其中指示构图的法则，是很有实益的绘画理论。例如最著名的辽拿独达文西〔列奥纳多·达·芬奇〕（Leonardo da Vinci）的杰作《最后的晚餐》，常被取作构图研究的适例。那幅画中以耶稣为中心，十二个门徒分作三四小群，而每一群以巧妙的态度倾向于耶稣，使全幅变化多样而浑然统一。

色彩学，倘详细研究起来，就变成科学——光学——的一部分。但绘画上所需要的，以肉眼所能见的为度。又以色彩的感情为主。例如把色彩分为原色与间色，寒色与暖色，透明色与不透明色，使学画者知道色彩的用法。又如色彩的调和与对比，为色彩学上最重要的一种研究。所谓调和者，同类之色，例如深红与淡红，互相调和。所谓对比者，在七色轮上相对的二色放在一起，彼此互相显衬，作成强烈的对比。七色轮即赤、橙、黄、绿、青、蓝、紫七色环列而成。这轮子上凡相邻之二色必互相调和，凡相对之二色必互相对比。红与绿、黄与紫、橙与蓝，都是最强烈的对比色。故风景画家，往往在绿树浓荫中描一个穿红衣服的人物，其效果非常显著。据史传所云，英国有两画家的作品，在展览会中并列地挂着。甲画家于开会之前日，在自己的作品中加了一点红色。次日乙画家来看，惊讶他自己的作品何以忽然逊色了。推求的结果，原来相邻的甲画家作品中添了一点红色，忽然效果显著，其影响竟波及于旁边的画上。于此可见色彩对于绘画的关系至为重大。作画，固然不能读熟了色彩学而着色。但懂得了色彩的性质，当然多所便利。

美术史，与绘画技术少有直接关系；但欲深造绘画艺术，非知道古来美术状态不可。美术史是包括建筑、雕刻、绘画的。建筑与雕刻，与绘画常保住相互的关系。像文艺复兴期的大画家，有许多是兼建筑家及雕刻家的。一时代的艺术潮流，往往波及于美术的全体。故研究绘画不能单独进行。实际，绘画与雕刻、建筑原是同根本的艺术。建筑近于绘画的图案方面，雕刻近于绘画的立体感方面。故美术史中并论这三者。单论绘画的，即绘画史。更是学画者所应详知的事。

除上述数种理论之外，还有图案画与用器画两种学问。但这些不是纯粹的理论，而为绘画的附属部门，现在附带地叙述在这里：

图案画，就是装饰化的绘画。例如瓷器上的纹样，织物上的纹样，以及家具的样式，商品的装潢等，都是属于图案的。其画法亦以写生为根据，不过把物象加以变化，使成为装饰风。又可应用想象，造出美好的模样来。这是很重大的一种绘画，不比上述数种理论的简便。专门的美术学校，常特设图案科，与西洋画科及中国画并列。图案画于工艺方面关系重大。故在工业发达的时代，图案的研究非常重要。

用器画，包括几何画与投影画二者。这是介乎绘画与数学之间的东西。制造工艺美术，必须学用器画，则用器画似属于美术。几何画与几何学密切关联，则用器画又似属于数学。几何画所讲的是各种形状——例如直角、正方、五角、六角、圆、椭圆等——的正确的画法。投影画所讲的是各种形体的分析与展开。其图用仪器绘制，与艺术的绘画全然异趣。

第五章　中国绘画的完成

以上已就绘画的性状、种类、技术、理论，概要地说过了。以下请把东西洋两种绘画的发展史简要地说一说。在东洋方面，当然中国是文化的代表。故现在但说中国画的发展。中国绘画，萌芽于黄帝时代，成立于六朝时代，发展于唐代，繁盛于宋代，元、明、清大家辈出。中国的绘画史，可谓庄严灿烂。惜乎历代各家的作品，或失亡于丧乱，或秘藏于民间，或被掠于外人，没有系统的保存与流传。幸而现今各书店影印古画不少，前代作风，在这些复制品中亦可窥见其大概。

现在把我国绘画的发展分作四步叙述之。即一、六朝以前的绘画，二、唐代的绘画，三、五代及宋代的绘画，四、元、明、清代的绘画。各时代的画风，有显然的异点：即六朝以前以人物为中心，唐代山水画独立，五代及宋代画院最盛，元、明、清山水人物并茂，集绘画之大成。即前二节是中国绘画的完成，后二节是中国绘画的繁荣。这里就分作两章叙述。以下所述诸家，是我们中国人所不可不知的。我国古人，往往一人兼有字、号及别号。这一点读者必须记诵，否则鉴赏古画或读画论时，大受阻碍。

一、六朝以前的绘画（人物中心时代）

中国绘画正式成为艺术，始于六朝时代的顾恺之。中国绘画最古的留传品，莫如顾恺之的《女史箴》。故顾恺之可说是中国画的始祖。但在顾恺之以前，三代、秦、汉，并非没有绘画。不过其绘画或技法幼稚，或意义不同，只能看作绘画艺术的整备时代。到了顾恺之手里，方才成为完全的艺术品。

远溯绘画的起源，实在黄帝时代。黄帝时仓颉造文字，即可说是绘画的萌芽。因为中国的文字的造法，不像外国的根据声音，而根据形象。故六书的第一项就是"象形"。象形就是照物件的形状描一个大体，以代表这物件。如日、月、山、川、鱼、鸟等字，写作篆文时，竟是一种速写或略绘。六书的第二项，曰"指事"，也以形象为根据。例如上、下、本、末等字的篆文，仿佛在略画上加了一点记号。故这种文字其实就是绘画。故中国有"书画同源"之说。

最初把书画分开的，据说是黄帝的臣史皇，及舜的妹嫘。当时他们怎样把书画分开，我们不能知其详。但依想象，大约不过是象形文字稍稍加详，不当作记事的符号，而用为装饰罢了。或者，就像现今流行的图案文字，把文字加以修饰，使自成一种美好的形状，以供装饰之用。总之，书画最初分离的时候，绘画还是一种图案。

绘画从图案发生，在古代的遗物的模样上可以窥知。夏、商、周三代的美术，我们现在所能见的，只有地下发掘出来的器皿。这种器皿上有种种的雕刻。这便是古代图案，也可说是古代的绘画。试看古代的铜器，其纹样大约可分二种，即几何纹样与动物模样。几何纹样中最普通的是水浪纹、连锁纹等。动物模样则鱼鸟走兽都有。形态幼稚而古朴，线条简单而坚劲。在金石书画上，这些古代绘画富有美术的价值。但在绘画的发展上看，这些毕竟是技术简陋的表现。其古雅不可及，但其巧妙亦不足道。

三代以后，经过了短促的暴秦，而入汉家天下，绘画就显著地进步。第一，是植物纹样的出现。三代的人，只画动物而不画植物。这大约是动物对人关系亲切的原故。西洋最古的壁画，也只见动物而不见植物。可见人类的生活与艺术，大体是相同的。汉代植物纹样的出现，据说最多的还是葡萄。葡萄不是中国的本产，原是外国采的种子。像诗中所说："年年战骨埋荒外，空见葡萄入汉家。"可知葡萄是外国进贡来的东西。汉武帝时，命张骞通西域。后来明帝又命班超使西域。汉代与西域交通频繁。葡萄的入中国，正是这时候的事。中国人为什么不描写眼前的许多草木花果，必须等到西域来了葡萄方才描植物呢？这是难于考究的一问题。或说，葡萄纹原是西域的图案模样，与葡萄一同流入中国。盖张骞、班超的通西域，不仅带了西域的东西来，又带了西域的艺术来。故汉代文化受着西域的影响。

人物画在汉代已非常发达。据史传：武帝于甘泉宫画天地太一及诸鬼神像。又于明光殿的壁上涂胡粉，施以青紫的界线，画古烈士像。宣帝时，画功臣十一人像于麒麟阁。广、川惠王的殿门上画古勇士成庆之像。鲁灵光殿中画天地品类，群生杂物，奇怪神灵等。当时民间的门户上亦画神像，大约就像现今农家门上所贴的门神。元帝时，画道大盛。设立宫廷画院，罗致天下画人，命为帝室作装饰。当时画院中的人，最著名的就是毛延寿——画错了王昭君像而被杀头的那位受贿画家。其他还有陈敞、刘白、龚宽、阳望、樊育等，都是元帝的画院中的画工。到了东汉，明帝亦颇好文雅，设画官，使图写经史中的故事。又创办鸿都学，集天下之奇艺，画家是其中主要人物之一。故东汉时代，出了不少著名的画家。如张衡、蔡邕、赵岐、刘褒，都是长于绘画的。不过他们的作品不传，我们无从窥见汉代绘画艺术的实相，只能从历史的记载上知道有上述的盛况而已。

汉以后，三国、魏、晋、六朝的时代，天下大乱。或鼎立，或对峙，或纷争，无有宁日。绘画偏在这戎马仓皇的时代大大发展起来，吴有大画家曹不兴，晋有卫协，北齐有杨子华，而所谓"六朝三大画家"，尤为著名。三大画家者，张僧繇、陆探微、顾恺之是也。这班画家，不但长于画技，又长于画论。如前章所述的"画六法"，便是卫协、顾恺之等所倡导，到了谢赫而集大成的。

顾恺之于画技画论两方面都展着天才。而且画与文字，都留传到现世。故绘画史家视此人为中国画祖。他的作品，现今存在的有两种，即《女史箴图》及《洛神赋图》。前者现在保存在大英博物馆〔不列颠博物馆〕中，后者曾为端方所藏。这两种作品的复制品，现在我国已有印行。不过很不清楚。一则其物所历年代太久，不免处处损坏；二则照相制版缩印，又不免打一大折扣。《女史箴》和《洛神赋》都是古代文字上的名作。顾恺之是根据了文学而作画的。恺之字长康，小字虎头。生于距今约一千五百年前的东晋时代。是晋陵无锡人。其人有才气，富于学问，尤长于画道。起初师事卫协。后来青出于蓝，名望比先生更高。当时宰相谢安曾经热烈地称赞他，说："苍生以来，未之有也。"关于他的画技的高妙，有两则逸话可以证明：顾恺之慕邻家处子。某日，绘其像，悬壁间，以针刺其胸。忽邻女患心痛病。拔去其针，病即愈。又一则：兴宁中，瓦棺寺初置僧众，向朝贤求布施，士大夫所舍无过十万者。恺之素贫，却允捐百万。及期，命寺僧备一壁，闭户一月余，绘成维摩诘像一躯，点睛之日，命寺僧向观者求施。户开，画像灿烂生动，光照一寺，观者皆乐愿解囊，俄顷得百万。这两段逸话，前者颇荒唐。大约是后人欲极言恺之人物画之高妙，而捏造事实的。后者事虽不可考，其理亦有根据：顾恺之与其师卫协，于人物画研究功夫皆甚深。大家主张画人最难于点睛。卫协画人不点睛，说"点睛便欲飞去"。恺之画人亦数月不点睛。他的画论说："四体研蚩，无关妙处，传神写照，正在阿堵之中。"阿堵即眼睛也。

统观以上所述皆是人物画。可知中国绘画在六朝以前，是以人物为中心的。当时还有犍陀罗[1]地方传来的佛教画，所谓"犍陀罗式佛教美术"，也都是人物画——佛像。当时风景

---

[1] 犍陀罗，古印度地名及国名。公元前三世纪摩揭陀国的阿育王遣人来此传布佛教，渐形成犍陀罗式的佛教艺术。

画尚未独立。风景仅用以当作人物画的背景。而且用背景的也极少。风景画——在中国即山水画——的独立，始于下述的唐代。

二、唐代的绘画（山水画的独立）

六朝之后的隋朝，治世仅五十年。也有两位画家，即展子虔与郑法子。但无甚特色，作品亦失传。大唐统一，治世三百年。其间画家辈出，初唐有阎立德、阎立本兄弟，大尉迟、小尉迟父子（父名跋质那，子名乙僧）。中唐人才更多：吴道玄、李思训、李昭道父子、王维、张璪、毕宏、韩幹、韦偃、周昉、边鸾、李真，或专工人物，或专工花鸟，而多数长于山水，都是绘画史上数一数二的人物。就中吴道玄、李思训、王维三人，就为划时代的革命画家。他们的革命，就是把画材的范围放大，遍取山水人物花鸟，使之入画。而千百年来为中国画之正格的风景画，由此独立。

在唐朝以前，山水画虽亦有之，但其形式很死板，而且很拙劣。都是图式的，模型似的。或者山水远近不分，或者山水与人物比例失当。张彦远的《历代名画记》中有这样的话："魏晋以降，名迹之在人间者皆见之。其画山水，则群峰之势若钿饰犀栉。或水不容泛。或人比山大。""其地列植之状，则若伸臂布指。""绘树则刷脉镂叶，功倍愈拙，不胜其色。"可见唐以前的风景，还与图案模样相去不远。唐初，画法稍稍进步，用细线——精写对象的细部，略似现在的钢笔画。其法称为"铁线描",谓线之细而硬若铁线也。还有一种稍委婉的线描,称为"游丝描",谓其线之活泼若游丝也。然而这种画法都陷于图案风,全无写生之趣。即张彦远所谓"功倍愈拙,不胜其色"。开始改革这等线描的,是吴道玄。

吴道玄字道子,是玄宗时阳翟人。他起初也学铁线描及游丝描,后来反对这种细描,开始用粗细不同的线。从前描线时,腕的用力不分轻重,一律到底,仿佛现在的用器画一般。吴道子开始用写字般的笔法来描线,用力或轻或重,挥笔或快或慢,一视对象的性质与主观的感觉而定。故其笔富有生趣。故昔人批评他说:"吴道子笔法超妙,百代之画圣。早年颇细,中年行笔磊落,挥霍如神。"又有人说:"吴之用笔,其势圜转,衣服飘飘举。"因此人称吴道子的线条曰"吴带当风"。用这种线条来写山水,其山水就表出个性,富有写生的意趣。故山水画的独立,以吴道子的线条为引导。

然山水独立革命的主将,是李思训与王维二人。李的画法细致而力强,王的画法渲淡而自然。李为北宗之祖,王为南宗之祖。中国绘画自唐以来,分南北二宗。现在就这两位开祖略说之。

李思训是唐的宗室,官至左武卫大将军。早岁即以画著名。他所画的着色山水,用金碧辉映,自成一家之法。其子昭道,稍变其父之法,而妙又过之。一家五人皆擅长丹青,而思训昭道父子为最著。用金碧辉映,其画法自然与吴道子异趣。吴是简笔的,李是工笔的,不过这工笔不似从前的死板,却从自然观察中实地写生,画面自能生动。朱景元的《唐朝名画录》中论吴、李二人，有这样的一段逸话："明皇天宝中，忽思蜀道嘉陵江水，遂假吴生驿驷，命往写貌。及回日，帝问其状，奏曰，臣无粉本，并记在心。后宣大同殿使图之，一日而毕。时有李思训将军，擅名山水，帝亦宣大同殿使图之，累月方毕。明皇云，李思训数月之功，吴道子一日之迹，皆极其妙。"可知吴道子笔意刚健，一气呵成；李思训笔致工细，精审从事。二人各有好处。继续李思训的画风的，有宋朝的赵幹、赵伯驹、赵伯骕、李唐、刘松年、马远、夏珪等，即所谓"北宗派"。

与李思训相反，另树一帜的，是比他年纪稍轻的后辈王维。其画派称为"南宗派"。承继者为宋朝的董源、巨然、朱家父子及元朝的四家（见后）等。但所谓北宗南宗，并非在当时早就定下名称的。乃一直后来，明朝的莫是龙及董其昌，把唐、宋以来的画家依作风归类，方始定下"南宗""北宗"的名称。董其昌论画风，有这样的话："禅家有南北二宗，唐时始分。画之南北二宗，亦分于唐时。北宗则李思训父子……南宗则王摩诘始用渲淡……"但董其昌的分法，并非判然，其间亦有交互错综的画风。有的可数入北宗，亦可数入南宗；也有不能入北宗，亦不能入南宗者。不过李的金碧辉映与王的渲淡自然，确是中国绘画上最主要的两种画法。李思训的作品已经不传。王维的作品传到今日的，有《江山雪霁图卷》，复制品也容易看到。王维字摩诘，太原人。玄宗时擢第进士，官书尚丞。事母崔氏至孝。其居丧哀毁骨立，不胜丧服。通诸艺，作诗不亚于李白、杜甫，当时称为诗坛四杰之一。又工画，富贵权门皆拂席相迎。宁王、薛王尤待之如师友。时值安禄山反,王维为贼所捕。禄山素知其才,迎置洛阳,拘于普施寺,迫令为给事中。因此贼亡后,王维得罪下狱。其弟王缙,愿削自己刑部侍郎职,以赎兄罪。于是王维复为右丞。后弃官,栖隐辋川别业,友诗画琴瑟,以送余生。其妻亡,不再娶。三十年孤居一室,屏绝尘累。与弟缙皆皈依佛门,居常蔬食,不茹荤血。以清静长终。其画如其人,又如其诗,淡雅而自然,尤富诗趣。故苏东坡说:"味摩诘之诗,诗中有画;观摩诘之画,画中有诗。"董其昌说:"文人画自王右丞[1]始。"

文人画是中国绘画上的一大特色。西洋文化亦分业,画家有胸无点墨者。故其作品亦多匠气,毫无风韵。中国画饶有风韵者,正为画家多兼文人之故。英语称画家与漆匠皆曰 painter,画家与漆匠的工作亦相似。在中国则画家与漆匠名实均大异。这是东西绘画上的一大异点。这异点的来由,画法与画家互相关系。因画法不同,画家所需要的修养亦异。因画家的修养相异,其画法遂益见不同。

以上是唐朝以前的中国绘画界的状况。一方面由图案变为铁线描,又变为吴带当风,再展出金碧与渲淡。一方面由动物植物纹样变为人物,又变为山水、花鸟。可知到了唐代,绘画在技法上及题材上,皆已完全发达。仿佛一个人已达成年,身体精神均完全发育,以后可以展开其伟大的事业了。

---

[1] 王维官至尚书右丞,故世称王右丞。

第六章　中国绘画的繁荣

中国绘画最繁荣的时代，是五代及宋。元、明、清皆承其遗绪，每代有大作家辈出。故以下分两节叙述，即五代及宋的绘画，及元、明、清的绘画。

但先有一点要教读者注意：即中国的绘画，往往发展于乱世。如六朝、五代、及宋朝都是中原多事的时期，而绘画在这些时期中特别繁荣。论理，这种文人雅事应该在盛世的太平时代才得繁荣。而事实恰正反对，理由何在呢？自来没有人加以解说。我想，也许是日本艺术论者厨川白村所说，艺术是"苦闷的象征"之故。环境混乱，生活不安定，人心中的积郁无从发泄，便向绘画艺术的自由天地中去找求生趣。于是绘画便繁荣起来。假如这话是对的，现代环境这么混乱，生活这么不安定，应该也是一个艺术繁荣的时代。但时代也同人一样，要盖棺方才定论。现在这句话也正不容易说呢。

一、五代及宋的绘画（画院最盛时代）

自后梁太祖朱全忠篡唐，至宋太祖赵匡胤统一天下，其间只五十年，称为五代。这五十年中，中原有后梁、后唐、后晋、后汉、后周，五代相继兴亡。四方有燕、岐、蜀、后蜀、荆南、楚、吴、南唐、吴越、闽、南汉、北汉十二国割据称雄（普通除外暂起的燕和岐，称为十国）。正是干戈扰攘，戎马仓皇的时代。而绘画非常发达，江南与蜀国尤为繁盛。设画院，罗致天下名工，使互相砥砺。最注重的却是花鸟画。像黄筌、徐熙，便是那时那地所产生的花鸟画二大家，后梁有更大的画家出世，其人即荆浩。浩字浩然，号洪谷子（因为他隐居于太行山洪谷中，故名）。这位画家学问非常深广，为宋代诸大家的祖师。他的画道传授关同，关同传授宋代的李成，李成传授范宽，范宽传授郭熙（宋代诸家详见后文）。不但作画，又有《山水诀》一卷传世，为中国画论中的名言。他的画法，根据王维的渲淡，而更进一步。王维的画中尚有勾勒之迹，荆浩则盛用水墨、渲刷、晕染，其画面更富柔美之趣。其画山水有种种皴法，例如斧劈皴法，雨点皴法，披麻皴法，矾头皴法，都是他所盛用的。宋代的墨画注重渲染与皴法，皆以荆浩为先驱。

宋代自太祖至帝昺，治世凡三百二十年。其间外患有辽、金、西夏、蒙古之寇；内乱有朋党之祸。差不多三百余年间无有宁日。然而绘画之发达为古今所未有。国家的奖励绘画，亦未有盛于宋代者。画院之制，始于汉代元帝时。但当时不过雇用几个宫廷画家，为帝室作装饰而已，谈不上国家的提倡艺术。后来，五代的南唐也设画院，规模甚大，为宋画院的先驱。到了宋代，画院特殊发展，开始以画取士。太宗即位，即召集天下画人，设"翰林图画院"。院中分各阶级，如待诏、祗候、艺学、画学生、学生、供奉，皆画官的官名。徽宗自己擅长丹青，其所绘翎毛盛传至今。当时画院最盛，米家父子画家即出身于画院。南渡以后，虽偏安一隅，高宗还是尽力奖励画道。其后李唐、刘松年、马远、夏珪，就创造一种画风，特称为"院体画"。

国家奖励画道，大画家就接踵而出。国初有三家，即李成、范宽、董源，称为"古今三大家"。李成字咸熙，是五代与宋之间的人。其山水为"宋格画"的开始。范宽原名中正，字仲立，华原人，而卜居终南、太华。因为他的性情温厚宽大，故人皆称他"范宽"。其画山水，于构画上富有独创性。大抵以一巨山为主眼，而以众小山围绕之。董源字叔达，钟陵人。本是南唐画院中的画人。所绘水墨画有特色，后世称他为"南宗派"的百代师。水墨画倡于王维，盛于荆浩，至董源而完成。他最擅长披麻皴法，线皆溶合一气，南宗派画人皆模仿他这笔法。以上三家，称为"宋代古今三大家"。如《画鉴》中所说："宋世山水超绝唐世者，李成、董源、范宽而已。尝评之曰：董源得山之神气，李成得山之体貌，范宽得山之骨法。故三家照耀古今，为百代师法。"范宽有弟子郭熙，董源有弟子僧巨然，亦为国初大画家。郭熙河南人，其画于构图有特长。巨然钟陵人，亦以水墨山水著名。又有赵令穰，字大年，能文，爱读杜甫诗，画则师王维，也是渲淡派的大画家之一。其构图平淡无奇，而于树木的描写上发挥特殊的技巧。更有两位南宗的大画家，便是大名鼎鼎的米家父子。父米芾，字元章。子米友仁，字元晖。父子二人画山水，用一种特殊的点法，称为"米点"，其画称为"米家山水"。这仿佛后述的西洋画的"点彩派",不过不用色点而用墨点。这种点法,原来发源于董源。董源宦游江南,看惯多水蒸气的江南地方的烟雨景色,便用水墨渲染法描写其状。赵大年发展其技法,至米家父子而集大成,自成一派。而米友仁画道尤长于乃父。友仁性奇矫,有洁癖,仕于南宋宫廷。南宋都杭州,烟雨景色最富。友仁目击江南风景,其画益具特色,遂成一家。

除上述的大家外,还有一班"院体画"的画家,即赵伯驹(字千里),赵伯骕(字希远),李唐(字晞古),马远(字钦山),夏珪(字禹玉),刘松年等。其画有一定方式,墨守传统,自树一帜为"院体画"。其画法属于北宗,不及上述南宗诸家之自然。宋宁宗时,有画家梁楷出世,开始打破院体画的传统。为晚宋第一大家。性嗜酒,不受金带之赐,以绘画研究终其身。

二、元明清代的绘画(中国画的集大成)

宋以后,元、明、清三代中,元、清二代画道最盛,元有四大家,清有六大家。现在先从元说起。

元代在绘画上是一个革命时代。自从唐朝吴道子使山水独立以来,山水即为中国画的主干。经过王维的培植后,到了五代及宋代而烂熟。但山水画的主干的发达,至此而止。元代以后的绘画,向人物,花卉,翎毛各方面广大地发展,不复集中于山水。打破这传统的急先锋,是颜辉(字秋月)。辉长于人物画,其所作《铁拐虾蟆二仙图》,为划时代的作品。盖以前的人物画,皆观念的,精神的,不务写实,如释道画即其著例。颜辉完全反对从前的画风,尊重现实性,其所作人物画皆似风俗画。自从他开了端,后世现实风的人物画家辈出。像明代的仇英,清代的改七芗,皆以美人画著名于世。故中国画中独立一格的"仕女画",盛行于元、明、清三代。

然元季四大家,仍是以山水为宗的,四大家者,即所谓"黄、吴、倪、王"——黄公望、吴镇、倪瓒、王蒙——是也。站在这四大家之前的,还有一位开路先锋,即宋末的赵子昂。现在必须先从赵子昂说起。

赵子昂,名孟頫,子昂其字,又号松云道人。此人诗文字画兼长。在学者中,他也是执元初学界的牛耳的。他是宋的宗室,封魏国公,谥文诲。宋亡后,仕于元。他是吴兴人,为当时吴兴人俊之一。他的画技,集前代之大成。而在内容方面,又为宋代文人画的先驱。除山水外,又善绘马,与唐代的鞍马名手韩幹并称于世。一家长于绘事。其妻管夫人,以墨竹著名于世。其子赵雍,字仲穆,亦以画家著名。赵氏在绘史上,是继往开来的一个转机。四大家得了赵氏的引导,方能在中国山水画上展出全新的境地。

四大家时代略同,其故乡亦集中在江、浙两省,且大家不走仕途(唯黄公望暂时做官,后来就隐居富春山),大家隐居山水间,不求世俗荣利。——有这许多共通点,故其画风亦大同小异。

黄公望,字子久,号大痴,常熟人。他是四大家中最优秀的一人。喜写其故乡常熟虞山的风景,遂以山水画自成一家。他所私淑的前代画家是董巨。故其画中有董巨的遗迹。明末的董其昌，清初的王时敏、王鉴、王原祈，都是黄子久一派的画家。

吴镇，字仲圭，号梅花道人。除山水外，又长于墨竹。在四大家中，他的一派的从者出现最早。明初即有他的继承者，像沈石田，是其最著者。梅花道人学北宗派。沈石田也学北宗派的马远、夏珪，故二人画风相承。

倪瓒，字元镇，号云林，生于富家，收藏古董甚多。倪云林为人，性质非常奇特，有狷介之操，又有洁癖，与时人寡合。在画家中，其性行类似宋朝的米芾，时人因他性情迂阔，称他为"倪迂"。他的画法所师的，也是董巨，但另有独到之处，在四大家中为最富独创性的。时人称他的画风为"天真幽淡"。

王蒙，字叔明，号黄鹤山樵，是赵子昂的外孙。其画得外祖父之法，又师巨然，有细密的描法及粗笔的描法两种。在皴法上，这两种相反对的描法尤为显著。倪云林与王蒙，各自成一派，而皆无直接的后继者。

以上四大家所建立的新体山水画，是支配以下明、清五百年间的中国画坛的。但在当时，画家并不完全属于四大家的流派。承继宋朝为院体画的一派，并割据一方。此派的首领，即明初的戴进（字文进，号静庵，又号玉泉山人）。他是明画院中的人，承继马远的画风，独树一派，即所谓"浙派"。其后继者有吴伟（字次翁，号小仙），张路（号平山），及明末清初的蓝瑛（字田叔，号蜨叟）。

同时又有一派，与浙派同属院体，而承继李唐、刘松年的系统，与浙派相对立。其代表者即周臣（字舜卿，号东村）。其门下有二高足，即唐寅与仇英。唐寅字子畏，又字伯虎，号六如，为此派中最优秀者。其画兼南北二宗之长，被称为"江南第一风流才子"。唐寅有友人祝允明（号枝山）及同乡文徵明，三人皆以风流自诩，放浪诗酒，其逸话留传于小说戏剧中。

以上是属于北宗派的人。但在当代最隆盛的，不是这北宗派，而是元季四大家所引起的南宗派，即"吴派"。北宗派拘囿于形式，至此便为重情趣的南宗派所压倒，此后北宗派就渐渐熄灭。自明末至清代，可称为北宗派的大家的，几乎一人也没有，画坛全为吴派所支配了。吴派中主要人物有三，即沈周、文徵明、董其昌。

吴派中的首领，是沈周。字启南，号白石翁，世称之为石田先生。其人兼长诗文字画。书法学宋朝的黄山谷而又自成一家。画学吴仲圭，又取法马远、夏珪，独步于明初画坛。他所收藏的书画甚富，时时研究古画，造诣愈深。其画最长于写生，山水花鸟皆工。

文徵明名璧，以字行，又字徵中，号衡山居士。他是石田先生的同乡，而是后辈。博学善书，师石田及黄山谷。画学石田外，又取法赵子昂、吴仲圭及李唐。

董其昌字玄宰，号思白，谥文敏，是明末人。亦兼长书文字画。画学黄子久，又远师董源。清初六大家完全是由董其昌所引起的。其对于清初六大家的关系，犹如赵子昂对于元季四大家。董其昌时有画中九友。其中陈继儒（字仲醇，号眉公）深于学问，长于画，为九友中卓拔者。

清初六大家,称为"四王、吴、恽"。即王时敏、王鉴、王原祁、王翚、吴历,及恽寿平是也。王时敏字逊之,号烟客。王鉴字玄照。二人皆黄子久之徒。王原祁字茂京,号麓台,为烟客之孙,其画继家法,又师大痴。王翚字石谷。吴历字渔山,号墨井道人。二人初学王时敏及王鉴,后各自成一家。恽寿平字正叔,号南田,又号白云外史,与其他五家异趣,专致力于花卉,后代的花卉画法悉受其支配。"四王、吴、恽"六大家之后,画家辈出,画风亦趋多方面。虽有名家辈出,现在亦未有定论。如前所述,中国绘画繁荣于乱世,如六朝、五代、两宋,皆是其例。倘使这不是偶然的,现代我国外患内灾频仍,应该又到了绘画繁荣的机会。真果如此,我们希望绘画不要繁荣起来,且让四王、吴、恽永为近代画坛的祖师吧。

第七章　文艺复兴期的西洋绘画

西洋绘画的发达，比中国迟得多。中国绘画在六朝时候就独立，相当于西洋五世纪初。西洋绘画到了文艺复兴期方始发达，相当于中国明朝时代。相差约有一千年（文艺复兴期以前虽然早已有了绘画，但其绘画同我国六朝以前的一样，很不发达）。又，中国绘画在六朝以前都是人物为主的画，六朝时始有风景画的独立。西洋画的发达程序亦然，而时候比中国迟得多：自文艺复兴到十八世纪的画，都是人物为主的；到了十九世纪，方始有风景画的独立。

反之，西洋绘画的发达，却比中国绘画急进。在文艺复兴期，绘画大发达一次；到了近百余年间，绘画更大地发达一次，其间画派之复杂，画家之众多，为中国画坛所不及。故谈西洋绘画的发达，可分为两节，即文艺复兴期的西洋画，与十九世纪以来的西洋画。现在先说文艺复兴期的西洋画。

文艺复兴的中心地点是意大利。意大利的佛罗伦斯〔佛罗伦萨〕（Florence）尤为欧洲美术的中心地点。在文艺复兴初期（十三世纪初），此地即有画家辈出。著名者为：

Giovanni Cimabue（西马蒲〔契马布埃〕，1240—1302）

Giotto di Bondone（乔笃〔乔托〕，1267—1337）

他们两人是师弟,所作的都是寺院中的宗教画。其画派称为"佛罗伦斯派"。此外北部意大利也有别派的画家出世,但"佛罗伦斯派"为中心画派。这中心画派到了十五世纪,又有天才辈出。即:

Tommaso Masaccio(马萨菊〔马萨丘〕,1401—1428)

Paolo Uccello(乌兼利〔乌彻洛〕,1397—1475)

Andrea del Castagno(卡斯塔玉,1390—1457)

Sandro Botticelli(波的契利〔波堤切利〕,1445—1510)

Domenico Ghirlandajo(琪郎达约,1449—1494)

就中波的契利尤为有名。其所描《Venus〔维纳斯〕的诞生》。为传世之佳作。卡斯塔玉与琪郎达约皆以描耶稣的《最后的晚餐》著名。其画虽亦传世,但与后述的三杰之一的辽拿独〔列奥纳多·达·芬奇〕所作《最后的晚餐》相比较,竟大减色。拿这三幅《最后的晚餐》来比较研究,可以明知西洋画发达的过程。

入了文艺复兴盛期,美术界中出了三杰,即所谓"文艺复兴三杰",绘画就飞跃地进步而繁荣。在三杰之前,还有两位不可不述的先驱画家,即:

Andrea Mantegna(孟推捏〔曼坦那〕,1431—1506)

Giovanni Bellini(裴理尼〔贝里尼〕,1430—1516)

前者为"Padua派〔巴迪阿派〕"的名人,后者为"Venice派〔威尼斯派〕"的代表。前者以描《死的基督》著名,后者以描《圣母子》(*Madonna*)著名。但他的《圣母子》也被三杰之一的拉费尔〔拉斐尔〕的《圣母子》所压倒。比较观赏,亦有意味。

三杰出世,以前的画家皆退避三舍。西洋画坛就演出鼎足之势。先把三杰的姓名年代列记于下,然后略叙其生涯与艺术。

Leonardo da Vinci(辽拿独,1452—1519)

Michelangelo Buonarroti(米侃郎琪洛〔米开朗琪罗〕,1475—1564)

Raphaelo Sanzio(拉费尔,1483—1520)

老前辈辽拿独,是贵族的父亲与一农家少女野合而生的私生子。初为军事工学的技师,后又为建筑家、雕刻家、画家。文艺复兴期的艺术家,大都不仅擅长一艺,而多才多艺。又不仅是一个美术家,同时又为虔敬的教徒。这一点特色在辽拿独最为显著。他的绘画的最大杰作,是《最后的晚餐》。这画费了三年的长日月而成功,其真迹现在保存在意大利 Milano〔米兰〕地方的寺院中。这画题,以前有许多画家描过。但辽拿独所作最为完美。其群像配置巧妙,性格充分表现,为别人的作品所万不能及。在肖像画中他也有杰作。最著名的为《莫那利若〔莫娜·丽萨〕》(*Mona Liza*),被称为世界画宝之一。这画仅高三尺,幅二尺,画面并不大。但据美术史所称,他描这画费了五年的惨淡经营。为了要使模特儿装出微笑的表情,曾用种种乐器奏美妙的音乐来引诱她。画中所描的是一个女子的半身像。其口上所表出的微笑,后人称之曰"莫那利若微笑"("Mona-Liza smile")为世界神秘相之一。此画曾于一九一一年遭盗窃,一时行方不明,后来始发见。

第二位画杰,米侃郎琪洛,也是多方的天才。他是诗人、建筑家、雕刻家,又兼画家。其人性格奔放豪健,为同时代诸画家所不能及。他的父亲是贵族,将赴远处出仕的时候,生米侃郎琪洛,就把他委托乳母抚育。乳母的丈夫是一个石匠。米侃郎琪洛幼时受石匠的工作的感染,故长后特别欢喜雕刻。一四九八年赴罗马,为法王〔教皇〕所信用。后为法王的殿堂作大天井画〔天顶画〕,于一五〇八年动手,至一五一二年完成,为世间绝大的绘画作品。这天井画中所描的为《创世纪》中的事件。中央分三幅,即《人类创造》、《伊甸乐园》及《乐园追放》〔《逐出乐园》〕。旁边是《大洪水》,描写人类的绝望、恐怖、激怒、勇武及悲哀各种表情,皆极生动。这天井画完成之后,作者暂弃绘画,改研雕刻。十年后,又来罗马作第二次的大壁画,即有名的《最后的审判》。这画动工于一五三四年,完成于一五四一年,费时七年。画的中央描基督,左描马利亚,右描使徒及殉教者。殉教者各负刑具,向基督诉冤。右上方描着拥十字架而飞来的天使。又有七个吹喇叭的天使,唤醒墓中的死者,使来受最后的审判。有的得了永劫的幸福,有的送入常暗的地狱。这壁画和前述的天井画,可称为文艺复兴期艺术的精髓。米侃郎琪洛享年九十余岁,终身不娶,以全部身心之力为艺术奋斗。与后之托尔斯泰等同为英雄的范型的艺术家。

第三位画杰,是短命艺术家拉费尔。他在十一岁上丧父,幼时独自研究美术。十七岁时为当时某名画家作助手,后受上述两杰的感化,作品忽然增色。他的作品,以《圣母子图》

（Madonna）为最著名。描写圣处女的庄严端丽及幼年基督的天真烂漫，最能尽绘画表现的能事。现在举一《圣母子图》的实例，读者看了这幅画，可以知道文艺复兴期画风的大概。当时的面，大都笔法非常工致，人物的眉毛头发都用工笔细描。人物的颜貌大都端庄美丽，自成一种范型。而拉费尔的《圣母子》尤为此种画风的代表。拉费尔所作《圣母子图》不止一幅。其中有一幅于一九〇二年由美国人出百万元购去。

上述的三杰在美术史中占有同等的地位，而事业各异。辽拿独在六十余年的生涯中仅传留少数的杰作。拉费尔反之，在短促的三十余年中作出多数的华美的杰作。米侃郎琪洛则以九十年的长期的奋斗，留下许多巨大雄壮的纪念品在世间。

文艺复兴三杰以后，直至十八世纪，欧洲各地产生许多画家。但其画风大同小异，不妨视为文艺复兴的余波，或三杰的影响。其间可分为二时期，即（一）北欧文艺复兴期，及（二）罢洛克〔巴罗克〕时代。现在分述在下面。

（一）北欧文艺复兴，集中于富郎特斯〔佛兰德斯〕（Flanders）及德国地方。富郎特斯地方的名画家，是发明油画的兄弟二人：

Hubert van Eyck（赫勃德·房爱克〔胡伯特·凡·爱克〕，1366[1]—1426）。

Jan van Eyck（强·房爱克〔杨·凡·爱克〕，1380？—

---

[1] 生年应为：1370。

1440[1]）

现今西洋画家所盛用的油画颜料，在文艺复兴三杰的时候还没有发明。三杰等所用的画法，叫做鲜画〔壁画〕（fresco）。这是用胶水调和颜料而涂写的，在驱使上，在保存上，都不及油画的便利。开始用油调制颜料的，是房爱克兄弟二人。二人生于富郎特斯地方（即现今法国北部及荷兰、比利时等处），兄弟二人为寺院的祭坛作大壁画，工作甚久。兄于未完成中死去，由弟独力完成之。这祭坛画中描写人物凡数百，一一描出其个性，背景及远近法亦一笔不苟，为三杰以后难得的大作。北欧的绘画，皆发源于房爱克兄弟二人。他们的发明油画，尤为功德无量。后来的画家们得了这利器，便容易充分发挥其天才。

德国自十五世纪后，绘画亦非常发达。首先揭开德意志画坛之幕的，有三大画家，即：

Albrecht Dürer（裘雷尔〔丢勒〕，1471—1528）

Lucas Cranach（克拉拿哈〔克拉纳赫〕，1472—1553）

Hans Holbein（霍尔罢英〔贺尔拜因〕，1497—1543）

裘雷尔是德国第一位大画家。幼时曾随父亲学铸金术。后转学绘画，漫游各地，研究古代名家的作品。及归故乡，闭门著作。其作品以肖像画为最多。因为幼时曾学铸金术，故于油画之外又长于etching〔蚀刻〕画——即在铜面用化学药品腐蚀的一种画法。又善作水彩画。各方面皆有良好的作品传世。

[1] 生卒年为：1390—1441。

其作风力强而沉着。现代德国的表现主义,实由这位画家出发。第二人,克拉拿哈,作风与前者大异,圆滑而轻快,发挥着一种特异的浪漫精神。其作品中多裸体画,长于人间欢乐的描写。第三人,霍尔罢英,最擅长肖像画。其肖像画技术,为一切画家所不及。虽精细的写实画,也不失一种悠扬自然的气品。当时德国的特权阶级,都请教他。

(二)罢洛克时代,绘画盛行于富郎特斯、荷兰及西班牙地方。罢洛克即 Baroque 的译音,是一种专重技巧的艺术的名称。艺术从现实的人生游离,而超然地成了"为艺术的艺术",或"为技巧的技巧",于是有罢洛克及其后的洛可可(rococo)艺术的出现。

在富郎特斯地方,罢洛克艺术的大家有二人。即:

Lorenzo Bernini(裴尔尼尼〔伯尼尼〕,1598—1680)

Peter Paul Rubens(吕朋史〔鲁本斯〕,1577—1640)

裴尔尼尼是意大利人,兼建筑家、雕刻家及画家,有"米侃郎琪洛第二"之称。吕朋史是富郎特斯画派隆盛期的代表者。其画注重人体描写,对于近代艺术的技术影响甚大。现代美术的远源,即在于吕朋史。他是比利时人,游学意大利,归国为宫廷画家。所作多欢喜幸福的宫廷生活。一生所作大画极多。现今罗佛尔〔卢佛尔〕美术馆中特辟一"吕朋史室"。

荷兰当罢洛克时代,也出了两位大画家。即:

Frans Hals(哈尔史〔哈尔斯〕,1580?—1666)

Van Rijn Rembrandt(伦勃郎德〔伦勃朗〕,1606—1689)

两人画风大同小异。哈尔史生活放浪,其所作画亦然。人物大都作轻快的幽默的表情。伦勃郎德所作多风俗画、肖像画,及下层生活的描写。亦富于幽默趣。有时也取用宗教的题材。但他的意识,根本不是宗教的理想主义,而是世间的现实主义。他曾为其夫人萨史绮亚作种种肖像,为平生得意之作之一种。萨史绮亚死,家政紊乱,致负巨债,终于宣告破产。但在贫穷中他仍努力作画,完成其悲惨的艺术礼赞的一生。他死后,荷兰有许多人追随他的画风。

上二人及其追随者,都是风俗画与社会画家。都能发挥荷兰的国民性,又为近代美术的一种先驱。此外,荷兰还有风景画的大家,对于近代绘画有很大的影响,不可以不介绍。其中最著名者有二人:

Jacob van Ruisdael(罗伊士提尔〔鲁伊斯达尔〕,1625[1]—1682)

Meindert Hobbema(霍裴马〔霍贝玛〕,1638—1709)二人皆风景画专家。后者尤以构图的巧妙著名于世。

西班牙,也受罢洛克艺术的影响。在十六世纪时,此岛上产生了四大画家。即:

Domenico Theotokopuli(托托可普理〔狄奥托可普利〕,1548—1625[2])

Diego de Silvay Velázquez(凡拉史侃士〔委拉斯开兹〕,1599—1660)

---

[1] 生年应为:1628。

[2] 生卒年应为:约1541—1614。

Bartolomé Esteban Murillo（莫理洛〔牟利罗〕，1617—1682）

Francisco José de Goya（谷雅〔戈雅〕，1746—1828）

第一人因为不是西班牙产而是克雷塔岛〔里特岛〕上的人，故通称为 Il Greco（伊尔·格雷可）。其作风有许多地方与近代画相一致。近代的后期印象派作家，曾蒙他的影响。第二人，凡拉史侃士名望最大，为西班牙洛可可式美术的完成者。其作品多贵族生活的描写。就中以肖像画为最佳。第三人，莫理洛为宗教画家。第四人谷雅，时代较晚，在十八世纪末至十九世纪初之间，为世界最大画家之一。所作多历史、肖像、风俗画。笔致豪放，构图新奇，可谓近代西洋画的急先锋。

第八章　十九世纪以来的西洋绘画

西洋绘画第二次繁荣，始于十九世纪。十九世纪以前，虽然也有各地画家相继出世，但无甚异彩，大都不过是文艺复兴期的余光罢了。到了十九世纪，欧洲政治学术上起了两大变动，即拿破仑的革命与科学的昌旺。这些变动反映到艺术上，绘画就换了全新的面目而出现。其出现的中心地点，是法兰西。故文艺复兴期绘画繁荣于意大利，十九世纪绘画繁荣于法兰西。故意与法，这两个地方，为欧洲艺术空气最浓重的所在。

自十九世纪初至今日，西洋绘画一直繁荣，但画风不绝地在那里变迁。约计之，有六种画派相继出现。即（一）古典派与浪漫派，（二）写实派，（三）印象派，（四）后期印象派，（五）野兽派，（六）新兴诸派。这种画派的分定法没有一定，可以分得更详细，也可以分得更简略。现在以画面的变相为标准，大约分定这六派，并逐一加以说明如下。

一　古典派与浪漫派

这两派是近代绘画的先驱。上承文艺复兴，下起近代艺术。古典派（classists）与浪漫派（romanticists），也可总称之为理想派（idealists）。这两派的倡导者，即下列两大画家，都是法国人。

Louis David（达微特〔大卫〕，1748—1825）——古典派

Eugéne Delacroix（特拉克洛亚〔德拉克洛瓦〕，1798—1863）——浪漫派

达微特与拿破仑同时，且为拿翁崇拜者。一生的作品，大多数是赞美拿翁勋业及贵族描写的绘画。拿翁聘任他为美术总监，当时他在欧洲美术界有独裁的权利。他的最杰作，是《戴冠式》〔《加冕式》〕，乃为赞颂拿翁即皇帝位而作的。一八一五年，拿翁遭滑铁卢之败。明年，达微特即被放逐。《戴冠式》亦不准留在法国，被切断为三部，且用铅粉涂抹，输送到他放逐的地方。时达微特年已六十有七，不久客死在那地方，尸体不得返国。其友人及弟子等力为设法请愿，终不得许可。这个皇帝赞颂的大画家的灵魂，到现今还在异乡彷徨。古典画的特色有四：（1）艺术美不从自然得出，而从古代艺术中取得。（2）专门注重形式美。（3）为形式而牺牲主观个性。（4）重素描而轻色彩。此派的承继者中，首一名画家，也是法国人。即：

Jean Auguste Dominique Ingres（昂格尔〔安格尔〕，1780—1867）

浪漫主义在文学上产生有名的雨果（Victor Hugo），在绘画上产生特拉克洛亚。他也是法国人。其画所异于达微特者，在形式上，是注重色彩，故能脱却以前的拘束，而表现奔放的

思想感情。在内容上,是不取材于古代,而以表现主观的热情为主。故以前达微特专写贵族生活,如今特拉克洛亚则取卑近的人间感情为主题,绘画便与宫廷没交涉。这是更富现代意味的一种画派。特拉克洛亚的大作,是《一八三〇年》[1],即描写一八三〇年的七月革命的。图中描一自由女神手执枪与三色旗,在那里引导国民。所有人物都是现实的,连那个女神也同美丽的少女无异。然而以上诸人的画,都凭理想而取材,不是现实世间的写实,不合于科学昌旺时代的欧洲人的胃口。故不久绘画就移变为写实派。

二 写实派

写实派,就是不许仿古,不许空想,照目前的状态描写的绘画。这是近代很有势力的一派,现今世间的画学生,还是以这主义为根基而学画。写实派的大画家有二人。即:

Jean François Millet(米叶〔米勒〕,1814—1875)

Gustave Courbet(柯裴〔库尔贝〕,1819—1877)

米叶是近代最伟大的画家。他的伟大在此:他是一个穷人,家里有时绝粮。因为他的画为时人所不解,没有人出钱买他的。然而他抱定自己的主义而作画,不肯阿世随俗,终于建立了他的艺术的大革命。原来当时欧洲俗众,看惯了古典浪漫的作品,只知贵族的、优秀的、清新的题材可以入画,而反对

---

[1] 即《自由引导人民》,又名《1830年7月27日》。

民间生活描写的绘画，认为这些是丑陋的。米叶生于农家，偏偏取农村的贫苦生活来描画，世间就没人睬他。他有一次描一个劳农倚着锄头在田间休息，人们批评他这画难看，他告诉人说：

"人们对于我的《倚锄的男子》的评语，在我觉得奇怪。看见了命定非汗流满面不能生活的人时，把心中所起的感想率直地写出来，难道是不可以的么？"

他的艺术主义，在这几句话里可以看出。到了他晚年时候，世间渐渐认识他的伟大，有人赞许或购买他的作品。然而这时候他年纪已老，且患眼疾，不久就默默地辞世。他死后，世间方始完全认识他，各国政府出百万金购求他的作品，永远保藏在各地的大美术馆中。米叶的名作，最周知的是《晚钟》《拾穗》《初步》等。《驱驴者》也是其素描名作之一。

柯裴的写实，比米叶更加彻底。米叶的画中尚有感情的分子，柯裴的画中竟全是客观的照描。他也是出身于农家的人，十九岁来到巴黎，看了前人的作品都摇头，就决定独辟一路，专写现实。他有这样的话：

"理想都是虚伪的！像历史画，完全与时代社会状态相矛盾，真是愚人狂人的事业。宗教画也与现代思潮相背驰。总之，凡空想皆伪，事实皆真。真的艺术家必须向自然而赞美。写实主义，正是理想的否定。我们必须依照所见的状态而描画，只有可由视觉与触觉感知的，可为我们作画的题材。"

故他的名作，如《石工》，全是一个石匠的写实。米叶的《拾穗》《晚钟》中所有的诗趣，在《石工》中全无影踪了。

上二人的作风更推进一步，即成为印象派艺术。

三 印象派

十九世纪后半，民众的思想与生活状态与前大异。因之对于艺术的要求也大异。有识者，都不欢喜大规模的、虚空的装饰画，而欢喜切身的日常生活的描写。不欢喜庞大的、沉重的绘画，而欢喜轻快的、淡泊的、可亲的描写。米叶与柯裴先已适应了这要求，印象派更进一步，彻底厉行目前日常生活的如实表现。印象派出现于一八七四年。这一年八月十五日，一班同志的画家合开自作展览会。其中陈列的画，都描得模糊不清，不可近看而只宜远望，所望见的也只是一个大体的印象。就中有一幅，涂着各色颜料，而看不出东西，题曰《日出印象》。原来所写的是早上太阳初出时东天的光彩。一班不解此派画道的人群起反对，给他们一个绰号叫做"印象派"。这班画家逆来顺受，就肯定了这名称。印象派画家中有二元老及四大家。即：

Edouard Manet（马南〔马奈〕，1832—1883）

Claude Monet（莫南〔莫奈〕，1840—1926）

Camille Pissarro（比沙洛〔毕沙罗〕，1830—1903）

Alfred Sisley（西斯雷〔西斯莱〕，1829—1899）

Hillaire Germain Edgar Degas（窦格〔德加〕，1834—1917）

Auguste Renoir（罗诺亚〔雷诺阿〕），1814—1920[1]）

马南是印象派的发起者。前述的《日出印象》便是他所作的。然而他只是"外光"的发见者，不能说是完成者。"外光"的完成者，是莫南。什么叫做"外光"？原来以前的画，都偏重形而忽略光。据印象派画家看来，以前的画都不能说是真正的写实。真正写实，必须描出自然物一刹那间的现象。这现象由形与光二者造成，而光尤为重要。一切形态，皆因光的变化而显出。故莫南用力于光的研究。他不欢喜室内的暗光，而欢喜室外的阳光。而且描写这阳光时，必须坐在阳光前面，一面看，一面描，方才不致失真。莫南的大作，都是无名的野外风景。或者描一片水，或者描几株树，或者描些稻草堆。画的好坏不在于题材上，而在于自然物的光与色的描法上。这二位元老完成了印象派画风之后，世间的画家群起相从。此画风就弥漫于全世界，至今日遗风尚未断绝。

印象派画家中最著名的，是前列的四大家。比沙洛专长于风景画，有"印象派的米叶'之称。晚年又用印象派的笔调来描写巴黎的市街，其作品为市街风景画中的最佳作。西斯雷也是专长风景画的人。其画风注重光的表现，为当时多数青年画家所景仰。题材多取温和的自然。深绿的水，森林，百花烂

---

[1] 生卒年代应为：1841—1919。

漫的春日的田舍，尤为其得意的题材。窦格是印象派的人物画家。其所描舞女，尤为著名。大抵色彩鲜丽，调子柔和，近看模糊不分，远望姿态活跃，宛如生人。现在举他的一幅《洗濯工人》为例。读者细玩这幅画，便可知道这画与文艺复兴时代的《圣母子图》及米叶的《驱驴者》趣味各异。不似《圣母子图》的细写，又不似《驱驴者》的显出线条，而全体浑然，像实际的人物一般生动。绘画到了这时代，完全变成了自然的再现。罗诺亚也是人物画家，但是贵族的。他的肖像画肉体艳丽，色彩丰富，为当时上流阶级所酷爱。当时德国大歌剧家华葛拿尔〔瓦格纳〕（Wagner）也曾做半小时模特儿，请他画肖像。但他所长的是女性描写。现今流传的印象派名作复制品中，他的女子画含有不少。大都面庞圆肥，肉色红红的。

四　后期印象派

西洋画派的变迁，每一派是一次革命。然而以前所述的古典派、浪漫派、写实派、印象派，都不过是小革命而已。根本动摇的大革命是后期印象派。何以言之？古典、浪漫、写实三派，虽题材的选取各人不同，但画面上大体同是以客观物象的细写为主的；印象派注重瞬间的印象描写，不复拘泥于物象的细写，比前者另辟一径；但其描写仍以客观物的忠实的再现为主。非但如此，又进而用科学的态度，极端注重客观的表现，绝不许参加主观的分子。所以上述的几派，可说是共通地以客观描写为主的绘画。到了前世纪末叶的后期印象派，西洋画法根本动摇,即废止从来的客观的忠实的再现,而开始注重画家内心的表现了。换言之,从前描形描色均照客观,现在却照画家的心。心中感觉如何,即描成如何,不管实际的形色。中国画向来是如此的。譬如描山水,照画家胸中丘壑而自由布置;描人物,照画家心中理想而自由取姿势。与实际山水的位置及实际人物的解剖合不合,均不计较。现在后期印象派亦取这态度作画。故后期印象派可说是东洋画化的西洋画。以前的西洋画都画得像真物,今后的西洋画就不像真物了。

后期印象派有三大家,其中赛尚痕〔塞尚〕为之祖。余二人为其景从者:

Paul Cézanne(赛尚痕,1839—1906)

Vincent Van Gogh(谷诃〔凡·高〕,1853—1890)

Paul Gauguin(果刚〔高更〕,1848—1903)

赛尚痕是法国巴黎一位银行家的儿子,少年时学法律,二十余岁始改习绘画。起初研究马南等的外光派画法。四十岁时,独自默默地归故乡,潜心研究,创造出自己的新画派来。他的艺术的特色有二,即色彩的特殊性,与形的团块的表现。试看他的画,那人物及背景,色彩浓重,形体坚强有力。显然不是实物的再现,而含有画家的主观的意图了。后来的野兽派及各新兴派,都受赛尚痕的指导。所以人称他为"新兴艺术之父"。

谷诃有"火焰画家"之称。为的是他的主观非常强烈,如火烧一般,因此他的画也富有气势,与中国的粗笔画更相类似。他是荷兰人,一个牧师的儿子,因此他的宗教的信心很强。最初因爱好美术,到巴黎的美术商店做店员。然而他的热情,不适于这种职业,屡次遭店主斥逐。后来到英国,当基督教学校的教师。后又到比利时当传道师。这期间他传教非常热心。有时在炭坑中或工场中向民众说教,有时在神前虔敬地祈祷。他对民众说教时,觉得用绘画为宣传手段最为适宜。为这一念所驱,他就猛然地向艺术突进。后来就深入艺术的境地中。他不把艺术当作憧憬的陶醉的娱乐物,而视之为自己心灵的表现。于是埋头于自然观察及绘画研究中。因为感情过于热烈,后来神经有病,自己拿剃刀割去耳朵。他的朋友把他送进脑病院,疗养数年,仍不见效。有一天用手枪自杀,误中腿部,一时不死。在病院中过了几天,忽然气绝了。遗下杰作甚多。就中《向日葵》、《脑病院》〔一作《医院的内院》〕、《自画像》等,是世人所共赏的。

果刚也是一个奇人。他生于巴黎,幼年失父,十七岁当水夫,度航海生活。二十一岁时舍船,来巴黎做店员。地位渐渐高起来,做了经理。娶妻,生子女五人,居然做了巴黎的资产阶级。然艺术的根性潜在他的身心中,有一天他忽然弃职,抛却妻子,独自逃入艺术研究中。他对于巴黎的文明社会的繁华生活,渐渐觉得讨嫌起来,一心企慕原始风的质朴的人生。他在航海中,曾经见过海洋中岛国上的未开化人的生活。这时候他就离去巴黎,逃至大西洋中的塔希谛〔塔希提〕岛(Tahiti),做了未开化人,度原始的生活。所以他的画中,有不少是原始人生活的描写。大抵肤色黄黑,眉眼粗大,衣服朴陋,背景是南洋的海岛上的风景。

以上三人的画的特色，是线条显明，形状奇怪，色彩浓重。由这特色更进一步，便是下述的野兽派。

五 野兽派

野兽派，是后期印象派的展进。线条在中国画中是独立的，在西洋画中向来不独立，到了后期印象派，渐渐显出来。进于野兽派，线条也成了独立的存在。故野兽派与中国画非常接近。

野兽派，即 fauvists。这名目与印象派一样，也不是自己取定，而是批评者给他们的绰号。这一派的繁荣，始于二三十年前，现在正占着欧洲画坛的重要地位。许多画家，现在大都还活动着。其中主导者为马谛斯〔马蒂斯〕。今列举重要者五人如下：

Henri Matisse（马谛斯，1869—〔1954〕）

André、Derain（特郎，1880—〔1954〕）

Maurice de Vlamink（符拉芒〔符拉芒克〕，1876—〔1958〕）

Kees van Dongen（童根〔凡·童根〕，1877—〔1968〕）

Marie Lourencin（洛郎商〔洛朗赏〕，1885— ）（女画家）

马谛斯的画，评家比拟他为书法中的草书。因为画面笔致显明而线条活泼，为自来西洋画中所未见。现在举一例，题名《姊妹》。这画中衣服五官，都用线条构成，与前举各例显然大异。特郎与符拉芒是此派的中坚人物。二人都是巴黎人，前者有健全的理智，一面承受马谛斯的画风，一面为立体派的先驱。后者富于热情，受谷诃的影响甚多。童根与女画家洛郎商，笔致皆极简单。画面有清新之趣。

六　新兴诸派

所谓"新兴艺术"，是指最近欧洲大战后出现的种种奇异的画派。这种画派的共通相，是打破从来的绘画的传统，超越绘画艺术的范围。即欲在平面的绘画中表现立体，欲在静止的绘画中表现动作。或者异想天开，用纯粹的形状色彩来作视觉的游戏，用种种符号来作绘画的表象。其中主要者有四派，即立体派（cubists），未来派（futurists），构图派（compositionists），达达派（Dadaists）。

立体派的提倡者是比卡索〔毕加索〕（Pablo Picasso，1881—〔1973〕）。他是西班牙人，本名Pablo Louiz〔帕布洛·鲁伊斯〕，但他欢喜用他母亲的姓名Picasso。他的父亲是美术学校教师，他自幼欢喜绘画。最初受后期印象派诸家的影响，画风类似果刚。后来形体渐渐崩坏，变成三角形、半圆形、圆锥形等几何形体，画面上全不见物象的形态。往往画题是人物而画中不见人物，画题是静物而画中不见静物。此种画风现在普遍地弥漫在世间。但多用以作装饰，如商店的样子窗，建筑物及家具的模样，广告的图案等。然而除少数特殊画家以外，绝少有爱用几何形体作画，或爱看这种玄妙的画的人了。听说比卡索现在亦已不再作那种画，有许多同派的画家已舍弃画笔，去作电影事业了。

未来派的主将是意大利人马利内谛〔马里内蒂〕（Phillip Marinetti，1876—〔1944〕）。他的主张，绘画中应该表出时间的经过。故画马，描无数的脚，表示它正在跑。画弹琴，描许多的手，表示它正在按弦。马利内谛留学法国，为索尔蓬大学〔巴黎大学〕法学博士。他是人工场的老板，每年收入甚巨。又有才干，能作诗、作剧、议论、演说。一九〇九年二月二十日，他在巴黎发表未来派宣言。次年即开未来派绘画展览会。同派的画家甚多。但赏识者究竟少。故其画派崛起一时一地，终于未能成立。

构图派的提倡者是俄国人康定斯基（Wassily Kandinsky，1866—〔1944〕）。他主张用纯粹的形状色彩来作图，索性放弃了自然形体。故其画与图案相似，又像小孩玩的万花筒中所窥见的状态。因为画中没有物象而只有抽象的形色，故又名"抽象派"。

达达派的提倡者是德理史当·札拉〔查拉〕（Tristan Tzara）。其人属何国籍，亦不明白。他用种种符号代替形状色彩而作画。题曰《某君肖像》的画中，只见许多圆圈、直线、曲线，及文字。据他们自己说，非他们的信徒不能理解他们的"画"（？）他们又作达达诗，其诗亦为我们所不能理解。

新兴诸派，大都是少数人一时高兴而提倡的玩意儿。其实不能视为绘画艺术。像达达派，尤为荒唐。所以诸派的寿命都很短促，有的早已没落。不没落的也不见发展。今后西洋画坛的倾向，不复向着这新奇的方面，却转向切实的路径。现今大众所要求的，是切实、单纯、明快的表现。近来单色的木刻画流行于世界各国,即表示着未来的绘画的倾向。现今此种木刻画,在我国各杂志上发表的也很多,且亦不乏佳作。可想见其正在全世界普遍地发展着了。

西洋建筑讲话[1]

（〔上海〕开明书店一九三五年十二月初版）

---

[1] 本书根据1935年12月初版本。

序

卷首言

从艺术上看，十九世纪是绘画与音乐的时代，二十世纪已渐渐变成电影与建筑的时代，立体派的名画家中，有许多人已弃画笔而改业电影。昔日的评家曾称音乐为"流动的建筑"，今日的评家正在赞美建筑为"凝固的音乐"了。

一切艺术之中，客观性最丰富，鉴赏范围最广大，而对于人生关系最切者，实无过于建筑。故自古以来，建筑美术的样式对于人心有莫大的影响。近世艺术由艺术趋向人生，"实用艺术"的建筑忽然勃兴。今日的都市中，新奇的建物琳琅满目，好像开着建筑美术的长期展览会。辨别这种建筑的美恶，探究这种美术的表现与背景，是二十世纪的人人应有的要求。

为此，"一·二八"前数月，我曾开始作建筑美术六讲，拟连载于周予同先生所编之《教育杂志》上。写了三讲，"一·二八"事发。三讲的原稿被毁于炮火，不留副稿，遂无心续作。最近数年来，世间建筑美术愈形发达，时时使我回忆起炮火中的三篇讲话来。去秋发个大愿，把烧毁的三讲重新写过，一定要它刊出来。幸而没有逢到第二个"一·二八"，居然在《中学生》杂志上登完了，现在结集出版。虽然重新写出来的与前稿不同，但主题无异，这讲话总算是死而复生。它假如有知，应感谢我与《中学生》的"再造之恩"！

二十四〔1935〕年五月廿一日子恺记于石门湾

第一讲　从坟到店 [1]

资本主义利用艺术为宣传手段，产生商业艺术。社会主义也利用艺术为宣传手段，产生普罗[2]艺术。现代艺坛就成了这两种宣传艺术的对峙的状态。美国的辛克莱[3]为艺术下新的定义，说"一切艺术都是宣传"。这话看来好像是专为现代而说的，其实不但现代艺术如此，自古以来的一切艺术都是宣传。读过我的《西洋名画巡礼》及《西洋音乐楔子》[4]的青年大概总记得：西洋的绘画和音乐，都是在中世纪的宗教时代发达起来的。详细地说，西洋的绘画和音乐都是被基督教利用为宣传手段，成了宗教艺术，——宗教画，宗教乐，——因而发达起来的。我们只要看：圣书的故事画，到现今还有许多流传世间；祈祷歌和赞美歌，到现今还有许多人唱着，即可想见这两种艺术曾为宗教宣传得厉害。

艺术之中，为社会政策宣传最有力的，要算建筑。因为建

---

[1] 本篇原载 1934 年 9 月《中学生》第 47 号。

[2] 普罗即 proletarian（无产阶级的）音译的略称。

[3] 辛克莱（Upton Sinclair, 1878—1968），美国小说家，"社会丑事揭发派"作家。

[4] 1949 年重版时改名《西洋音乐知识》。

筑具有三种利于宣传的特性，为别的艺术所没有的。

第一，建筑这种美术品，形状最庞大。别的美术品，如雕刻、绘画等，无论如何比不得它。因为庞大，故最易触目。绘画、雕刻等不是一般人常见的东西；建筑则公开地摆在地上，人人日日可以看见。因此建筑所给人的印象极深。利用这种庞大的形式来作为某种策略的宣传时，最易收揽大众的心。从前的皇帝住的地方必用极高大的建筑，即所谓"九重城阙"；使人民望见这种建筑物时，感情上先受压迫，大家畏缩、震慑，不敢反抗他的专制。

第二，建筑这种美术品，对人生社会的关系最为密切，凡有建筑，总是为某种社会事业的实用而造的。故建筑与事业有表里的关系，不可分离。一切艺术之中，唯工艺美术与建筑二者对人生有直接的用处，工艺品可供日常使用，建筑可供居住。其余的艺术，如绘画、雕刻、音乐、文学、舞蹈、演剧等，都只供观赏或听赏，间接发生效用于人的生活，但不能直接供人应用（绘画虽可作亡人灵前的遗容，雕刻虽可作烈士的铜像，但也只供瞻观而已）。故这些统称为纯正艺术，而工艺美术与建筑则特称为实用艺术。实用艺术的形式与内容关联最切，公共机关、工厂、车站、邮局等，各有其特殊的形式。因了习惯及其形式的暗示，我们望见一种建筑时会立刻想到或感到这建筑所关联的社会事业，心情在无形之中受它的支配。庙貌巍峨，便是宗教要利用建筑来引人信仰而作出来的特殊形式。中国古代佛教的隆盛，"南朝四百八十寺"等宗教建筑的宣传力有以致之。

第三，建筑最富有一种亲和力，能统一众人的感情。故望见九重城阙的百姓会同样地震慑，望见巍峨庙宇的信徒会同样地肃然。跳舞场、咖啡店、旅馆，也会利用建筑的亲和力，作出种种的布置和装饰来克服主顾的感情，借以推广他们的营业。建筑的富有统一大众的感情的亲和力，是为了建筑由纯粹的（无意义的）形状和色彩构成，不诉于人的理智而诉于人的感情的原故。造形美术之中，绘画和雕刻所表现的形状色彩都有意义，只有建筑所表现的形状色彩没有意义。绘画可以描一个人，雕刻可以雕一条狗；但建筑却不能把房子造成一个人的形状或一条狗的形状，在人的胯下开一扇门或在狗的眼睛里开一扇窗，而叫人走进去住。故绘画雕刻是借用物象的形状色彩来构成造型美的，建筑则不借他物，就用纯粹的形状色彩来构成造型美。借用物象的艺术所及于人心的作用，一半是理智的，一半是感情的。不借用物象而用纯粹形色的艺术所及于人心的作用，全部是感情的，换言之，绘画和雕刻的表现一部分是说明的；建筑的表现则完全是象征的（暗示的，例如用高暗示皇帝的权威，用黄色暗示宗教的庄严等）。感化人心，由理智不及由感情的容易；用说明不及用象征的深刻。所以建筑的亲和力比其他艺术的特别强，最能统一大众的心。上述三种利于宣传的特性中，最后这一点"象征力"为最主要。

建筑因有上述三种利于宣传的特性，故自古以来，常被社会政策、政治企图所利用，为它们作有力的宣传。我们看了各时代或各地方的建筑，可以从它们的样式上窥知当时当地的人的思想与生活。故建筑可说是具体化的时代相。

从埃及时代到现代，世间最伟大的建筑的主题，经过五次的变更：在埃及时代，最伟大的建筑是坟墓，在希腊时代是神殿，在中世时代是寺院，在近代是宫室，到了现代是商店。人类最初热心地造坟墓，后来变成热心地造店屋。窥察其间人心的变化，很有兴味。而且这种建筑物现今统统存在，坟、殿、寺、宫、店，好像五个"时代"的墓碑，记载着各"时代"生前的情状而矗立在我们的眼前，令人看了感慨系之。——现代的商业建筑，像摩天阁、百货公司等，也可说是墓碑，是现代"资本主义"的"喜葬"的墓碑。

我是预备把上面所说的五种大建筑的情状在以下的数讲中一一地详说的。但现在先在这里概括地说一说，当作绪论。

出十几个铜板买一包金字塔牌香烟，就可在香烟壳子上看到四千年前埃及人所造的坟墓大建筑——金字塔的样子。这种金字塔建在埃及尼罗河畔的沙漠中，是埃及隆盛期诸帝王生前自己建造的"喜葬"。这种建筑物的伟大，令人惊叹：其最大者，那三角形的顶点高约五百呎，一边之长约八百呎。用重二吨半的石头二百三十万条，由十万人在二十年中造成。这种大坟墓，当作建筑艺术观赏其形式时，只见极大、极高、极厚，除了一个"笨"字以外想不出别的字来形容。埃及隆盛期的帝王和人民，为什么肯把心力浪费在这样笨的建筑上呢？这是因为虽然号称隆盛期，人智究竟未曾进步，帝王笨，百姓也笨的原故。帝王握得了绝对威权，高踞在宝座上受万民参拜之后，心中想道："我贵为天子，富有天下，难道也同虫豸般的百姓一样地要死？我死后一定会活转来。赶快派十万百姓给我造坟！

要造得极高、极大！万一我活不转来时，也好教百姓看了我的坟战栗，不敢造反。"古来的帝王贪恋威福，大都作这样的感想。秦始皇、汉武帝等都访求不死之药；齐景公游牛山，北临其国而流涕，希望自古无死，使他可以久坐江山。这都是同样的笨；然而埃及的帝王笨得聪明而且凶；他能利用那庞大的实用艺术的亲和力来镇伏万民的心，使他们在这个君主绝对威权的象征物之下，永远瑟缩地臣服，不敢抬头。不要说当时的埃及人民，就是教现在的我们，一旦到了尼罗河畔的大沙漠上，仰望这个"君主绝对威权"的大墓碑时，恐怕也要吐出舌头半晌缩不进去呢！这是上古政教一致，君主专权时代的"大"建筑。现代商业都市的"大"建筑，显然是模仿这种坟墓建筑的办法，以夸示金融资本的威权的。

希腊时代的建筑，则用"美"来代替了埃及的"高、大、厚"而收揽民心。这也和希腊的风土人情相关联：四千年前，埃及和爱琴海文化已经炽盛；然欧洲尚在长夜的黑暗中，仅为新石器时代的民族的居屯地。其时中央亚细亚的原始民族逐羊群而西南行，流入这天然形胜的希腊半岛，他们受了高丘上的橄榄的香气的熏陶，为苍茫的地中海和缥缈的爱琴海的灵气所钟，养成了一种美的民族性。就首先为欧洲创造光明灿烂的文化艺术。起初，希腊久受波斯的侵犯。到了大政治家彼理克来史〔伯里克利〕（Perikles）的时代，希腊联盟国制胜波斯，就乘势发扬国内的文化。彼理克来史是主张民主主义的人，就训练雅典的自由市民，教他们建设起空前的文化来。其首先经营的，是修理先年被波斯军毁坏的卫城。在这卫城里建造大理石的神殿，以供养雅典市的守护神。当时雅典借战胜的余光，掌握全希腊的经济权，又集中全国一致的民主的共产精神，复兴的气象充满了全都市。彼理克来史引导民众，把全副心力集中于这神殿的营造上。那守护神女的雕塑，由当时大雕刻家斐提阿史〔菲狄亚斯〕（Phidias）担任；神殿的建筑，由当时大建筑家伊克底诺史〔伊克蒂诺〕（Ictinus）指挥。造型的优美，诚可称为空前绝后。那神像用黄金和象牙造成，姿态优美，庄严无比。那神殿全用世界最良的大理石构成，各部力学的均整与视觉的谐调两方并顾，作有机的结合。全部没有一根死板板的几何的线，那檐、柱、阶，看来好像是直线，其实都是曲线。因为希腊人民的审美的眼力非常锐利。几何的直线，当因错觉的作用而望去似觉不平或不直，故必须用相当的弯度补足错觉，望去方才完全平直。所以那种神殿建筑粗看好像率直，不过是石基上立着一排石柱，盖着石檐；其实优美绝伦，为千古造型美术的模范。关于这事，以后分讲中当再详说。总之，彼理克来史适应了希腊人的明慧的审美眼的要求，建造这精美的神殿来集中人民的瞻观，统一人民的精神。所谓守护神之殿，在意义上想来是迷信；但在形式上看来的确大有守护之功：黄金时代的希腊共和国的自由市民的心，是全靠这建筑的美的暗示力所统御着的。可惜这种神殿建筑，一部分被历次的战争所毁坏，一部分的雕刻被英国人偷去供在大英博物馆〔不列颠博物馆〕的爱琴室中，现今雅典本土所存在的只有破损了的一部分。虽然破损不全，仍可个中见全，由此想见黄金时代的盛况。所以诗人拜轮〔拜伦〕凭吊希腊，慷慨悲歌，写成有名的《哀希腊》的诗篇。

希腊之后，罗马隆盛，但罗马人注重物欲，不甚讲究艺术，故虽有剧场浴场等大建筑，少可称道。罗马帝政衰而基督教兴。首先提倡基督教者是有名的君士坦丁大帝。他把基督教定为国教，国王就是教王，国民都是教徒。这是利用宗教来维持帝业。为欲永固帝业，非宏扬教法不可。于是欧洲一切文化艺术，都受了宗教化。自十二世纪至十六世纪之间的建筑，差不多全部是寺院建筑。寺院与神殿有分别：希腊的神殿，里面只供神像，参拜者都在殿外。所以神殿不必大，但求眺望的美观。中世的寺院，则供养圣像之外，兼作教徒祈祷礼拜之所。故地方必须较大，且兼求内外形式的美观。基督是升天的，教徒的灵魂的归宿处是天上。故寺院建筑的形式便以"高"和"尖"为特色。屋顶塔尖高出云表，好像会引导人的灵魂上天似的。远近的人民眺望这等寺院，不知不觉之间其心受了建筑形式的暗示力的感化，对于基督教的信仰便一致地强固起来。这种寺院建筑有种种派别，但其中最能尽量发挥"高"和"尖"的特色的，要算哥特式（Gothic）。那种寺院现今留存在法兰西、意大利等处的，很多很多。其形式，为了极度地要求垂直的效果，不用粗的柱子而用许多细柱合成的柱束；又不用壁，柱束之间统用尖头的窗，因为尖头可以引导人心向上。室内用许多尖头的环门〔拱门〕，屋顶上用许多很尖的塔。故遥望哥特式的寺院，好像一丛雨后春笋，又好像一把火焰。当时这种建筑样式不限于寺院，凡城郭、学校、公所、邸宅，都受它的影响。而在意大利地方，这种"尖、高"的建筑术尤为发达。他们一味求高，不顾力学的限制而冒险地试建，有几处寺院竟是中途停工。违背建筑的构成的约束而浪漫地偏重形式，其结果必然失败。故哥特式建筑样式，不久跟了教会权与封建制的衰落而被废弃，后来同归于尽。现在我们游观巴黎、侃伦〔科隆〕，但见 Notre Dame de Paris，Cologne Cathedral（巴黎圣母院、侃伦本山〔科隆大教堂〕）矗立在广场的残阳中，告示着过去的光荣。

以上三时代的建筑，都是宗教建筑。但因了时代精神的不同，建筑形式亦大异：埃及的坟无理地要求"大"，为建筑艺术的摇篮时代的作品，其实不能算是完全独立的美术。希腊的神殿方为建筑艺术独立的开始，在形式美的一点上，可谓登峰造极！哥特式的寺院建筑把精神翻译为视觉形态，一味探求高的神秘，可说是浪漫风的宗教建筑。

文艺复兴时代的建筑，主题仍以寺院为主；但样式变更，废弃哥特式的浪漫，而取古典式的安定。不复千篇一律地崇尚一种样式，依作家的个性而自由创造各种作风。总称之为"复兴式"。但文艺复兴时代，欧洲艺术以绘画雕刻为主流，故建筑不甚有名。

文艺复兴以后，建筑的主题忽由宗教改向人生。但这人生不是民众的人生，是少数统治者们的人生，即建筑的主题便由寺院而变为宫室。

宫室建筑于十七世纪中，兴于法兰西。十七世纪是"王权中心时代"，当时法兰西王路易十四世，是近代专制君王的好模范！他即位后的宣言，是"王者有统治的天权，人民不得参政"，于是大兴宫廷建筑，意欲把世界中心移到法国。其建筑样式即称为"路易十四世式"。这种建筑样式，华丽繁琐、多曲线、多装饰，建筑的构成部都用装饰遮隐，外观注重绘画的效果，内部装饰非常纤巧奢华，实为近世巴黎的浮夸风俗的起源。当时路易十四世曾设立一个美术学院，专门养成"路易十四世式"的美术人才。巴黎有三大建筑，除前述的巴黎圣母院外，还有罗佛尔宫〔卢佛尔宫〕（Louvre）及维尔赛宫〔凡尔赛宫〕（Versailles）的两座宫室建筑。这两宫都是路易十四世所完成的。维尔赛宫，集合许多建筑家、雕刻家和画家，共同完成，尤为十七世纪宫廷建筑的模范。其形式秾丽纤巧，琳琅满目。从前寺院建筑时代的神秘高尚的气象，到这时代一扫无余。这时代的建筑，只有浓重的现世幸福的气象。路易十四世死后，次代的路易十五世变本加厉地扩张这种建筑式样，宫室的装饰愈加浓艳。其样式特称为"摄政式"（"style Régence"）。奢侈之风流入民间，上好下效，国风日趋淫靡。其次的路易十六世，赶紧收回以前的浮靡的样式，而归复于古典的安定。这是法兰西大革命后的近代古典派的先驱，不可谓非路易十六世的功绩。但三代的骄奢之报，集中在他一人身上，终于使他失却了民心，犯了死罪。"宫廷建筑"跟了他一同上断头台。

路易十六世上了断头台之后，十九世纪初，拿破仑就出来为法国主政。政权上了这位古代英雄之手，枪花[1]百出，欧洲

---

[1] 枪花，江南一带方言，此处意为欺人之计。

被他打得体无完肤。赶快把他幽禁在孤岛中,但是各国元气斫丧,民生凋弊,从此人心不安。同时十九世纪科学开始昌明,工业因之而发达,交通因之而便利。生存竞争的幕就在这时候慢慢地展开。生存所竞争的是金钱。要金钱多,最好是经商。现代资本主义商业社会的基础,就在这时候奠定。与人事社会关系密切的建筑艺术,也在这时候开始商业化。建筑在前代曾为贵族的装饰,到现在变成了商人的广告。百层的摩天阁,光怪陆离的玻璃建筑,合抱不交的大柱的行列,统是写字间、办公所、旅馆、酒楼、百货公司、银行的造型的姿态,统是商业的广告艺术。北美财力雄富,世界第二大都市的纽约,尤为商业建筑森林。远望那些高层建筑,高大的墓碑,其无数的窗洞就像刻在墓碑上的一大篇墓志铭。最近《金刚》的影戏片子在上海开映(为未曾看过这影片的读者附注:这影片描写一只大猩猩扰乱纽约,毁屋,伤人,爬到最高层建筑的顶上捉飞机等情状)。坐在银幕面前而把高层建筑看作墓碑时,便见纽约全市墓碑林立,好像一个公墓。这种高层建筑的形式,兼有了埃及坟墓的"大"和中世寺院的"高",外加了现代的"新"和"奇"。所以形式的效果非常伟大,其新奇能挑拨人的注意,其高大能压迫人的感情;作为商业的广告,最为有效,可以夸示资本的势力,广受世人的信用。某建筑家称其所筑的五十层的洋楼为"商业的伽蓝"("Business Cathedral")。这不但是形式上的比拟;在作用上,现代的商业建筑利用形式的象征力来扩张营业,也与中世寺院的利用形式的象征力的引人信仰完全相同。而在建筑材料的驱使上,在物质文明,机械文明的今日，比一切古代自由得多。十万人扛抬二百三十万条两吨半重的石头而在二十年中做成的事业，在现代决不需要如许人力和时间；况且现代有混凝土、玻璃、铁等更便利的建筑材料，比较起古代事业来真是事半功倍了。所以古来建筑术的进步，无过于今日。十九世纪的世界艺坛以绘画、音乐为中心，二十世纪的艺坛渐呈以建筑为中心的状态。而古来建筑艺术为社会政策作宣传的努力，亦无过于现代了。

以上已给西洋建筑史描了一个大体轮廓。我们仅从建筑这一端上观察，即可看见自来的人类社会（除了希腊黄金时代以外）都有强权者出来压迫民众，巧立名目以收揽民心，而利用建筑艺术为其威力的装潢、宣传的手段。

社会政策的要求，与造型美术的要求，实际生活的要求，三者常不一致。社会政策要求造极大的坟墓，极高的寺院，极触目的摩天阁，为其政策的助手。但有时为建筑的构成的必然性所难能允许，故埃及的金字塔要费二十年的劳役，意大利的寺院只得中途停工，北美的摩天阁反而不经济。（注：摩天阁超过六十三层以上，因为建筑工料特费，反而不经济。故超过六十三层以上的高层建筑是全为竞争广告而造的。）而在群众的实际生活上，也并不需要这样的建筑，其理无须赘说。最近苏俄的建筑家，提倡尊重建筑的实用性，不作无理的夸耀，不尚无理的新奇，而一以群众生活的实用的要求为本。由此或将展出未来时代的建筑的新样式来，亦未可知。

第二讲 坟的艺术[1]

人世间的建筑艺术的最初的题材，不是活人住的房屋，而是死人躺的坟墓。青年的读者听到这话觉得奇怪么？现在我先把这原由告诉你们。

世间最古的建筑艺术是坟墓（尚未成为艺术的初民时代的东西不算），而这些坟墓都建在埃及。故埃及是文化艺术发达最早之国，而又被称为"坟墓之国"。现今你们倘到埃及去，还可在那里看见许多伟大的坟墓建筑。

埃及人为什么这般热心地建造坟墓？这是古代人的一种特殊的人生观所使然的。

学过史地的人谁都知道：埃及是五六千年前建立在非洲的尼罗河沿岸的一个最古的文明国。世界最古的文明发源地有五，即亚洲的中国、印度、米索不达米亚，美洲的墨西哥和非洲的埃及。这五古国都在四五千年以前就有文化。而其中埃及文明开发尤早，据说在六千年前已有耕种狩猎等社会生活，而且已有象形文字。凡开化最早的国，必定具有气候，交通，物产等种种便利。上述五古国，地点都在温带或热带，动植物非

---

[1] 本篇原载 1934 年 10 月《中学生》第 48 号。

常繁殖，生活很丰富；又其地都有河流，灌溉和交通都很便利；这些自然的恩宠，使人类建设了稳固的农业社会，而对于埃及，自然的恩宠尤深：那条尼罗河沿岸土壤异常肥沃，为最佳的农业地带。这河每年秋季必有水泛滥；但这水不是洪水，不为人祸，却使沿岸的农作地增加滋养。故水退以后，不须用劳力去耕种，五谷自会丰登。故埃及人环境最良，得天独厚；其开化亦最早。

但他们饱食暖衣之后，坐在茂盛的棕榈树下眺望自己的环境，退省自己的生活，忽然觉得恐怖起来。因为非洲北部是荒凉的大沙漠，只有他们所住的尼罗河沿岸一带，奇迹地展开着一块绿野。他们的周围都是黄沙白骨，死的国土。他们知道自己的生活端赖太阳与尼罗河两者维持着；假如这两者有一天越了常轨，譬如太阳忽然不出来了，或者尼罗河的水忽然干了，他们这地方也会立刻变成黄沙；他们的人也会立刻变成白骨！"生"与"死"的对照，非常强烈地印象在埃及人的意识中。于是他们对于自然就感到无上的畏怖。

畏怖自然，就产生自然神教。古代埃及人尊自然为神。神中最大的当然是主宰他们的生活的"太阳"与"尼罗河"。此外，牡牛、狼、鹭、鹰、蛇、鳄鱼、甲虫等也是他们的神；鲁迅先生用长竹竿打的猫，也被他们尊奉为神。他们以为这些神都能直接掌握人生的吉凶祸福。有求必应。所以他们所雕的神像，常把人形和动物形混合，例如人首狮身，人首羊身，是古代埃及雕刻中常见的形态。

奉自然为神，就在自然中看出人生的意义来。他们看见那种甲虫飞翔了一会之后,产卵在尼罗河畔的泥土中而死去。到了明年,泥土中又飞出许多甲虫来。这样一生一死地反复下去,甲虫永远存在,没有灭亡的时候。又看见尼罗河畔的水草,一荣一枯,也永远活着,没有灭亡的时候。他们以为这暗示着一切生命死了都能"复活",人当然也是如此。他们看见人死了,确信他将来一定会复活;于是设法把他的死骸好好地保存,以便将来复活时灵魂仍旧归宿进去。他们又确信人死后依旧生活着,不过不是活的生活而是"死的生活";于是设法给他建造"死的住宅",好让他死后依旧安乐地生活。他们以为这是人生重要不过的大事,把全部精力集中在这工作上。于是,从这特殊的人生观产生特殊的艺术;死骸保存就是造"木乃伊",死的住宅就是坟墓,埃及的坟墓,完全是模仿住宅而建造的。

埃及的金字塔及斯芬克斯

最初的坟墓建筑叫做"马斯塔罢"（"mastaba"），是埃及第三王朝以前，大约西历纪元前四千五百年顷所盛行的。所谓马斯塔罢，大体像我们现在所见的墓，不过大得多，而且上面成平台形，是石造的。近地面处有入口，里面是地下室，室中陈设非常富丽，有各种的供物，有各种的器具；壁上装饰着华丽的雕刻和绘画，内室有死者的家眷的雕像，或坐或侍立，宛如生人一样。最里面的地下室中，躺着死者的遗骸——木乃伊。这宛如一所住宅，不过宅中的人都是死的。

第三王朝以后，坟墓艺术大大地发展起来，其建筑形式就由马斯塔罢一变而为"金字塔"（"pyramid"）。现在先把这种艺术出现的时代说明：埃及建国凡四千余年，共历三十王朝，分为古王朝、中王朝、新王朝和末期的四个时代，我们可列一个简明的年表如下：

古王朝时代	自第一王朝至第十王朝 自西历纪元前四七七七至前二八二一	金字塔时代
中王朝时代	自第十一王朝至第十六王朝 自西历纪元前二八二一至前一七八三	
新王朝时代	自第十七王朝至第二十王朝 自西历纪元前一七八三至前九五〇	
末朝——	自第廿一王朝至第三十王朝 自西历纪元前九五〇至前三三二	

其中古王朝是埃及最繁荣的时代，同时也是金字塔建筑最盛行的时代。英主古夫〔胡夫〕（Khufu，第四王朝），卡

夫拉〔哈夫拉〕（Khafra，第四王朝），门卡拉〔门卡乌拉〕（Menkaura，第五王朝）都在这时代出世，都尽力于金字塔建筑，故古王朝又被称为"金字塔时代"。中王朝是埃及中兴时代，木乃伊制造的技术在这时代最为精进。新王朝是埃及人击退东方民族的侵略，而国民运动勃兴的时代，金字塔木乃伊的艺术到这时代开始衰亡。末期埃及为外国势力所支配，民气不振，终于被亚历山大帝所并吞。

金字塔是古王朝时代盛行的建筑，但其灭亡在于第十八王朝（新王朝时代初叶）。故我们可说，埃及全时代的上半是金字塔建筑出现的时代。就中最伟大的金字塔，便是第四王朝的古夫王、卡夫拉王，及第五王朝的门卡拉王自己督造的坟墓，总称为"三大金字塔"，请看插图。

埃及吉萨金字塔

三大金字塔，建设在尼罗河下流的基才〔吉萨〕（Gizeh）地方的附近。是西历纪元前约三千年前的建筑物，至今已有五千余年的历史，但还是非常坚固，毫不受"时间"的破坏，于此便可想见当时建筑工程的伟大。材料全部是极坚硬的石灰岩，中央用带黄色的石灰岩，外部盖以白色的石灰岩。就中最高大的一个金字塔，是古夫王之墓。高四百八十呎，三角形的边长七百七十五呎，斜面的角度为五十一度五十分。人走近去，只及塔高的约百分之一；绕塔散步一周，费时半点钟以上。其高大由此可以想见。所以建筑的时候，所费的石材和工程，数目也可惊：计用二吨半重的石头二百三十万条，由十万人于廿年间造成。这是古夫王生前自己指使百姓建造的。当时埃及人一方面畏怖自然，一方面又研究自然，科学已很发达，数学、天文学等都有可观的成绩。故建筑工程也非常进步，这二百三十万条大石头的镶合，十分精密，分毫不差；全体的形式十分正确，表示着庄严伟大的均齐对称的美；坟墓内部的构造与装置十分坚固而周详。其横断面如下图：

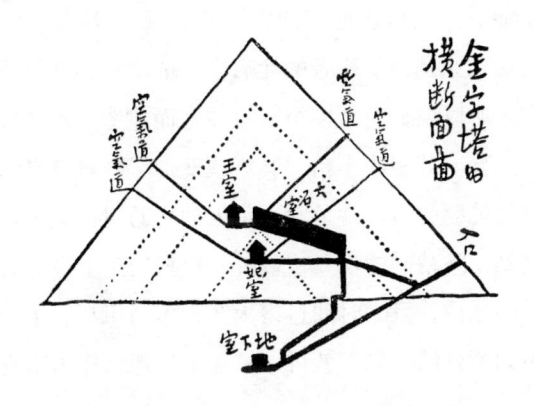

从这图中可以看见，坟墓的入口是离地面很高的。向下走了一段路，到了歧路口；再向下是地下室，仿佛人家的仆役室、汽车间之类；折向上便是死者的住宅。先来到一间广大的石室，这仿佛人家的厅堂。这厅堂的里面，便是古夫王的寝室。内有王的棺材，和王生前爱用的种种物件。厅堂的下面，是王妃的寝室，也有王妃的棺材，和王妃生前爱用的种种物件。各室都有通气装置，如图所示，像天窗一般，一直通达金字塔的外部，使空气可以交流，古夫王和王妃的鬼住在那里不致气闷或受潮湿。各室四壁都是雕刻和象形文字，记录着古夫王生前的勋业与功德。

图中其余的两个金字塔较小：卡夫拉王的高四百五十呎，门卡拉王的高二百十五呎。构造大致相似。

金字塔里面最重要的东西，当然是死骸。埃及人的死骸用药品香料泡制过，可以永远保存，神色同生前一样。这种死骸就是木乃伊。帝王的死骸，当然制得尤加讲究。某考古学者赞叹埃及帝王的木乃伊工作的精美，说"倘使他的臣下复活转来，一定能够立刻认识他们的大王的天颜"。埃及人的造坟墓与制木乃伊，原是为了死者的死后生活的幸福，及复活时的灵魂的归宿。所以坟墓完全模仿宫室住宅而建造。木乃伊则力求其同生前无异。若制法不精，腐烂或变形了，将来灵魂归来时认不得自己的躯壳，非常危险。帝王的木乃伊，关于这一点顾虑尤加周到，除精制的木乃伊以外，棺材的盖上又刻着非常肖似的死者的雕像，万一时间过得太久，木乃伊朽腐了，而灵魂归来找不到栖处的时候，就可用棺盖上的雕像作为躯壳的代用品，使灵魂归宿进去，复活起来。棺材之外，室中又必陈列死者的许多肖像，或雕刻，或绘画。这些肖像的作用，也无非是求复活时的安全，使灵魂归来时容易找寻自己的归宿所。这种坟墓建筑，在现今的我们看来，正是一所古代生活的博物馆。却不道当初建设的时候，其用意是这样地可笑的！

试看前面的图中，三大金字塔的旁边，还有个奇怪的大雕刻，人面狮身，其名为"史芬克斯"〔"斯芬克司"〕（"Sphinx"）。关于这怪物，有种种的故事。普通传诵的，说这本来是一个活的怪物，住在山中的路旁，见有行人经过，就给他猜谜，猜不着的须给它吃掉。它的谜是："起初四只脚，后来两只脚，末了三只脚，是什么东西？"行人都猜不出，被它吃掉，白骨在它的身边堆积如山。后来一个聪明人猜着了，说这是人，人幼时匍匐而行，好像有四只脚；稍长会立起来，就变成两只脚；老了扶着拐杖走路，就好像有三只脚。谜猜着了，这怪物忽然死去，化成石质，就是现今的 Sphinx。这故事，诸君在英文教科书等处，一定更详细地读到过。但埃及的 Sphinx，意义与这不同：如前所说，埃及人信奉自然神教；牡牛等动物被他们尊为神的化身。故他们常把人的形象和动物的形象混合起来，创造一种奇怪的神像。Sphinx 正是这种神像之一例。

三大金字塔旁边的 Sphinx 是何时何人所造，历史的记载也没有确定。有一说，这是在三大金字塔以前的建物，其用意是要它蹲在尼罗河岸上守视河水的；另一说，这是卡夫拉王所造的太阳神的象征，或握着绝对威权的埃及帝王的象征；人面狮身，即表示其兼有人的智慧与狮的勇力的意思。此二说不知孰是？总之，是一种极伟大而奇怪的神像。这东西离开大金字塔约九百呎，其身体长一百五十呎，高七十呎，前足长五十呎，两前足的中间抱着一所殿堂，殿堂里又供着神像。阿剌伯〔阿拉伯〕人到埃及来，看了这大怪物害怕得很，称之为"恐怖之父"。这石雕的工程虽无记载，但是我们可想见其浩大，当不亚于金字塔。

为了一个人的死骸安置的问题，要驱使十万人服廿年的劳役。这种专制的手腕远在筑万里长城的秦始皇之上！如前讲《从坟到店》中所述，埃及是专制的国家，帝王有绝对的威权，人民都绝对地服从。故帝王的坟墓造得越高、越大、越厚，其对于人民的压迫的暗示力越强。这样看来，"复活"之说，也许是愚民的一种策略。宗教是往往被支配者利用为扩张权势的手段的。

埃及艺术有二大动机，一是坟墓的艺术的要求，一是自然神教的艺术的要求。由前者产生金字塔，由后者产生神殿〔神庙〕。在古王朝、中王朝时代，这两者是分开的；到了新王朝时代，国内群雄对峙，不复如前的集权于一人，因此大金字塔的营造也就被废，坟墓改用岩窟或与殿堂合一，叫做"坟墓殿堂"。前面说过，埃及的坟墓是模仿住宅的。现在又须知道，埃及的殿堂是世界的缩图。那石造建筑的内部，天花板上涂青色，点缀着许多星，这是表示天的。楣的上部雕着鹰，鹰是埃及人的神，这等神守视着下界。壁的下部描着或雕着波浪、花草，表示地面上的河流。埃及国土分南北二部，埃及的殿堂建筑亦分为二部。一所殿堂是一个天下的缩图。讲到建筑的伟大，同金字塔一样地可惊。现在把最伟大的卡尔那克神殿〔卡纳克神庙〕附说在下面。

从开罗（Cairo）溯尼罗河上行三百哩，到了推裴〔底比斯〕（Thebes）。这是新王朝时代的艺术中心地，位在尼罗河的东岸。世界最大的宗教建筑卡尔那克（Karnak）神殿就建在这地方。这神殿建筑始于第十一王朝（纪元前约二千五百年顷，中王朝初叶）；至第十二王朝更加扩大；到了第十八王朝（新王朝初叶）营造最为热心，大致臻于完成。后来第二十王朝（新王朝末叶）诸帝王又屡加增修。前后共历数百年方始完成。但大部的工作是第十八王朝的托托美斯〔吐特摩斯〕（Thotomes）大帝所经营，故不妨说这神殿是新王朝时代的遗物。

现在把埃及神殿的正面图揭示如下。读者看了殿的门前走着的两个人的大小；便可想见殿的高大，但这是后人根据遗物及记载而想象出来的图样，并非卡尔那克的实形。卡尔那克神殿现今早已圮坏，仅留存部分的遗迹。但其大体是取这种式样的。

埃及神庙正面图

据记载，卡尔那克神殿的前面开阔三百六十呎，深度一千二百呎。门外路的两侧蹲着无数狮身人面的 Sphinx，为神殿的门卫，上面覆着深绿的棕榈树。殿自外而内，凡经六个巨门（Pyron）。第一个巨门最巨，幅三百六十呎，厚五十呎，高一百五十呎。门上雕着帝王的功业的图说。门前有一对方尖塔（obelisk），塔尖上涂以白金，照在太阳中闪闪发光。塔的四周用象形文字记载着帝王的事迹。门口有一对托托美斯大帝的大石像。又有一对大 Sphinx。殿内分三进：第一进，四周是巨大石柱，中央陈列着种种高贵的供物，如大瓶的香油，盛黄金的象牙的箱，肥大的牝牛、骏马等。第二进，四周又是巨大的石柱，柱上刻着浮雕，是赞美神的恩惠的。第三进，是一个巨大而幽暗的柱堂，广三百四十呎，深一百七十呎，共有大石柱一百三十余根，分作十六列，中央二列石柱最大，直径十一呎六吋，高六十九呎，柱头作花形。左右两旁各七列石柱稍小，直径八呎五吋，高同上，柱头作蕾形。关于这柱堂的巨大，传记者这样地描写着：每根大石柱的莲花柱头上，可以站立一百个人。又说：巴黎圣母院（Notre Dame de Paris）可以全部纳入这柱堂内。各柱全体浮雕，涂金，真是庄严伟大！

神像供在这大柱堂的里面的幽室中。其神称为 Amon-Re，就是最高神 Amon〔阿蒙〕与太阳神 Re〔瑞〕的合祠。大帝每年入殿祈神一次，仪式非常隆重。

卡尔那克神殿的对岸（尼罗河的西岸），是有名的"死之都"。又称为"王墓之谷"（"Valley of Kings"）。是新王朝时代诸帝王的坟所会聚的地方。前面说过，新王朝时代的坟墓不用金字塔形式而改用岩窟或殿堂形式。这王墓之谷便是坟墓殿堂的建筑地。墓室都造在地下，室的四周是壁画，室中陈列着"死者的书"，就是记录死者的事迹的。其中主要的，有亚美诺斐斯三世（Amenophis Ⅲ，第十八王朝），托托美斯一世（Thotomes Ⅰ，第十八王朝），赛谛一世（Sety Ⅰ，第十九王朝），及拉美赛斯〔拉美西斯〕二世、三世（Rameses Ⅱ，Ⅲ，第十九王朝）的墓室。十九、二十世纪以来，这些古帝王的墓室常被考古学者所发掘，而从其中搬出许多宝贵的古物来陈列在博物馆里供人观赏。当日的丧葬大礼，到现在只是一种观赏兴趣。人类的历史何等滑稽！

古王朝是坟墓建筑大盛的时代，新王朝是神殿建筑大盛的时代。新王朝以后，埃及受外国人势力的压迫，国势衰落，艺术亦无可言。到了西历纪元前五百二十五年，埃及就被波斯所灭。不久其地又归希腊，纪元前三十年，复由希腊人手中让给罗马。到了纪元后六百四十年，埃及各处点缀着簇新的回教寺院，已成为回教的世界，略如现今的状态了。唯有那庞大的金字塔、史芬克斯和神殿遗迹，依旧蹲在那里，直到现今。好像火车中要乘到终点才下车的几个长途旅客，一任旁的人上上下下，只管一动不动地坐在自己的位子里。

第三讲　殿的艺术[1]

这回要讲的是希腊的神殿建筑的话。希腊的神殿，是古今东西最精美的，最艺术的建筑。我要讲得稍长些。

开头先得把希腊的国情讲一讲。

希腊人是全世界最"艺术的"民族。这与其国的天时地利都有密切的关系。它的地点位在半热带上，气候温暖，五风十雨，故土地肥沃，生物繁衍。这是希腊文明的稳固的根柢。纪元前八世纪，希腊文明已经相当地发展。当时已有很进步的吟咏史诗，就是今日世间传诵着的《伊利亚特》（*Iliad*），《奥特赛》〔《奥德赛》〕（*Odyssey*）等叙事诗。这种文学，相传是当时希腊的盲诗人荷马（Homeros）所作。这盲诗人自己弹着当时的乐器丽拉〔里拉，诗琴〕（Lyra）而歌唱这些诗。可知文学、音乐，在希腊很早就发达。

希腊的地势很特别：小小的山脉，好像叶脉一般分布在全国，把全国隔分为许多小区域。住在各区域中的人民，犹似住在各教室中的学生，各自为一群而励精图治。然而其地三面环海，各教室由海道交通又很便利，并不是完全声气不通的。因

---

[1] 本篇原载 1934 年 11 月《中学生》第 49 号。

了地势特殊的关系，希腊自然地变成"都市国家"。每一区为一都市，希腊全国就由各都市联合而成。都市国家的民风的特色，是缺乏意志的疏通，而富有竞争的精神。所以各区域好像各小国，对外时联成一家，平日却互相比较、竞争，犹似学生的竞争分数。因此各区文化状态不同。最显著的，雅典人尚文，斯巴达人尚武。这是读过历史的人大家知道的。希腊地下富有良好的大理石，这是希腊建筑精美的一种助力。南国空气透明，使人民富有神性的观念，也是希腊神殿建筑盛行的一个原因。

　　希腊人的神性观念，与爱国心和艺术思想密切地相联络。这正是"希腊精神"的可贵的特色。所谓"希腊精神"，是一种爱国的自由自治的精神。但他们的爱国，不取自私自利的国家主义的态度，乃用宗教信仰的形式。而他们的宗教信仰，也不取严谨的唯心主义的态度，乃用艺术研究的形式。希腊人的爱国，经过了宗教的"纯化"，与艺术的"美化"，而显示一种非常调和的自由自治的精神。从古以来，国家人民的团结精神，未有盛于希腊者。希腊人视艺术同宗教一样；敬神就是爱国。故国势强盛时，宗教和艺术都发达。全国上下融和，精神与物质一致。自来群众生活的幸福，亦未有盛于希腊者。

　　希腊人因为爱自由，故艺术为他们的社会生活的必需之物。民众的意识完全是"艺术的"。为了"美"，大家忘怀了自己，把全身精力贡献出来。故自来民众艺术的优秀，亦未有甚于希腊者。希腊全岛自从西历纪元前七百七十六年开始，每四年举行一次国民竞技大会，叫做"奥林比克游艺会"〔"奥林匹克竞技"〕（"Olympics"）。这会在名目上是为祭大神 Zeus

〔宙斯〕而开的；其实他们在神前竞技，借以奖励体育，提倡尚武精神。健康美是艺术的基础，尚武精神是爱国的手段。所以在这游艺会里，宗教、艺术和爱国，三位一体地融合着。在这竞技中，体格的健美为优胜的根基。无论男女，第一要修养健康的体格。竞技优胜的人，被照自己的身体雕刻一个裸体像，陈设在会中。裸体雕像就从这时候（前六世纪）开始盛行。在这样的奖励之下，健、美、强、光荣就合并为一物。故英国诗人济慈（Keats）咏奥林比克的胜利的诗中有这样的句子：

"tis the erernal law,

The first in beauty should be the first in might;"

大意是说："美中第一的人，应是力强中第一的人。这是永远的法则。"故希腊的艺术中，舞蹈发达得很早。舞蹈是一种很好的全身运动，而又表现出各种的姿态美。如莎翁所说，舞蹈是"四肢的笑"。在四肢的姿态上看来，我们平日行住坐卧，都是死板的，没有什么表情。惟有舞的时候，四肢表出美的姿态，当它一个脸孔看，就好像在笑。希腊人拿四肢的笑来敬神，比较起我们佛教里的膜拜来，更为自由而美丽。可见希腊是天生的艺术的民族。

希腊全国，如前所说，因小山脉的天然界限而区分为许多小邦。其中雅典和斯巴达二邦文化最为优秀，雅典人是属于伊奥尼亚〔爱奥尼亚〕族（Ionia）的，斯巴达人是属于独利亚〔多利安，一译多利亚〕族（Doria）的。这两族是希腊人中的最优秀分子，而性行显著地各异。伊奥尼亚人尚文，独利亚人尚武。故雅典文艺的昌盛为古今所未有。雅典人信奉其明君比利克雷史〔伯里克利〕（Perikles）的话："理想即实行。"故他们所有的美的理想，都结晶在艺术中而表现。他们的思想，可说是个人主义与国家主义的结合。尚武的斯巴达人，态度就完全和雅典人不同：他们完全是国家中心主义者。男子养到七岁，就要走出家庭，被交托于政府。由政府施以合理的训育，养成一个健全的国民。遇有战争，全国的人一致用他们的健全的身手去御侮。保国先于保身，国亡宁可身死。斯巴达的母亲们当孩子出征时，这样地对他话别："你此去不是持了盾牌归来，必须用盾牌载了你的身体归来。"败归是母亲们所不许的。

这最优秀的二邦之中，雅典文明比斯巴达尤为炽盛。雅典的全盛时代，在于纪元前五世纪。自纪元前四百六十六年至四百廿八年的四十年间，为雅典全盛期的绝顶点。原因当然是国势的扩张；自纪元前四百九十三年至纪元前四百四十九年之间，希腊与波斯人战，屡获大胜，而大功属于雅典人。文化的全盛就在这大胜之后开始。当时雅典的明主，是大政治家比利克雷史（见前）。他为纪念优胜，粉饰太平，首先提倡重修雅典守护神之殿。希腊人本来是富于神性的，比利克雷史的计划也是因势利导。利用人民的神性来巩固国家。国家的胜利是神的佑护所致，敬神就是爱国。读者或将以为这也是一种愚民政策么？我以为即使是，比利克雷史亦无罪。因为他自己也只享受市民一分子的权利，与雅典全体市民平等。拿宗教艺术作为收揽群众的心的手段，是真的。为谋群众的幸福而收揽群众的心，正是最善良的向导者的所为。

希腊人很早就有敬神的观念。纪元前五百十年，希腊出了一个暴君，百姓受其虐害。当时有两个志士，名叫哈莫提乌斯

〔哈莫狄奥斯〕（Harmodius）与亚里索葛登〔阿里斯托吉顿〕（Aristogiton）的，仗剑入宫，杀了这暴君，为群众除害。全希腊的人崇敬这两位志士，当时请有名的雕刻家安推诺尔〔安特诺尔〕（Antenor）为这二人雕像。像作拔剑奋起之姿，勇武可敬，后代的希腊人就供祀这两个像，奉他们为国土的守护神。希腊国势果然日益强盛。后来波斯王讨希腊，陷雅典。波斯人相信希腊的强盛确是由这两个神像的佑护而来，便把它们夺了去。希腊人也确信他们的强盛乃由神像佑护而来，以为国民不可一日无此像，立刻另雕起两个来奉祀，所以这两个雕刻，相传有新旧二型。后来希腊有名的英主亚力山大〔亚历山大〕帝征波斯，进军的第一目的是夺回二神像。现今这像陈列在意大利那不勒斯的博物馆里；但是新型抑旧型，无从考知了。

希腊人对于神的信仰，向来是这样深挚的。所以比利克雷史打了胜仗，做了全希腊的盟主，第一件事是重修以前被波斯人所毁坏的雅典城山（acropolis〔卫城〕）上的神殿。

雅典卫城全景（西北面）

所谓城山，是雅典市西南方的一个孤丘。形势很特殊：除了西面一个狭小的入口以外，其他三面都是断崖。其地面，南北长五百十四呎，东西长八百九十一呎。雅典市本来就建设在这小小的丘上，后来发展起来，移建在丘麓，而以丘为供奉神明之处。纪元前四百八十年，波斯军侵入雅典，毁坏了丘上的神殿。其后，自四百六十年至四百三十五年之间，比利克雷史大胜波斯，就在这时候发起重修丘上的神殿。

丘上共有三处神殿：位在西侧入口处的叫做 Propylon，就是"总门"〔"山门"〕。位在丘的北面的叫做 Erechtheum，音译为"爱来克推昂神殿〔厄瑞克忒翁庙〕"。位在丘的中央（稍偏右）的叫做 Parthenon，即"巴尔推浓神殿"〔"帕提侬神庙"〕，为丘中的主要的建筑，形体最大，工事最精，为守护女神的黄金象牙雕像所供祀的地方。便是本文所讲的主要题材。请看插图的雅典城山全景：这是城山复旧后的全图。图中有人拾级而上的地方，就是西面的总门。上方最高的一所柱堂（位在中央偏右），便是巴尔推浓；其左面（即北面）较低而远的一所柱堂，就是爱来克推昂。但到了今日，这城山上的神殿已大部分被毁，只留存残废不全的遗迹了。

如前讲所说，埃及的帝王曾令十万工人用二百三十万条二吨半重的石头在廿年间建造高四百八十六呎的金字塔。希腊人决不会做出这种笨举来的，希腊人对于建筑艺术不在乎"大"，而力求其"精美"。图中所示的巴尔推浓神殿，高不过七十呎，然而材料和工作精美之极。自来美术史家称颂之为"人类文化的最高表象"，"世界美术的王冠"。读者看了铜版插图，听到这种称颂的话,最初一定怀疑美术史家的夸张。因为图中所示,只是支离残缺的一只破庙,怎么当得起"最高表象""王冠"的赞辞?不错,图中所示的原是照相缩小了的遗迹图,但当二千四百年前,这遗址上曾经载着世界无比的精美的艺术品。二千四百年来的天力的磨损或人力的摧残,使它变成了图中所示的模样。

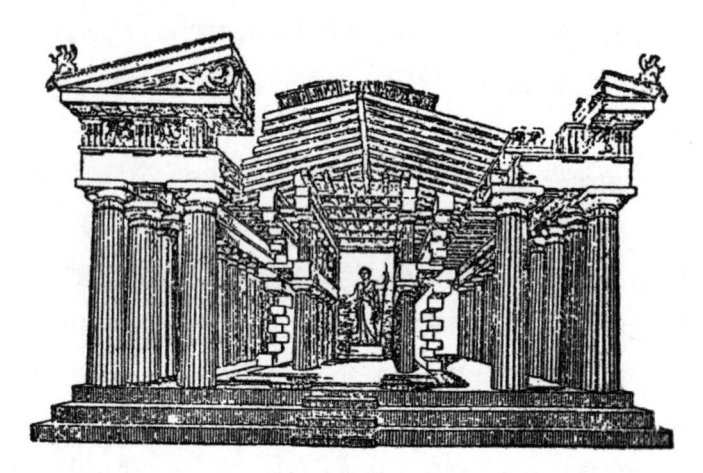

希腊神庙构造一例

这神殿建筑动工于纪元前四百五十四年,前四百三十八年献神,到了前四百零八年而完工。全部用世间最良的大理石,即所谓"奔推理克斯〔彭特利库斯〕大理石"建成(雅典北方Pentelicus〔彭特利库斯〕山中所产的大理石,为世界最良者)。殿作长方形,向西。正面和后面各八根柱子,两旁各十七根柱子。内阵还有两排柱,每排六根。中央供着守护雅典的处女神像，即 Athena Parthenon〔雅典娜·帕提侬〕。神像全用黄金和象牙雕成，右手执长枪，左手持盾，和平威严的一种女丈夫相。这像现今陈列在伦敦的大英博物馆〔不列颠博物馆〕的爱琴室中。世界各处的大博物馆中，都有同样的复制品。因为这是名手的雕刻。比利克雷史建造这神殿时，聘请有名的雕刻家斐提阿史〔菲狄亚斯〕（Phidias，前500？—前432[1]）为工事总长，神像雕刻即出于斐氏之手。又请二位有名的建筑家，即伊克谛诺史〔伊克蒂诺〕（Ictinus）与卡利克雷推史〔卡利特拉克〕（Callicrates）。大理石的殿堂就是他们两人设计建造的。看似只有一排一排的柱子，并无何等巧妙；然而这殿堂全体的姿态，以至各小部分的形状，都是根据希腊人所独得的极进步的美感的要求而精密地构成。以此被称为"世界美术的王冠"，"人类文化的最高表象"。现在再举希腊神殿构造的一例，如上图。读者看了这图，已可约略知道这种建筑的精美。现在可把关于这建筑的美术的设计约略地说一说，更使读者知道其精美的所以。

希腊的神殿建筑的式样，称为"楣式建筑"。楣就是屋顶下面的水平的横木。在石造建筑上就是一根横石条。这石条的下面，由许多柱支住，称为"柱列"。柱列为楣式建筑的主要部分。所以楣式建筑的派别，常以柱列的形式为标准而区分。这与埃及的神殿建筑相同。不过埃及神殿的柱不在外面而在里面，希腊则表出之在殿的四围，其殿称为"柱堂"。埃及的殿较

---

[1] 其主要活动时期为公元前448—前432年。

大,人走进殿内去礼拜,希腊的柱堂较小,里面仅供神像,拜者都在柱堂外面的空地上。所以希腊的殿,外观非常注重,即柱列的形式非常讲究。

希腊建筑共有三种"柱式"。因为创行于独利亚、伊奥尼亚、可林德〔科林斯〕三地方,故称为:

(1) 独利亚式(Doric order)——健全

(2) 伊奥尼亚式(Ionic order)——典雅

西洋建筑五种柱式比较图

(3) 可林德式(Corinthian order)——华丽

这三种柱式,趣味各殊:独利亚式的柱粗而矮,柱头简单,柱脚无底盘,全体朴素,坚实而庄重;以安定为本位,故有健全之感。伊奥尼亚式的柱细长,柱头作涡卷纹样,柱脚有层层的底盘;全体轻快、玲珑、而洗练;以趣味为本位,故形式复杂而有典雅之趣。可林德式的比前者尤加复杂，柱身一样细长，柱脚一样有层层的底盘，而柱头的纹样比前者更为细致，雕着莨苕花（acanthus〔爵床科〕）的叶子的图案纹样，用以连接柱头和楣，楣上的雕工亦比前者复杂，全体富于华丽之感。这不是完全的希腊建筑样式，乃在希腊趣味中加入后代社会的新趣向而创生，流行的时代亦远在亚力山大帝之后。故三种柱式中，前两者是纯正的希腊风，为希腊全盛期建筑所重用；后者是希腊末期的东西，远不及前二者有价值。因为以植物的叶子的图案作为柱头装饰，这部分有柔弱的感觉，好像不能承受上面的石楣的重量；既不"合理"，又使人起不安定之感。希腊人尊重"合理性"，不欢喜"华丽"。故可林德柱式不是纯希腊风的建筑形式。

后来意大利人又创造两种柱式，即：

（4）塔斯康式〔托斯卡纳柱式〕（Tuscan order）——似独利亚式

（5）混合式（Composite order）——似可林德式

合前三者，一共五种柱式，称为"西洋建筑的五柱式"。见上图。图中尚有一种（第三根）是罗马风的柱，称为罗马独利亚式；但无甚特色，只当作独利亚式的一种变相。这图是美术史家却姆勃斯〔钱伯斯〕（Sir W.Chambers）所绘制的。各柱式的长短、广狭及装饰，各自不同，而趣味亦各异。西洋建筑上所用的柱式，大概不外这五种。

话归本题。雅典城山中的二神殿，取两种柱式：巴尔推浓取独利亚式，爱来克推昂取伊奥尼亚式。但希腊的建筑艺术，不仅讲究了柱式而止。关于巴尔推浓正殿全体的构成，两位建筑家曾经煞费苦心。他们为求神殿形式的十全的美满与调和，曾用其异常锐敏的视觉，于各部的大小、粗细、弯度及装饰上加以种种精密的研究。其工作名曰"视觉矫正"（"optical correction"）。今举例说明于下。

前面说过，希腊人是世界上最"艺术的"民族。故希腊人的眼睛的感觉异常灵敏。他们觉得几何学的线，都不正确且不美观。因为人的眼睛有错觉，绝对的几何的直线，有时看起来不是直的，有伤美观，非矫正不可。这方法叫做"视觉矫正"。用锐敏的视觉观看世间，自然界是十分调和美满的有机体；机械的直线和几何的形体，感觉非常冷酷，毫无生气，简直没有加入大自然中的资格。故在南国的美丽的自然环境中要造一所十分调和美满的建筑，一切几何的形体和线都不中用，非凭视觉的美感去矫正不可。视觉矫正的重要者有五项：

（1）巴尔推浓的柱列，例如正面八根柱，照我们想起来总是垂直地并列着的。其实这八根柱子只有中央两根垂直，左右两旁的六根都向内倾斜，越近两边而倾斜越甚。实际上照下图G的样子排列着，上小下大，略似金字塔模样。为什么不一概垂直而要像G一般排列呢？这八根柱上面载着很重的石楣。在实际上，下面这许多大石柱颇能担当这石楣的分量，毫无危险；但在感觉上，好像柱的担负很重，难于胜任似的。所以你倘把这八根柱照几何的正确而排列，如同图E，看起来就变成像F的模样：石楣压迫下来，旁边的柱子都被压得向外分开，使人感觉危险，不安心。这是一种错觉。欲矫正这错觉，只有

希腊建筑的视觉矫正

把八根柱子照 G 图排列，上面向内收小些，以抵补错觉的向外分开，于是看起来就觉得八根柱并行垂直，像 E 图一样了。但柱的倾斜之度极微。如 C 图所示，就柱轴而论，全长约三十四呎的柱，柱轴顶向内倾斜约三吋。

（2）巴尔推浓的屋基（base），即柱脚下的基石，照我们想来总是水平的直线；其实却是中部向上凸起的弧线，如 G 图所示，其凸起的程度：殿的前后两面，屋基长一百〇一呎，正中央比两端凸起三吋。殿的左右两面，屋基长二百二十七呎，正中央比两端凸起四吋。其下面的阶石三级，也跟了基石作微凸的弧线。但这些弧线的弯度，当然是微乎其微，渐乎其渐，就各部分看来仍是直线。只有从一端向彼端，同木匠司务一般闭住了一只眼睛而探望，才见中部微微凸起。为什么要使中部凸起？也是感觉的关系：因为上方的石楣和石柱压力很重，倘基石用几何的水平直线如 E 图，你望去会看见 F 图的模样，基石似被压得向下凹，屋子似将陷落，很不安心的。故必须造成如 G 图的向上凸，以补足其向下凹的感觉。于是眺望时就看见像 E 图的正确的水平形了。

（3）巴尔推浓的柱，不是几何的圆柱形，即两旁不是两根直线，却用复杂的曲线包成。其曲线上方渐小，而下方渐大，如 D 图所示。图中下方 AB 为柱下端直径之长，CD 为上端直径之长。中分三阶段渐渐向上收小。全体没有一段几何的直线，都好像人体上的曲线，有弹力似的。这 D 图的作法，名曰 entasis〔卷杀〕，即柱体胴部膨胀法。为什么要如此？因为几何的平行直线，看时会发生错觉，好像两端向左右分开，而中央细弱欲断似的，如 H 图所示。必须像 J 图中部膨胀，方见两直线正确平行。entasis 即根据这种错觉而来的矫正法。柱的上部负着石楣的重量。倘用几何的直线，则中部细弱的错觉使全体建筑物显出危险样子，使看者很不安心。只有 entasis 法的曲线，好像有生命的活物的肢体，稳妥地承受石楣的重量，使人感觉安定快适。这神殿便似一件天生的活物，完全调和于周围的大自然中。

（4）巴尔推浓的柱列，不是每相邻两根距离相等的。又全体各部的装饰，也不是像普通图案的带模样一般地距离均匀的。他们根据了观者的视线的仰角的大小而施以种种的长短广狭的变化。故实际上各部大小并不均匀，而映入观者眼中时十分均匀。仰角之理，如 A 图所示：假定我们要在六丈高的壁上横断地划分为均匀的六格，不可用几何的方法把它分为每格一丈（如 A 图中左边上的自 O 至 B）。我们必须使下面的格子小而上面的格子渐渐放大（如 A 图中右方的自 O 至 B）。因为前者映入眼中时，觉得上方的渐小而下方的渐大。故必须把上方的渐次放大，方才看见均匀的状态。试看图中的仰角的视觉线（visual rays）所示，壁上的格子实际上虽大小不均，但投影于眼中时，上面格子渐次缩小，成了与各视觉线相交的弧线（点线）上的状态，即各格距离相等而均匀了。巴尔推浓神殿各部的尺寸，都根据这仰角之理而加减伸缩，故感觉上十分美满。

（5）巴尔推浓的柱，不是根根一样粗细的。大概两边上的柱较粗，中部的柱较细。因为凡物衬着明亮的背景时，看起来好像细些；反之，衬着黑暗的背景时，看起来好像粗些。如 B

图中 X 及 Y 所示。这好比一个人，站在野外时看似瘦些，站在门中时看似胖些。巴尔推浓两边上的柱，以天空为背景；中部的柱，以殿堂的内阵为背景。倘用同样粗细的柱，眺望时必见两边上的柱异常细而中部的柱异常粗，很不美观。故必须把两边上的柱加粗，把中部的柱缩细，以补足这错觉，方才看见各柱一样粗细。柱上面的小间壁（metopes〔排档间饰〕）也不是大小一致的，亦因背景的明暗加减其大小，亦如 B 图中 X 与 Y 所示。

看了以上所述的巴尔推浓神殿建筑的视觉矫正的五要项，谁不惊叹希腊人的造形美感的异常的灵敏？想象了这殿堂的十全之姿，而反观我们日常所见的所谓建筑，真是草率了事，谈不到"美术"的。想象希腊市民的丰富的美术教养，而反观我们日常所见的人，就觉得他们的眼睛对于形式，气度太过宽大：大小不称，粗细不匀，都漠然不觉；曲了也无妨，歪了也不要紧，只要满足了"实用"的条件，一切形式皆非所计较。气度不是太过宽大么？

话归本题：巴尔推浓的建筑，除了上述的视觉矫正之外，其他工事的精美尚不可胜言。

柱的表面，都刻着细沟，每柱周围二十沟。沟的作用，一则使柱增加垂直之感，二则希腊地在南欧，日光强烈，光滑的大理石柱面，反映太强，刺激人目使起不快之感。故设细沟以减少反光。

柱的头上，必加曲线（独利亚式的也必有一层曲线），其作用使柱与楣的接合处柔和自然，好似天成；因此柱可减少负重的感觉。

各部石材接合的地方，绝对不用胶（如水门汀〔水泥〕、石灰等），全用凿工镶合，毫厘不差，天衣无缝。故巴尔推浓全体好像一套积木玩具。假如有巨人来玩，可以把它全部一块一块地拆开，再一块一块地搭拢来，而且希腊人非常讲究力学，虽然构造上全不用胶，但非常坚牢。试看现今的遗迹的正确，即可确信这神殿倘无人力的破坏。二千四百年来一定完好如初。

总之，希腊神殿建筑的形式美，可谓十全。其中变化非常多样，而全体非常调和统一，可谓"多样统一"（"variety in unity"）的至例，故美术史家称这神殿为"理想在奔推理克史大理石上的结晶"，又称之为"人类文化的最高表象"，"世界美术的王冠"。

不幸而这世界美术的王冠，纪元之后就被战争所摧残，经过了历次的劫祸，成了破庙的模样。罗马兴，基督教势力侵入希腊时，雅典处女神就被放逐，巴尔推浓神殿被改用为基督教堂。殿内外所有关于神的描写的浮雕（皆斐提亚史手作的），都被取除，而在那里改装了血腥气的十字架。东罗马灭亡后，希腊又归属于土耳其。巴尔推浓又改为回教寺院；除去了十字架，而在四周立起回教建筑的尖塔来。十七世纪时，土耳其御外侮，以这城山为要塞，以巴尔推浓为火药库。敌军的炮弹打进殿中，火药爆发起来，殿的中部坠落。这是千六百四十五年的事。十八世纪末，英国驻土耳其大使爱尔琴（Lord Elgin〔埃尔金伯爵〕）惋惜这等古代美术的沦亡，出些钱，向土耳其人买了殿内可移动的一切雕刻，送到伦敦的大英博物馆去保藏。

这似是文化掠夺，但也幸亏他拿去，后来希腊独立战争时免得损失。英诗人拜轮〔拜伦〕（Byron）却埋怨爱尔琴。当希腊独立战争时，拜轮因热爱希腊艺术之心，投笔从军，到这残废的巴尔推浓神殿前来痛哭赋诗，在诗中诅咒拆去浮雕的爱尔琴和英国人。

关于巴尔推浓已经叙述完毕。其北面的爱来克推昂神殿，在美术上亦有可观：殿由三部合成。东部为伊奥尼亚式柱堂。正面六根柱，其北边一根已被英人取去，今仅余五根。柱高廿二呎，直径二呎半，每柱有沟廿四条，柱顶作涡卷纹，形式优美。柱堂内亦供雅典那〔雅典娜〕守护神。北部也是伊奥尼亚式柱堂，前面四根，余不明。东部意匠非常特别，叫做女身柱堂。前面的四根柱，和后面两旁的两根柱，皆雕成女子立像的形式。像高七呎半，立在离地八呎的大理石基上。这前后六个女身柱，作对称形；东边的三个各左腿直立而右膝微屈，西边的三个各右腿直立而左膝微屈。西面第二像已被英人取去，现在其原位上补装一模造品。这建筑不过意匠特殊，艺术的价值远不及巴尔推浓。这殿堂在君士坦丁大帝时曾被用为纪念堂。后历遭破损，十九世纪中稍稍修葺，大致复旧。

第四讲　寺的艺术 [1]

西洋的建筑史，可说有大半部是关于寺院建筑的。自四世纪至十七世纪的千余年间，建筑家所研究的题目老是寺院。故寺的艺术，详细地说起来，"洋装一厚册"也说不尽。现在我只谈谈此种艺术的来由、概况和几个著例。

殿与寺的区别，前者是以住神（神像）为主的，后者是以住人（教徒）为主的，前者是所谓"异教时代"的宗教建筑，后者是基督教时代的宗教建筑。异教，就是异于基督教的宗教，像埃及的崇奉自然神，希腊崇奉守护神，在基督教看来都是异教。而基督教算是正教。

基督教的成为正教，始于西历纪元三百十三年。基督教徒在以前一直受罗马人虐杀，后来他们帮君士坦丁大帝杀敌，获大胜利。大帝就在三百十三年下"基督教徒保护令"。基督教徒感激之余，帮他夺江山愈加出力，终于使他在纪元三百廿三年上统一东西罗马，获得了绝对的支配权。这一年他又下令，定基督教为"国教"。这两个令非同小可！千余年间政治和宗教的葛藤，艺术和宗教的纠缠，皆从这时候开始。这可说是文化史上的一大转机。

---

[1] 本篇原载 1934 年 12 月《中学生》第 50 号。

圣索菲亚大教堂

比萨大教堂

基督教徒在被虐杀的时代,设礼拜堂于地窖中,名之曰"卡塔可姆"("catacomb")即地下礼拜堂。到基督教被钦定为国教之后，就在地上建筑寺院，名之曰"罢西理卡"（"basilica"[1]）即地上礼拜堂。这是最初的寺院建筑，重在实用而忽略形式。六世纪以后基督教逐渐得势起来，这种寺院建筑的形式也逐渐进步起来，成为华丽的"拜占庭式"（"Byzantine"）与庄重的"罗马内史克式"〔"罗马式"〕（"Romanesque"），到了十三世纪的教权全盛时代，寺院建筑也极度地艺术化，成为锦绣的森林似的"哥特式"（"Gothic"）。十六世纪后，商业都市兴，复古运动盛，宗教势力开始衰落，寺院建筑也渐渐疏远宗教而取古典美的形式，成为"复兴式"。至十七世纪而寺院建筑告终，转入宫室建筑的时代。自来艺术常被政治、宗教、社会运动所利用，巧妙地为它们作宣传。建筑因为是"实用艺术"，被利用得更加密切。政治、宗教、

科隆大教堂

艺术三者，在寺院建筑中具象地连结着，给我们以种种回顾的兴味。现在把上述的经过略加说明如下。

---

[1] 长方形大会堂，是审判案件、集会等用的建筑物。

科隆大教堂内景

米兰大教堂

圣彼得大教堂穹窿

圣彼得大教堂全景

一　地下礼拜堂

这种寺院的出发点，是地窖。当四世纪以前，罗马人疾视基督教，不许他们在地上建立礼拜堂，又屡次虐杀教徒，或令他们当奴隶，或把他们驱逐出境，甚或把反抗命令的教徒的身体用油脂涂裹，当作大蜡烛燃烧，以照明他们的狂欢的歌舞宴会，然而教徒的信仰心益坚。不许在地上建寺，他们就在地下设立机关，开一地窖，当作秘密集会之所。这就是所谓"地下礼拜堂"（"catacomb"）。我国春秋时代的郑庄公对他的生母说了一句"不及黄泉，无相见也"，后来懊悔起来，为维持王者的言语的尊严，曾经"掘地及泉"，和他的母亲在隧道里相见。西洋初期基督教徒的营造地下礼拜堂，和这件东洋历史上的故事大致相类，不过前者是主动的，后者是被迫的。这些地下礼拜堂的壁上，凿着许多龛。他们把被虐杀的信徒的尸体或骨片供养在龛中，而在那里虔敬地祈祷。龛的里面雕刻着种种教义的表号。例如草蔓、果实、花卉、小羊、鸠、小船等，各表示着一种宗教的意义。这些地窖，便是他年的锦绣的森林似的大寺院的胚胎。

二　地上礼拜堂

君士坦丁大帝教徒护令一下，基督教徒重见天日，就开始堂皇地在地上建筑寺院。这就叫做"地上礼拜堂"（"basilica"）。这是寺院建筑的萌芽。形式朴质，以实用为本位。基督教徒受了长年的压迫之后，一朝得势，便毁坏异教的神殿，拿他们的石材来改建基督教寺院。这种寺院的建筑法，与异教的神殿（例如希腊罗马的神殿）不同。异教的神殿以供神像为目的，拜祷的人都在殿外，故神殿不须顾到住人的"实用"，可以自由地讲求美的效果，造成精巧玲珑的像巴尔推浓（见前讲）的殿堂。现在的基督教寺院目的就和它们不同。他们是为了人而造的，为了教徒做礼拜而造的。这些寺院建筑含有救济众生的使命，仿佛是教徒的集会所，是地上的天国。其造法当然以实用为本位。因此这种建筑，完全反对向来的罗马神殿的样式，却以罗马的 basilica 为范本。所谓 basilica 是一种公共集会处。皇帝的公厅、法庭、市场、民众的会所，都包含在这建筑里面。其地基一律取长方形，一方的短边的正中开着大门，其对方的短边的正中设着龛。龛的前面设一小小祭坛。其余长方形的广场中全部是教徒祈祷，众生礼拜的地方。故 basilica 在罗马时代原是"裁判所"的意义，到了基督教时代就变成了寺院。外形相似，名称相仍，而作用不同。只是内部构造稍异：东西向的长方建筑物中，外面设一正方形的回廊，于其中央设泉水。里面的广间有两排或四排的柱列，纵断地把这广间区划为三个或五个的细长广间，中央的一间比两旁的稍广，且高。祭坛就设在这中央广间的里面。像罗马的 Sta-Maria-Maggiore 寺〔圣母堂〕，便是 basilica 的遗构的一例。

这 basilica 是寺院建筑的基本形式。基督教文化渐次发展，寺院建筑形式亦渐次复杂变化；但这基本形式始终不改。

三　拜占庭式

君士坦丁大帝统一罗马后，即迁都于东部拜占庭（Byzantium），这种寺院建筑的基本形式跟了他东渐。后采建筑法渐次进步，形式大加华丽，建筑史上称之为"拜占庭式"，为寺院建筑的一种特殊的风格。其地的圣索斐亚（St.Sophia）寺〔圣索菲亚教堂〕便是其一个代表的例子（见前第一图），这寺现在还完好地立在君士坦丁堡（大帝迁都拜占庭后，改称其地名为君士坦丁堡），这是大帝祀奉全能神而建设的。后经火灾，重建，完工于五百三十七年。其天井高一百八十六呎，全体涂纯金，内有金银七彩的大理石嵌细工（mosaic），东方艺术的风趣极为浓重。同地同风的建筑非常发达，自成一种文化，称为"拜占庭艺术"。千四百三十五年，此古都为土耳其所灭，这种文化散布各地。

basilica 的寺院基本形式流传到西方，又展出一种新形式，称为"罗马内史克式"（"Romanesque"）。这种样式比前者更为新颖而健全，流传的地方也比前者更广。基督教寺院的建筑形式到这时候才确立。九世纪开头，即纪元八百年，卡尔〔查理〕大帝在罗马的圣彼得寺〔圣彼得大教堂〕中举行戴冠式，为基督教文化史上的第二大转机。基督教文化中的有力的代表者的寺院建筑，在这时候开始脱离了古典的残骸而创造新的北欧的样式。

四 罗马内史克式

最初这 Romanesque 式发展于意大利，次流传于德国和法国，到了十二世纪而盛行于全欧。这是罗马主义向北方的进展。这种建筑形式，庄重而典丽。外形上的显著的特色，是环门〔拱门〕（arch）形式的改变。向来的寺院用纯罗马式的半圆形 arch。自十字军东征，沟通东西文化后，东洋风的三叶形、马蹄形的 arch 渐被巧妙地应用在寺院建筑上，就成为罗马内史克形式（后来的哥特式 Gothic 所盛用的尖头 arch，便是从这里出发的）。有名的比撒〔比萨〕（Pisa）本寺、洗礼堂及斜塔（Campanile）便是属于这样式的建筑。翻过美术史的人，大概不会忘记了这奇怪的斜塔。这塔所属的本寺建于十一世纪末，以 basilica 式为基本，加以拜占庭风的构造，和东洋风的装饰。十二世纪中，又在其旁建洗礼堂和斜塔。洗礼堂取圆形的基地，全部用大理石建造，形式简明而新颖。斜塔为七层的圆筒形塔，顶上又有小圆塔，其倾斜幅有十三呎之大，望去好像要倒下来似的。这倾斜的原因，一说是故意如此的，又一说是工事中地盘沉落而使然的，不可确知其究竟。寺、堂和塔，形式都庄重而有艺术的统一，为罗马内史克式的佳作。这寺的图，在他处很容易看到，这里不必附加。现在举一罗马内史克寺院的最普通的形式，如前第二图。这种寺院形式所异于前时代的建筑者，有三要点：第一，基督教勃兴，教会制度复杂，参加祭礼的僧侣人数大增。在寺院建筑上就有扩大僧侣住处的必要，故寺院的基地向来为丁字形，到了罗马内史克扩充而变为十字形。第二，因为地盘广大了，构造自然也变化。向来寺的上面盖以简素的天花板，现在改用环门式，相交叉的半圆形的梁的末端，安置在强固的支柱上，稳固而又活跃，富有"崇高"的趣味。崇高是与宗教精神相合，为寺院建筑的最适当的形式。寺院建筑经过了这改革而始有艺术的统一。第三，是在建筑的外形也施以美的统一。向来的 basilica，因为专重实用，只讲究内部的布置，而忽略其外观。罗马内史克式则在外观上求艺术的统一。其法就是添造高塔，塔是罗马内史克式的最显著的特色。凡寺院，必于本寺之旁添筑高塔，作为本寺的一部分。其作用是用这高耸的形状来笼罩全体，使全部建筑集中于一点。向来的寺院远望平坦，与普通房屋无甚大异，缺乏宗教的感觉，有了这塔，远望全景，优秀玲珑，外观上就不觉其为实用的建筑，而呈纪念建筑的模样。塔的个数不止于一，有的用三塔，有的用五塔，有的用七塔。

上述之点，为罗马内史克建筑的特色。其中环门与塔二者，尤为其艺术的统一的要素。环门是向上隆起的，使内部增加崇高之感。塔是指天的，使外部增加崇高之感。寺院的内容与形式，到这时候开始作有机的统一。寺院从实用本位的 basilica 出发，到了 Romanesque 而艺术化。再进一步，艺术比实用更注重时，就产生哥特式。这是基督教权全盛期的产物，可说是寺的艺术的登峰造极。

五　哥特式

十三世纪中，教王权势强盛。文化中心由罗马移向北欧。就在那里产生一种象征全盛的教权的寺院建筑样式，即哥特式。

哥特（Goth）是蹂躏罗马的一种野蛮民族的名称。其艺术富有一种夷狄的风趣。哥特式寺院建筑就是利用这种夷狄的风趣，为宗教艺术别开生面的。其特色如何？一言以蔽之，曰"高"。然而这高与现代商业大都市的高层建筑的高不同。前者向天，后者着地。即寺院建筑高而尖，有向上超升之感；商业建筑高而平，有着地堆积之感。故百几十层的摩天阁在实际上虽然比哥特式的寺院高得多，但在感觉上层层堆积，沉重地叠置在基地上，似觉基地不胜其重而行将陷落似的；却并无崇高的感觉。反之，哥特式的寺院实际上虽不及现今的摩天阁之高，然形似一簇怒放的春花，好像拼命地想从地上抽发出来，而向天空生长。又好像一团火焰，势将上冲霄汉似的。试看前面第三第四两图，所示德国的科伦大寺〔科隆大教堂〕（Cologne Cathedral）！——这是哥特式建筑的最大作，也是寺的艺术的代表作。所谓"锦绣的森林"，在这两图中可以看见。

这种建筑形式，于十二世纪时萌芽于法兰西，十三至十五世纪之间，风行于全欧。不但寺院建筑上用之，一般的建物，如城郭、裁判所、会堂、学校、病院、邸宅，也都受这种样式的影响。这样式的特色是崇高而秀丽，形成这种特色的要素，是柱和尖头环门二事。为求增加垂直的效果，不用一根一根的粗柱，改用一束一束的细柱。又在屋顶上加尖高塔，使柱束上的许多垂直线因尖高塔的引伸而向天延长，至于无穷尽之境。柱束与柱束之间，不用壁而用尖头环门形的窗。壁有板滞之感，足以减却上向之势，尖头窗则可增加秀丽与崇高之感。寺的内部，无数的尖头环门交互错综于上，仰望时似觉身在大森林中，全无屋顶压迫之感。总之，哥特式建筑全部没有墙壁，只有细柱、尖窗和尖塔。几乎没有水平线，全体由垂直线构成。

从罗马内史克式中抽出"高"的一种特色而扩张之，即成哥特式，寺院建筑由朴素的地上礼拜堂进步而为华丽的拜占庭式，更进步而为端庄的罗马内史克式，又进步而为锦绣的森林的哥特式，宗教建筑的发展就达于极点。这种极度发展的寺院建筑，其结构的复杂，规模的壮大，可说是建筑史上的一大伟观！这种式样的杰作，多在北欧。法国的郎史寺〔兰斯大教堂〕（Reims Cathedral），巴黎圣母院（Notre Dame de Paris），英国的惠斯民寺〔威斯敏斯特教堂〕（Westminster Abbey），皆是其例。而德国的科伦大寺（见前图）尤为哥特式中的模范。这寺奠基于一千二百四十八年，直至一千八百八十年而始完成，工事期间历六世纪之久，其工作之困难盖可想见。当时各国有专门研究这种极度向上的建筑法的集团，名曰Bauhütten（石工研究会），精研"高"的建筑技术，试行种种危险的构成。他们要表现宗教的神秘相，要把宗教的精神翻译为视觉的形态，要把抽象的观念用形体来表现，于是否定了石材的力学的性质，极度地使用结构的技法。科伦大寺是冒险尝试而成功的一例。在意大利北部地方，有因过于冒险，遭逢失败，而中途停工的寺院建筑，唯米兰（Milan）大寺为哥特式中冒险成功的第二例。如前面第五图所示。原来意大利是个性很强的国家，当哥特式盛行全欧时，意大利南部坚守向来的传统，拒绝北欧的建筑潮流，只有北部有哥特式流入。而米兰大寺为一种奇迹的成功。细看这寺院建筑的形式，可知其与前揭的科伦大寺大同小异。这是北欧的大势与意大利的传统的合并的式样，是南北两派的混血儿，可为建筑史上的一件特殊的纪念物。故其建筑工事曾经长年的讨论和争执，方才确定这般的形式。北欧的哥特式建筑一味求高，缺乏稳重安定之感。意大利的哥特式能在稳妥的基础上求高，较可避免这个缺陷。这寺全部用白色大理石为材料，在薄暮或晚间，能给人以神秘的、空想的印象。据传说，这寺是意大利人为欲与北方的阿尔卑斯山争高而建造的。

入了十六世纪，哥特式建筑为了冒险地求高，终于陷入自灭的运命。同时基督教势力也为了极度地扩张，达到了衰沉的时期。世间一切文化相关联，政治、宗教、艺术，互相牵制而展进着，不可分离。哥特式为了无视建筑构成的约束而一味贪高，以致于自灭。中世的封建制和教会权和它同时没落，大概也是为了无视社会构成的约束而一味地贪高的原故吧？

六　复兴式

十六世纪初，意大利商业都市勃兴，教会与封建制度所培育的中世文化骤衰。此后的近世文化以意大利为中心而展开。寺院建筑又换了一种新的样式而出现。这样式称为"复兴式"。这正是"文艺复兴"（"Renaissance"）的时代。

前已说过，意大利在艺术上是一个个性强顽的国家。当哥特式艺术潮流澎湃于北欧时，意大利除了北部几处地方外，不受这潮流的影响。北欧竞建那锦绣似的森林，意大利人管自营造以古代 basilica 为基础的寺院，到了哥特式没落的时候，他们就从古典中探求美的要素，而独创新的样式。这种新样式的主要的特色，是脱却了从来的宗教的夸张的习气，而求纯美的造形的表现。换言之，寺院建筑从古代神殿出发，经过了中世的教会化，现在复归于神殿。在地点上也是如此：寺院建筑由意大利萌芽发展于全欧，现在仍归于意大利。故意大利可说是寺院的本宅，艺术的故乡。

复兴式寺院的特点有三：第一，不求高而求美；第二，不求华丽而求调和；第三，注重作家的个性。故向来建筑工事委托于多数人，现在则委托于一个人，由这个人充分发挥他的个性，创造特独的形式。这三点，是文艺复兴时代一切艺术共通的特色。

为了获得第一第二两特点，复兴式建筑盛用大穹窿。穹窿原是古代罗马建筑上所盛用的形式。建物上部加了一个半圆形的穹窿，好似一个人张着一把伞，人的地位愈加稳定，全景的中心点愈加显明，而曲线直线的对照愈加优美。塔也有使全景中心点显明的作用；然而塔势指天，有把建物从地中抽拔出来上升于天的意趣，使建物本身缺乏稳重安定之感。哥特式的缺陷主在于此。穹窿则不然，其本身作天空形状，覆盖建筑物，使全体自成一天地。故复兴式建筑的最重大的研究，是穹窿的曲线。现在揭示世界最大的寺院穹窿，如前面第六图。这是罗马圣彼得大寺的大穹窿（St. Peter's Dome），其作者不止一人，完成者是当时大建筑家勃拉芒谛〔勃拉芒特〕（Bramante，1444—1514）与米侃朗琪洛〔米开朗琪罗〕（Michelangelo，1475—1564）等。

圣彼得大寺，是世界无二的大伽蓝，欧洲人称之为"罗马的宝冠"。这寺并非全部在文艺复兴期造成，其由来甚久，差不多与基督教的确立同时诞生。屡经修整及改造，到了勃拉芒谛等的手中而大成。现在把它的来由和情状略加叙述，以结束我的讲话。

据传说，这寺是君士坦丁大帝治世所建立的。开工的时候，大帝曾经亲自拿锄头在基地上掘起最初的一块土。这基地，原是古代罗马的竞技场。当基督教布教时代，教徒就在这里被罗马人虐杀，那班殉难者或被猛兽裂食，或被全身涂油焚烧，备极惨酷。圣彼得就在这地基上受磔刑。因此基督教徒保护令下之后，这里就成了圣地。圣彼得的墓就筑在这圣地上。圣彼得大寺就建在他的墓上。大穹窿的下面，正是受磔刑的圣徒永眠的地方。

这寺的规模非常伟大，穹窿的外面，有一个椭圆形的壮丽的大柱廊，如前第七图所示，把圣地与俗地隔分。柱廊内的圆形地盘之大，据说可以容纳全世界的基督教信徒。椭圆形的两焦点上，设两个喷水池，水带不断地在空中描出彩虹的模样。身入其境，眼光自然集中于里面的大穹窿。向穹窿前进，入寺门，有华丽的前廊。廊内挂着沉重地下垂的皮帐。拨开皮帐，走进里面的广堂。堂用杂色大理石构成，饰以金色。穹窿下面有华丽的天盖，天盖下面就是圣彼得之墓。这天盖是名建筑家裴尔尼尼〔伯尼尼〕（Bernini）所造，全部用青铜为材料，高百呎。其形式仿耶路撒冷的神殿，四根铜柱作螺旋形，备极豪华。天盖下的圣彼得的墓上，点着数百盏幽暗的油灯，永年不灭。天盖的里面，有圣彼得的雕像和玉座，金色灿烂，神圣无比。堂的四周充满着历代名家的雕刻。堂内参拜者络绎不绝。时有妇女把娇小的婴孩抱向圣彼得铜像的下面，教他和圣像的足趾亲吻。又有伛偻的老妇俯着首站立在圣像下面，用各种国语陈述她们的虔敬的祈祷。宗教的神秘的气象充满在这大广堂中。

原来这大寺不是一地方的寺院，乃是一个国际的大教会堂，全基督教徒的大本营。这在它的内部的构造上可以窥见。这广堂除中央一大祭坛外，左右还有二十八个祭坛，以及无数的忏悔场。故任何国人均可自由选用祭坛而行仪式，用任何国语皆可致忏悔。这构造能使各国的教徒皆得自由在旅行中满足他的宗教生活。无论何国的人一入此寺，就像走进他故乡的寺院一般可亲，不觉得生疏。故这构造一方面是极度的理想化的，另一方面又含着很多的实用的意义。

这寺的建筑工事，有复杂的经过。最初的旧堂，自君士坦丁大帝以后千二百年间，一向不废。教徒们尊崇圣彼得遗骸，同样地尊崇这旧堂的建筑。法王曾经想把这旧堂拆毁，受大众的反对，终未敢行。到了文艺复兴初，始由建筑家勃拉芒谛设计重建。勃氏于工事未竟时中途逝世，由他的同乡人拉斐尔（Raphaelo，文艺复兴三杰之一）继续经营。拉氏又在工事的中途夭逝，暂时由他的二个助手继续经营。后来七十二岁的老翁米侃朗琪洛〔米开朗琪罗〕（Michelangelo，文艺复兴三杰之一）出来接手。这老翁费了十八年的努力，直到九十岁的时候，方始把大穹窿的骨胳完全造成。后来又经许多作家的继续努力，到了裴尔尼尼而大穹窿的工事方始全部完成。自重建至此，共历二世纪之久。

世人对于这大穹窿的形式，有多方的赞美词。在合理主义思想盛行的十八世纪时，法国的数学者曾用数学的理论法来赞美这大穹窿的轮廓线的美。反之，十九世纪后半，浪漫主义时代的人欢喜非合理的解释，又赞美这大穹窿为天才的直观所产生,这轮廓线乃用自由的神技而描出。有的说"这穹窿上的曲线,凌驾一切几何学的定规"。有的说"这是感觉所生的曲线,天才所创造的形式"。有的说"这穹窿的外观,为建筑艺术在地上所能显示的最美的形态,却用最简单的轮廓线描成"。有的说"这是一切伽蓝中的伽蓝",又有人说"这不是人手所作,乃天所赐予;一切的罪恶,在这穹窿之前无法隐藏"。这话类似我国各处城隍庙里的匾额上的"到此难瞒"。但这并不全是迷信,伟大的宗教建筑,往往能从直感上给人一种启示,使人心暂时远离颠倒梦想的苦恼,而回顾生命的本源。——但在宗教被政治社会政策所利用的时代,这种启示就变成压迫。

十七世纪以后,基督教中心的时代渐成过去,人心显著地倾向实际的要求。各国的君王不肯再为圣者造寺院,却热心于为自己造宫室。寺院建筑至此告终。而华丽奢侈的宫廷建筑就代替了它而兴起。这是下回的讲话的题目。

第五讲　宫的艺术[1]

自十六世纪文艺复兴以后，基督教会的权力从发达的顶点开始衰落起来。继着教权而起的是王权，故十七世纪被称为"王权中心时代"。

教权衰落的原因，一则为了宗教改革运动揭破了当时教会的缺陷，减弱了人民对于基督教的信仰力。二则为了文艺复兴运动注重复古，一切文化都倾向于古代的模仿。人民不再热中于基督教文化了。同时欧洲各国正在力图国家根柢的巩固，盛行中央集权制。以前的教会文化就一变而为"宫室文化"。宫室文化在美术上所留的痕迹最主要的是宫室建筑。如前讲所说，寺院建筑已经高得不能再高，尖得不能再尖。此后的宫室建筑所要求的不是高和尖，而是华丽——尤其注重建筑物内部装饰的华丽。由寺院建筑变成宫室建筑，是世界文化的一大转机。若以古今二字把历史划分为二时期，则寺院以前的可称为古代的建筑，宫室以后的可称为今代的建筑。这古今建筑的差别，大体有四点，现在先把它们列举于下：

第一，古代建筑大概以鬼神为题材。除了注重肉体享乐的

---

[1] 本篇原载 1935 年 1 月《中学生》第 51 号。

罗马人营造大浴场之外，埃及的坟墓，希腊的神殿，中世的寺院，皆以鬼神供养为其目的，住人不过为其附带的条件。今代建筑的题材，就从鬼神一变而为活人。宫室以贵人的住居为目的而建筑，商店洋楼以富人的事业和住居而建筑。自从宫室文化时代的十七世纪以降，世间不复有媚鬼神的大营造，所有的大建筑都是媚富贵之人的东西了。

巴洛克式建筑

第二，古代建筑大概为群众公用而建造。希腊的神殿为全市的守护机关，为全市民的瞻观场所。中世的寺院为教徒的集会所，为万人的灵魂的归宿处。埃及的金字塔虽曰王者私人的坟墓，其实是为民众观瞻而造；仿佛中世的寺院，是用建筑的高大来收揽民心的。自宫室文化时代以后，大建筑不复为群众公用而建造，都为私人或私人团体而建造了。宫室为王者，为贵族；商店洋房为资本家，为阔人。这种建筑的富丽堂皇，虽然也给群众看，但只是作广告，装场面而已。

第三，古代建筑大概不以人生的现世幸福为目的而建造。除罗马浴场以外，埃及的坟墓为王者的"死后生活"而建筑，希腊的殿堂为神的供养而建筑，中世的寺院为圣灵的供养及教徒的来世幸福而建筑。自从宫室文化时代以后，建筑都以人生为题材，都为人生现世的幸福而建造。这原是人类生活进步的现象。可惜过去的为人生的大建筑，都为一极小部分的人生，而不为群众的人生。宫室为少数贵族的现世幸福而造，商店洋楼为少数资本家的现世幸福而造。大多数的群众不得享受其幸福，反而受得服役等种种苦痛。可知这种为人生现世幸福的建筑，尚未充分进步。将来如能更进一步，而有为大众的大建筑出现，方为人类生活的福音。但这是题外的话了。

第四，因了上述的三种情形，古代建筑大概注重建物外部形式的美观。金字塔注重外形的高大，巴尔推浓〔帕提侬神庙〕注重全体的调和，科伦寺院〔科隆大教堂〕注重眺望的巍峨。内部形式虽然也讲究，但远不及外部形式的注重，这种建筑可说都是专重外形的。宫室建筑开始反对这一点，不以眺望者为主；而以住者为中心，非常注重室内装饰。甚至完全不顾外部形式的美观，或故意作朴陋的外观，使人入内方见意想不到的华丽。最近的商店建筑也注重外形，但同时决不肯忽略内形。故宫室文化以来的建筑，可说都是注重内形的。

上述四点，是古今建筑的差别。恐怕不但建筑上如此，世间一切文化，都具有这种变态，不过显隐迟早不同耳。现在且把宫室建筑的状况叙述于下。

自古以来,时代思想常留痕迹在美术上。政教一致的上古时代,确信灵魂不死,遂有伟大的金字塔的制作。都市国家制的希腊时代,市民免除国难,感谢守护神的恩德,遂有精美的神殿的制作。教权中心的中世时代,教徒确信天国的存在,祈求来世的幸福,遂有巍峨的寺院的制作。到了这种美丽的梦被时代潮流所惊醒了之后,人心就集注于现世的事实上。为人群的首领的王者,开始驱使其威力,以装饰其私人的生活。宫廷艺术因此而兴。

十七世纪宫廷艺术最盛行的国有二,即西班牙与法兰西,西班牙皇斐利普四世〔腓力四世〕网罗全国的大美术家,使之专研宫廷装饰的美术,画家所描写的全是贵族的生活。建筑家所研究的全是宫室的建筑法。音乐家也都做了贵人邸宅中的乐人。现今留传于世的西班牙名画中,我们还可看见有不少贵妇人描写的作品。比西班牙更大规模地提倡宫廷艺术的,是法兰西。法兰西的宫廷艺术,不是在十七世纪才开始,文艺复兴期早已提倡。当时弗郎沙一世〔法兰西斯一世〕优待晚年的达文西〔达·芬奇〕(Leonardo da Vinci),要他为宫廷计划装饰,肇开法兰西宫廷艺术的始端。到了十七世纪,法兰西名帝路易十四世出现,宫廷艺术就具有最典型的姿态。他创立美术学院(academy),养成宫廷艺术的专门人才。他所完成的有二大建筑,即罗佛尔〔卢佛尔〕宫(Louvre)与维尔赛〔凡尔赛〕宫(Versailles)。后者尤为宫室建筑的代表作。这种建筑的样式,特称为"路易十四式"。在一般美术样式上,就是所谓"罢洛克式"〔"巴罗克式"〕（"baroque"）。由此更展进一步，即成为十八世纪的"洛可可式"（"rococo"）。

建筑曾由巍峨的"哥特式"（"Gothic"）一变而为简洁的"复兴式"。现在又从简洁的复兴式一变而为华丽的"罢洛克式"，与纤巧的"洛可可式"。罢洛克与洛可可是美术上特用的两个术语。其在建筑上的特色是繁琐、浓丽、多曲线、多细致的雕刻。华丽的装饰常隐蔽建筑的构成，使建物全体显示绘画的效果。此建筑样式的流行，以意大利与法兰西两国为中心地，而在法兰西尤为盛行。意大利罢洛克式的代表作家，就是罗马圣彼得寺院〔圣彼得大教堂〕前面的柱廊的作者裴尔尼尼〔伯尼尼〕（Bernini）。他用巧妙的方法，使柱廊因透视的作用而把广场显得更广，把寺院显得更高。在大穹窿的笼罩之下，寺院全体显示非常壮丽而调和的姿态。这寺由各时代的大家合力作成，在柱廊这部分上可说是罢洛克式的先驱。此风入法国而盛行。最初亦仅用于宗教建筑上，路易十四世始移用之于宫室上。全以曲线为本位，而特别注重室内装饰，滥用无数复杂的模样，巴黎现有三大著名建筑，即巴黎圣母院（Notre Dame de Paris），及上述的罗佛尔宫与维尔赛宫。前者是属于哥特式的，后二者就是路易十四世所完成的罢洛克式的代表作。罗佛尔宫分西南二部，开工于十六世纪，由路易十四世请意大利大建筑家裴尔尼尼完成之。维尔赛地在巴黎西南郊外十四五哩之处，原是旧宫，由路易十四世费十亿金及四十四年的日月，大加增修，遂成今日的华丽的宫殿。其中央砖石造的正殿，原为路易十三世的居邸，今为国立博物馆的一部分——历史工艺博物馆。其外有路易十四世的铜像，宫内遍是名画家所作的壁画——历史画，及王家人物的肖像画。楼上大广间中，四壁及天花板上的绘画尤为绚焕灿烂。其中有一室，曾为欧洲大战讲和时的谈判所。又有一室为路易十四世的寝室，中有临终的寝床，一切器具悉如其生前所布置。昔日的帝居，今已为游人凭吊的古迹了。

路易十四世殁（一七一五年），路易十五世继立。年幼，由斐利普〔菲力浦〕摄政。宫室生活的奢侈更甚于先代，其影响遍及于民间，造成了一代浮靡的风习。这时候的建筑比前更为浮华，特称为"摄政式"（"style Régence"），即为后来洛可可式的准备。摄政式的建筑，其构成的要素（例如柱等）全为表面的装饰所掩蔽，只见有优雅华美的曲线，而全无强力的感觉。洛可可式比这更进一步，完全不顾建筑物外部的美观，而专重室内的华丽。有时故意装成无趣味的外观，而在内部施以惊人的装饰。这种样式与注重外形美观的古代的神殿寺院比较起来，成了完全相反的对比。

但洛可可式只是昙花一现，路易十五世死，洛可可式即与之偕亡。路易十六世即位（时在十八世纪后半），大改先代侈奢之风，崇尚朴实。"路易十六世式"的建筑，全不用动摇的曲线，但求稳定。不取绘画的表现，但求合于规则的形式。甚至把石造建筑的外部装饰照样应用于室内。这是法兰西大革命后的古典主义艺术的先驱，原是合于时代潮流的艺术形式。但上两代的骄奢之罪归并在路易十六世一人身上，使他终于失却民望，得到悲惨的最后。路易十六世上断头台后，欧洲文化大改面目，美术史亦转入全新的时代——近世古典主义时代。

然近世古典主义的潮流偏重在绘画方面。故十九世纪的建筑只是罢洛克、洛可可的连续，无甚特异的表现。换言之，十九世纪的建筑只是路易王家的贵族主义加了拿破仑的英雄主义，成为王侯贵族享乐的一种游艺，全无新时代的精神。这在建筑上称为"拟古典派"，像巴黎的两座凯旋门（巴黎凯旋门与 Etoile〔星形（广场）〕凯旋门）即是其例。此后的建筑称为"浪漫派"，像伦敦国会议事堂，巴黎大歌剧场，比利时 Brussel（布鲁塞尔）大法衙，皆是其例。然这等建筑皆徒有形式而缺乏力感，只能说是新时代建筑的准备。真的新时代的建筑，发祥于德国。有名的 Eiffel〔埃菲尔〕铁塔是其著例。此铁塔高一千余呎。现代商业大都市的各种惊人的铁造建筑及高层建筑，皆以这铁塔为先导而出现。

近世建筑始于王权中心时代，到现今已转入商业中心时代。其共通的性状即前述的四点：（一）为人生的，（二）为私人的，（三）为现世幸福的，（四）注重内部形式的。从王权时代到商业时代，虽然建筑的技术和形式屡经变迁与进步。但内容性状还是同一：从前的宫室可说是王家的总店，现在的摩天楼可说是资本家的宫殿。现代艺术都正在努力向民众开放，独有建筑始终为少数人所独占。这一点使我这一回讲话减却了不少的兴趣。倒不如以前谈希腊的神殿，谈中世的寺院，虽然所谈的是古昔迷信时代的建筑，但其建筑非为私人享乐，皆为民众瞻观。即使动机何等不纯正，谈时似乎较现在有兴味得多。

第六讲　店的艺术 [1]

我国前时代人憧憬"京洛"之游，连"衣袂京尘"都可惺惺怜惜。现代人却都想"到上海去"，经商，发财。即有想到南京去的，其目的也仍是发财。黄金之力与商业之道大矣哉！

这种状态正是暗合世界潮流的。只要就建筑上看，即可明知这变迁。前代的建筑主题是宫室，现代的建筑主题已变成商店。原来建筑一事，自来在美术史上占有最基础的立场。在无论何时代，建筑常为一切美术的句导。人类思想，时代精神，常在建筑中作具体的表现。

现代商业是怎样兴起来的？远因在于百余年前：十八世纪末叶，拿破仑捣乱欧洲，弄得各国民穷财尽，人心不安。同时科学昌明，机械发达，工业勃兴，交通便利，生存竞争日渐激烈起来。于是欧洲的人就非努力赚钱不能生活。赚钱之道，莫妙于经商。商业都市由此日渐发达起来。直到今日，发达得"不堪回首"，有人说已到了繁荣的极顶了。

现今世界商业的中心地，要算财力最雄富的北美。纽约本是世界第二大都，现今已变成了世界一等的商场。商业建筑，

---

[1] 本篇原载 1935 年 6 月《中学生》第 56 号。

在这地方呈最大的伟观。其次要算德国。这个国家自从在欧洲大战中一蹶之后，奋起直追，一切建设都改弦更张，显示飞跃的进步。现代商业建筑上的新建设，大都发端于德国。在大战前德国就有许多建筑家创造新式的建筑，为现代都市建筑的起因。初有 Franz Schwechten〔弗朗兹·施威登〕者，在柏林造"铁车站"，又造铁骨的百货商店，是为现代建筑上的"铁的革命"的先声。其后，又有 Alfred Messel〔阿尔弗雷德·美塞尔〕者，演进前人的建筑技术，又作铁骨的高层建筑。还有一位叫做 Alexandre Gustave Eiffel〔亚历山大·居斯塔夫·艾菲尔〕的，在千八百八十九年巴黎的世界大博览会中建造一个极高的铁塔，名曰"爱弗尔铁塔"〔"埃菲尔铁塔"〕，在当时是全世界知名的最高的铁造建筑。其高度为一千余呎。这是世间高层建筑及大铁桥的起源。

这班德国大建筑家的企图，加了现代资本主义的势力，便演成现代商业大都市的建筑的伟观。

现代商业都市的建筑，大约可分为二类：第一类是资本主义者方面的，第二类是劳动者方面的。前者是广告性质的摩天楼及各种尖端的建筑。后者是合理主义的建筑，如最近德国及苏俄所努力企图的所谓 Siedlung〔新村，住宅区〕（译音为"奇特伦格"，是集合住宅的一种新样式，犹似上海的弄堂房子，但是进步甚远），及各种实用本位的新建筑。

现在把两种分述于下：

一　广告性质的建筑

纽约帝国大厦

德国晓耕百货商店

广告性质的商店建筑，其形式不外两种：一种是异常地"高"，一种是特别地"奇"。对于上述第二类合理主义的建筑，这可说是"不合理主义"的建筑。因为资本家不管工本贵贱，不管合不合实用，不管对于都市人的生活上有否害处，一味求其形式奇特而触目，以为商品的宣传手段。现在先就"高"的建筑说。

sky scraper（摩天楼）在纽约最盛行。远望纽约市，好像一座树木都被斩了首的大森林。前回我讲中世纪的寺院建筑，曾经用森林来比方那种尖而高而华丽的哥特式寺院。现在纽约的摩天楼,其高比寺院更甚,然而都是光光的,好像森林的树木都被剥了皮,去了枝叶。又好像是竹林中的怒放的春笋,然而笋尖头也都被斩脱了。

第一图中占主要地位的是纽约的 Empire State Building〔帝国大厦〕。这是有名的高层建筑,试看它的窗子之多,全体好像一扇旧式的格子窗。影片《金刚》就是以这高层建筑为背景而演映的。这种摩天楼大都是商业的事务所。我们骤见时,谁都感到惊骇。摩天楼所求的效果,就限于这点惊骇。在这惊骇中,一面可以夸耀他们商业资本的雄厚,一面可以宣传他们的商品,以推广其营业。但是讲到建筑本身,这样的高于实用上非但无益,而且有害。

关于摩天楼高度的问题,在现今的建筑家之间有很多的争论。有一小部分的人,赞美摩天楼越高越好。他们以为这是北美文化的必然的结果,是美人的天赋的性格的产物。但大部分的建筑家都反对高层建筑。就效果,地价,收入,租税,市民生活,活动,出入,时间消费,公众卫生及安全等问题上着想,太高的摩天楼都是无益而有害的。建筑界中反对摩天楼的呼声已起了四十年,然而资本主义者方面如同不闻,只管愈弄愈高地在那里建筑。据反对者说,高层建筑的害处很多:一者,建物太高,遮断了光线,使地上常有大块的阴影,妨害公众卫生。二者,叠屋架床,空气也不清洁,又有害于公众卫生。三者,在试建期内,技术未练,有崩坏的可能,又有妨于公众安全。四者,其唐突的形式,有害于街道的美观,使人望见纽约市,只觉惊骇而感市街形式的不美。都市生活的弊害,其根源实在于高层建筑。据各建筑家说，高层建筑以八层至十层为最适宜。过此限度，皆于都市生活有害。然而现在纽约等各大都市中，八层至十层的建物都躲在诸大摩天楼的脚下，不容易被人注意了。就是上海，头二十层的"高房子"也已有了不少，八九层的不算希奇了。因此现代都市生活的人，暗中为商业建筑受着不少的苦痛。在资本家方面，为了竞夸广告，也受着不少的损失。高层建筑的初意原为经济地皮。但层数过多，材料及设备（升降机〔电梯〕等）的费用增大，抵不过所收入的房租。据建筑家的计算，摩天楼的经济的高度，以六十三层为限。但现在世间超过六十三层的建筑很多，前揭第一图即其一例。

据 J.Rowland Bibbius〔罗兰·比别斯〕的计算，房屋的层数对于总投资的纯利益，其成数如下表（表中所举为普通所取的八种）：

层数　　对总投资的纯利益

八层——百分之四·二二

十五层——百分之六·四四

二十二层——百分之七·七三

三十层——百分之八·五〇

三十七层——百分之九·〇七

五十层——百分之九·八七

六十三层——百分之一〇·二五（最大）

七十五层——百分之一〇·〇六

可知六十三层的建物，利益最大，过此限度，层数愈多，利益愈少。因为要在六十三层上再加十二层而成为七十五层，最后的十二层，建筑时需要特别的费用。例如升降机，须用加高速度的特殊装置，须增加经费七十万金元。下部基础须特别强固，又须增加费。且上面的几层，屋面非缩小不可，而升降机所费的地位，非增大不可，每层要为升降机占去地位九十平方呎。在七十五层中共占地位六千七百五十平方呎。这样，添了十二层所多的贷赁面积，实在有限，可谓得不偿失。据前人的计算，高至一百三十一层时，其利率如下：

　　　　一百三十一层——百分之〇·〇二

可知"高"的建筑，在公众是有害的，在投资者是损失的。所得益的，就是一点广告作用。我六十层，你七十层，他再来个八十层。外人看来总是他的资本最厚，大家就信托他，向他交易。于是他的营业发达起来。于是商业都市呈了膨胀病的状态。

次就"奇"而说，为欲使人触目，增大广告的作用，建筑就取奇形怪状的样式，即所谓"尖端的"新样式。尖端的新样式，不一定是不合理的。但倘不顾生活上的实用，而专以新奇为目的，也同摩天楼一样，为不合理的建筑。现代商店中较合理的尖端的建筑，可举德国刻姆尼斯〔开姆尼兹〕（Chemnitz）

的 Schocken（晓耕）百货商店为例，如第二图。

这是新建筑家孟特尔仲〔门德尔松〕（Mendelssohn）所设计的。这是现代最新颖的建筑样式。全体好像一艘大汽船。从来建筑所共通的"直"的样式，现在一变而为"横"的样式。在日间（看第二图下），白墙的横条蜿蜒左右，确比摩天楼的严肃的直条可爱得多。在夜间（看第二图上）〔图缺〕，带状不断的玻璃窗中灯火辉煌，仿佛几道金光，煞是好看。据评家说，这商店建筑的现代性有三：第一，这是铁材建筑。铁材的特色，是柱子所占地方极少，而且不须支在建筑物外部。因此外部可用带状不断的横长的玻璃窗和白墙，而不见一根柱子，几使人疑心这建筑物是从天空中挂下来的。这晓耕商店的柱子，在于窗内离窗三米突〔米（metre）〕之处，毫不占取壁面的地位。因此壁面可以全部开窗，使室外形式美观而室内光线充足。第二，这样式对于夜市有很大的效用。都市的生活，夜间常比昼间更加热闹。灯火是现代都市商店的一大笔开支。用了横长的窗条，透光容易，少量的灯火可以照出多量的光，增加其夜市的广告效力。第三，琐碎华丽的装饰风，已为过去时代的样式，为现代人所不喜。合于现代人感觉的，是"单纯明快"。这是一切现代艺术上所共通的现象，可说是现代的时代感觉。晓耕商店远望只见几条并行的曲线，而黑白分明。一种强烈的刺激深入现代人的感觉中。故在最近各种尖端的商店建筑中，晓耕为最进步的代表作。

一味好奇而不顾形式的难看与实用的不宜的商业建筑，在现今也很多。最普通是仿古——就是模仿古代的神殿，用粗大的柱子；或模仿中世的寺院，用庄严的屋顶。银行建筑最喜取这种壮丽的装饰。美国最初的高层建筑，五十层，取哥特式寺院的样式，其建筑家自称其设计为"商业的伽蓝"〔"商业大教堂"〕（"Bussiness Cathedral"）。又如芝加哥的 Tribune〔论坛报〕报馆的建筑，取钟楼式，远望好像寺院的附属建筑。此外，在近代的建筑上唐突地加一排大石柱，或突如其来地加一个圆屋顶（dome）的，在各都市中处处皆是。据说，日本三井银行的资本只有建筑费，而建筑费中几根大石柱所费不小。他们是全靠这几根大石柱来表示金融资本的威权，而博取大众的信用的。

这种仿古的尖端式，除了作奇特的广告以外，在形式及实用上都是无益而有害的。就形式而言，古今样式并用，使人起"时代错误"之感。破坏都市的市街美。就实用上说，大石柱在建筑的坚牢上完全是不必要的，专为装饰之用（古代不曾发明铁造建筑，必需柱为建物的支体，故其用处很自然。现今不需用柱支屋，即有不自然之感）。而有了这些大石柱，室内光线遮暗，损失地位，又使事务员能率减低，显然是无益而有害的装饰。然为了商业的广告作用，现今的都市中正在竞用稀奇古怪的式样，和不调和的触目的色彩。基督教的寺院形式，希腊的神殿形式，都出现在现代的商业建筑上了。唯有埃及的坟墓形式（金字塔）尚未被人应用过。也许不久将有金字塔形式的银行出现了。

美术论者谓"社会所导出的必然性，常与造型美术的必然性不相一致"。诚然！资本主义者要求建筑形式的"触目"，于是背反建筑技术的必然性，演成种种不合理的状态。

二 合理主义的建筑

上述是资本主义利用建筑作广告。换言之，是建筑受资本主义的蹂躏。故此不能代表现代新兴美术的建筑，只能算是一种畸形的发展。

真的合于时代潮流的新兴美术的建筑，在现世自有存在，即合理主义的建筑艺术。

新兴美术有三种意义：

第一说，是新兴阶级所创造或享受的美术。这是马克思主义者的说法，他们以为过去及现在的社会受资本阶级的支配，未来的社会当为普罗[1]阶级所支配。普罗文化中的美术便是他们所谓"新兴美术"。第二说，有尖端的意图及形式的，是新兴美术。这是专讲造型美的说法。他们不管社会思想及阶级的感觉等背景，但求形式的新颖与尖端。第三说，在艺术史上有建设的意义的，为新兴美术。这是根基历史科学的静观的说法，最为中肯。能不墨守旧规，而开拓新境，方是有价值的新兴美术。

新兴美术的建筑，自然也以合于最后一说的样式为正统。这便是合理主义的建筑。这合理根据着社会要素的三方面：第一，必须自觉其阶级性。如马克思主义者所说，只有普罗阶级

---

[1] 即 proletariat（无产阶级）音译的略称。

的美术是新兴美术,其余均是将没落的阶级的末期的艺术。但事实上并不如此简单。在将没落的阶级中,亦有新兴美术的存在。故只能求其自觉阶级性,都不能限定某阶级。第二,尽量应用现代的技术。例如机械代手工,铁材代木材便是。第三,具有"单纯明快"的现代感觉。这是一切现代美术所共通的特色。

自十八世纪至二十世纪的二百年间,世间的建筑事业日盛一日地在那里发展。然而只是增加些量,式样上大都屈从传统,全没有质的改进。经过这长期的衰颓之后,现在勃兴起来,顿呈全新的光景。所谓合理主义的建筑的主张,约有六点：

第一,新兴美术中的建筑分为二类,即纪念建筑与目的建筑。前者是形式为本位的,后者是实用本位的。而实用本位的建筑居大多数。新建筑家所考虑的建筑样式,大多数是以"人生"为题材的。凡最合于实用的建筑,便是最进步的最美的建筑。

第二,过去的建筑常牺牲实用性而夸耀外观美,都是不合理的。合理主义的建筑,须并重卫生,住居的快适及形式的美观。

第三,现代建筑大多数是目的建筑,故首重平面图(房室支配),次重侧面图(房屋的外观),即以实用为第一义,以美为第二义。

第四,除必要的以外,不作无益的费用。例如柱,在过去时代是必要的,但是现代的铁材建筑上没有柱的必要,应当撤去。无用的装饰反有损于建筑的美。新兴建筑须以费用最小的材料，来作效用最大的机能。

第五，注重建筑的实用性。建筑的主要的题材应是住宅，尤其是"集合住宅"与"最小限住居"。现今德国及苏俄的建筑家，即以此为研究的主要目标。

第六，美的建筑，就是实用性浓厚的建筑。工厂建筑在前代不列入美术中，现在成了建筑美术中的一大题目。

综观上述六种主张，可知现代合理主义的建筑，其目的是要救济现代资本主义的大都市中人的住居苦。现今的商业大都市中，地狭人多，住居的不舒服是生活上莫大的一种苦痛。在我国，上海人的住居苦尤甚。在公司里赚四五十块钱一月，已是一只难得的好饭碗。他们只能出每月十元左右的房租。而十元左右的代价所得的房屋，至多只有一间"前楼"。丈余见方的一个小天地内，包括卧室、食堂、会客室、灶间和便所。赚十元左右的工人，只能日班的和夜班的合租一个"阁楼"，白天让做夜班的人去睡，晚上归做日班的人去睡。这简直不是人的生活！要改良这种都市人的住居，虽然不是建筑单方面所能解决的事，然而建筑也总是改良的一端。合理主义的建筑家所设计的基础条件，就是想解决这个难问题，使都市中的勤劳者免除住居不良之苦，而获住居的卫生与快适。可惜在我们中国，衣食住行中第一第二两事现在还解决不了，遑论其他？

努力于解决上述的难题的，现今各国都有建筑家的集团，其团体名曰"Siedlung"。其中主要的建筑家爱伦斯德·马伊最近受苏俄招聘，去设计社会主义的都市建筑了。他们已有种种设计图发表。然而苏俄所定的目标太高，非有高度的社会训练的国家，一时恐难实行。现在举荷兰所已建的劳动者住宅一例，如第三图。这虽然不是店的艺术，但也是商业都市建筑的一种。

总之，Siedlung是集合住居的一种新形态。性质与上海的"弄堂房子"相似，而设计比它进步甚远。明亮的窗，洁净的壁，一种健康，快适而简便的都会生活的住宅。这种住宅的合理点，就是其适于现代社会的需要和大众生活的要求。欧战中受创最深的德国人，对这种经营最为努力。

以上所说是现代合理主义建筑的一种重要题材。以下再谈它的形式美和材料。

现代建筑的形式美，约言之，有四条件：第一，建筑形态须视实用目的而定。第二，建筑形态须合于工学的构造。第三，建筑形态须巧妙地应用材料的特色。第四，建筑形态须表出现代感觉。

现代建筑界的宠儿勒·可尔褒齐〔勒科尔比西埃〕（Le Corbusier）有一句名言："家是住的机械。"这句话引起了世界的反应，大家从机械上探求建筑美。换言之，即从实用价值中看出的艺术的价值。凡徒事外观美而不适实用的建筑，都没有美术的价值，在现代人看来都是丑恶的。现代人的家，要求室内有轻便的卫生设备，——换气、采光、暖房等。要求建筑材料宜于保住温度，宜于防湿气，宜于隔离音响，且耐久，耐震。要求窗户的启闭轻便而自由。因此木框的窗改为铁框的窗。最彻底表现这种建筑美的，便是上述的Siedlung——无产者集合住宅的新形态。集合住宅的意图，是用最小限的空间，最小限的费用，来企图最大限的活用。昔日不列入艺术范围内的平民之家，现在成了最显示美的特质的建筑题材。

建筑形态合于工学的构造，就是要求力学的机能与建筑的基本样式保有密切的关系。例如铁比石轻便，比石占据地位更少；铁骨建造可使建筑物表面免去柱的支体。尽量利用这种力学的机能，便可在建筑上显示一种特殊的美。

材料的特色，例如古代建筑用石材，表出石材特有的美。现今的建筑用铁，用玻璃，亦必尽量发挥铁和玻璃所固有的材料美。白色的半透明玻璃的夜光的效果，已在现代都市中处处显示着。

现代感觉，不限于视觉，须与现代人生活全部相关联。例如最近流行一种钢管的家具桌椅，便是为了它适合现代感觉，与现代人的简便轻快的生活相调和，最适宜于作为"住的机械"的一部分的原故。

荷兰劳动者住宅的家具中，桌的面子是玻璃的。玻璃是现代建筑上一种特别重用的材料。现在拟用这种最新的建筑材料来结束我这讲话。

建筑材料中，能使美的要求与实用的要求最密切地相关联的，莫如玻璃。为的是玻璃能通过光线，使室内明亮，同时有益卫生。因此现代建筑上爱用面积广大的窗。因此在现代建筑中，窗成了一重大的要件。因此不限于窗，又在桌，板，壁等处广用玻璃为材料，终于产出了最新颖的"玻璃建筑"。不久以前，建筑上发起"铁的革命"，现在又在发起"玻璃的革命"了。

玻璃革命的首领，名叫讨忒（Bruno Taut）。最初的起事，远在一千九百十四年。那年他在德国的展览会中建一壁面全用玻璃的建筑，名曰"玻璃屋"。这可说是玻璃建筑的最初的纪念物。凡事的兴起，总是出于浪漫的精神。"玻璃屋"的出现也如此：为了当时有一位美术评家名叫显尔巴尔忒（Scherbart）的，写一册小书，名曰《玻璃建筑》，捧献于大建筑家讨忒。讨忒对他的浪漫的计划发生共感，就设计建造这"玻璃屋"，以为对显尔巴尔忒的答礼。显尔巴尔忒主张玻璃建筑的动机很浪漫的，但看下面这一段话即可知道：

"我们通常生活于闭居的住宅内，这是我们的文化的环境。我们的文化，在某程度内为我们所住的建筑所规定。倘欲使我们的文化向上，无论如何，非改变我们的住宅不可。现在所谓改，必须从我们所生活的空间取除其隔壁，方为可能。这不外采用玻璃建筑，使日月星辰的光不必通过窗户入室，而从一切壁面导入。这样的新环境一定能给人一种新文化。……"

上面所引的一段话，异想天开，浪漫可喜。然而我觉得怀疑，特在其"在某程度内"及"一定"两语上加了重点，以便吟味。究竟住宅对于我们的文化有怎样的关系？玻璃屋能否给人一种新文化？我一面觉得怀疑，一面又觉得新奇可喜。环境对吾人心情的影响之大，我是确信的。布置精美而装饰妥当的咖啡店，旅馆，使人乐于久坐，不想离去。西湖边上善于布置的茶店，其座位的形式好像正在向着游客点头招手。反之，良好的寺院建筑，宫殿建筑，又有一种神圣不可侵犯的氛围气，能使人缓步低声，肃静回避。然而住屋的壁面统统用了玻璃，使人一天到晚住在光天化日之下，一晚到天亮睡在星月光中，于我们的精神上有怎样的影响？难于想象。

玻璃建筑由这romantic〔浪漫主义的〕时代兴起，现时转入realistic〔现实主义的〕时代，各处都在盛用这种新材料了。但是用的范围究竟未广，尚未看见这新环境所给人的新文化。这且待将来再说。现在且把它的盛行的经过看一看。

建筑上最初应用玻璃，远在中世时代。那时北欧的哥特式大寺院，柱子细而长，柱子的中间完全是窗，窗上嵌用色彩浓烈的"绘玻璃"。天光通过了这些色彩玻璃而射入，寺内充满了一种神秘的光，酿成一种微妙的宗教的气象，使人入内如登天国。这用意当然与现代的玻璃建筑大异，而且用的范围也甚狭。但建筑上利用玻璃改变环境，使影响于人的精神，自此开始。也许显尔巴尔忒的浪漫论调是从哥特式寺院受得暗示的。

其后，十八世纪宫殿建筑全盛时代，宫室内的壁上盛用玻璃。但不透天光，是当镜子用的。例如巴黎的维尔赛〔凡尔赛〕宫内，有一间有名的"镜间"，即其一例。镜的作用很大：把空间扩大，使住者感到宽裕。反映绅士淑女的衣冠裙钗，使室内琳琅满目。夜间反射灯火，增大室内的光明，若用在相对的壁面上又可作成无限反射，造成一种神秘的光景。佛教会内供养舍利子的房间内，常用这种无限反射，使人由此窥见"无始无终"的"法相",我觉得比用在宫室中更加适当。

更次,十九世纪后半,机械工业发达,劝业博览会勃兴,建筑上亦盛用玻璃。在铁骨的框内嵌一块大玻璃,以代壁面。当时的遗物,就是伦敦的"水晶宫"及巴黎的"机械馆"。但以上都是当作纪念建物而偶用玻璃的。正式地用玻璃为建筑材料,是最近的事。

"玻璃事务所"

自从一九一四年讨忒造了"玻璃屋"之后,另有大建筑家格洛比乌史〔格罗皮厄斯〕(Gropius)者,推进其设计,建一"玻璃事务所"。玻璃之用渐及于实生活。又有个新建筑家当忒林(Tantrin)者,作一铁骨的螺旋形的国际纪念塔,塔内有三间巨室,四壁都有大玻璃。听说这人现在已退隐在乡下,当小学教师。因为他的浪漫的计划,与现代俄人的合理主义不合的原故。前述的孟特尔仲所作的晓耕百货商店,也是盛用玻璃的一例。

玻璃所以被盛用的原因有六：一者，玻璃的壁，能使建筑的模样全新。二者，玻璃的明快，合于现代趣味。三者，现代建筑以 construction（构造）为本体，故喜用透明的材料。四者，都市生活要求夜间的照明，玻璃的照明效果最大。五者，商业建筑盛用"样子窗"（"show window"），需要大玻璃。六者，玻璃适于社会思想家的主张。他们以为今日的世间，应该排除个人主义的生活，而提倡共同生活，故建筑上也应该撤去不透明隔壁而换用透明的玻璃，表示不闭关而公开。——这一条很有诗意，但实际上建筑用了玻璃，社会生活能否共同公开，我也觉得怀疑，而且可笑。

写实主义的玻璃建筑的代表的大作家，有二人，其一人叫做洛海（Mies van der Rohe），他最近正在作一种伟大的设计：三十层的壁面全用玻璃的百货商店。但能否实现其计划，还是问题。还有一人，就是现代建筑界的宠儿勒·司尔褒齐，他最近在莫斯科所作诸建物，壁面全用棋盘格子的大玻璃，全从实用的意味而使用玻璃。总之，在玻璃的浪漫时代，乃仅为了其材料的魅力而好奇地使用。入了写实时代，就从实际的要求而使用。玻璃建物阳光丰富，适于卫生；又光线充足，增加工作的能力。这两点最合于现代建筑的合理主义的要求。故洛海与勒·可尔褒齐的主张，广受世间的赞许。据评家所说，玻璃建筑有普及于全世界的可能。我们且拭目以待之。

从坟到店，现在已经讲完。建筑决不会永远停留在店上。

以后向哪里去，难于预言；但看现代建筑的趋势，也可大约测知其方针。即未来的建筑的主要题材，大约不复是为少数人的建物，而是为多数人的建物。未来的建筑的形式，大约不复为畸形的，而为合理的。到那时，现在的摩天楼就会同金字塔一样成了过去时代的遗迹。

　　本文所用参考书：

板垣鹰穗著《建筑的样式的构成》

仝　　人著《艺术界的基调与时潮》

仝　　人著《新艺术的获得》

仝　　人编《建筑式样论丛》